Oetinger

Die Bände der großen Meermädchen-Saga:

Alea Aquarius. Der Ruf des Wassers
Alea Aquarius. Die Farben des Meeres
Alea Aquarius. Das Geheimnis der Ozeane
Alea Aquarius. Die Macht der Gezeiten
Alea Aquarius. Die Botschaft des Regens
Alea Aquarius. Der Fluss des Vergessens
Alea Aquarius. Im Bannkreis des Schwurs

Fortsetzung folgt!

Alle Bände der Serie sind ebenfalls als Hörbuch bei Oetinger audio erschienen, mit einem Alea-Song der Autorin.

Auch auf Instagram: @aleaaquarius_oetinger
@tanyastewner

Weitere Informationen zur Serie unter
www.alea-aquarius.de

Bei **Tanya Stewner** und den Büchern war es keine Liebe auf den ersten Blick. Nachdem ihre Grundschullehrerin gesagt hatte, Tanya würde wahrscheinlich niemals richtig lesen und schreiben lernen, entdeckte sie ihre Leidenschaft fürs Schreiben erst spät, mit zehn Jahren. Doch ab diesem Zeitpunkt begannen die Geschichten nur so zu fließen. Geboren 1974, studierte Tanya Stewner Literaturwissenschaften und arbeitete mehrere Jahre als Übersetzerin und Lektorin. Inzwischen widmet sie sich ganz der Schriftstellerei. Ihre Kinderbuchserien *Alea Aquarius* und *Liliane Susewind* und ihre *Hummelbi*-Trilogie sind sowohl in Deutschland als auch international große Erfolge.

TANYA STEWNER

Alea Aquarius

Im Bannkreis des Schwurs

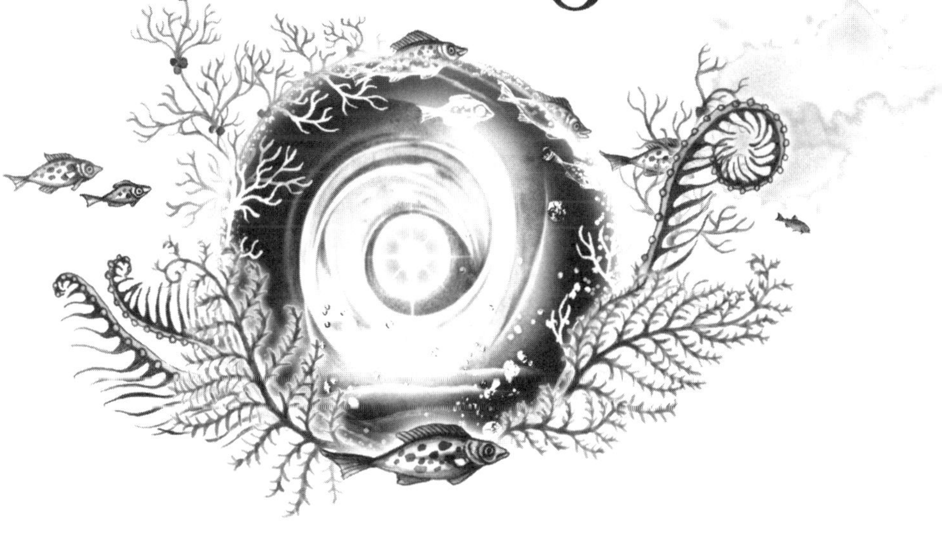

Verlag Friedrich Oetinger · Hamburg

Für Tao.
Als es schwierig wurde, hast du mich getragen,
jeden Tag, bis das Buch fertig war.
Von Herzen danke. Für alles.

Klimaneutral
Druckprodukt
ClimatePartner.com/53248-2011-1002

Dieses Buch wurde klimaneutral produziert. Dadurch fördern wir anerkannte Nachhaltigkeitsprojekte auf der ganzen Welt. Erfahre mehr über die Projekte, die wir unterstützen, und begleite uns auf unserem Weg unter www.oetinger.de

FSC
www.fsc.org
MIX
Papier aus verantwortungsvollen Quellen
FSC® C014496

1. Auflage

Max-Brauer-Allee 34, 22765 Hamburg

Satz: Dörlemann Satz, Lemförde
Druck und Bindung: GGP Media GmbH
Karl-Marx-Straße 24, 07381 Pößneck, Deutschland
Printed 2021
ISBN 978-3-7512-0169-8
www.oetinger.de
www.alea-aquarius.de

Inhalt

Im nächsten Augenblick fiel sie.

Und sie zog ihn mit.

Doch er hielt sich in letzter Sekunde am Gerüst fest. Mit der rechten Hand umklammerte er einen Stützpfosten, und an seiner linken hing sie mit ihrem vollen Gewicht.

Panischer Schrecken durchfuhr sie. Unter ihren baumelnden Beinen klaffte der Abgrund. Mindestens zwanzig Meter ging es in die Tiefe, und zwischen ihr und dem sicheren Tod war nur seine Hand.

Kein Laut kam über ihre Lippen. Weder schrie sie noch hatte er irgendwelche dramatischen letzten Worte für sie. Die Situation war zu unwirklich. Zu ernst. Viel zu plötzlich standen sie ein weiteres Mal an der Schwelle des Todes.

Ein eiskaltes Gefühl schoss durch ihren Körper. War das ihr Ende? Würden sie hier und heute sterben?

Florenz …

Lennox hielt Aleas Hand. Er hielt sie mit sorgsamer Sanftheit und doch mit einer Intensität, in der die ganze Kraft eines Oblivion-Beschützers lag. Beim kleinsten Anzeichen von Gefahr würde Lennox Alea unter Einsatz seines Lebens zu schützen versuchen, und das nicht nur, weil er ihr Krieger war. Sondern weil er sie liebte.

Der Gedanke zauberte ein Lächeln auf Aleas Gesicht.

»Ahoi!«, riss Lennox sie aus ihren Überlegungen. »Was auch immer du gerade denkst – denk ruhig öfter daran. Es bringt dich irgendwie zum Strahlen.«

Grinsend drückte Alea seine Hand. »Ich habe an dich gedacht«, sagte sie leise in der Meeressprache Hajara.

Lennox blieb stehen. Mitten auf dem überfüllten Bahnsteig wandte er sich ihr überrascht lächelnd zu, legte die Hand in ihren Nacken und zog sie zu sich heran. Ihre Lippen verschmolzen zu einem langen Kuss.

Als jemand sie anrempelte und auf Italienisch schimpfte, lösten sie sich lachend voneinander und spazierten weiter. »Unser Zug geht wie geplant in einer halben Stunde«, stellte Alea mit einem Blick auf die Anzeigetafel fest.

»Lass uns Ben Bescheid sagen, dass alles glattläuft«, schlug Lennox vor. Am frühen Morgen waren sie von Bord der *Crucis* gegangen und hatten sich von ihrem Skipper Ben mit dem Beiboot zum italienischen Festland übersetzen lassen. Dort waren Alea und Lennox in einen Bus gestiegen, und nun standen sie am trubelig-wimmeligen Hauptbahnhof von Florenz. Mit dem Fernzug würden sie von hier aus nach Rheinland-Pfalz fahren, denn in diesem Bundesland befand sich der sagenumwobene Felsen der Loreley. Dieser barg ein ganz besonderes Geheimnis und zudem eine unendlich große Hoffnung für Alea …

Schnell zog sie Lennox zu einer Mauer am Rand des Bahnsteigs, wandte den vielen Menschen den Rücken zu und holte ihr Handy heraus. Daran klebte ein glupschäugiger Skorpionfisch, dessen Maul sich wie ein Saugnapf an der Rückseite des Smartphones festgenuckelt hatte. Er war etwa toastgroß und sorgte dafür, dass niemand nachverfolgen konnte, wen Alea anrief oder was sie mit dem Handy schrieb.

Mit spitzen Fingern hielt Alea das Gerät am Rahmen fest, und Lennox schmunzelte. »Ich hab dir doch gesagt, du kannst den Fisch wie einen Griff benutzen. Es macht ihm nichts aus.«

»Na gut.« Vorsichtig umfasste Alea den Magischen mit der ganzen Hand. »Du musst es wissen, immerhin bist du der Herr der Skorpionfische.« Oblivionen waren in der Lage, Skorpionfische zu rufen und sie zu bitten, ihre magischen Tarnungskräfte für die Verhüllung eines Schiffes, ganzer Städte, kleinerer Gegenstände oder eben auch Bewegungen im Internet einzusetzen. Dabei reagierten die Fische aber nie auf Fragen oder andere Kommunikationsversuche, und Lennox hatte einmal gesagt, er wüsste nicht, ob sie überhaupt sprechen konnten. Dass es dem Fisch nichts ausmachte, angefasst zu werden, spürte er einfach.

Alea begann, eine Nachricht an Ben zu tippen, als eine Videoanruf-Benachrichtigung auf ihrem Bildschirm angezeigt wurde.

»Tess ruft an«, stellte Lennox fest, während Alea den Anruf schon annahm.

Sobald sich die Verbindung aufgebaut hatte, tauchten drei wohlvertraute Gesichter auf dem Display auf: das von Tess Taurus, Aleas bester Freundin und Kajütengefährtin, die sowohl Aleas Fels in der Brandung war als auch der klügste Mensch, den sie kannte. Außerdem das sommersprossige Lausbubengesicht von Samuel Draco, dem Bandenjüngsten, der wie ein kleiner Bruder für Alea war. In Wirklichkeit war Sammy aber der Bruder von Ben Libra, dem das dritte Gesicht auf dem Handybildschirm gehörte. Ben war ihr Kapitän und der einzige Volljährige an Bord der *Crucis*. Kein anderer verstand es wie er, stets die Ruhe zu bewahren und ihre Bande wie Pech und Schwefel zusammenzuhalten.

Alle drei winkten Alea und Lennox zu. »Hallöchen!«, rief Sammy und grinste mit seiner riesigen Zahnlücke. »Wie geht's euch? Was ist inzwischen passiert? Habt ihr irgendwelche Abenteuer erlebt?«

Alea lachte. Sie hatten das Schiff erst vor drei Stunden verlassen. »Nee, noch nicht so richtige.«

Lennox grinste schief. »Das Aufregendste war bisher das Frühstück. Allerdings sind jetzt unsere letzten Euro weg.« Die Zugtickets hatten fast die komplette Bandenkasse der Alpha Cru verschlungen, und für weitere Wegzehrung hatten sie nun kein Geld mehr. Doch irgendwie würden sie auf dem Weg zur Loreley schon zurechtkommen.

»Ihr erlebt unterwegs garantiert noch sensationelle Abenteuer!« Sammy nickte, als wollte er sich selbst beipflichten. »Euer Ziel steckt dermaßen voller Abenteuerpotenzial, dass ihr mit einem Karton auf dem Kopf rumlaufen müsstet, um nichts Abenteuerliches zu erleben!«

»Alea und Lennox würden auch mit einem Karton auf dem Kopf noch Abenteuer erleben«, bemerkte Ben. »Da bin ich sicher.«

»Hmm ...« Sammy schien darüber nachzudenken und zu einer Erkenntnis zu kommen. »Kartonabenteuer sind wahrscheinlich sogar die spannendsten Bestabenteuer, die man sich überhaupt vorstellen kann. Immerhin bleibt unter einem Karton ja alles extrem geheimnisvoll und ultimativ rätselhaft ...«

Tess sah aus, als wollte sie Sammy eine Kopfnuss verpassen. Stattdessen seufzte sie aber nur schwer. Alea ahnte, wieso. Tess hatte sie eigentlich auf ihrer Reise begleiten wollen, denn die Loreley war gar nicht weit entfernt von Köln. Und in Köln lebte das Mädchen, in das Tess mit Haut und Haaren verliebt war: Kit. Kiara-Katharina – Kit – wohnte in einem Mehrgenerationen-Heim, dem Sonnenfleck, in dem auch Sammy und Bens Opa Ernst lebte, nur einen Katzensprung von der

Loreley entfernt. Für ein drittes Ticket hatte das Geld allerdings nicht gereicht. Davon abgesehen würden sie keine Zeit für einen Abstecher nach Köln haben, denn sobald Alea und Lennox bei der Loreley ankamen, begann ihre Mission: Aleas Zwillingsschwester zu finden.

Anthea ... Thea. Der Gedanke an ihre Schwester versetzte Alea augenblicklich in Hochspannung. Womöglich dauerte es gar nicht mehr lange, bis ihre Schwester und sie aufeinandertrafen und sich zum ersten Mal in den Armen lagen! Tess' geknickte Miene holte Alea jedoch schnell wieder in die Wirklichkeit zurück.

»Ich bin ganz neidisch auf die vielen freien Tage, die ihr in Rom haben werdet«, versuchte Alea, Tess aufzuheitern. Tess, Ben und Sammy würden zu dritt nach Rom segeln, während Alea und Lennox auf der Suche nach Thea waren. Spätestens am 19. September wollten sich die fünf aber in Rom treffen, denn Alea hatte in einer Silberfadenvision vorausgesehen, dass ihr Erzfeind und größter Widersacher – Doktor Orion – an genau diesem Datum vor einem Kiosk in der Nähe des berühmten Kolosseums einen Espresso trinken würde. Der Plan war, dem Doktor an diesem Tag dort aufzulauern und ihn gefangen zu nehmen. Ben, Sammy und Tess hatten mehr als genug Zeit, den Kiosk aus der Vision zu finden, zu dritt Straßenmusik zu machen und sich von dem eingenommenen Geld noch sämtliche Sehenswürdigkeiten Roms anzusehen.

»Ja, Rom ist bestimmt super«, antwortete Tess mit ihrem leichten französischen Akzent. Während sie sprach, landete eine Möwe auf ihrer Schulter. Tante Hildegard war von Tess gesund gepflegt worden, nachdem sie sich den Flügel gebrochen hatte, und seitdem hatte die kleine Sturmmöwe das Schiff nicht mehr verlassen. Auf Tess' Schulter schien sie sich pudelwohl zu fühlen, und Sammy hatte erst gestern gesagt, dass, sollte Tess jemals ein Denkmal errichtet werden, auf der Schulter der Statue bestimmt eine Möwe sitzen würde.

Tess streichelte Tante Hildegards Köpfchen und sagte: »Bis wir uns alle wiedersehen, wird es ohne euch an Bord ganz schön komisch sein.«

»Jaaa!«, stöhnte Sammy. »Ich weiß gar nicht, wie ich das aushalten soll! An wen soll ich mich nachts rankuscheln, wenn mir kalt ist? Wer zeigt mir neue Selbstverteidigungs-*Moves*? Und mit wem soll ich ein qualifiziertes Gespräch über Flusen führen?« Sammy liebte es, Leute in Gespräche über seine hingebungsvoll angelegte Flusensammlung zu verwickeln, und Alea ließ sich von allen Bandenmitgliedern am ehesten in eine solche Diskussion hineinziehen.

»Wenn du schmusen willst, komm zu mir«, bot Ben seinem Bruder an.

»Klaro!«, rief Sammy. »Ich beschmuse dich ja auch schon wie blöd. Aber meinen spektakulösen Kuschelbedarf kannst du allein eben einfach nicht decken!«

Ben seufzte, und Tess war plötzlich vollauf damit beschäftigt, Tante Hildegards Federn zu zählen – oder was auch immer sie da gerade tat. Hauptsache war wohl, dass sie nicht kuscheln musste. Tess war einfach kein Knuddeltyp.

»Wenn wir wieder zurück sind, wird wie verrückt geschmust«, versprach Alea dem kleinen Kuschelkönig. »Ich werde dich so doll beschmusen, dass du kaum noch Luft bekommst.«

Sammy machte eine zufriedene Handbewegung. »Wunderbärchen. Dann hätten wir das ja geklärt.« Er richtete die Handykamera nach unten auf die Decksplanken. »Sagt meinem Schatz Hallo!« Ein freundliches Robbengesicht erschien auf dem Display. Sammys Robbe trug den Namen Fussel und lebte wie ein Haushund auf der *Crucis*.

»Hallo, Fussel!«, grüßten Alea und Lennox wie aus einem Mund.

Die Nase der Robbe wurde immer größer, als das Tier nun am Handy schnüffelte. Dabei hinterließ es einen rotzig-feuchten Spuckestreifen auf der Kamera. Tess motzte auf Französisch, schnappte sich ihr Handy und wischte daran herum.

»Ich glaube, Lennox und ich sollten jetzt zum Zug gehen«, sagte Alea. »Wir können ja morgen wieder telefonieren.« Sie winkte den anderen zum Abschied, als die nach der Wischaktion wieder auf dem Bildschirm erschienen. »Ich hab euch lieb, ihr komischen Vögel!«

»Wir dich auch, Schneewittchen!«, krähte Sammy und knutschte das soeben gesäuberte Handy ab.

Das brachte ihm nun doch eine Kopfnuss von Tess ein, die ihr Handy daraufhin beschützerisch an ihre Brust drückte. »Bis Morgen«, hörten sie sie noch sagen, dann war der Videoanruf vorbei.

»Die drei werden mir fehlen«, seufzte Alea. »Nein, die fünf! Tante Hildegard und Fussel natürlich auch.«

Lennox zog sie nah an sich heran, streichelte ihre Wange mit seiner und küsste sie auf die Schläfe. Er musste gar nichts sagen. Alea war alles andere als allein, denn er war bei ihr. Sie würden dieses Abenteuer zu zweit bestehen, und obwohl Alea die anderen Cru-Mitglieder vermissen würde, freute sie sich auch sehr darauf, Lennox eine Zeit lang ganz für sich zu haben.

Mit aller Sorgfalt steckte sie das Smartphone samt Skorpionfisch zurück in ihren schwer beladenen Rucksack, der eigentlich Ben gehörte und den er ihr geliehen hatte. Anschließend machte sie sich Hand in Hand mit Lennox auf den Weg zu ihrem Gleis, und wenig später fuhr ihr Zug in den Bahnhof ein. Schnell hatten sie einen ruhigen Zweiersitz gefunden. Während Lennox ihre Rucksäcke und seine schwarze Gitarre auf der Gepäckablage verstaute, blickte Alea aufgeregt aus dem Fenster. Die Reise begann. Wie würde sie enden? Welche Hindernisse würden sie überwinden müssen?

Unwillkürlich legte Alea die Hand auf ihren Bauch. Unter ihrem weiten T-Shirt trug sie eine Bauchtasche, in der sich ihre kostbarsten Besitztümer befanden: zum einen die beiden gut verpackten Silberfäden, mit denen man kurze Visionen aus der Zukunft sehen konnte. Zum anderen der Goldumhang, der Alea vom Volk der Schweige-Schamire geschenkt worden war und mit dem man die Vergangenheit sehen konnte. Flach gefaltet, trug sie das seidenweiche Gewand in der Tasche nun immer ganz nah bei sich, damit es ihr nicht gestohlen werden konnte wie der Silberumhang, den die Nixe Mura ihr vor Kurzem hinterrücks entrissen hatte.

Sammy war alles andere als begeistert gewesen, als Alea ihm eröffnet hatte, dass sie ihre magischen Schätze mitnehmen wollte. Die mythologische Bedeutung seines Bandennamens Draco besagte nämlich, dass er der »Wächter des Schatzes« war. Darüber hinaus war Sammy sogar von niemand Geringerem als dem König der Schweige-Schamire damit beauftragt worden, auf den Goldumhang aufzupassen. Alea war sich allerdings sicher, dass ihr die Silberfäden und der Umhang bei der Suche nach Thea helfen konnten, und letztlich hatte Sammy das eingesehen.

Der dritte Gegenstand in Aleas Bauchtasche war ein kleines Fläschchen, das ihre Mutter Nelani ihr geschenkt hatte. Darin befand sich etwas unfassbar Wertvolles – ein DNA-Rückwandler, der Alea wieder zu einem Meermädchen machen konnte. Doktor Orion hatte sie vor einigen Wochen durch eine Spritze in eine Landgängerin verwandelt, und Alea war all ihrer Meermenschen-Attribute beraubt worden. Ihre Mutter hatte jedoch ein Mittel entwickelt, mit dem die Umwandlung rückgängig gemacht werden konnte. Alea brauchte lediglich einen Tropfen vom Blut ihrer Zwillingsschwester, denn Thea war so etwas wie ihre genetische Kopie – sie teilten sich dieselbe DNA. Sobald sich Theas Blutstropfen mit dem Rückwandler vermischte und Alea die Flüssigkeit trank, würde sie wieder in ihren Urzustand zurückversetzt werden.

Bei dieser Vorstellung schlug Aleas Herz wie wild in ihrer Brust. Sie vermisste es so sehr, durch die Tiefen zu tauchen und unter Wasser atmen zu können! Doch wenn sie an die bevorstehende Reise dachte, war es nicht allein die Aussicht darauf, wieder zum Meermädchen zu werden, die in ihrem Inneren alles voller Vorfreude durcheinandertanzen ließ. Es war vor allem Thea. Alea verspürte eine solche Sehnsucht nach ihrer Schwester, dass sie es manchmal kaum aushalten konnte und sich immer wieder in Fantasien über den Augenblick verlor, in dem sie einander finden und in die Arme schließen würden. Allerdings würde sie Thea in einem solchen Moment wohl zuerst sehr viel erklären müssen, denn Thea ahnte wahrscheinlich noch nicht einmal, dass sie eine Zwillingsschwester hatte! Der Einzige, der ihr das hätte erzählen können, war der Nixenprinz Cassaras. Er wusste über die Schwestern Bescheid, hatte Thea aber gewiss nichts verraten. Cassaras hatte es sich nämlich zur Aufgabe gemacht, Thea vor ihrem Ziehvater Doktor Orion zu beschützen, und der war nun einmal hinter Alea und der Alpha Cru her. Wenn die Zwillingsschwestern zusammenkämen, würde Thea in noch viel größerer Gefahr schweben als zuvor. Das war es zumindest, was der Nixenprinz befürchtet und wovor er sie gewarnt hatte. Doch mittlerweile hatte die Alpha Cru Doktor Orion und seine Leute abgehängt, und ein Schwesterntreffen würde Thea nicht mehr automatisch auf Orions Radar erscheinen lassen.

Im Geiste ging Alea nun die Zeichen durch, mit denen sie Thea alles über sie beide und ihre Familie erzählen wollte. Sie würde dazu Gebärdensprache benutzen, weil Thea durch einen Unfall im Kleinkindalter ihr Gehör verloren hatte.

Inzwischen hatte Lennox alle Gepäckstücke verstaut und setzte sich neben Alea. »Jetzt denkst du nicht an mich, oder?«

»Nein, an Thea.« Alea zog den vierten Gegenstand aus ihrer

Bauchtasche hervor – einen magischen Fotostein, auf dem Thea und sie als Babys zu sehen waren. Behutsam strich Alea über die aus dem Stein hervortretenden Gesichter der kleinen Zwillinge. »Was, wenn wir Thea nicht finden?«

»Wir werden sie finden«, entgegnete Lennox zuversichtlich und legte den Arm um Aleas Schultern.

»Vielleicht ist sie ja gar nicht an der Loreley.« Aleas Blick war starr auf den Fotostein gerichtet, als könnte der ihr verraten, ob sich ihre Schwester wirklich dort aufhielt. »Es liegt zwar nahe, weil Thea in ihren SMS über die Loreley geschrieben hat. Aber vielleicht ist die Schlussfolgerung, dass sie dorthin wollte, gar nicht richtig.« Alea und Thea waren sich seit ihrer Trennung vor elf Jahren nicht mehr begegnet, aber vor ein paar Wochen hatte Thea eine Flaschenpost von Alea gefunden und darauf geantwortet. In den folgenden Wochen hatten sie sich angefreundet und einander fast jeden Tag geschrieben, ihre Erlebnisse geteilt und Geheimnisse ausgetauscht. Dabei hatten beide nicht die geringste Ahnung gehabt, dass sie Schwestern waren, denn das war erst herausgekommen, nachdem sie nicht mehr miteinander Kontakt hatten aufnehmen können.

»Was hat Thea noch mal über die Loreley geschrieben?«, hakte Lennox nach.

Alea hätte am liebsten nachgesehen, aber das ging nicht, denn Thea hatte die meisten ihrer SMS später wieder gelöscht, damit sie nicht von Doktor Orion aufgespürt werden konnten. Allerdings erinnerte sich Alea gut. »Thea hat tierisch viele Bücher über die Loreley gelesen, weil sie total fasziniert von der Sage ist«, antwortete sie. Es gab unzählige Geschichten über die geheimnisvolle Frau, die der Legende nach tagein, tagaus auf dem Felsen über dem Rhein gesessen, traurige Lieder gesungen und durch ihre Schönheit und ihre Stimme Hunderte von Matrosen in ihren Bann gezogen hatte, sodass deren Schiffe am Felsen zerschellt und untergegangen waren. »In einer SMS hat Thea vermutet, dass es die Loreley wirklich gegeben hat und dass sie eine Nixe war, die man dazu verflucht hatte, in Menschengestalt zu leben«, sprach Alea weiter. »In einem von Theas Büchern hat wohl außerdem gestanden, dass die Loreley noch heute unterhalb des Felsens am Grunde des Rheins lebt und dort in ihrer Laube das *Schicksal der Toten* verwaltet.«

»Und weil Thea annimmt, dass das wirklich so ist, wollte sie zur Loreley, um in dieser Laube mit ihren Eltern zu reden«, sortierte Lennox die Hinweise. »Thea denkt ja, dass sie ein Waisenkind ist und dass ihre Eltern durch den Wasservirus gestorben sind. Bestimmt hat sie große Sehnsucht nach ihnen, und die Aussicht darauf, am Grunde des Rheins ihre toten Eltern zu treffen und mit ihnen zu sprechen, ist für sie garantiert eine riesige Hoffnung.«

Alea starrte auf die lachenden Baby-Zwillinge. »Und dabei sind sowohl unser Vater als auch unsere Mutter noch am Leben! Wenn Nelani Keblarr in Island findet, können wir vielleicht sogar alle vier wieder zusammen sein.« Nelani war derzeit auf der Suche nach ihrem verschollenen Mann, Aleas und Theas Vater Keblarr, und Alea hoffte inständig, dass sie ihn finden würde.

»Das wäre ein richtiges Märchenende für diese Geschichte«, bemerkte Lennox.

»Ja.« Alea tat einen geräuschvollen Atemzug und blickte von dem Fotostein auf zu Lennox. »Du glaubst also auch, dass Thea zur Loreley wollte?«

»Ja.« Lennox fuhr sich durch das dunkle Haar, das ihm tief in die Stirn hing. »Thea ist allerdings schon letzte Woche dort angekommen, richtig?«

Das musste Alea bejahen. »Thea hat mir vor genau einer Woche geschrieben, dass sie am Ort ihrer Träume angelangt ist. Falls es die Nixen-Loreley und ihren Raum der Ahnen wirklich gibt, war Thea in der Zwischenzeit bestimmt längst dort und …«

»… hat eine herbe Enttäuschung erlebt«, beendete Lennox den Satz. »Denn quicklebendige Eltern können nicht aus dem Jenseits mit dir reden. In der Laube ist also wahrscheinlich niemand aufgetaucht.«

Wenn es so gewesen war, tat es Alea furchtbar leid, dass Thea womöglich das Gefühl gehabt hatte, ihre verstorbenen Eltern wollten nicht mit ihr sprechen. »Die Frage ist jetzt, ob Thea und Cassaras weitergezogen sind oder ob sie sich aus irgendeinem Grund entschlossen haben, dort zu bleiben.«

»Und falls sie weitergezogen sind: wohin?« Grübelnd knackte Lennox mit den Fingerknochen, dann sagte er: »Mach dir keine Sorgen. Das bekommen wir schon heraus.«

»Ja, immerhin bist du ein Oblivion.« Lennox hatte als Oblivion viele Gaben und konnte nicht nur Skorpionfische rufen. Er war auch in der Lage, Landgängern das Gedächtnis zu nehmen, indem er ihnen tief in die Augen blickte und ihnen befahl, etwas Bestimmtes zu vergessen. Obendrein war er für Landgänger regelrecht unsichtbar, wenn nicht jemand auf seine Anwesenheit hinwies oder er sich selbst bemerkbar machte.

»Die Fähigkeiten der Oblivionen sind allerdings nicht unbedingt fürs Leutesuchen gemacht«, gab Lennox zu bedenken. »In der Meerwelt waren eher die Darkoner die Experten fürs Spurenlesen, oder?«

»Stimmt«, räumte Alea ein. Sie kannten zwar noch immer nicht alle Meermenschenstämme, aber über die Darkoner hatten sie bereits einiges herausbekommen: Dieses Volk war so etwas wie die Polizei der Meerwelt und darauf spezialisiert gewesen, Gretzer aufzuspüren, bevor diese ihren Giftmüll im Wasser abladen konnten. »Du bist als Oblivion eher ein Beschützer als ein Spurenleser, aber hat meine Mutter nicht gesagt, dass sich Oblivionen und Darkoner sehr ähnlich sind und deswegen oft zusammengearbeitet haben?«

»Die beiden Stämme scheinen eng miteinander verwandt zu sein.« Lennox nickte. »Ich werde tun, was ich kann, um Thea zu finden. Aber ich bin kein Darkoner.«

Liebevoll lächelte Alea ihn an, denn sie wollte gar nicht, dass er irgendetwas anderes war.

Lennox schien zu verstehen und lächelte zurück. Dann kramte er in der Tasche seiner Jeans und zog seinen eigenen magischen Fotostein hervor, den er stets wie einen Talisman bei sich trug. Darauf war seine Mutter Xenia zu erkennen, die zu den Abertausenden gehörte, die an dem Virus gestorben waren. Lennox' Lächeln erlosch und machte einem traurigen Stirnrunzeln Platz.

Alea wurde bewusst, was in ihm vorgehen musste, und plötzlich ärgerte sie sich über sich selbst. Warum sprach sie nur ständig davon, wie sehr sie sich auf Thea freute und dass ihre ganze Familie vielleicht schon bald wieder vereint sein würde, während Lennox ganz allein dastand? In Rach Turana war ihnen eine Botschaft von Lennox' Mutter vorgespielt worden, in der diese deutlich gesagt hatte, dass außer ihr bereits sämtliche Angehörige ihres Clans tot waren. Xenia selbst war damals bereits infiziert und von dem Virus schwer gezeichnet gewesen, was vermuten ließ, dass sie kurz nach der Aufzeichnung der Botschaft gestorben war.

Alea steckte ihren Fotostein zurück in die Bauchtasche und nahm Lennox in den Arm. Eine Zeit lang hielten sie einander einfach nur fest, dann blickten sie aus dem Fenster. Der Zug rauschte inzwischen mit Höchstgeschwindigkeit durch Italien, und Deutschland kam immer näher. Alea legte die Hand auf ihr klopfendes Herz und dachte den Gedanken von vorhin weiter.

Eine neue Etappe begann. Alles war möglich. Im Gemenge der zukünftigen Begebenheiten existierten ebenso viele Möglichkeiten für Niederlagen wie für Erfolge. Doch wenn Alea in diesem Sommer eines gelernt hatte, dann, dass sie den Gang der Dinge maßgeblich beeinflussen konnte. Er hing nicht von irgendwelchen Zufällen ab, sondern in erster Linie von ihrem Mut, ihrer Entschlossenheit und vor allem von ihrem Glauben an sich selbst. Und den hatte sie. Sie war die Elvarion der letzten Generation, und sie hatte vor, ihr Schicksal zu erfüllen, gleichgültig, welche Hindernisse sich ihr dabei auch in den Weg stellen würden.

Eine Zeit lang schauten Alea und Lennox durch die große Fensterscheibe des Zuges, Italien flog an ihnen vorbei und ein paar Stunden später fuhren sie mitten durch die Schweizer Alpen. Sie sprachen nicht viel, saßen nur eng beieinander und ließen die Zukunft auf sich zukommen. Schließlich richtete sich Lennox jedoch auf und griff in die Innentasche seiner schwarzen Lederjacke. »Ich hab eine Überraschung für dich«, sagte er und zog zwei große Muscheln hervor. »Die hab ich in der Bucht von Capraia gefunden.«

Verwundert hob Alea die Augenbrauen. »Das hab ich gar nicht mitgekriegt!« Und dabei waren sie in der Bucht sehr eng miteinander gewesen. Innig. Wenn sie an die meeresleuchtenden, romantischen Momente auf Capraia dachte, wurde Alea ganz warm, und sie hatte das Gefühl, dass in ihrem Bauch hundert Schmetterlinge gleichzeitig aufstoben. »Willst du gucken, ob in den Muscheln Bücher sind?«, fragte sie. Die Meermenschen hatten natürlich keine Bücher aus Papier besessen – ihre Bücher befanden sich in Muscheln.

»Ja, lass uns mal nachsehen.« Lennox holte eine Flasche aus seinem Rucksack und gab etwas Wasser in das Innere der ersten

Muschel, die flach auf seinem Handteller lag. Langsam fuhr er mit dem Finger um den Rand herum. Wenn sich in der Muschel ein Buch verbarg, würde Schrift im Wasser erscheinen.

Alea beugte sich vor, konnte in der Muschel aber nichts entdecken. Allerdings war sie eben kein Meermädchen mehr, und für Landgänger waren Meerbücher unsichtbar.

Lennox schien in der Muschel auch nichts zu erkennen. »Also entweder war da nie ein Buch drin, oder es ist verloren gegangen.« Im Salzwasser verblassten Meerbücher mit der Zeit. »Probieren wir mal die andere.« Lennox goss das Wasser aus der ersten Muschel in die zweite. Zum Glück saßen in ihrer Nähe keine anderen Passagiere, die neugierig hätten werden können. »Da!«, entfuhr es Lennox. »Diese ist ein Buch!«

Angestrengt starrte Alea auf das Wasser in der Muschel und sah … nichts. *Diskrimisophierung!*, dachte sie frustriert und fand Sammys Wortschöpfung passender denn je. Sie fühlte sich tatsächlich ein wenig gekränkt. Warum konnte sie die Silberfäden und den Goldumhang benutzen, aber diese simple Muschel nicht lesen? Das würde ihr wohl niemand erklären können. Durch Doktor Orions Manipulation ihrer DNA war Alea nun ein seltsames Zwischenwesen, zugleich eine meerbuchblinde Landgängerin und jemand, der Zugang zur größten Magie der Ozeane besaß.

Lennox schien ihre Gedanken zu erraten. »Mach dir nichts draus. Die Meerschrift in Muscheln ist ja extra geschützt.«

Alea brummte: »Ja, die Schrift soll von Landgängern gar nicht erst bemerkt werden, ich weiß.«

Aufmunternd lächelte Lennox ihr zu.

»Was ist es für ein Buch?«, fragte Alea.

Lennox' Augen verengten sich, und er versuchte, die Schrift zu entziffern. »*Die Abenteuer der …*« Er stockte. »Oh Mann.« Lennox hatte selbst Probleme, die geschützte Schrift zu lesen. Das war schon immer so gewesen, und sie vermuteten, dass es an seiner Landgängerseite lag. Schließlich war Lennox nur zur Hälfte ein Meerjunge.

Er beugte sich so tief über die Muschel, dass seine Nasenspitze beinahe das Wasser berührte. »*Die Abenteuer der kleinen Wilma Wanderer*«, las er vor und kratzte sich am Kopf. »Irgendwo hab ich diesen Titel schon mal gelesen …« Er überlegte und rief: »In der Bibliothek von Rach Turana! Da stand Wilma Wanderer bei den Erzählungen.«

»Richtig.« Alea erinnerte sich auch.

Lennox hing mit der Nase über der Muschel. »*Erstes Kapitel. Der Trip nach …* nein, *Der Trosk nach …*« Er brach ab. »Mist, das ist zu schwierig. Wir müssen uns was anderes einfallen lassen.« Stöhnend lehnte er den Kopf zurück. »Elvarion, schalte den Hirn-Turbo ein!«

Alea lachte. »Ich kann es ja mal versuchen.« Der Elvarion-Modus war eine Art Klargeisteffekt, der sich eigentlich nur in Notlagen einstellte. Ein paar Mal war er allerdings auch schon in wichtigen Besprechungen über Alea gekommen, und in seltenen Fällen hatte sie ihn ganz bewusst heraufbeschworen. »Warte mal.« Alea schloss die Augen und bat ihre innere Elvarion-Stärke, ihr eine Lösung für das Leseproblem zu zeigen. Schlagartig fiel ihr etwas ein. »Du musst mir die Muschel schenken!«, rief sie. »Weißt du noch? Meine Mutter hat uns mal erzählt, dass magische Gegenstände von Landgängern benutzt werden können, wenn sie das Geschenk eines Meermenschen sind.«

»Aber ich bin nur ein halber Meerjunge …«, entgegnete Lennox, und Alea konnte ihm anhören, wie sehr diese Tatsache an ihm nagte.

»Versuch es trotzdem mal.«

Achselzuckend hielt Lennox ihr die Muschel hin und sagte: »Dies ist mein Geschenk für dich.«

Für den Bruchteil einer Sekunde leuchtete im Inneren der Muschel etwas auf.

Elektrisiert wechselten Alea und Lennox einen Blick. Alea nahm die Muschel entgegen und schaute neugierig hinein. »Ja!«, entfuhr es ihr. »Es hat geklappt!« Auf dem Wasser in der Muschel erkannte sie Schriftzeichen in Hajara – das Buch hatte sich ihr geöffnet!

Lennox pfiff durch die Zähne. »Sehr gut, dann kannst du mir Wilma Wanderers Abenteuer vorlesen.«

Obgleich Alea kein Meermädchen mehr war, hatte sie ihre Fähigkeit, Hajara zu sprechen, mittlerweile wiedererlangt. Dafür war sie dem König der Schweige-Schamire noch immer zutiefst dankbar. »Gut, finden wir heraus, ob irgendwelche Abenteuer mit Karton auf dem Kopf dabei sind!«, stimmte Alea kichernd zu und begann zu lesen. »*Erstes Kapitel. Der Trosk nach Vendorra.*« Die Hauptfigur des Buches schien einem der Wandererstämme anzugehören, und wenn diese ihre Wale, Lachse oder Thunfische bei deren langen Wanderungen begleiteten, nannte man die Tour *Trosk*.

»Vendorra ist eine Stadt, oder?«, fragte Lennox. »Haben wir von der nicht schon mal gehört?«

Alea kramte in ihrem Gedächtnis. »Vendorra ist eine uralte, versunkene Landgängerstadt, die unter einer riesigen Glaskuppel liegt.«

»Klingt gut. Machen wir es uns gemütlich.« Lennox setzte sich quer auf den Zweiersitz und umarmte Alea von hinten. Sie nahm die Beine hoch, schmiegte sich an ihn und las ihm vor. Die Schrift in der Muschel lief in genau der Geschwindigkeit vor ihren Augen ab, die sie zum Lesen brauchte. Meerbücher waren wahrhaft magisch.

In der Geschichte ging es um die kleine Walwanderin Wilma, die auf dem Weg zu der sagenumwobenen, untergegangenen Landgängerstadt Vendorra wilde Abenteuer mit ihren Walen erlebte. Die Beschreibungen der Tiere und Wilmas kompromisslose Liebe zu ihnen rührte Alea. Was täte sie nicht dafür, selbst auf Trosk gehen zu können und dabei ihre Schwester oder sogar ihre ganze Familie an ihrer Seite zu haben …

Insgesamt waren die Informationen über die Meerwelt im Buch eher mager und die Fantasie sehr ausgeprägt. Wilma begegnete lesenden Fischen, traurigen Algen und bösen Wasserschlingpflanzen. Besser als die überdrehten Abenteuer ohne Karton gefiel Alea die Liebesgeschichte von Wilmas großer Schwester Corlandra. Diese versuchte, ihren Auserwählten mit großen Gesten und Heldinnentaten zu erobern und nannte ihn stets hingebungsvoll *Yavani*, was offenbar ein uralter Hajara-Ausdruck war und »Meine ewige Liebe« bedeutete.

Sie hatten schon beinahe das ganze Buch gelesen, als der Zug in einem großen Bahnhof hielt und es im Abteil voll wurde. Kurzerhand trank Alea das Lese-Wasser der Muschel aus und steckte sie weg. »Wir können ja später weiterlesen.«

Lennox antwortete: »Das machen wir, Yavani.« Er strich ihr übers Haar und grinste derart süß, dass Alea sich nicht genierte zu erwidern: »Und zwar gerne … Yavani.«

Sie konnte in seinen Augen sehen, wie glücklich ihn ihre Wiederholung des Wortes machte. Überschwänglich küssten sie sich. Aleas Hand vergrub sich in Lennox' Haar und wuschelte es durcheinander, und Lennox zog sie näher an sich heran. Da hörte sie, wie sich jemand räusperte. Alea blickte sich um. Ein Mann, der sich auf der anderen Seite des Gangs niedergelassen hatte, schaute sie missbilligend an.

Alea warf die Hände in die Luft und rief entschuldigend: »*Amore*!«

Das brachte den Mann zum Schmunzeln. Alea lächelte ihn an und wandte sich wieder Lennox zu. »Der Mann sieht dich anscheinend.« Sie vermuteten mittlerweile, dass Lennox immer von Landgängern gesehen wurde, wenn er sie küsste oder ihre Hand hielt. »Dann kannst du jetzt mal als Sichtschutz fungieren. Ich würde gern nachschauen, ob es in der Meerkinder-Chatgruppe etwas Neues gibt.« Während sie sprach, holte sie ihr Smartphone aus dem Rucksack, und Lennox setzte sich so hin, dass der Mann von gegenüber den Skorpionfisch nicht sehen konnte.

»Gucken wir mal«, murmelte Alea und öffnete den Chat. Die Meerkinder, die ebenso wie sie an Land aufgewachsen waren und ihr ganzes bisheriges Leben lang nicht geahnt hatten, dass sie aus dem Meer stammten, waren seit ein paar Tagen über die Chatgruppe in regem Austausch miteinander. Zwar kamen sie alle aus verschiedenen Ländern und waren mit den unterschiedlichsten Sprachen aufgewachsen, aber jeder und jede von ihnen konnte Hajara. Die Meeressprache war wohl so etwas wie ein Geschenk, das jedes Meerkind bei der Geburt erhielt. In der Chatgruppe überwogen dadurch Sprachbeiträge, nur hin und wieder gab es schriftliche Nachrichten, die dann meist in Englisch verfasst waren.

Zuerst hatten die Meerkinder natürlich wissen wollen, warum Alea und Lennox sich so lange nicht bei ihnen gemeldet hatten. Seit der ersten Videokonferenz waren Wochen vergangen! Lennox und Alea hatten ihnen alles erzählt – von Doktor Orions Überfall in Brighton, von Aleas Umwandlung in eine Landgängerin und von ihrem anschließenden Gedächtnisverlust. Lennox hatte darauf bestanden, den anderen selbst davon zu berichten, dass er es gewesen war, der der Cru die Erinnerung genommen hatte. Ihm war dabei deutlich anzumerken gewesen, wie unendlich leid ihm das tat. Dabei hatte Doktor Orion ihn dazu gezwungen, und niemand war ihm böse! Alea hatte Lennox das sogar innerhalb des Chats gesagt, und die anderen Meerkinder waren ihr zur Seite gesprungen und hatten versucht, ihn aufzubauen. Es schien, als bestünde zwischen ihnen ein starkes Band, und wenn es einem von ihnen schlecht ging, fingen die anderen ihn auf.

So war es auch mit Zuzana gewesen. Zuzana aus Tschechien war eine Anschu. Sie hatte sich in Yasin verliebt, einen Meerjungen, der ebenfalls ein Anschu war. Beide hatten grünliche, schuppige Haut, die schon von unzähligen Hautärzten untersucht worden war. Aleas Mutter hatte allerdings erklärt, dass die Haut der Anschu nur an Land aussähe, als litte jemand an einer ungewöhnlichen Form von Neurodermitis. Unter Wasser verwandelten sich die Schuppen und Narben in wunderschöne, blumenrankenartige Muster. Als Alea Zuzana dies erzählt hatte, war ihre Reaktion enorm berührend gewesen. »Unter Wasser bin ich schön?«, hatte Zuzana erstickt gefragt, und innerhalb von wenigen Minuten waren im Chat Dutzende von Herzchen an sie geschickt worden. Doch Yasin hatte die schönste Erwiderung für Zuzana gehabt: »Schön bist du schon jetzt.«

Innerhalb dieser wenigen Tage hatte es bereits mehrere solcher Augenblicke gegeben, in denen Alea unendlich dankbar dafür war, dass sie schon so viele Meerkinder gefunden hatten und diese sich gegenseitig Halt gaben. Sie selbst konnte zudem viele Antworten auf die Fragen der anderen beisteuern, und oft nahm sie ihnen damit Unsicherheiten oder schenkte ihnen Hoffnung – die Hoffnung darauf, irgendwann wieder dort leben zu können, wo sie geboren worden waren. Sie durften nicht aufhören, daran zu glauben, dass sie eines Tages ins Wasser zurückkehren und die Meerwelt neu auferstehen lassen würden. Das war noch immer Aleas großer Traum, und sie träumte ihn so unglaublich gerne.

Am heutigen Vormittag war es im Chat vor allem um Thea gegangen und darum, dass Alea sich mit Lennox auf die Suche nach ihr machte.

»Siska hat eine Sprachnachricht geschickt!«, stellte Alea fest. Siska war eine Darkonerin und eine der fleißigsten Teilnehmerinnen in der Gruppe. Gespannt hielt Alea ihr Handy samt Fisch auf Ohrenhöhe zwischen sich und Lennox und ließ die Nachricht leise ablaufen.

»Hier Siska«, meldete sich das Darkonermädchen. »Alea, Lennox, seid ihr schon auf dem Weg zur Loreley? Was habt ihr eigentlich vor, wenn ihr dort ankommt? Bitte erzählt uns alles ganz genau. Wenn ich ein paar Eckdaten habe, kann ich vielleicht eine Strategie für euch entwickeln.«

»Eine Strategie?« Aleas Augen wurden groß, als ihr klar wurde, dass sie bisher etwas außer Acht gelassen hatten – etwas, das womöglich entscheidend für ihre Suche sein konnte! »Siska ist eine Darkonerin – die geborene Fährtenleserin!« Mit einem Mal war sie ganz hibbelig. »Bestimmt kann sie uns helfen!«

Lennox' Gesichtsausdruck schwankte zwischen Verwunderung und plötzlicher Aufregung.

Währenddessen sprach Siska in der Voice-Message schon weiter. »Sagt uns, was ihr wisst, ja? Dann setz ich mich sofort dran und arbeite was für euch aus. *Adeus.*«

Da hatte Alea eine Idee. »Was, wenn Siska nicht bloß daheim eine Strategie für die Suche nach Thea entwickeln würde, sondern zu uns käme?«

Lennox legte den Kopf schief. »Du willst sie bitten, zur Loreley zu kommen?«

»Ginge das?« Während sie sprach, wurde Alea unsicher. »Ich sollte niemanden anstiften, die Schule zu schwänzen.« Davon abgesehen war sie doch eigentlich froh gewesen, eine

Zeit lang allein mit Lennox unterwegs zu sein. Andererseits war es wichtiger, Thea zu finden, und Siska war die Idealbesetzung für den Job der Spurensucherin.

»Siska könnte mit ihren Fähigkeiten unendlich wertvoll sein.« Abwägend wiegte Lennox den Kopf. »Es wäre dumm, das wegen ein paar verpasster Tage Schule zu ignorieren.«

Alea begann zu lächeln. »Ben sagt immer, er folgt nur den Regeln, die Sinn ergeben.«

»Und dass Siska in einem Sommer wie diesem, in dem sich das Schicksal der Welt entscheidet, brav in der Schule rumhockt, ist doch bescheuert!«, gab Lennox grinsend zurück.

»Na ja, sie hat nicht nur brav in der Schule gesessen«, wandte Alea ein. Immerhin war Siska eines der Meerkinder, die sich vor ein paar Wochen auf den Weg zum Loch Ness nach Rach Turana gemacht hatten, nachdem Alea sich nicht mehr bei ihnen gemeldet hatte. Dort hatten die Meerkinder die weise Artama informiert, dass Alea verschwunden war, und die Kendarerin hatte die Schweige-Schamire gebeten, Alea zu suchen und ihr den goldenen Umhang der Vergangenheit zu überlassen. Siska hatte also sehr viel mehr getan, als nur herumzusitzen. Allerdings war das Darkonermädchen inzwischen wieder zu Hause in Portugal bei ihren Landgänger-Adoptiveltern und lebte ein ganz normales Schülerinnenleben.

»Ich frage sie einfach.« Ohne zu zögern, rief Alea Siska an. Die hatte zum Glück gerade Pause. »*Unah*!«, grüßte Alea sie auf Hajara. Hallo. »Danke für deinen Vorschlag. Lennox und ich haben uns gefragt, wie genau du uns helfen könntest.«

»Ihr gebt mir alle Informationen, die ihr habt, und ich passe die Ermittlungsmethodik den individuellen Kriterien eurer Suche an.« Siska sprach schnell und konzentriert. »Daraus könnte ich einen detaillierten Plan für eure Nachforschungen erstellen.«

»Oh. Aha. Und den würdest du uns schicken?« Alea hörte selbst, wie viel Ungesagtes in dieser Frage mitschwang.

Am anderen Ende der Leitung herrschte auf einmal Stille.

»Siska?«

»Ich habe ein Sabbatjahr beantragt«, sagte Siska.

»Ein was?«

»Man kann ein Jahr Pause von der Schule machen, wusstest du das nicht?«

»Äh, nein. Das wusste ich nicht.«

»Jedenfalls habe ich den Antrag schon vor ein paar Wochen eingereicht«, fuhr Siska fort. »Ich habe nämlich das Gefühl, dass ich bei euch dringender gebraucht werde als hier.«

Siska hatte verstanden, worauf Alea mit ihrer Frage hinausgewollt hatte! Und sie war tatsächlich schon darauf vorbereitet und hatte vorsorglich ein *Sabbatjahr* beantragt!

Verblüfft sahen Alea und Lennox einander an.

»Damit könntest du recht haben«, bestätigte Alea dem Darkonermädchen. »Ehrlich gesagt, wäre es toll, wenn du zur Loreley kommen könntest.«

»Ich dachte schon, du fragst nie!«, rief Siska, und es war nicht zu überhören, wie sehr sie sich freute. »Alles klar. Ich setze mich noch heute in den Zug. In zwei Tagen bin ich da.« Es klang, als hätte sie sich die Zugverbindungen bereits herausgesucht.

Alea war froh und beeindruckt zugleich. »Du bist echt der Hammer, Siska!«

»Wenn es um was Wichtiges geht, laufe ich zur Höchstform auf.« Die Darkonerin schien komplett in ihrem Element zu sein. »Was genau wisst ihr über Theas Ziel? Gibt es weitere Hinweise auf Dinge oder Orte in der Nähe, die sie interessiert haben könnten?«

Alea bemühte sich nun, Siska alles zu erzählen, was sie wusste.

»Gut. Daraus lässt sich was machen.« Siskas Atem ging stoßweise. Rannte sie gerade? Möglicherweise nach Hause, um schnell ihre Sachen zu packen? »Wir sehen uns in Sankt Goarshausen!« Sankt Goarshausen war der Name des Ortes am Felsen der Loreley. Siska musste das recherchiert haben, denn Alea hatte es in der Chatgruppe nie erwähnt.

Mit einem erstaunt-freudigen Kopfschütteln packte Alea ihr Handy weg. Der Mann von gegenüber musterte sie argwöhnisch, aber das lag bestimmt vor allem daran, dass Lennox ihm die Sicht blockiert hatte und sie in einer merkwürdigen Sprache flüsterten.

»Siska lässt alles stehen und liegen, um uns zu helfen!«, sagte Alea auf Deutsch zu Lennox. »Wie krass.«

»Ja, echt prima.« In seiner Stimme schwang ein undefinierbarer Unterton mit.

»Was ist los?«

»In der Chatgruppe haben wir uns davor gedrückt, Siska etwas Bestimmtes zu sagen.« Lennox neigte das Kinn. »Wenn wir sie aber bald persönlich treffen, dann führt kein Weg daran vorbei, dass wir mit ihr über ihren Vater reden.«

Aleas Blick wurde starr. Siskas Vater Zeirus war der Anführer der überlebenden Darkoner – und er arbeitete für Doktor Orion. Es war elf Jahre her, da hatte Orion der Darkoner-Elitegruppe vorgemacht, er wolle die Meerwelt retten und den Wasservirus unschädlich machen. Dabei hatte er ihn selbst erschaffen! Doch das ahnten Zeirus und seine Leute damals noch nicht. Sie wussten nur, dass der Doktor einer der angesehensten Ärzte der Meerwelt war. Aus diesem Grund leisteten sie ihm den sogenannten Herrenschwur, der sie auf immer und ewig zu absolutem Gehorsam ihm gegenüber verdammte. Sobald Orion etwas von ihnen verlangte, mussten sie es tun, so als hätten sie keine Kontrolle über ihren eigenen Körper. Der Schwur hatte sie zu willenlosen Marionetten des Doktors gemacht.

»Du hast recht, wir müssen Siska einweihen«, sagte Alea beklommen. Bestimmt würde es der Darkonerin das Herz brechen, wenn sie erfuhr, was mit ihrem Vater geschehen war. »Sie wird nie eine normale Vater-Tochter-Beziehung zu Zeirus haben können. Er ist unser Feind, weil Orion unser Feind ist.«

»Wenn dieser verfluchte Herrenschwur nicht wäre!«, stieß Lennox hervor. »Wenn Zeirus und seine Leute den Doktor damals nur eher durchschaut hätten …«

»Orion ist leider ein Genie, wenn es um bösartige Pläne geht.« Alea bekam eine Gänsehaut, wenn sie an das nette Gesicht des Doktors mit der harmlosen, großen Brille dachte. Der Mann konnte gleichzeitig freundlich lächeln und sich die abscheulichsten Teufeleien ausdenken. »Sogar die schlauen Darkoner hat er hinters Licht geführt.«

»Es muss für Zeirus und die anderen furchtbar gewesen sein, als sie begriffen haben, dass sie dem schlimmsten Gangster aller Zeiten auf den Leim gegangen sind«, sagte Lennox mit einer Mischung aus Mitgefühl und Wut.

Alea schwieg kurz, dann fragte sie: »Wieso hatte Orion eigentlich keine Angst davor, die Darkoner den Herrenschwur schwören zu lassen? Immerhin ist es doch bestimmt Magie, die diesen Gehorsamkeitseffekt bewirkt. Orion hat aber panische Angst vor Magie! Warum hat er den Schwur trotzdem benutzt?«

Gedankenvoll strich Lennox sich über den Nacken. »Das ist eine gute Frage. Eigentlich macht sich Orion doch schon in die Hose, wenn bloß eine Finde-Finja vorbeikommt …«

Die Stimme einer Frau riss sie aus ihren Überlegungen. Die Schaffnerin stand neben ihnen und wollte ihre Tickets sehen. Alea wühlte sie aus ihrer Tasche hervor und zeigte sie der Frau, die daraufhin in lautem Englisch mit schwerem italienischem Akzent nach ihren Bahncards fragte.

Alea wurde heiß und kalt zugleich. Hatte sie etwa falsche Tickets gekauft?

Als sie keine Bahncards vorzeigen konnten, teilte die Schaffnerin ihnen mit, dass sie den Zug unverzüglich verlassen müssten, wenn sie nicht nachzahlen konnten. Und das konnten sie nicht. Gerade fuhren sie in einen Bahnhof ein, und Alea las das Ortsschild »Freiburg«. Die Schaffnerin wurde immer lauter und zupfte an ihren Rucksäcken. Sie wollte sie ganz offensichtlich auf der Stelle aus dem Zug werfen!

Ihnen blieb nichts anderes übrig, als auszusteigen. »Ist ja

gut!«, rief Lennox mit erhobenen Händen und schulterte seinen Rucksack und seine Gitarre. Alea packte ebenfalls ihre Sachen, und kurz darauf standen sie auf dem Bahnsteig.

Der Zug fuhr ab, und Alea und Lennox blickten ihm mit betretenen Mienen hinterher. Sie waren irgendwo auf halbem Weg zur Loreley und hatten keinen Cent für neue Fahrkarten.

Gestrandet

»*Schattfa*!«, fluchte Alea auf Hajara. »Wieso hab ich beim Kauf der Tickets nicht besser aufgepasst? Jetzt verlieren wir unnötig Zeit, und mit jedem weiteren Tag wird es schwieriger, Theas Spur aufzunehmen!«

»Jeder kann mal was übersehen«, versuchte Lennox, sie zu trösten.

»Aber was, wenn wir Thea deswegen verpassen?« Alea war ganz aufgebracht. »Am besten fährst du ohne mich weiter.«

Entgeistert schaute Lennox sie an. »Ohne dich? Und ohne Fahrkarte?«

Eigentlich hasste Alea es, wenn Lennox seine Unsichtbarkeit nutzte, um nicht bezahlen zu müssen, aber dies war ein Notfall. »Du wirst beim Fahren ohne Ticket eben einfach nicht erwischt. Wenn du in den nächsten ICE steigst, könntest du in ein paar Stunden auf dem Loreley-Felsen stehen! Ich komme irgendwie nach.«

Lennox schüttelte den Kopf. »Das kommt nicht infrage. Ich werde auf keinen Fall ohne dich fahren.«

»Warum nicht?«

»Warum nicht?«, fragte Lennox, als wäre allein die Vorstellung absurd. »Ich bin dein Krieger. Dein Beschützer! Ich lasse dich unter keinen Umständen einfach hier am Bahnhof stehen, egal ob es dadurch schwieriger wird, Thea zu finden.« Sein Blick intensivierte sich. »Du bist wichtiger als Thea.«

Das verschlug Alea für einen Moment die Sprache. Als sie sie wiederfand, fragte sie: »Aber was sollen wir dann machen?«

Lennox war gerade damit beschäftigt, den Bahnhof nach Gefahren abzusuchen. Alea kannte diesen Blick gut – Lennox scannte die Umgebung förmlich ab und nahm jeden Passanten, jede dunkle Ecke und jede Ungewöhnlichkeit genau ins Visier. Anschließend schob er Alea ein paar Meter weiter. Sie hatten direkt unter einer Überwachungskamera gestanden. Ungeachtet dessen, dass sie Doktor Orion abgehängt hatten, konnte man nicht vorsichtig genug sein.

»Was wir machen sollen?«, wiederholte Lennox die Frage. »Wir verdienen uns das Geld für die Fahrt.« Er klopfte auf seine schwarze Gitarre. »Machen wir Musik.«

Alea hatte ihr eigenes Instrument, ihre wassergefüllten Weingläser, zwar nicht dabei, aber sie könnte mit Lennox singen. Inzwischen war sie in Bezug auf ihre Singstimme etwas selbstbewusster, obwohl sie noch immer furchtbar nervös wurde, wenn sie vor Fremden auftrat. »Stimmt, wir könnten Straßenmusik machen.« Damit hatten sie schon öfter richtig viel Geld verdient. »Aber gleich hier?« Sie ließ den Blick umherschweifen. Das Bahngleis war voller hektisch aneinander vorbeieilenden Menschen. »Vielleicht verlegen wir das Ganze besser nach draußen vor den Bahnhof, da werden wir von mehr Leuten gehört.«

Lennox nickte. Sie marschierten aus dem Bahnhofsgebäude hinaus und ein Stück weiter, bis sie kurz vor dem Busbahnhof eine gute Stelle fanden.

»Hier?«, fragte Alea.

Lennox grinste zur Antwort, ließ seinen Rucksack auf den Boden sinken und nahm die Gitarre vor die Brust. Schon begann er zu spielen. »Jawohl, gleich jetzt und hier«, sagte er schelmisch lächelnd und fing an zu singen. »*Manche Leute sagen, ich wär ein echter Sonderling. Ein richtig schräger Vogel, so total nicht normal …*« Das war einer ihrer eigenen Songs, die sie zusammen mit Tess, Ben und Sammy geschrieben hatten. Er war eine Hymne auf das Anderssein und die Freundschaft, und er hieß »Anker im Sturm«.

Alea wusste, dass sie gleich mit Singen dran war, und von einem Augenblick auf den anderen war ihre Kehle vor Aufregung wie ausgedörrt. Doch sie riss sich zusammen und sang. *»Ich pass in keinen Rahmen, wie ein Bild, das sich bewegt …«*

Einige der vorbeihastenden Leute warfen ihnen neugierige Blicke zu, doch niemand blieb stehen. Alea erhöhte die Lautstärke ihrer Stimme und setzte ihren eigenen Rucksack ab. Lennox und sie sangen den Refrain gemeinsam, und sie klangen gut, allerdings fehlten die Stimmen von Tess, Sammy und Ben sehr. Alea blickte sich um. Ihr Gesang schien niemanden übermäßig zu interessieren. Als das Lied vorüber war, gab es keinen Applaus – und auch kein Geld.

»Wir müssen das anders angehen.« Alea zog ihre meerblaue Lieblingsmütze aus ihrem Rucksack und legte sie so auf den Boden, dass sich darin jede Menge Münzen sammeln konnten. »So. Und jetzt singen wir Songs, die gut zu zweit funktionieren.«

»Am besten Liebeslieder«, erwiderte Lennox. »Wenn wir uns beim Singen tief in die Augen schauen, können wir die Leute am ehesten in unseren Bann ziehen.«

Alea wusste gleich, worauf er anspielte. Als sie vor einigen Wochen in Edinburgh zu zweit aufgetreten waren, hatten sie einen bestimmten Song gesungen, und es war einer der schönsten Momente in Aleas Leben gewesen. Lennox und sie hatten sich beim Singen geradezu in den Augen des anderen verloren, und ihre vereinten Stimmen hatten wie aus einer anderen Welt geklungen.

Genau dieses Lied spielte Lennox jetzt, und plötzlich war Alea nicht mehr nervös. Sie nahm die vielen Menschen kaum noch wahr und versank gänzlich in Lennox' azurblauen Augen.

Sie begannen zu singen, und mit einem Mal lag Magie in der Luft. Es war, als bräche die Liebe, die sie füreinander empfanden, aus ihren Stimmen hervor, sodass alle sie hören und fühlen konnten.

Als sie endeten, erklang Beifall. Eine Handvoll Menschen war stehen geblieben und hatte ihnen zugehört, wie Alea nun zufrieden feststellte. Doch nur eine einzige Münze lag in der Mütze.

»Wir müssen nachlegen.« Alea bat Lennox, einen der größten Lovesongs aller Zeiten zu spielen. Sie wusste, dass Lennox die Akkorde dazu kannte, denn sie hatte das Lied schon öfter in seinem Repertoire gehört.

Lennox fing an zu spielen und sang mit ihr gemeinsam die erste Strophe, weil sie die Liedstellen nicht unter sich aufgeteilt hatten. Aber es war sowieso am schönsten, wenn sie beide gleichzeitig sangen. Lennox hatte einen gefühlvollen, warmen Tenor und Alea einen hellen, klaren Sopran. Ihre Stimmen durchdrangen die alltagsgehetzte Atmosphäre des Bahnhofs wie Sonnenstrahlen und öffneten ein kleines Fenster in die Zauberwelt der Musik.

Auch für dieses Lied ernteten sie Applaus und sogar Jubelrufe. Allerdings holten nur wenige Leute ihre Geldbörsen heraus. Die meisten eilten gleich nach dem Ende des Liedes weiter.

»Noch eins.« Unbeirrt spielte Lennox ein drittes Liebeslied. Alea kannte es gut, und auch dieses Mal vermochten sie es, eine besondere Stimmung zu erschaffen. Sie schwelgten regelrecht in dem Lied und in sich selbst als den Überbringern der Musik. Sobald ihre Darbietung vorüber war und die Leute klatschten, war Alea das Geld für einen Augenblick gleichgültig, und sie warf Lennox ein Küsschen zu. Lennox lächelte und machte zur Antwort das »Ich liebe dich«-Gebärdenzeichen. Er hatte in diesem Sommer ebenfalls angefangen, diese Sprache zu lernen, und manchmal unterhielten sie sich schon ein bisschen auf diese Weise.

Als Lennox nun »Ich liebe dich« gebärdete, lief Alea rot an und grinste von einem Ohr zum anderen. Sie erwiderte das Zeichen, was wiederum Lennox zum Strahlen brachte.

Eine junge Frau im Publikum sah den Austausch und hob die Hand zum Metal-Gruß. Sie schien zu denken, sie hätten gerade das Rock-Zeichen gemacht. Doch beim Gebärdenzeichen für »Ich liebe dich« wurde der Daumen abgespreizt, beim Hardrock-Hallo war er eng angelegt.

Verschwörerisch zwinkerte Alea Lennox zu. Sie hatten eine Geheimsprache.

Die Menschen, die ihnen zugehört hatten, zerstreuten sich in Windeseile, und bald standen Alea und Lennox wieder allein da. Alea kniete sich neben ihre Mütze und zählte das eingenommene Geld. »Einundzwanzig Euro«, vermeldete sie enttäuscht. »Mit dem Singen kriegen wir heute niemals genug für die Fahrt zusammen.« Es wurde langsam Abend.

Lennox hob die Schultern. »Tja, manchmal klappt es einfach nicht so gut. Warum auch immer …«

»Und jetzt?« Alea schnitt eine Grimasse. »Wo schlafen wir heute Nacht?«

»Wie wäre es mit einer Jugendherberge?«, schlug Lennox vor, wirkte selbst aber nicht so recht überzeugt von der Idee. »Dafür könnte das Geld reichen.«

»In einer Jugendherberge dürfen Jungs und Mädchen nicht im selben Zimmer übernachten, oder?«, wandte Alea ein und war sich ziemlich sicher, dass das der Grund war, warum Lennox nicht begeistert wirkte. »Ich würde mich beim Einschlafen aber gern an dich kuscheln.«

Lennox lächelte. »Dann werden wir heute Nacht wohl unter freiem Himmel schlafen«, stellte er sichtlich zufrieden fest. »Laut Wetterbericht soll es trocken bleiben.«

Alea fand die Aussicht darauf, mit Lennox unter dem Sternenhimmel zu campen, sogar ziemlich schön. »Fahren wir am besten raus aus der Stadt und suchen uns ein schönes Plätzchen im Grünen.«

Lennox war ohne Weiteres einverstanden. Und so schulterten sie ihre Rucksäcke und nahmen einen Bus. Lennox kaufte keine Fahrkarte. Das Geld war einfach zu knapp.

Zuerst standen sie eine ganze Weile lang auf dem Gang des übervollen Busses, und Alea hing der Rucksack schwer an den Schultern. Nach und nach wurde es jedoch leerer, und schließlich konnten sie sich sogar nebeneinandersetzen. Sie hatten die Stadt verlassen und fuhren durch eine wunderschöne Naturlandschaft. Neugierig betrachtete Alea die lang gezogenen, bewaldeten Hügel, die schroffen Schluchten und saftig grünen Hochweiden, die vor dem Fenster vorüberzogen. Dies war also der weltberühmte Schwarzwald, und er wurde seinem Ruf als malerisches Touristenziel vollauf gerecht.

Lennox strich Alea eine Haarsträhne hinters Ohr. »Es ist schön hier mit dir«, raunte er, und Alea freute sich zum wahrscheinlich millionsten Mal darüber, dass Lennox jemand war, der ganz offen über seine Gefühle sprechen konnte. »Selbst so ein normaler Moment im Bus wie jetzt ist etwas Besonderes mit dir.«

Alea lächelte, als er die Hand unter ihr Kinn schob und seine Lippen die ihren berührten. Sie liebte es, Lennox zu küssen. Anfangs war sie zwar sehr schüchtern und unsicher gewesen, weil sie noch nie zuvor einen Jungen geküsst hatte, aber sie hatte schnell herausgefunden, dass das Küssen nichts war, vor dem man Angst haben musste. Oder lag es allein an Lennox? Er setzte sie nie unter Druck und war immer unendlich behutsam mit ihr. Gleichzeitig konnten ihre Küsse aber auch sehr aufregend sein, und Alea merkte dann, dass sie gar nicht mehr aufhören wollte.

So war es auch jetzt. Sie ließ sich voll und ganz fallen und bemerkte kaum noch, was um sie herum vor sich ging. Lennox schmeckte genauso gut, wie er roch – nach Weite, Wärme und Wasser –, und Alea konnte einfach nicht genug von ihm bekommen.

Plötzlich löste sich Lennox von ihr. Seine Wangen waren gerötet und sein Haar zerzaust – was damit zu tun haben konnte, dass Alea es liebte, in seinen Haaren herumzuwuscheln.

»Oh.« Alea bemerkte, dass der Bus nicht mehr fuhr.

»Endstation!«, rief die Busfahrerin. »Bitte aussteigen!«

»Na, das ist dann wohl unsere Station«, scherzte Lennox.

Sie rafften ihre Sachen zusammen und verließen den Bus. »Wo sind wir hier?« Alea drehte sich einmal um die eigene Achse. Hinter ihnen schien ein dichter Wald zu beginnen, und auf der anderen Seite erstreckte sich ein Tal. Darin lagen ausgedehnte Felder im Abendrot, und in der Ferne waren ein paar vereinzelte Gehöfte zu erkennen.

Alea und Lennox liefen einfach drauflos und begegneten keiner Menschenseele. Nur die Grillen zirpten laut, und nach und nach huschten immer mehr Glühwürmchen über den Weg. Schließlich fanden sie eine schöne Stelle auf einer Obstbaumwiese, die richtig zum Verweilen einlud. Unterwegs hatten sie trockene Äste gesammelt, mit denen sie ein kleines Feuer entfachen konnten.

Alea schnappte sich Lennox' Gitarre, setzte sich auf ihren

Schlafsack und begann zu spielen. Sie hatte erst in diesem Sommer Gitarrespielen gelernt und war nicht besonders gut, aber sie liebte es, zu üben. Während sie nun ein paar Melodien zupfte und einfache Akkorde anschlug, zückte Lennox ihre Sengbohne. Diese sah aus wie eine eingedrückte Marzipankartoffel, aber hinter dem unauffälligen Äußeren verbarg sich eine große Macht: Eine Sengbohne produzierte flüssiges Feuer. Lennox hatte sie mitgenommen, um damit Wasser erwärmen zu können. Das war für ihn überlebenswichtig, denn inzwischen war er nicht mehr durch Rotfarn geschützt. Rotfarn oder *Rofus* war ein Meerkraut, das Lennox vor den Folgen des Wasservirus schützte. Vor ihrer Abreise hatten sie allerdings nichts mehr davon auftreiben können. Lennox war sogar im Meer gewesen und hatte eine Finde-Finja gerufen, doch vergebens. Der Virus war nun wieder gefährlich für ihn, und nur, wenn Lennox sich gut vor Regen und jeder anderen Form von kaltem Wasser schützte und auch sein Trinkwasser erhitzte, blieb er von den Folgen des Virus verschont.

Kunstfertig verstärkte Lennox die großen Steine, die im Kreis um ihr Holz herum aufgestapelt lagen. In seiner Zeit als Straßenjunge hatte er wohl Hunderte Male auf diese Weise Feuer gemacht. Doch damals hatte er noch keine Sengbohne besessen.

Nachdenklich sagte Alea: »Ich hätte es besser gefunden, wenn du einfache Streichhölzer fürs Feuermachen mitgenommen hättest.« Darüber hatten sie vor ihrer Abreise bereits kurz gesprochen, und sie waren unterschiedlicher Meinung gewesen. Lennox hatte die Bohne nicht bloß zum Feuermachen mitnehmen wollen, sondern auch als Waffe. Schließlich wussten sie nicht, was sie auf dieser Reise erwartete. Alea war jedoch dagegen gewesen, denn man konnte mit der Bohne nicht nur ein Feuer entfachen, sondern Dinge gleich ganz in Luft auflösen! Wenn es um Müll ging, war das überaus praktisch. Aber was würde passieren, wenn man die Bohne auf einen Menschen richtete und abdrückte? Alea mochte sich das gar nicht erst vorstellen.

Lennox erforschte ihr Gesicht. »Ich glaube immer noch, dass es gut war, die Bohne mitzunehmen. Nicht nur als Feuerspender, sondern eben auch, falls wir in eine brenzlige Situation geraten. Man kann mit der Bohne ja auch nur drohen und muss sie gar nicht benutzen.«

»Zu drohen kann aber dazu führen, dass die anderen ihre Waffen ziehen, obwohl sie das sonst nicht getan hätten«, entgegnete Alea. Waffen dabeizuhaben, erhöhte ihrer Meinung nach die Wahrscheinlichkeit, dass sie auch zum Einsatz kamen. Im Zweifelsfall eskalierte eine Situation dadurch schneller.

Lennox rieb mit dem Daumen über die Unterseite der Sengbohne, aus der daraufhin eine grüne Flamme hervorquoll. Als er die Bohne auf das gesammelte Holz richtete, geriet es augenblicklich in Brand.

»Stell dir mal vor, anstelle der Zweige hätte ein Mensch dort gesessen …«, sagte Alea leise.

Lennox starrte ins Feuer und schien darüber nachzudenken. »In Ordnung«, gab er nach. »Ich werde die Sengbohne von nun an in meinem Rucksack aufbewahren anstatt in meiner Jackentasche. Dann ist die Gefahr, dass ich sie im Affekt auf einen Menschen richte, sehr gering.«

Alea war mehr als froh, dass er sich hatte überzeugen lassen. »Wunderbärchen.« Sie küsste ihn und rückte näher an ihn heran. Obgleich es eine recht laue Spätsommernacht war, tat die Wärme des Feuers gut. Eine Zeit lang starrte sie in die züngelnden Flammen, während Lennox in einem Topf Wasser heiß machte und ihr wenig später einen Becher Tee hinhielt. »Unser Abendessen«, sagte er schräg grinsend.

»Ein Festmahl«, gab sie zurück und trank. »Eigentlich hätten wir heute Abend bei der Loreley ankommen sollen …«

Das schien Lennox auf eine Idee zu bringen. Doch bevor er Alea verriet, welche das war, stand er auf und blickte sich um, als wollte er zuerst sichergehen, dass keinerlei Gefahr drohte. »Vielleicht können die Silberfäden uns Hinweise auf Theas Aufenthaltsort geben.« Er setzte sich wieder zu ihr. »Lass es uns mal probieren. Womöglich sehen wir ja neue Visionen.«

»Oh ja!« Das war ein sehr guter Einfall. Rasch holte Alea die kleine Plastiktüte mit den beiden Silberfäden aus ihrer Bauchtasche. Sie hatte die Fäden zwar erst vor zwei Tagen zum letzten Mal benutzt, und die Visionen änderten sich meist erst, wenn sie sich erfüllt hatten. Aber einen Versuch war es wert.

Mit höchster Aufmerksamkeit nahm Alea den ersten der beiden Fäden zwischen Daumen und Zeigefinger. Bevor sie ihn aus der Tüte ziehen konnte, zuckten bereits Bilder vor ihrem inneren Auge auf.

Ben und Sammy. Die beiden befanden sich in einer Gondel,

sangen aus voller Brust und trugen Strohhüte mit roten Bändern.

Schneller als Alea bis zehn zählen konnte, war die Vision schon wieder vorbei. Es war zudem eine, die sie bereits etliche Male gesehen hatte. Wann würde sie wohl Wirklichkeit werden?

Alea wartete, ob der Faden ihr noch eine weitere Vision zeigen würde, aber alles blieb dunkel.

»Wieder die Vision von Sammy und Ben in der Gondel«, informierte sie Lennox kurz, bevor sie nach dem zweiten Faden griff. Im gleichen Moment war es abermals, als schössen Bilder in ihren Kopf.

Eine laute Straße in Rom. Im Hintergrund das Kolosseum. Ein Kiosk mitten auf dem Gehweg. Doktor Orion an einem hohen Bistrotisch. In der einen Hand hielt er eine Zeitung mit fetter Schlagzeile, in der anderen eine kleine Espressotasse. Als er den Blick hob, entdeckte er Alea. Mit niemandem hatte er wohl weniger gerechnet als mit ihr, denn die Überraschung stand ihm ins Gesicht geschrieben.

Mit dem nächsten Atemzug war die Vision vorüber. Auch diese war nicht neu. »Orion vor dem Kolosseum in Rom«, sagte Alea verdrossen, denn sie hatte gehofft, Thea sehen zu können. »Alles unverändert.«

»Das ist doch gut!«, fand Lennox. »Das heißt, unser Orion-Plan kann nach wie vor umgesetzt werden.«

Das stimmte auch wieder.

»Ich versuch es mal.« Lennox sah mit den Fäden stets andere Dinge als Alea, was nicht verwunderlich war – man blickte bei den Visionen immer durch die Augen seines eigenen zukünftigen Ichs.

Lennox ließ sich die Tüte geben und steckte die Hand hinein. Sobald er den ersten Faden umfasste, richtete sich sein Blick nach innen. Schon kurz darauf ließ Lennox den Faden mit versteinerter Miene wieder los.

»Was hast du gezeigt bekommen?«, fragte Alea alarmiert. »Etwas Schlimmes? Ist was mit Thea?«

Lennox schien sich erst sammeln zu müssen, bevor er antwortete. »Ich habe den Silberumhang gesehen.«

Bestürzt starrte Alea ihn an. Lennox wirkte, als hätte die Vision ihm etwas Schreckliches gezeigt!

»Jemand wird den Silberumhang zerstören«, kam es gepresst aus Lennox hervor. »Ich habe Hände gesehen, die eine Sengbohne auf den Umhang gerichtet haben. Dann ist ein grüner Blitz aus der Bohne hervorgezuckt und hat den Umhang in Flammen gesetzt. Er ist verbrannt!«

Alea fühlte sich, als ob jemand ihr in den Magen geboxt hätte. Das konnte einfach nicht wahr sein! Der Legende nach brauchte sie den Silberumhang, um die Ozeane zu retten. Und nun hatte Lennox gesehen, wie das magische Gewand in Flammen aufging? Aber nein, Moment mal – brauchte sie den Silberumhang denn noch immer unbedingt? Immerhin besaß sie jetzt den goldenen Umhang der Vergangenheit. Hatte der König der Schweige-Schamire ihr nicht gesagt, dass dieser den Verlust des Silberumhanges wettmachte?

Bisher hatte Alea gehofft, dass sie den Silberumhang trotzdem zurückerobern konnten. Die Nixe Mura hatte ihn ihr gestohlen und war damit wahrscheinlich zur Nixenhauptstadt aufgebrochen, um Königin zu werden. Mura würde den Umhang niemals zerstören – oder doch?

»Wie haben die Hände ausgesehen, die mit der Sengbohne auf den Umhang geschossen haben?«, wollte Alea wissen. »Könnten das Nixenhände gewesen sein?«

Lennox dachte kurz nach. »Nein, das waren keine Nixenhände – sie waren nicht türkisfarben, sondern weiß. Und obwohl es von der Perspektive her aussah, als wären es meine eigenen Hände, kann das nicht sein. Ich habe nämlich Schwimmhäute zwischen den Fingern erkannt, und ich habe ja keine. Die Hände müssen also einem Meermenschen gehören, der unmittelbar neben mir stehen wird, wenn er den Umhang zerstört.«

»Aus welchem Grund sollte ein Meermensch den Silberumhang zerstören?«, fragte Alea ratlos und noch immer ein wenig schockiert.

»Keine Ahnung. Aber warte mal, ich probiere den zweiten Faden.« Das tat Lennox nun, der Faden zeigte ihm allerdings lediglich dieselbe Vision ein zweites Mal.

Alea grübelte. »Wenn wir nur wüssten, was in der Zwischenzeit in der Nixenhauptstadt passiert ist! Meinst du, der Goldumhang zeigt mir, was Mura mit dem Silberumhang gemacht hat? Schließlich ist im Goldumhang alles gespeichert, was in der Vergangenheit geschehen ist.«

»Versuch es doch einfach mal.« Lennox stand auf und überprüfte erneut die Umgebung. Sobald er ihr sein Okay gab, packte Alea die Tüte mit den Silberfäden wieder in ihre

Bauchtasche und holte den Goldumhang heraus. Sein Stoff floss weich und glatt wie Wasser durch die Finger. Mit einer schnellen Bewegung warf Alea sich das Zaubergewand über die Schultern. *Zeig mir, was Mura mit dem Silberumhang gemacht hat,* bat sie den Umhang in Gedanken. Er verriet ihr jedoch nichts über die Nixe. Stattdessen zeigte er Alea etwas völlig anderes …

Die Besten der Besten

Bilder stiegen wie Umrisse aus Nebelschwaden auf. Die »Filme« des Goldumhanges waren viel detailreicher und länger als die Silberfadenvisionen. Davon abgesehen entführten sie Alea in die Vergangenheit, nicht in die Zukunft.

Was sie nun sah, verschlug ihr den Atem.

Doktor Orion und einer seiner Männer, der spindeldürre Jinx, der wohl so etwas wie seine rechte Hand war, standen in Orions Labor in der Villa Konungur. Alea erkannte den Raum sogleich wieder – sie hatte selbst dort gestanden, als die Alpha Cru vor ein paar Wochen in Island gewesen war. Orion und Jinx wirkten jedoch deutlich jünger, bestimmt zehn Jahre, wenn nicht mehr!

Der Doktor und Jinx unterhielten sich auf Hajara, und Alea verstand jedes Wort, als stünde sie gleich daneben.

»Ich habe mir etwas überlegt«, sagte Orion gerade, und seine grauen Augen leuchteten hinter den Brillengläsern. »Ich will Darkoner in unser Team holen.«

»Darkoner? Das ist nicht dein Ernst!«, gab Jinx zurück und klang beinahe, als wollte er Orion auslachen. »Sobald die erfahren, was du wirklich im Schilde führst, wäre sofort alles vorbei. Die würden dich ratzfatz dingfest machen und einer Lafora übergeben.«

Orion erblasste, fing sich allerdings schnell wieder. »Ja, aber was, wenn sie das nicht könnten?«

Jinx spitzte den Mund. »Unterschätz sie nicht! Es gibt niemanden, der gefährlicher ist als Darkoner.«

»*Ich* bin gefährlich.«

»Ja, klar.« Jinx seufzte. »Leg dich trotzdem nicht mit Darkonern an, wenn es nicht unbedingt sein muss.«

Alea spürte, dass Lennox sich direkt neben sie setzte und sein Bein das ihre berührte. Doch er blieb ganz still und störte sie nicht, während sie den Film verfolgte.

Doktor Orion nahm gerade die Hände aus den Taschen seines Kapuzenpullis und begann zu gestikulieren. »Warte erst mal ab, bis ich dir von meinem Plan erzählt habe!« Er strich sich über die braunen Locken, die ein gutes Stück kürzer waren als in der Gegenwart. »Es gibt da ein Ritual, von dem ich gerade erst erfahren habe. Damit könnte ich –«

»Stopp mal«, bremste Jinx ihn und hob die Hand. Seine Raffnarben waren deutlich als rote Knubbel zwischen den Fingern zu erkennen. »Was für ein Ritual?«

»Der sogenannte Herrenschwur«, antwortete Orion geheimnisvoll.

»Was ist das?« Jinx schaute Orion an, als nervte es ihn, dass er dem Doktor alles aus der Nase ziehen musste. »Was wird da geschworen?«, schob er fordernd nach, und Alea wunderte sich, dass Jinx keine Angst vor Orion zu haben schien. »Von einem Herrenschwur hab ich noch nie was gehört.«

»Kein Wunder, der Schwur ist in der Meerwelt nicht besonders bekannt«, erklärte Orion. »Die Darkoner lieben ja festliches Getue und halten für jede noch so kleine gute Tat und jede bestandene Mutprobe gleich eine Zeremonie ab. Kein Mensch kann sich merken, was für Rituale die alle veranstalten.«

Jinx schnaufte. »Ja, bei diesem ganzen Darkoner-Ehrenquatsch hab ich noch nie durchgeblickt.«

»Aber ich habe mich über ihren Herrenschwur informiert!« Orion blickte Jinx an, als wollte er ihn beeindrucken. »Der Schwur ist der Schlüssel. Obwohl er eigentlich nur viel Brimborium um nichts ist.«

Jinx runzelte die Stirn. »Jetzt kapier ich gar nichts mehr. Wie kann viel Brimborium um nichts der Schlüssel sein?«

»Mit dem Herrenschwur verschreibt sich ein Darkoner einem Herren und schwört, ihm sein gesamtes Können zu widmen«, erläuterte der Doktor. »Untergebene schwören zum Beispiel ihrem Anführer, dass sie ihm folgen und ihn unterstützen werden – alles innerhalb eines großen Rituals. Dabei knien sie vor dem Herren nieder und umfassen mit einer dramatischen Geste sein Schwert, bis ihr hervorquellendes Blut den Treueschwur besiegelt.«

»Klingt echt darkonisch«, spottete Jinx verächtlich. »Übertrieben bis zum Gehtnichtmehr! Wenn man bedenkt, wie viel Zeit diese Helden-Heinis mit dem ganzen Theater vergeuden!«

»Schon. Aber …« Auf Orions Gesicht machte sich ein hinterlistiges Lächeln breit. »Wenn ich es richtig anpacke, kann ich mir dieses Ritual zunutze machen.«

»Was hast du vor?« Jinx' Augen verengten sich. »Worauf willst du die ganze Zeit hinaus?«

Orions schauderhaftes Lächeln vertiefte sich. »Ich werde mir durch den Herrenschwur eine erstklassige Elite-Armee aus Darkonern erschaffen.«

»Die Darkoner sollen *dir* die Treue schwören?«, fragte Jinx ungläubig.

»Ja, und zwar Zeirus und seine Mannschaft. Ich will die Besten der Besten.«

Alea erschauderte. Das war wohl der Moment, der Zeirus' Schicksal besiegelt hatte.

»Zeirus?« Jinx lachte, als wäre das eine Schnapsidee. Doch dann schien er darüber nachzudenken. »Hm, wenn du Zeirus erzählst, dass du gegen eine schlimme Krankheit kämpfen willst, die die ganze Meerwelt bedroht, und dass nur er und seine Leute dir dabei helfen können, sie einzudämmen, kriegst du ihn vielleicht wirklich dazu.«

»Genau! Darkoner muss man bei der Ehre packen. Ich würde Zeirus und seine Truppe hierher einladen und ihnen erzählen, dass sich ein gefährlicher neuer Virus ausbreitet – und zwar, bevor ich ihn aussetze! Sonst verliere ich zu viele von ihnen. Ich sage Zeirus, dass ich an einem Gegenmittel arbeite und seine Unterstützung brauche, um die Meermenschheit vor einer gigantischen Katastrophe zu bewahren.« Seine Augen strahlten vor Faszination.

»Gut, aber sobald rauskommt, dass du es warst, der den Virus erschaffen und verbreitet hat, wenden sich die Darkoner doch prompt gegen dich!«, entgegnete Jinx.

»Was, wenn sie das dann nicht mehr können?«, fragte Orion mit unheilvoller Stimme. »Was, wenn das Herrenschwur-Ritual, das ich mit den Darkonern abhalten würde, anders wäre als alle zuvor? Wenn es nicht nur eine große Show wäre, nicht nur sinnloses Schwertschwenken und hohle Worte, sondern wenn tatsächlich etwas *passieren* würde?«

Jinx senkte das Kinn. »Ich bin ganz Ohr.«

»Ich habe doch vor einiger Zeit Tests mit einem Darkoner gemacht, weißt du noch?« Orion freute sich sichtlich, dass Jinx ihm nun gebannt an den Lippen hing. »Dabei habe ich etwas außerordentlich Interessantes herausgefunden: Darkoner haben ein bisher unbekanntes, zusätzliches Gen. Es schlummert in ihren Zellen und wartet nur darauf, aktiviert zu werden.«

Alea schnaufte überrascht und spürte, dass Lennox sich ihr daraufhin zuwandte. Doch sie konnte jetzt nichts erklären.

»Was ist das für ein Gen?«, hakte Jinx nach.

»Eines, das das Potenzial verstärkt.« Orion ließ seine Worte einen Moment lang wirken, dann fügte er hinzu: »Mit der Aktivierung des Gens findet eine Optimierung auf der Molekularebene statt, eine Art Metamorphose! Die Darkoner erlangen dadurch Fähigkeiten, von denen man bisher nur träumen konnte.«

Jinx griff nach seinem Arm. »Etwa so etwas wie Superkräfte?«

»Ganz genau! Und es kommt noch besser!« Orion gluckste, und es klang völlig irre. »Wenn man das Gen auf eine bestimmte Weise manipuliert, kann man die entstehenden

Kräfte der Darkoner mit bedingungsloser Hörigkeit koppeln. Dann sind sie einer einzigen Person hörig.«

»Das …« Jinx wirkte völlig baff. Staunend ließ er den Arm des Doktors los. »Sie hätten dann *einen* Gebieter.« Er grinste verblüfft. Sein blasses, hageres Gesicht mit den dunklen Augen wirkte wie ein Totenkopf. »Einen Herren, für den sie ihre Superkräfte einsetzen.«

»Einsetzen *müssen*!«, betonte der Doktor. »Sie müssen ihre Kräfte zu hundert Prozent in den Dienst ihres Herren stellen.«

Erstaunt schüttelte Jinx den Kopf. »Sie können dann gar nicht anders, weil ihr freier Wille genetisch ausgeschaltet ist?«

»Ja!«, bestätigte der Doktor schrill. »Ich könnte sie wie Hampelmänner tanzen lassen!« Er nahm die Brille ab und rieb sich über die Augen, als wäre er zutiefst gerührt. »Und das Beste daran ist, dass eine solche Herrenbindung nur ein einziges Mal vorgenommen werden kann. Wenn ein Darkoner erst einmal genetisch mit mir verbunden ist, kann niemand anderes mehr sein Herr werden!«

Jinx und er verfielen in hässliches Gelächter.

»Und du hast herausgefunden, wie genau du das erreichen kannst?«, fragte Jinx wissbegierig weiter.

»Natürlich. Ein fein abgestimmtes Serum aus Karborizikum, Darbstoff, Bethan und Erartikum muss ins Blut der Darkoner, damit das Gen aus dem Tiefschlaf erwacht und die Superkräfte aktiviert werden. Wenn ich –«

»Du präparierst das Schwert!«, fuhr Jinx dem Doktor dazwischen. »Bei dem Herrenschwur! Du veranstaltest diesen Schwur-Zirkus und hältst ihnen dabei ein präpariertes Schwert hin, das sie umfassen und das ihre Haut verletzt!«

»Richtig«, antwortete Orion. Es schien ihm nichts auszumachen, wie harsch Jinx ihn unterbrochen hatte. Vielmehr genoss er es wohl in vollen Zügen, dass Jinx ebenso hingerissen war wie er selbst. »Das Schwert wird mit dem Serum benetzt sein.«

»Und wie kann man diesen Prozess mit bedingungsloser Hörigkeit verknüpfen?«

»Die DNA des Herren muss zusätzlich ins Blut der Darkoner gelangen.«

»Du mischst irgendwas mit deiner DNA in das Serum hinein!«

»Leider geht das nicht«, bedauerte Orion. »Das wäre das Einfachste gewesen, aber dafür ist das Serum zu konzentriert. Ich habe mir allerdings etwas anderes einfallen lassen. Letztendlich finde ich immer einen Weg.« Die Selbstzufriedenheit, die aus seinen Worten sprach, war kaum zu ertragen. »Ich werde dem Ritual etwas hinzufügen.« Der Doktor lachte leise. »Ich werde behaupten, auf Island wäre es üblich, Zeremonien mit einem Bruderkuss abzuschließen.«

»Mit einem Bruderkuss?«, wiederholte Jinx. »Jeder Darkoner soll dich nach dem Schwur küssen?«

»Ja!« Der Doktor rieb sich die Hände. »Wenn ich mir vor jedem Kuss über die Lippen lecke, gelangt meine DNA in ihren Körper, und erst durch den Kuss wird das Gen aktiviert.«

Mit einem Mal schien Jinx weniger begeistert als zuvor. »Ich will nicht, dass du andere Männer küsst.«

Irritiert legte Alea den Kopf schief. Wie meinte Jinx das?

Dann begriff sie.

Jinx und Orion waren ein Paar!

Orion seufzte. »Liebster, es geht nicht anders. Nur dadurch kann ich die Darkoner an mich binden.« Mit einer vertraut wirkenden Geste streichelte er Jinx' Rücken.

Jinx wich zurück. »Aber …«

Bittend nahm Orion seine Hand. »Du weißt doch, dass es für mich keinen anderen gibt als dich.«

Etwas in Jinx' dunklen Augen wurde weich. Er sträubte sich nur noch leicht, als Orion ihn zu sich heranzog.

»Wir beide werden gemeinsam die Welt regieren, und niemand wird sich dabei zwischen uns stellen«, flüsterte Orion mit glänzenden Augen und neigte den Kopf.

Die beiden Männer küssten sich.

Dann wurde alles schwarz, und der Film verblasste.

Herrenschwur

Alea stand der Mund offen. Sie wollte den Goldumhang schon ablegen und Lennox alles erzählen, da zogen neue Bilder herauf. Ein zweiter Film begann.

Alea sah den großen, prunkvollen Thronsaal in der Villa Konungur. Alles war festlich geschmückt und hell erleuchtet. Doktor Orion stand vor einer Gruppe von Männern, die sich ihm mit feierlichen Mienen zugewandt hatten.

Dies musste die Zeremonie des Herrenschwurs sein! Alea erkannte Zeirus und verspürte einen Stich im Herzen. Der große, kräftig gebaute Mann hatte damals noch ganz anders ausgesehen. Das Haar an seinen Schläfen war noch schwarz und nicht grau, und sein Blick wirkte nicht gebrochen und zermürbt, sondern entschlossen und würdevoll.

Seine Leute machten einen ebenso unerschütterlichen Eindruck. Die aufrechte Körperhaltung der Männer mit der nachtschwarzen Haut und den leuchtend hellen Augen hatte etwas Erhabenes. Es war, als strahlte ihre Ehrenhaftigkeit aus jeder ihrer Poren und umhüllte sie mit einer noblen Aura.

Alea konnte den Gedanken daran, was gleich geschehen würde, kaum ertragen. Am liebsten hätte sie den Darkonern zugeschrien: »Schwört nicht!« Doch die Ereignisse lagen in der Vergangenheit, und es gab kein Entrinnen.

Doktor Orion trug keine schlabberige Jogginghose und keinen Kapuzenpulli wie üblich, sondern ein gut geschnittenes Leinengewand. Er schien sich sehr um ein andächtiges Pokerface zu bemühen, doch Alea registrierte das heimtückische Blitzen in seinen Augen, als er nun sagte: »Ihr Männer des Anstands und des Pflichtbewusstseins, Bewahrer des ozeanischen Friedens, Helden unserer Welt!« Seine Stimme troff geradezu vor Hochachtung und Respekt – dabei war jedes Wort geheuchelt. »Ihr habt euch hier versammelt, um mir, Aquilius Orion, die Treue zu schwören.« Pathetisch legte der Doktor die Hand aufs Herz. »Ich kann euch gar nicht sagen, wie tief geehrt ich mich von eurer Bereitschaft fühle, mir bei der Rettung unserer Welt beizustehen. Gemeinsam können wir den Virus an der Ausbreitung hindern, ihn Stück für Stück zurückdrängen und in naher Zukunft das Gegenmittel in alle Städte und Dörfer bringen!«

Wut kochte in Alea hoch. Wie konnte dieser Mann bloß derartig lügen und das genaue Gegenteil dessen planen, was er hier mit großen Worten kundtat?

Mit einer theatralischen Geste zog Orion ein großes Schwert aus einer Halterung, die hinter ihm stand. Das Schwert glänzte im hellen Licht wie tausendfach poliert. Doch in Wahrheit war es mit einem Serum benetzt, das das Leben der Darkoner in eine nie endende Hölle verwandeln würde.

Zeirus beugte als Erster vor Orion das Knie und umfasste mit beiden Händen das scharfe Schwert. Andachtsvoll erhob er die Stimme. »Mit Herz und Hand verpflichte ich mich dir, auf alle Zeiten und für alle Ewigkeit.« Sein Blut tropfte auf den Boden. »Möge ich dir von Nutzen sein.« Der Darkonerchef erhob sich und küsste den Doktor auf den Mund.

Über Orions Gesicht glitt ein verzücktes Lächeln.

Am liebsten hätte Alea ihm die Augen ausgekratzt.

Zeirus verbeugte sich vor Orion und trat zurück. Nun war der nächste Mann an der Reihe und kniete ebenfalls vor dem Doktor nieder. Dieser hatte das Schwert inzwischen mit einem feuchten Tuch gesäubert, das bestimmt mit dem Serum durchtränkt war. Es würde den nächsten Mann ebenso zu Orions Sklaven machen wie Zeirus.

Der Darkoner umfasste das Schwert, sprach die rituellen Worte, und als sein Blut auf den Marmorboden des Thronsaals tropfte, erhob er sich und küsste Orion, der sich zuvor über die Lippen geleckt hatte, auf den Mund.

Ein weiterer Mann trat vor, und die Zeremonie wiederholte sich. »Mit Herz und Hand verpflichte ich mich dir, …« Ein Darkoner nach dem anderen schwor Orion die ewige Treue.

Alea fühlte sich, als läge ein glühend heißer Stein aus purem Zorn in ihrem Magen.

Als schließlich alle Darkoner ihren Treueeid geleistet hatten, schob Orion das Schwert in die Halterung zurück. Voll sichtlicher Vorfreude richtete er sich an die Darkoner. »Hebt alle die rechte Hand«, befahl er, und von der Ehrerbietung, die er zuvor zur Schau getragen hatte, war nichts mehr zu spüren.

Sämtliche Darkoner hoben die rechte Hand.

»Und jetzt die linke«, donnerte Orion mit gebanntem Blick.

Die Männer taten, was er verlangte. Verwundert schauten sie einander an, als merkten sie, dass irgendetwas eigenartig war.

Orions Augen schienen vor Vergnügen Funken zu sprühen. »Und jetzt klatscht in die Hände und tanzt!«

Zeirus und seine Männer klatschten in die Hände und begannen zu tanzen. Reines Entsetzen breitete sich auf ihren Mienen aus. Sie begriffen, dass etwas ganz und gar nicht in Ordnung war.

Orion lachte mit unverhohlener Schadenfreude. »Meine Lieben, ihr seid mir in die Falle gegangen!«, verkündete er genüsslich. »Nun müsst ihr jeden meiner Befehle befolgen, ob ihr wollt oder nicht. Vom heutigen Tag an seid ihr mir auf ewig untertan.« Er strahlte sie an, als müssten sie doch anerkennen, wie genial er war.

Zeirus' Kehle entrang sich ein dumpfer Schrei. Voller Wut sprang er nach vorn und schien Orion attackieren zu wollen. Im gleichen Augenblick rief der Doktor: »Stopp!«

Zeirus' Körper zuckte zurück, als wäre er gegen eine unsichtbare Wand geprallt.

»Keiner von euch wird jemals die Hand gegen mich erheben!«, gebot Orion. »Dies ist mein Befehl, und er gilt für alle Ewigkeit: Ihr werdet mich niemals angreifen oder mir irgendeinen Schaden zufügen!«

Einige der Darkoner erhoben die Stimmen, andere standen wie vom Blitz getroffen da. Zeirus hob hilflos die Fäuste und starrte Orion an, als wollte er ihn erwürgen. Doch das konnte er nicht. Niemals. Für alle Zeiten war ihm die Möglichkeit genommen, sich gegen Orion zu wehren.

In schmerzhaft heiterem Ton sprach der Doktor weiter. »Ich verbiete euch außerdem, jemals von mir wegzulaufen. Ihr könnt tagelang von mir getrennt sein, um Aufträge auszuführen, aber ihr werdet danach immer wieder zu mir zurückkehren.«

Die erschütterten Gesichter der Männer bestürzten Alea zutiefst. Es war, als müsste sie dem Albtraum anderer Menschen zuschauen.

»Probieren wir jetzt mal etwas anderes aus«, zwitscherte der Doktor fröhlich. »Geh raus auf den Balkon, Zeirüsselchen«, trug er dem Darkonerchef auf.

Zeirus blieb nichts anderes übrig, als es zu tun.

Orion folgte ihm, und auch Aleas Blickwinkel passte sich an. Sie befanden sich nun auf einem herrschaftlichen Balkon, der an den Thronsaal grenzte, und der Doktor schaute vom Geländer hinab in seinen mindestens sechs Meter unter ihnen liegenden Garten. Dann drehte er sich zu dem Darkonerchef um und sagte: »Spring!«

Für einen winzigen Moment sah Alea Unglauben in Zeirus' Augen aufflackern. Er musste denken, dass Orion ihn in den Tod schickte. Da setzte sich sein Körper in Bewegung. Gleich darauf war er beim Geländer und schwang sich mit einer fedrigen Flanke auf die andere Seite … ins Nichts.

Orion blickte ihm nach, und das tat auch Alea. Zeirus fiel in die Tiefe und landete leicht wie eine Fliege auf allen vieren.

Ein begeisterter Schrei erklang – Jinx stand im Garten neben einem Springbrunnen und beobachtete die Szene mit diebischer Freude. Orion nickte breit lächelnd, und Jinx strahlte zu ihm herauf.

Zeirus hingegen hockte da, als wäre ihm sein eigener Körper völlig fremd. Entgeistert betrachtete er seine Beine und Arme und konnte offenbar keinerlei Erklärung für das finden, was gerade geschehen war.

»Jetzt nimm Anlauf«, rief Orion zu ihm hinunter. »Und dann rennst du die Hauswand rauf und kommst wieder zu mir auf den Balkon.«

Zeirus schüttelte den Kopf, als wäre das verrückt. Doch dann tat sein Körper, was sein Herr verlangte. Zeirus nahm Anlauf und sprintete geradewegs die Hauswand hoch. Kurz unter dem Balkon sprang er ab, packte zielsicher die Streben des Geländers und hievte sich daran hinauf, als wäre es ein Kinderspiel. Als er vor dem Doktor auf den Füßen landete, stand dem Darkonerchef die Fassungslosigkeit ins Gesicht geschrieben. »Was … ist mit mir passiert?«

Orion lächelte freundlich. »Ihr seid mir nicht nur hörig, mein Guter«, antwortete er. »Ich habe euch außerdem in Superkämpfer verwandelt. Körperlich seid ihr nun jedem menschlichen Wesen – im Wasser wie an Land – weit überlegen. All eure wunderbaren neuen Fähigkeiten werden wir uns ausgiebig zunutze machen.« Triumphierend schaute er erneut zu Jinx hinab, der den Blick voller selbstzufriedener Hochmütigkeit erwiderte. Die beiden Männer hatten sich einen herausragenden Sieg erschlichen, und sie schienen sicher zu sein, dass dies erst der Anfang war.

Alea konnte es kaum noch aushalten. Doch nun verblasste

der Film langsam, wurde immer leiser und farbloser, bis schließlich nur noch dunkle Ruhe in Aleas Kopf herrschte. Mit einer schweren Bewegung zog sie sich den Umhang von den Schultern.

Lennox saß noch immer neben ihr und betrachtete sie mit besorgtem Blick. »Das war was richtig Übles, oder?«

Düster nickte Alea und begann, stockend zu erzählen – von Jinx' und Orions Gespräch, von dem inaktiven Gen der Darkoner. Immer schneller sprach sie, bis sie schließlich mit heißen Wangen von der Herrenschwur-Zeremonie im Thronsaal der Villa berichtete. Haarklein beschrieb sie jedes Detail und ließ auch das Grauen in den Augen der Darkoner nicht aus.

Als sie fertig war, saßen Lennox und sie eine Weile lang schweigend da und starrten in die Flammen des Lagerfeuers.

Lennox erhob als Erster wieder die Stimme. »Orions Plan ist so abgrundtief böse, dass man sich fragt, ob er …«

Obwohl Lennox den Satz unvollständig ließ, verstand Alea, was er meinte, denn das hatte sie sich auch schon gefragt. »Ob Orion eine Seele hat?« Wie konnte ein Mensch anderen sonst so etwas antun? »Es kommt einem vor, als hätte er keine. Aber es könnte auch sein, dass seine Seele nur … verloren gegangen ist.«

»Weil ihm irgendwann etwas Furchtbares passiert ist, das ihn zu diesem Monster gemacht hat?«

»Ja, vielleicht hat er früher einmal etwas total Schreckliches erlebt und so viel Schmerz erlitten, dass seine Seele es nicht mehr in ihm ausgehalten hat. Und übrig blieb dann … er.«

Erneut verfiel Lennox in brütendes Schweigen. Schließlich

zuckte er ratlos mit den Achseln und sagte: »Durch den Film wissen wir jetzt jedenfalls einige Dinge, die wir vorher nicht wussten.«

»Zum Beispiel, dass der Herrenschwur gar nichts mit Magie zu tun hat«, hielt Alea fest.

»Genau, Orion hat nur mal wieder mit Genen experimentiert.«

»Und es scheint so zu sein, dass die Darkoner noch ein bisschen eigene Entscheidungsgewalt haben – oder zumindest am Anfang hätten entscheiden können, vor Orion wegzulaufen und niemals zurückzukehren.«

Lennox kniff die Augen zusammen. »Willst du auf etwas Bestimmtes hinaus?«

Alea versuchte, die Gedanken zu ordnen, die ihr gerade durch den Kopf gingen. »Wir wollen Orion doch am neunzehnten September in Rom eine Falle stellen und ihn gefangen nehmen. Wenn Orion erst mal in unserem Gewahrsam ist, dann können die Darkoner ja gar nicht zu ihm zurückkehren –«

»– weil sie nicht wissen, wo er ist!«, beendete Lennox den Satz.

»Damals hat Orion den Darkonern lediglich befohlen, ihm nicht wegzulaufen und nach Aufträgen immer zu ihm zurückzukehren«, sagte Alea. »Aber wenn sie ihn nicht wiederfinden, dann …«

»… wären sie womöglich frei?«

Alea starrte Lennox an und überlegte noch einmal. Könnten sie die Darkoner durch Orions Gefangennahme tatsächlich retten? Das wäre fast zu schön, um wahr zu sein. Denn eventuell hatte Orion den Darkonern während der vergangenen Jahre ja irgendetwas befohlen, das dem entgegenstand und es verhinderte. Doch falls nicht … Eine Sekunde lang schloss Alea die Augen und gab sich der aufkeimenden Hoffnung hin. Vielleicht würden sie die Darkoner wirklich mit diesem »Trick« von einem Leben in Fesseln befreien können. Sie musste daran glauben, dass es zumindest möglich war.

Ein weiteres Mal schwiegen sie und blickten in die flackernden Flammen. Schließlich knüpfte Alea noch einmal an den Film an. »Endlich haben wir herausgefunden, mit wem Orion zusammen ist.«

Lennox entfuhr ein Schnaufen. »Boah, ja. Jinx ist unter Orions Gehilfen der fieseste von allen! Das passt ja. Er und der Doktor zusammen – das ist das perfekte Horrorpaar.«

»Direkt aus der Hölle«, murmelte Alea und dachte daran, dass Jinx, wenn er Orions Mann war, auch Theas zweiter Ziehvater sein musste. Bisher hatten sie nur gewusst, dass Orion Theas »Pa« gewesen war, aber Jinx war wohl derjenige, den Thea in ihren SMS »Dad« genannt hatte. Nachdenklich knetete Alea sich das Kinn. Wie musste es gewesen sein, bei diesen beiden Schreckgestalten aufzuwachsen? Thea hatte geschrieben, dass ihre Väter viele Jahre lang nett zu ihr gewesen waren, dass sie aber das Interesse an ihr verloren hatten – wie Alea nun wusste, genau dann, als sie erkannt hatten, wer wirklich die Elvarion der letzten Generation war. Wenn Alea an das totenkopfartige Gesicht von Jinx dachte, lief es ihr kalt über den Rücken. Orions teuflisches Grinsen war sogar noch schlimmer. Was machte es mit einem Mädchen, wenn es seine Kindheit mit solchen Menschen verbringen musste? Alea hoffte, dass sie Thea das über kurz oder lang persönlich fragen konnte.

Sie merkte, wie müde sie war. Ungeniert gähnte sie und streckte sich auf dem Schlafsack aus. »Sorry, ich bin echt geschafft«, nuschelte sie in Lennox' Richtung.

»Ich auch.« Lennox legte sich neben sie und breitete seinen eigenen Schlafsack als Decke über ihnen aus. »Komm her.« Einladend streckte er den Arm aus.

Alea lächelte glücklich, wandte Lennox den Rücken zu, legte sich vor ihn, platzierte ihren Kopf auf seinem Arm und ließ sich von hinten umarmen. Sie liebte es, auf diese Art von Lennox gehalten zu werden und so einzuschlafen.

»*Misch Natalya*«, wisperte sie, was *Gute Nacht* bedeutete.

»*Misch Natalya, Yavani*«, antwortete Lennox und küsste sie auf die Wange.

Zufrieden seufzend schaute Alea in den sternenklaren Nachthimmel, an dem der Polarstern wie ein liebevoller Wächter über ihnen leuchtete, und schloss mit dem Gefühl die Augen, beschützt, behütet und geliebt zu sein.

Seezauber

Am darauffolgenden Morgen erwachte Alea in Lennox' Armen. Das Feuer war während der Nacht heruntergebrannt, und eine kühle Morgenbrise strich über die Obstbaumwiese, auf der sie übernachtet hatten. Vogelgezwitscher erfüllte die Luft, als Alea langsam die Augen öffnete und sah, dass die Sonne gerade aufging. Vor ihr lag das idyllische Tal mit weitläufigen, üppig im Korn stehenden Feldern, vereinzelten Bauernhöfen, Weiden und einem kleinen Fluss, der sich mitten durch die traumhafte Landschaft schlängelte. Am Rande der Obstbaumwiese standen hohe Sträucher, und dorthin wollte Alea nun verschwinden, denn sie musste mal.

Vorsichtig machte sie sich von Lennox los, der noch fest zu schlafen schien, und huschte auf Zehenspitzen davon. Zwischen den Sträuchern verrichtete sie ihr Geschäft und bemerkte dabei, dass hinter den Büschen ein kleiner See lag. Lockend glitzerte das Wasser zwischen den Zweigen der Sträucher, und Alea konnte gar nicht anders. Auf nackten Füßen lief sie über eine taufeuchte Wiese zu dem See, der in der morgendlichen Einsamkeit und seiner beinahe verwunschenen Schönheit einem Märchenbuch entsprungen zu sein schien. Die Morgensonne funkelte auf der Oberfläche, und zarte Frühnebelschwaden zogen wie Zauberwolken am Ufer entlang.

Auf Hajara sagte Alea zu dem See: »Du bist so schön, dass ich heulen könnte.«

Da erklang eine Stimme. »Wer? Ich?«

Alea erschrak. Vor ihr stand ein Kra! Sie kannte diese magischen Seewesen, denn in Norwegen war sie bereits einem Vertreter dieser Art begegnet. Der Kra hockte auf einem flachen Stein am Ufer. Er war kaum größer als ihre Hand, hatte vorstehende Froschaugen und lederne, pockige Krötenhaut.

Der Magische streckte die stämmigen Krötenbeine, sodass er aufrecht stand. »Zum Heulen schön …«, ahmte er sie amüsiert nach und schien doch darüber nachzudenken. »*Zum Heulen schön* hat noch nie jemand zu mir gesagt. Aber wenn ich's recht bedenke, stimmt's.« Mit diesen Worten reckte er den Kopf weit vor, riss die Augen auf und ließ seine lange Zunge heraushängen, als wäre das extrem attraktiv. Offenbar war das seine Art, sich in Pose zu werfen. »Ich bin wirklich ziemlich schön. Zum Heulen!« Unversehens zuckte seine Zunge vor und schnappte eine nichts ahnende Libelle im Flug. Mit einem *Knack* verspeiste er das arme Ding und setzte sich wieder. »Du bist allerdings ziemlich hässlich.« Mitleidig beäugte er Alea. »Wieso kannst du Hajara, Landgängerin?«

Die Bemerkung ließ Alea innerlich kurz zusammenzucken, aber sie wollte sich nichts anmerken lassen. »Ich bin eigentlich ein Meermädchen.«

»Klar doch.« Der Kra lachte, als wäre das ein guter Witz. Währenddessen sah er sich nach weiteren Insekten um. »Und ich bin der König der Schweige-Schamire …« Seine Zunge schnellte erneut vor und fing eine Fliege, die er genüsslich verputzte.

»Ich kenne den König der Schweige-Schamire persönlich«, erwiderte Alea.

Nun lachte der Kra laut, verschluckte sich hustend und übergab sich direkt vor Aleas Füßen. Die zerkaute Fliege und die Libelle lagen zermatscht im Gras. »*Schattfa*!«, schimpfte der Kra. »Jetzt habe ich vor lauter Lachen mein Frühstück ausgekotzt! Erzähl doch nicht so einen Blödsinn!«

»Das ist kein Blödsinn. Mein Name ist Alea Aquarius. Ich bin die Elvarion der letzten Generation.« Ein wenig rechnete Alea damit, dass der Kra nochmals in Gelächter ausbrechen würde. Doch das tat er nicht.

Vielmehr klappte ihm der Unterkiefer herunter. »Du … du heißt …«, stotterte er. »Du bist die …« Hektisch leckte er sich mit der Zunge über die Stirn. »Gestern war ein Läufer hier!«

»Was ist ein Läufer?«, fragte Alea.

»Etwas, das es seit langer Zeit nicht mehr gegeben hat«, antwortete der Kra beflissen und schien sich nicht mehr über sie lustig machen zu wollen. Im Gegenteil. Er wirkte eher beschämt, dass er so kess gewesen war. »Vor langer Zeit, als die magischen Völker noch miteinander verkehrten, brachten Läufer Neuigkeiten aus den Meeren in die Flüsse und Seen.«

Alea nickte wehmütig. Seit die Meermenschen ausgerottet

worden waren, hatten Nixen, Seh-Saffiere, Gilfen und alle anderen Magischen nichts mehr miteinander zu tun haben wollen. Es waren immer die Meermenschen gewesen, die sie zusammengehalten hatten. Diese Läufer schienen aus jener Zeit zu stammen, als noch alles gut gewesen war. »Welchem Volk gehören die Läufer an?«

»Na, den Kobolden natürlich.« Das schien für den Kra sonnenklar zu sein. »So was können nur Blitzflitzer machen.«

Tatsächlich waren Wasserkobolde trotz ihrer kurzen Beine an Land schnell wie Salamander. »Und gestern war also ein Läufer da?«, hakte Alea nach.

»Ja, er hat gesagt, seine Neuigkeit kommt aus dem Südmeer«, erwiderte der Kra. »Gilfen haben sie an Anzeigesäulen geschrieben. Durch Isibellen wurden sie über die Flüsse landeinwärts getragen. Dort haben sich Kobolde bereit erklärt, die Neuigkeit zu den Seen, Teichen und Tümpeln zu bringen.«

»Wie lautet die Neuigkeit?«

Die Antwort des Kras kam wie aus der Pistole geschossen. »Sie lautet: Die Elvarion der letzten Generation hat überlebt. Sie ist von einem Schurken namens Doktor Orion in eine Landgängerin verwandelt worden, doch ihre Kraft ist ungebrochen.« In der Stimme des kleinen Magischen schwang großer Respekt mit, und Alea verspürte am ganzen Körper ein Kribbeln.

Ihre Kraft ist ungebrochen. Stimmte das? Sie war noch immer stark – aber war sie genauso stark wie zuvor?

Ja, schien eine Stimme tief in ihrem Inneren zu antworten. *Sogar stärker als jemals zuvor. Als Landgängerin in die Rolle der Elvarion zu schlüpfen, hat dich über dich selbst hinauswachsen lassen.*

Der Kra gab auch den Rest der Neuigkeit wieder. »Wenn ihr der Elvarion begegnet«, rezitierte er, »tut alles in eurer Macht Stehende, ihr zu helfen. Sie ist diejenige, die die Zeitenwende bringt. Ihr Name ist Alea Aquarius.« Seine Stimme wackelte ein wenig, als er hinzufügte: »Gibt es irgendetwas, was ich für dich tun kann, oh Elvarion?« Untertänig neigte er das Krötenhaupt.

Alea musste grinsen. Gerade hatte dieser kleine Frechdachs sie noch veralbert und ihr vor Lachen vor die Füße gekotzt, und nun sprach er sie mit *oh Elvarion* an? Aber wahrscheinlich sollte sie sich einfach darüber freuen. »Hm, mal überlegen …« Konnte der Kra etwas für sie tun? Eher nicht. Er hatte ja wahrscheinlich weder eine Ahnung, wo der Silberumhang gelandet war, noch, wo Thea steckte.

Bevor Alea etwas sagen konnte, rief der Kra: »Soll ich unsere Lafora rufen? Vielleicht kann sie dir helfen.«

Alea blieb fast das Herz stehen. Hatte sie sich verhört, oder meinte der Kra das ernst? »In diesem See lebt eine Lafora?«, stieß sie hervor. Laforas waren etwas ganz und gar Erstaunliches und gehörten zu den wohl ungewöhnlichsten Magischen der Meerwelt. Die einzigartige Gabe der Laforas bestand im Tauschen und Auswechseln von Dingen, die normalerweise nicht getauscht oder ausgewechselt werden konnten. Laforas waren nicht nur fähig, zwei Menschen das Geschlecht oder die Stammeszugehörigkeit samt Eigenschaften tauschen zu lassen. Nein, sie konnten das auch mit Gefühlen und Seelenzuständen tun und hatten sich durch diese Fähigkeit zu den Gerichten der Meerwelt entwickelt. Laforas waren in der Lage, Verbrecher die Gefühle ihrer Opfer fühlen zu lassen. Dadurch erlebten die Übeltäter am eigenen Leib, was sie angerichtet und welchen Schaden sie bei anderen verursacht hatten. Es hieß, dass kein Halunke, über den von einer Lafora gerichtet worden war, jemals wieder eine Straftat begangen hatte.

»In unserem See lebt eine der berühmtesten Laforas der Welt!«, tönte der Kra. »Wargebracht!«

»*Wargebracht*? Das ist ihr Name?«

»Du hast bestimmt schon von ihr gehört!«, schwärmte der Kra. »Wargebracht hat damals die drei Anschu gerichtet, die aus Faulheit die Winterströmungen nicht richtig gekämmt hatten.«

Alea kratzte sich am Kopf. Die Strömungen des Meeres waren so etwas wie das Wetter der Ozeane. Der Stamm der Anschu – Meermenschen wie Zuzana und Yasin – hatte Unterwasserstädte und Dörfer vor den Kapriolen starker Strömungen bewahrt. Die Anschu benutzten ihre Hände, um selbst riesigen Wellenbergen betonharte Wasserwände entgegenzustellen, an denen diese abprallten. Damit konnten sie sogar Tsunamis aufhalten, wie Nelani erzählt hatte. Offensichtlich hatte es drei Anschu gegeben, die ihre Aufgabe nicht ernst genommen hatten und vor eine Lafora – vor Wargebracht – gestellt worden waren. »Was ist denn damals passiert?«, erkundigte sich Alea.

»Davon hast du nicht gehört?«, staunte der Kra. »Das war einer der berühmtesten Prozesse der Meerwelt!«

Bevor Alea diese Geschichte erfahren konnte, hörte sie Lennox' Stimme. »Yavani?«

»Ich bin hier!«, rief sie.

»Yavani ...«, murmelte der Kra. »Sucht dich da etwa dein Schmusejohnny?«

Alea lachte. »Schmuse ... johnny?«

Lennox tauchte am anderen Ende der Wiese auf. Er war sichtlich erleichtert, Alea gefunden zu haben. »Hier bist du!« Sein Blick fiel auf den Kra. »Oh. *Misch Lateyna*«, grüßte er beim Näherkommen. Guten Morgen.

»Das ist Lennox«, erklärte Alea dem Kra. »*Eyat ela meu dharrkon.*« – Er ist mein Krieger.

Sobald Lennox sie erreicht hatte, neigte der Magische vor ihm den Kopf. »*Misch Lateyna*«, sagte er und schob an Alea gewandt hinterher: »Ich bin froh, dass du einen Oblivion hast. Das sind tipptopp Gefahrenbändiger und Schutzbegleiter. Niemand könnte einer Elvarion besser zur Seite stehen.«

Erfreut betrachtete Lennox den kleinen Kerl. »Du hast von der Elvarion gehört?«

»Ja, und ich finde, sie sollte unbedingt unsere Lafora kennenlernen«, sagte der Kra.

Als Lennox das hörte, leuchteten seine Augen auf. »Hier lebt eine Lafora?«

»Jawohl!« Der Kra sprang in den See und tauchte unter. Plötzlich waren sie allein mit der morgendlichen Stille.

Lennox fuhr sich durch das von der Nacht verwuschelte Haar. »Das gibt's ja gar nicht!«

»Die Lafora heißt Wargebracht«, erklärte Alea schnell.

»Vielleicht können wir sie fragen, was wir mit Orion machen sollen, sobald wir ihn gefangen genommen haben!«

Da erzitterte das Wasser des Sees.

Wargebracht erhob sich.

Lafora

Zuerst war es nur eine zarte Erschütterung, die kleine Kräuselwellen an der Oberfläche des Sees erzeugte. Doch diese wurden rasch stärker, und das Zittern entwickelte sich zu einem regelrechten Beben. Die Wellenkämme schlugen höher und höher und eilten immer schneller auf das Ufer zu, als brächten sie wichtige Neuigkeiten.

Und dann erhob sich eine Kreatur aus dem Wasser. Sie war sehr viel größer, als Alea erwartet hatte – beinahe nahm sie die gesamte Fläche des Sees ein! Wie schwarzer Nebel stieg das Wesen empor, wurde immer dichter und blieb doch seltsam formlos, als bestehe es aus nichts als dunklen, schattenhaften Sturmwolken. Bald erkannte Alea jedoch zwei Augen, die sich aus dem düsteren Nebel herausbildeten – zwei rasende Strudel, in denen die ganze Welt durcheinandergewirbelt zu werden schien.

Der Anblick raubte Alea den Atem. Die wunderschöne, friedvolle Szenerie des kleinen Sees hatte sich in einen diesig brodelnden Ort voller schwarzer Schwaden und trübem Dunst verwandelt. Doch es war wohl Aleas eigene Schuld, dass sie etwas erwartet hatte, was ihrer persönlichen Vorstellung von einer magischen Institution entsprach. Ganz offensichtlich konnte eine Säule der Gesellschaft auch *so* aussehen.

Zahllose kleine Köpfe tauchten aus dem Wasser auf – Kras, die Alea neugierig anstarrten. Alea hörte sie wispern und schnappte Worte wie »Elvarion« und »Landgängerin« auf.

Der Kra, der die Lafora gerufen hatte, krabbelte aus dem Wasser und setzte sich wieder auf den flachen Stein am Ufer. »Das ist sie«, sagte er mit stolzgeschwellter Brust und betrachtete das gigantische, wabernde Nebelgebilde, als wäre es das Schönste, was er je gesehen hatte.

Womöglich war es das auch. Alea bemühte sich, ihren ersten Eindruck zur Seite zu schieben, und erlaubte sich, von der Größe und der machtvollen Ausstrahlung der Kreatur beeindruckt zu sein.

Wargebracht war mindestens fünf Meter hoch und zwanzig Meter breit und schwebte nun eine Armlänge über der Wasseroberfläche. Ihre wirbelnden Augen richteten sich auf die beiden Besucher ihres Sees, und Alea hörte Lennox neben sich nach Luft schnappen. Kam er sich auch so winzig vor wie sie? Sie warf ihm einen Seitenblick zu. Lennox drehte gerade den Kopf weg und suchte die Umgebung nach Gefahren oder Zuschauern ab. Unglaublich, dass er in einer solchen Situation daran dachte, seinen Job zu erledigen! Andererseits wäre es wirklich alles andere als gut, wenn ausgerechnet jetzt jemand vorbeikäme und das Nebelungetüm sähe.

Da sprach die Lafora sie an. »Elvarion!« Die Stimme der Magischen war wie ein durchdringendes, allumfassendes

Flüstern und bescherte Alea augenblicklich eine Gänsehaut. »Was verschlägt dich in unsere Gefilde?«

»Wir … mein Krieger und ich sind … unterwegs«, stammelte Alea, spürte dann jedoch, wie der Elvarion-Modus einsetzte. »Wir wollen die Ozeane retten«, sagte sie nun mit fester Stimme. »Eines Tages sollen die überlebenden Meerkinder wieder in den Ozeanen leben können, so wie ihre Eltern und Großeltern zuvor. Allerdings steht uns dabei ein Mann im Weg. Er heißt Aquilius Orion und verpestet die Ozeane mithilfe von unzähligen Gretzer-Teams auf der ganzen Welt. Er hat den Virus erschaffen und ausgesetzt, der das Meervolk so gut wie ausgerottet hat!«

Obwohl man inmitten der dunklen Sturmwolken keinerlei Mimik erkennen konnte, waren die strudelnden Augen der Lafora unverändert auf sie gerichtet, also fuhr Alea fort. »Wir haben den Plan, Orion gefangen zu nehmen.« Sie wartete kurz ab, ob Wargebracht etwas dazu sagen wollte, dann fügte sie hinzu: »Könnten wir Orion dann zu dir bringen? Damit er seine gerechte Strafe erhält?«

Die Lafora ließ sich mit ihrer Antwort Zeit und wirbelte düster vor sich hin, untermalt vom Wisperkonzert der Kras, die die Unterhaltung gespannt verfolgten.

Unentschlossen, was sie tun sollte, schaute Alea zu Lennox, aber da erhob Wargebracht wieder ihre durchdringende und doch so strukturlose Stimme. »Ich habe natürlich von dem Schuft namens Orion gehört. Ihr könntet ihn zu mir schaffen, denn nur allzu gern würde ich ihn richten. Doch wie ich hörte, weilt er nicht in unseren Landen. Solltet ihr ihn fern von hier in eure Gewalt bringen, müsst ihr nicht den langen Weg zu mir auf euch nehmen. Ich bin längst nicht die Einzige meiner Art.«

»Gibt es euch ausschließlich in Seen?«, wollte Lennox wissen.

»Wir bevorzugen stehende Gewässer«, gab die Lafora zurück. »Aber einige von uns leben auch im Meer. Fragt eine Finde-Finja, wo sich die nächste Angehörige meines Volkes befindet, sobald ihr das Scheusal gefasst habt.«

Der kleine Kra auf dem flachen Stein blickte zu Alea auf. »Habt ihr noch andere Fragen an Wargebracht?«

Blitzartig dachte Alea nach. Sie war noch immer im Elvarion-Modus. »Habt ihr Rofus?«

Lennox nickte, als wollte er sagen: Gut, dass du daran denkst.

Der Kra übernahm es, etwas zu erwidern. »Rofus haben wir leider nicht. Unser See ist zu klein für den Anbau. Aber heute Abend oder morgen bekommen wir Besuch von ein paar Kras aus Rupp-Napp.«

»Rupp-Napp?«, fragte Lennox.

»Das ist der nächste See«, erklärte der Kra.

»Meinst du, die Kras aus … Rupp-Napp bringen Rofus mit?«, fragte Alea.

»Machen die eigentlich immer.« Die Zunge des Kras schnellte hervor und schnappte nach einem vorbeidüsenden Insekt, verfehlte es aber haarscharf. »Wir tauschen mit den Ruppels Mistellen gegen Rofus. Mistellen gedeihen bei uns richtig gut.«

Enttäuscht rollte Alea die Lippen nach innen. Sie konnten

nicht bis zum Abend oder sogar bis morgen hierbleiben und darauf warten, dass diese Ruppels vorbeischauten und möglicherweise Rofus mitbrachten. Es war wichtiger, sich wieder auf den Weg zur Loreley zu machen.

Die Lafora nebelte leise vor sich hin, und Alea wandte sich ihr zu, um etwas anderes anzusprechen. »Wir sind auf der Suche nach meiner Zwillingsschwester. Du weißt nicht zufällig, wie man an Land jemanden finden kann?«

Abermals ließ Wargebracht sie eine Weile auf ihre Antwort warten. Dann sagte sie: »Bei der Suche nach deiner Schwester kann ich dir nicht helfen. Aber ich werde dir ein Geschenk machen, das dir womöglich anderweitig von Nutzen sein könnte.«

Der schwarze Nebel, der die Lafora war, schwebte näher ans Ufer heran. Bevor ihre dunklen Dunstausläufer allerdings mit dem Land in Berührung kamen, ebbte die Bewegung ab, und zwei kleine Gegenstände kullerten wie aus dem Nichts vor Aleas Füße.

Verdutzt bückte sie sich danach. Es waren zwei Ringe mit glänzenden, schwarzen Steinen. Alea betrachtete die wunderschönen Verzierungen der in Silber gefassten Schmuckstücke und blickte die Lafora fragend an.

»Trage diese beiden Ringe, bis du sie brauchst«, sagte Wargebracht.

Alea nickte, hakte aber nach. »Wozu kann ich sie denn gebrauchen?«

»Die Ringe bewahren die Tauschkraft meines Volkes in sich«, erläuterte die Lafora mit voller Autorität und doch mit einem Flüstern. »Wenn du einen der beiden Ringe jemand anderem an den Finger steckst, tauscht der Ring für genau eine Meerminute sämtliche deiner Eigenschaften mit denjenigen der anderen Person. Du hast dann ihre Fähigkeiten und sie deine – für eine Minute!«

Staunend stieß Alea hervor: »Wenn ich mit einem Roix tausche, kann ich jemanden mit einem Röntgenblick durchleuchten und seine Krankheiten sehen? Wenn ich mit einer Brim tausche, kann ich durchs Feuer gehen? Wenn ich den zweiten Ring einer Zalti anstecke, kann ich ein Auto hochheben?« Alea wusste zwar nicht, ob Zalti wirklich Autos hochheben konnten, aber sie war ganz aufgeregt. Da die Ringe ein Geschenk waren, würde sie sie auch als Landgängerin ohne Weiteres nutzen können!

»Richtig, der Tausch geht bis aufs Blut«, lautete die Erwiderung der Lafora. »Aber eben nur vorübergehend.«

»Wie lange ist eine Meerminute?«, fragte Lennox.

Das wollte Alea auch gern wissen. Es klang tatsächlich, als wäre das etwas anderes als eine Minute an Land.

»Ich kenne mich mit der Landgängerzeit nicht aus«, teilte Wargebracht ihnen mit. »Ein Kra braucht etwa eine Meerminute, um diesen See zweimal zu durchschwimmen.«

Alea sah den Kra auf dem flachen Stein an. »Könntest du das mal machen?«

Kaum hatte sie das gefragt, riefen sämtliche Kras durcheinander, dass sie das gern einmal vorführen würden. Wenn Alea ihr Handy dabeigehabt hätte, wäre es kein Problem gewesen, die Zeit zu stoppen. So zählte sie nun bloß im Geiste mit, während die kleinen Magischen den See durchschwammen. Als der erste Kra wieder auf dem flachen Stein ankam, waren etwa dreiundneunzig Sekunden vergangen.

»Vielen Dank!«, richtete sich Alea an alle Kras. »Das war sehr hilfreich.«

»Du musst einen der beiden Ringe immer für dich behalten!«, mahnte die Lafora. »Gib niemals beide fort.«

»Ich verspreche es«, sagte Alea und wollte sich unbedingt daran halten. Mit einer feierlichen Geste steckte sie sich die Ringe jeweils an den Mittelfinger jeder Hand. »Ich danke dir von ganzem Herzen.« Bewegt schaute sie in die Strudelaugen der Lafora. »Bestimmt machst du solche Geschenke nicht alle Tage.«

»Nein, gewiss nicht«, bestätigte Wargebracht. »Aber du bist die Elvarion der letzten Generation. Alle Hoffnung liegt auf dir.«

Für einen Augenblick fühlte Alea sich fast erdrückt von dieser Aussage und der ungeheuren Verantwortung, die damit einherging. Doch dann holte sie tief Luft und erinnerte sich selbst daran, dass sie inzwischen über die Phase, in der sie sich völlig erschlagen und überfordert gefühlt hatte, hinaus war. Hinaus sein *musste.* »Ich werde alles tun, um mich als würdig zu erweisen«, versicherte sie der Lafora.

Wargebracht schien zufrieden mit dieser Antwort, obwohl es schwer zu sagen war, was in ihr vorging. Der Nebel wirkte für einen Moment jedoch leichter und weniger dunkel.

Plötzlich hörten sie das Bellen eines Hundes.

Alea zuckte zusammen. Eilig suchten ihre Augen die Umgebung ab. Dort! In einiger Entfernung stand ein Spaziergänger mit einem Hund! Wie zur Salzsäule erstarrt, glotzte der Mann das dunkle Nebelungeheuer auf dem See an, und der Hund bellte sich die Seele aus dem Leib.

Die Kras tauchten hektisch im See unter, doch Wargebracht zog sich nicht zurück. Wahrscheinlich ging das bei ihr nicht so ohne Weiteres. Davon abgesehen war es zu spät, sich zu verstecken.

Alea spürte, wie sich der Elvarion-Modus, der sich eigentlich schon abgeschaltet hatte, wieder einstellte. Gleich darauf wusste sie, was sie tun musste. Sie drehte sich zu Lennox um. »Darf ich mit dir tauschen?«

Zuerst begriff er nicht, was sie meinte. Als sie jedoch auf ihre Minutenringe deutete, verstand er. »Okay«, sagte er und wirkte überrascht und neugierig zugleich.

Alea nahm seine Hand und steckte ihm einen der beiden Ringe an. Gespannt wartete sie ab, und einen Augenblick später konnte sie spüren, wie sich etwas in ihr veränderte. Mit einem Mal fühlte sie sich, als könnte sie mit ihrem Körper Dinge tun, die sie noch nie zuvor getan hatte. Als könnte sie Bäume ausreißen!

Alea rannte los. Ihre Beine waren stark und schnell und trugen sie in Windeseile zu dem Spaziergänger, der aus seiner Starre erwacht war und gerade sein Handy aus der Jackentasche herausrupfte. Bevor er damit aber Fotos machen oder jemanden anrufen konnte, war Alea bei ihm.

Während der Hund an der Leine lauthals kläffte, sah Alea in die Augen des Mannes. Der schien auf der Stelle in ihrem

Blick gefangen zu sein und nicht wegschauen zu können. Eine große Macht kam in Alea auf. Sie konnte fühlen, wie diese sich in rasender Geschwindigkeit aufbaute und nur Millisekunden später ihr ganzes Wesen erfasste.

Alea begann zu sprechen. »Sie erinnern sich nicht daran, was Sie hier gesehen haben«, sagte sie zu dem Mann, und sie konnte wahrnehmen, was für einen Effekt ihre Worte in seinem Kopf hatten. Es war, als riebe ihre Aufforderung wie ein Radiergummi durch seine Gedanken, löschte alles aus, was zuvor dort gewesen war, und hinterließe ein warmes Nichts. »Sie haben alles Ungewöhnliche dieses Spaziergangs vergessen«, sprach sie weiter und bemühte sich, den Hund zu übertönen. »Es ist ein ganz normaler Morgen.«

Die Augen des Mannes verschleierten sich, und das warme Nichts, das Alea in seinem Kopf hinterlassen hatte, glänzte nun in seinen Pupillen. Der Mann nickte, beruhigte seinen Hund und zog ihn an der Leine fort. Er warf keinen Blick zurück auf die Lafora, die noch immer in ihrer gigantischen Nebelpracht über dem See thronte. Obwohl der Hund weiterbellte, spazierte der Mann doch gemächlich davon und verschwand hinter ein paar Büschen.

Die Meerminute schien noch nicht vorüber zu sein, denn Alea fühlte sich weiterhin stark und wendig wie ein Oblivion. Mit weit ausholenden Schritten lief sie zu Lennox zurück, machte probeweise ein paar schnelle Kickboxing-Drehungen und kam sich wie die krasseste Kämpferin aller Zeiten vor.

Von einem Augenblick auf den anderen war das Wunder vorbei. Ihre Beine und Arme verloren ihre extreme Spannkraft und erschlafften wie ein Taschenschirm beim Zusammenklappen. Auf einmal war sie wieder sie selbst.

Während sie mit ihren eigenen Beinen und ihrer eigenen Kraft zu Lennox zurücklief, begann der See erneut zu beben, und Wargebracht zog sich zurück. Bedauernd seufzte Alea auf. Eigentlich hatte sie sich mit einem Lied bei der Lafora bedanken wollen, denn nichts liebten die magischen Völker so sehr wie Musik. Nun konnte sie Wargebracht nichts weiter als ein eiliges »Danke!« zurufen, und gleich darauf war das gewaltige Nebelwesen auch schon verschwunden.

Der Kra, der zuvor am Ufer mit ihnen gesprochen hatte, flitzte kurz noch einmal an Land, rief lautstark »Tschüss!« und tauchte rasch wieder im See unter.

Alea kam neben Lennox zum Stehen. »Ich war eine Oblivionin!«, ächzte sie atemlos. »Ich habe den Mann vergessen lassen! Dabei habe ich richtig gemerkt, wie er vergessen hat. Ich konnte das fühlen!«

»Geht mir genauso, wenn ich jemandem die Erinnerung nehme«, erwiderte Lennox. »Ich spüre, wie es im Kopf des anderen leer wird.«

»Genau!« Forschend betrachtete Alea ihn. »Und wie war es für dich in dieser Minute? Immerhin warst du ich.«

»Ich hab ja nur hier rumgestanden«, wehrte Lennox ab. »Ich hab nichts ausprobiert wie du.«

Wahrscheinlich war er sich schwächer als sonst vorgekommen und wollte es nicht sagen, damit sie sich nicht schlecht fühlte. Alea küsste ihn. »Danke, dass ich deine Fähigkeiten haben durfte. Allerdings …«

»Hm?«

»Es gibt eigentlich keinen Grund, warum ich dir deine Kräfte nehmen sollte, wenn du bei mir bist. Egal wozu ich sie brauchen würde, es wäre ja besser, wenn du sie selbst benutzt.«

Lennox machte ein Gesicht, als müsste er ihr recht geben.

»Es war zwar spannend, dem Mann das Gedächtnis zu nehmen«, gab Alea zu. »Aber warum hättest du das nicht selbst tun sollen? Du kannst ja viel besser mit deinen Fähigkeiten umgehen als ich.«

»Ja, so ein Tausch wäre eigentlich nur dann sinnvoll, wenn ich gefesselt oder ohnmächtig wäre oder so«, pflichtete Lennox ihr bei. »Aber ansonsten stimmt es – warum solltest du mit mir oder jemand anderem tauschen, wenn derjenige da ist, um selbst zu tun, was immer notwendig ist?«

»Na ja, ich könnte auch mit einem Gegner die Eigenschaften tauschen und würde ihn dadurch sozusagen entwaffnen.«

Lennox machte eine warnende Handbewegung. »Sei vorsichtig damit. Du bist zwar kein Meermädchen mehr, aber nicht ohne Extras! Wenn du mit einem Widersacher tauschen würdest, könnte der in den Elvarion-Modus gehen. Und das wäre im Zweifelsfall eine Katastrophe.«

Das hatte Alea nicht bedacht. »Uh, ja.« Lennox gab ihr den zweiten Ring zurück, und Alea steckte ihn sich wieder an den freien Mittelfinger. »Aber ich bin mir sicher, dass mir diese Ringe eines Tages gute Dienste erweisen werden.«

Das sah Lennox genauso. »Bestimmt ergibt sich irgendwann etwas, was uns gerade einfach noch nicht einfällt.«

»Wir haben schließlich noch viel vor uns«, sagte Alea. »Und jedes Hilfsmittel könnte in einer gefährlichen Situation über Sieg oder Niederlage entscheiden.«

»Zum Beispiel eine Sengbohne?«, fragte Lennox trocken.

Alea boxte ihm spielerisch gegen den Arm.

Lennox tat so, als hätte sie ihn schwer verletzt, und als sie ihn tröstend umarmte, zog er sie an sich und küsste sie.

Vorband

Hand in Hand schlenderten Alea und Lennox zu ihrem kleinen Lager auf der Obstbaumwiese zurück, und Lennox entfachte das Feuer mit ein paar zusammengesuchten Zweigen noch einmal. Als er etwas Wasser erhitzt hatte, trank er davon, und den Rest benutzten sie für eine kurze Katzenwäsche.

»Am besten gehen wir wieder zu der Bushaltestelle und fahren nach Freiburg zurück«, sagte Alea, während sie ihre Sachen zusammenräumten. Lennox hielt das für eine gute Idee, und wenig später standen sie an der Bushaltestelle, an der sie am vorherigen Abend ausgestiegen waren. Leider hatten sie den Bus nach Freiburg um wenige Minuten verpasst. Der nächste fuhr erst in einer halben Stunde und auch nur zu einem Ort in der Nähe.

»Klingt nach hübschem Schwarzwald-Kuhkaff«, kommentierte Lennox den Ortsnamen. »Wir könnten erst mal dahin fahren, holen uns mit dem Rest von unseren einundzwanzig Euro was zum Frühstück und treten noch mal auf. Vielleicht haben wir in einem Dorf mehr Glück mit dem Publikum.«

»Probieren wir's!« Alea holte ihr Smartphone mit dem daran klebenden Fisch aus dem Rucksack. »Lass uns mal die Cru anrufen, während wir auf den Bus warten.« Sie tippte auf Tess' Nummer.

Nach dreimaligem Klingeln wurde der Videoanruf angenommen. Allerdings nicht von Tess, sondern von Sammy. »Guten Morgen!«, grüßte er in Gebärdensprache. Durch ihren Opa Ernst konnten Sammy und Ben diese Sprache fließend. Doch nun schwenkte Sammy ins Lautsprachliche um. »Ich habe gerade meine Lachrunde übers Schiff gemacht, und weder Tess noch Ben wollten mitlachen!«, beschwerte er sich mit leidender Stimme. »Das geht gaaar nicht!« Die Lachrunde war dazu gedacht, schlechte Energien zu vertreiben, und gehörte eigentlich zum festen Tagesablauf der Cru. »Alles bröselt in sich zusammen«, jammerte Sammy. »Wie ein altes Brötchen! Mein Leben auf der *Crucis* ist zu trostlosem Paniermehl geworden.«

»So schnell?«, wagte Alea nachzuhaken. »Seit gestern?«

»Ja, seit gestern!«, gellte Sammy. »Seit ihr weg seid, ist alles kalt und grau. Totgrau! Als wäre Grau gestorben und im ewigen Eis der Bedeutungslosigkeit zu Grabe getragen worden.«

»Aha«, war alles, was Lennox dazu einfiel.

Alea wusste, wie Sammy sein konnte, wenn er sich in eine bestimmte Gemütslage hineinsteigerte. Und sie wusste auch, was man dagegen tun konnte. »Wo ist deine Gute-Laune-Hupe?«

»Äh.« Sammy blies die Wangen auf. »Ich glaube, in unserer Kajüte.«

»Geh sie holen!«, ordnete Alea an. Die Gute-Laune-Hupe war ein altes, rostiges Ding, das die grässlichsten Geräusche hervorbrachte. Doch mit dem Getöse vertrieb Sammy »unnütze, grummelige Doofgefühle«, und bisher hatte das immer gut funktioniert.

Sammy trabte brav vom Salon in die Jungenkajüte und hielt kurz darauf die uralte Fahrradhupe in die Kamera.

»Er wird hupen«, sagte Lennox warnend, und schon erklang ein durchdringendes, quäkig-schepperndes Geräusch.

Alea und Lennox verzogen gequält die Gesichter, aber Sammy strahlte. »Du hast absolut recht, Schneewittchen!«, jubelte er. »Wieso habe ich nicht selbst daran gedacht, meine Schlechtstimmung mit der Hupe zu vertreiben?«

»Das frage ich mich auch«, antwortete Alea.

»Vielleicht bin ich kaputt!«, argwöhnte Sammy. »Bestimmt ist mein Happy-Modus schlimm defekt, weil ihr nicht mehr da seid. Ich bin völlig gestört!«

»Sofort noch mal hupen!«, trug Alea ihm auf.

Lennox hielt sich die Ohren zu.

Nachdem Sammy nochmals gehupt hatte, schien es ihm besser zu gehen. »Oki doki.« Er guckte, als spürte er noch einmal in sich hinein. »Das hat geklappt.« Dann richtete er den Blick wieder auf Alea und strahlte sie mit voller Zahnlückenpracht an. »Hab ich dir eigentlich schon mal gesagt, dass ich total verliebt in dich bin?«

»Bin mir nicht sicher, könnte sein«, spaßte Alea, denn Sammy war in jedes Bandenmitglied verliebt und wurde nie müde, das herauszuposaunen. In aller Entschiedenheit trug sie ihm nun auf: »Ich möchte, dass du nach unserem Gespräch mindestens zwei Lach-Dosen aufmachst!« Sammy hatte vor einiger Zeit in mehrere Dosen gelacht – damit er sie eines Tages öffnen konnte, wenn er eine Aufmunterung brauchte. »Mindestens zwei!«

Da trat Ben neben seinen kleinen Bruder. »Hi!«

Alea lächelte. Bens braun gebranntes Gesicht war wie ein Stück Zuhause für sie.

Tess drängte sich ebenfalls in das Sichtfeld. Ihre hochgesteckten Dreadlocks wippten, und ihre braunen Augen schienen wie immer zuerst danach zu schauen, ob es allen gut ging. »*Salut*! Seid ihr bei der Loreley angekommen?«

Aleas Lächeln gefror. »Nein, es ist was schiefgegangen«, antwortete sie, und gemeinsam begannen Lennox und sie, den anderen nun alles zu erzählen.

Sammy zeichnete indessen alles mit Bens Handy für sein Bandentagebuch auf – eine Sprachmemosammlung, in der die komplette Geschichte der Alpha Cru von ihm festgehalten wurde.

Alea und Lennox berichteten den anderen von dem Rauswurf aus dem Zug, von ihrer Übernachtung im Freien und von der Lafora und den Minutenringen.

Die anderen staunten nicht schlecht.

»Wow!«, rief Sammy mit unverhohlenem Neid und beendete die Bandentagebuchaufnahme. »Ich wusste, dass ihr sensationelle Abenteuer erleben würdet!«

»Ohne Karton«, bemerkte Lennox.

Tess lachte über seinen Witz, und einen Augenblick lang genoss Alea es, dass Lennox und Tess sich seit Lennox' Rückkehr zur Alpha Cru besser verstanden als je zuvor.

Die anderen hatten ebenfalls Neuigkeiten. »Gestern Abend haben wir in einem Hafen ganz in der Nähe von Rom angelegt«, erzählte Ben. »Und heute Morgen sind wir zum Kolosseum gefahren und haben den Kiosk aus deiner Silberfadenvision gefunden, Alea. Er muss es einfach sein, wir schicken dir gleich mal Fotos davon.«

Bevor Alea sagen konnte, wie froh sie war, dass sie diesen Punkt von der Liste streichen konnten, platzte Sammy heraus: »Wir haben beschlossen, die nächsten Tage nicht in Rom zu verbringen! Wir machen was noch Cooleres: Wir trampen per Anhalter nach Venedig!«

Alea war nur einen klitzekleinen Moment überrascht, dann schmunzelte sie in sich hinein. Erst am Abend zuvor hatte sie sich gefragt, wann sich ihre Vision von Ben und Sammy in der Gondel erfüllen würde. Augenscheinlich würde es wohl gar nicht mehr lange dauern …

»Ich wollte schon immer mal nach Venedig!«, schnatterte Sammy drauflos. »Kanäle, Gondeln, Gassen, Paläste, Kirchen, Brücken – die Stadt muss das reinste Zauberwerk sein! Wir wären ja bescheuert, nicht hinzufahren, wo wir gerade so nah sind und ein paar Tage Leerlauf haben!«

»Ist Rom nicht interessanter?«, fragte Lennox.

»Nö!«, entgegnete Sammy. »In Venedig ist viel mehr Wasser, und Wasser ist gut. Besser als andere Sachen.«

»Bestsache«, pflichtete Alea ihm bei.

Verschwörerisch grinste Sammy sie an. Dann verflog sein Grinsen. »Ich hab nur ein bisschen Angst, dass Fussel in der Zwischenzeit wegschwimmen könnte.«

»Fussel konnte bisher noch nie irgendwas von dir fernhalten«, beruhigte Ben ihn. »Sie ist uns von Brighton bis nach Hamburg gefolgt, obwohl du sie tagelang nicht an Bord geholt hast!«

»Ich muss Tante Hildegard auch auf dem Schiff zurücklassen.« Tess stöhnte, als wäre die Vorstellung grauenerregend. »Ich hoffe einfach, dass sie noch da sein wird, wenn wir wiederkommen – oder zu uns zurückfindet.«

»Unsere Piratenrockprinzessin wollte auch schon immer mal nach Venedig!« Sammy hob den Zeigefinger. »Die Gelegenheit ist einfach zu gut. Vielleicht ist es sogar Schicksal, dass wir hinfahren.«

»Das könnte sein«, murmelte Alea.

Zeitgleich erkundigte sich Lennox bei Ben: »Wie geht es Niki?«

»Sie ist inzwischen auf der *Volantis.*« Ben brachte zu diesem Satz nur ein sehr verhaltenes Lächeln zustande. Seine Freundin Niki hatte einen Praktikumsplatz auf dem Flaggschiff der *Ocean Knights* ergattern können und war daher nicht länger bei der Alpha Cru. Ben vermisste sie bestimmt wie verrückt. Seine nächsten Worte bestätigten das. »Die *Volantis* macht gerade eine Info-Tour rund um die Ostsee, fährt von Hafen zu Hafen und klärt über Meeresschutz auf. Es ist super, dass Niki dabei sein und so viel lernen kann, aber … sie fehlt mir.«

»Oh du armer Ben!« Überschwänglich umarmte Sammy seinen Bruder, zog seinen Kopf zu sich herunter und drückte ihn so fest an seine Brust, dass Bens Gesicht ganz schiefgequetscht wurde. Sammy streckte den anderen Arm nach Tess aus und zog ihren Kopf ebenfalls an sich, sodass zwei schiefgequetschte Gesichter in die Kamera blickten. »Alle Leute mit Liebeskummer kriegen jetzt eine groooße Portion Sammy-*Love*!«

Tess vermisste Kit ganz gewiss keinen Deut weniger als Ben Niki, aber diese Art von Sammy-*Love* hatte noch nie etwas anderes als vehemente Kuschelpanik in ihr ausgelöst. So war es auch jetzt. Widerstrebend machte sie sich von Sammy los und schoss ihm mit geneigtem Kinn einen warnenden Blick zu.

»Oha, der Stier senkt seine Hörner!«, rief Sammy und spielte damit auf Tess' Bandennamen *Taurus* an – der Stier.

»Und die spießen dich gleich auf, wenn du nicht aufpasst!«, pfefferte Tess ihm entgegen.

»Ganz ruhig!« Ben schraubte sich aus Sammys Umarmung und hob die Hände. »Ich glaube, das ist der perfekte Zeitpunkt, um euch allen etwas Wichtiges mitzuteilen.«

»Was denn?« Wissbegierig zog Sammy die Nase kraus. »Ist es was sehr Gutes, Gutes oder eher was Mittelgutes? Was Mittelschlechtes, was Schlechtes oder die reinste Tragödie?«

»Als Neuigkeit bekommt die Neuigkeit eine Eins plus«, erwiderte Ben. »Ich habe es eben erst durch einen Telefonanruf erfahren, und es wird euch bestimmt genauso umhauen wie mich.«

Sammys Augen fingen an zu glänzen. »Ein richtiger Klopper?«

»Ja, haltet euch fest«, steigerte Ben die Spannung.

Lennox legte Alea die Hand auf die Schulter, als wollte er sich an ihr festhalten.

Alea lachte, sah Ben aber gespannt an. »Worum geht es?«

»Am achtzehnten September ist ja das Konzert in Rom …«, begann Ben.

»Das, bei dem so viele Superstars für die Umwelt auftreten?«, fragte Alea, denn sie hatte schon länger nicht mehr daran gedacht. In der Silberfadenvision, in der sie Doktor Orion mit dem Espresso vor dem Kiosk gesehen hatte, war die Schlagzeile der Zeitung in seiner Hand zu erkennen gewesen, und die hatte eben dieses Konzert als riesigen Erfolg gefeiert. Im Internet waren sie auf weitere Details gestoßen: Bei dem Mega-Konzert sollte auf die Folgen des Klimawandels hingewiesen und Geld für Umweltschutzaktionen gesammelt werden. Es würde einen Tag vor der Begegnung mit Orion stattfinden.

»Genau das!«, bejahte Ben. »Und jetzt kommt's: Die *Ocean Knights* sind von den Veranstaltern des Konzerts gefragt worden, ob jemand von ihnen dort eine Rede halten könnte. Für dreißig Minuten vor Beginn des Konzerts darf jemand von den *Knights* auf die Bühne!«

»Wow, das ist toll«, sagte Alea, konnte das unbändige Funkeln in Bens Augen aber noch nicht ganz nachvollziehen.

»Die *Ocean Knights* haben natürlich zugesagt.« Ben klang nun sogar ein bisschen aufgeregt. »Sie haben allerdings entschieden, dass sie niemanden schicken wollen, der eine Rede hält, sondern … dass stattdessen die Alpha Cru auftreten soll!«

Alea erstarrte.

»Was?«, riefen Lennox und Tess.

»Wir?«, quietschte Sammy und kam dem Handy so nahe, dass der Ton übersteuerte. »Wir treten bei dem Konzert auf? Beim größten Konzert aller Zeiten?«

»Ja!« Ben strahlte von einem Ohr zum anderen. »Ist das ein Klopper oder was?«

Alea war das Herz jedoch gerade eine Etage tiefer gerutscht. »Ach du Scheiße«, quetschte sie hervor.

Lennox' Hand wanderte von ihrer Schulter zu ihrem Rücken, als wollte er sie stützen.

Ben schien nicht völlig überrascht von ihrer Reaktion. »Für uns als Band ist das eine einmalige Gelegenheit, Alea«, sagte er auf seine typisch ruhige Art. »Die *Knights* haben beschlossen, uns ihre halbe Stunde zu überlassen, damit wir ihre Hymnen singen. Es passt perfekt.«

Mittlerweile hatten die *Ocean Knights* zwei Songs der Alpha Cru zu ihren offiziellen Hymnen erklärt – »Kämpf weiter« und »No longer silent«. Letzteres war ein Lied, das Alea ganz allein sang! »Wie … wie viele Leute schauen denn zu?«, stammelte sie.

Ben machte ein Gesicht, als wüsste er genau, dass Alea die Antwort nicht mögen würde. »Das Stadion hat 70 000 Plätze.«

Alea blieb die Luft weg.

»Und … ähm … das Konzert ist ausverkauft«, ergänzte er.

»Heilige Flippflosse!«, kreischte Sammy und streckte die Arme in die Höhe. »Das wird unser großer Durchbruch! Wir werden bombaströse Superstars!«

Tess gab ein Geräusch von sich, das zur Hälfte sprachloser Verblüffung und zur anderen riesiger Freude zu entspringen schien. »Das ist die Chance unseres Lebens!«

Mühsam zwang Alea sich, wieder zu atmen. »70 000 … Menschen.«

»Das Fernsehen ist auch da«, erwähnte Ben wie nebenbei. »Wir treten allerdings auf, bevor die Fernsehübertragung beginnt«, beeilte er sich hinzuzufügen. »Sozusagen als Vorband.«

»Aber im Netz gibt es bestimmt Livestreams, oder?«, fragte Sammy und erntete dafür einen Blick von Ben, der wohl besagte, dass man Alea besser erst mal mit weiteren Kloppern verschonen sollte.

Sammy schien das anders zu sehen. »Alea ist die Elvarion!«, protestierte er. »Sie ist dafür geboren, dass alle ihr zuhören!«

Alea schluckte schwer.

Sammy richtete den Blick auf sie, und der Ernst, der plötzlich in seine Augen trat, rüttelte Alea auf. »An diesem Tag in Rom, auf dieser Bühne, Schneewittchen, da wirst du laut fauchen wie ein Jaguar«, sagte er eindringlich. »Und alle Welt wird dich hören.«

Tief im Inneren wusste Alea, dass er recht hatte. Dass dieser Auftritt eine gewaltige Chance war – für sie als Band, für den Umweltschutz, für ihre Botschaft. Und doch entsetzte Alea die Aussicht, vor solch einer Menschenmasse zu stehen und gleichzeitig im Internet zu weiß Gott wie vielen weiteren Zuschauern übertragen zu werden.

Sammy sah sie noch immer mit diesem Blick an, und Alea

konnte sich dem, was er gesagt hatte, nicht entziehen. Sie war die Elvarion. Sie durfte vor solch einer Situation nicht davonlaufen.

»Du kannst das«, versicherte Tess Alea. »In Marseille hast du es auch gekonnt. Da hast du die Leute begeistert!«

»Wir treten ja alle fünf zusammen auf, oder?«, fragte Lennox. Seine Hand lag noch immer stark und warm auf Aleas Rücken. »Niemand steht allein auf der Bühne.«

»Auf keinen Fall!«, erwiderte Ben. »Auch nicht bei den Solo-Songs. Wir machen den Auftritt als Alpha Cru!«

»Du solltest *Kämpf weiter* jetzt endlich mal ins Englische übersetzen«, sagte Tess zu Ben, und der nickte sogleich. An Alea und Lennox gewandt, bemerkte er: »Vielleicht könntet ihr beide zusätzlich euren neuen Song singen, *Meeresleuchten.*«

Dieses Lied hatten sie auf Capraia über das Verschwinden der Naturwunder geschrieben, und es eignete sich tatsächlich außerordentlich gut für solch einen Auftritt, da es wie ein Weckruf war, den Umweltschutz noch viel ernster zu nehmen. Wenn sie *Meeresleuchten* allerdings ebenfalls spielten, musste Alea ja noch einen weiteren Song singen!

Ich muss mich zusammenreißen, schimpfte Alea in Gedanken mit sich. »Ja, hrgh.« Sie räusperte sich. »Mit unseren Songs können wir vielleicht jemanden inspirieren oder über das Ausmaß der Klimakrise informieren.« Das war wichtig. Es gab sogar kaum etwas Wichtigeres als das!

»Na ja, die Klimakrise ist ja nichts Neues«, warf Lennox ein und wirkte auf einmal skeptisch. »Die Informationen sind alle schon lange da. Die Landgänger haben sich bloß daran gewöhnt, zu wissen, dass die Meere sterben.«

»Meinst du, unser Auftritt würde eh nichts verändern?«, hakte Ben nach und schien anderer Meinung zu sein.

Langsam hob Lennox die Achseln. »Ich frage mich nur, wie viel es bringt.«

Tess meldete sich wieder zu Wort. »Dass viele Landgänger sich an die Klimakrise gewöhnt haben, liegt an den Steinzeitinstinkten.«

Irritiert hob Lennox die Augenbrauen. »Steinzeit?«

»*Oui*, das Verhalten der Leute geht auf menschliche Instinkte zurück, die noch aus der Steinzeit stammen.« Tess interessierte sich sehr für Psychologie, und in den vergangenen Wochen hatte Alea oft einen dicken Wälzer auf ihrer Koje liegen gesehen, der *Wie ticken wir?* hieß. »Wenn ein Mensch Angst hat, schüttet der Körper Hormone aus, die richtig Alarm machen«, erklärte Tess. »In der Steinzeit war das auch sehr sinnvoll – wenn man einem Löwen begegnete, brauchte man den Alarmzustand, um schnell wegzulaufen oder sich zu wehren. Die Stresshormone sind eine echt gute Reaktion auf eine kurzfristige Bedrohung.«

Alea wusste zwar noch nicht, worauf Tess hinauswollte, aber irgendwie fand sie das interessant.

Tess sprach weiter. »Das Problem ist: Wir Menschen halten diesen Spannungszustand nicht lange aus. Ein derart hoher Stresslevel über längere Zeit könnte uns sogar umbringen! Also fährt das Gehirn die Stresshormone nach einiger Zeit wieder runter – egal ob die Gefahr vorbei ist oder nicht.«

Alea verstand. »Die Klimakrise macht den Leuten Angst. Sie geht allerdings nicht so schnell weg wie ein hungriger Löwe. Für eine dermaßen langfristige Art der Lebensgefahr sind Menschen aber nicht gemacht?«

»Exakt!« Tess nickte eifrig. »Körper und Geist können nicht über Monate oder sogar Jahre ständig im Alarmzustand sein. Deswegen wirkt es, als hätten sich die Landgänger an die Bedrohung gewöhnt. Denn irgendwie … ist es auch so.«

Lennox hatte aufmerksam zugehört. »Wenn die Menschen aber keine Angst haben, machen sie auch nichts gegen die Gefahr!«

Ben ergriff wieder das Wort. »Man muss sie halt immer wieder neu daran erinnern! Und ein Konzert für den Umweltschutz ist eine echt gute Möglichkeit, das zu tun.«

Fragend schaute Tess in die Kamera. »Du bist bei dem Auftritt doch dabei, Scorpio, oder nicht?«

»Natürlich bin ich dabei«, stellte Lennox sofort klar. »Schließlich schadet so was auch nicht.« Sein Blick wanderte zu Alea. »*Meeresleuchten* sollten wir auch auf Englisch singen.«

»Wir haben vor dem Konzert ja noch ein paar Tage Zeit.« In Gedanken war Tess offenbar bereits mit der Planung des Auftritts beschäftigt. »Wir fangen zu dritt schon mal an zu proben, und ihr zu zweit. Falls ihr Zeit habt, können wir die Songs auch per Videochat gemeinsam vorbereiten.«

Alea war innerlich noch immer ganz zittrig, wenn sie an ein ganzes Stadion voller Leute dachte. »Wo ist eigentlich Sammy?«, fragte sie, denn der Bandenjüngste war schon vor einiger Zeit vom Bildschirm verschwunden.

Da hörte sie seine Stimme, und es klang, als wäre er im Nebenraum. »Ich entwerfe gerade mein Outfit fürs Konzert!«

Tess drehte das Handy, und nun konnte man Sammy im Türrahmen erkennen. Er trug seinen purpurfarbenen Königsumhang über dem knatschdottergelben Pony-Strickpullover, den er auf Island bekommen hatte. Zusätzlich prangten sein schwarzer Zylinder auf seinem Kopf und eine schlecht gebundene Krawatte um seinen Hals. Als Krönung hatte er einen Petticoat aus Aleas Schrank stibitzt. Der bauschige Tüllrock wippte über grünen Gummistiefeln.

»Ich glaube, der Pullover könnte zu warm für den Auftritt sein«, sagte Ben. »Ansonsten prima.«

»Prima?«, brauste Sammy auf. »Ich bin der absolute Hammer!«

Alea gab ihm recht. »Glamour pur!«

»Alles an mir schreit *Superstar*!« Mit beispielloser Coolness warf Sammy den Umhang über seine Schulter zurück. »Meine zukünftigen Fans wissen noch gar nicht, was für ein galaktischer Feuersturm von Ikone auf sie wartet!«

»Öhm, ja«, meinte Lennox.

Alea lachte. »Du bist echt ein schräger Vogel, Samuel Draco!«

»Und zwar gerne!«, rief Sammy und schrie beinahe.

Ben legte ihm die Hand auf die Schulter. »Ruhig, Flipper.«

»Auf keinen Fall!« Sammy schüttelte Bens Hand ab. »Genau jetzt ist der Augenblick, um mit vollständiger Berechtigung total auszuflippen!« Und das tat er. Wild tanzend sprang er zu einem lautlosen Lied durch den Raum und zappelte mit den Armen, als wollte er eine Wespe vertreiben.

Sie ließen ihn flippen, bis Lennox sich wieder zu Wort meldete. »Noch mal was anderes«, sagte er ernst. »Der Auftritt ist für uns nicht ungefährlich. Zum einen könnte das Jugendamt oder die Polizei mitbekommen, dass wir dort sind.«

»Wir sind doch eh auf deren schwarzer Liste«, wandte Ben ein, der sich damit abgefunden hatte, dass man wahrscheinlich nach ihm suchte – ebenso wie nach Lennox und Alea.

»Na gut«, lenkte Lennox ein, »viel gefährlicher ist auch, dass Orion Wind von unserem Auftritt bekommen und im Stadion auftauchen könnte. Was, wenn die Darkoner uns nach dem Konzert auflauern?«

Sammy stöhnte und hörte auf zu zappeln. »Sir Scorpio! Immer am Arbeiten«, nörgelte er.

»Aber das ist doch wichtig!«, verteidigte sich Lennox.

Ben sah das ebenfalls so. »Darüber habe ich eben mit den *Ocean Knights* auch schon gesprochen. Wir haben verabredet, dass unser Auftritt geheim bleibt. Offiziell wird angekündigt, dass Magnus eine Rede zum Meeresschutz hält.« Magnus kannten sie aus Norwegen. Er war einer der Köpfe der *Knights*. »Niemand außer einer Handvoll Leuten weiß, dass wir kommen. Erst in dem Moment, in dem die Alpha Cru die Bühne betritt, kann Orion davon erfahren.«

»Der Doktor hätte dreißig Minuten, um zum Stadion zu kommen …« Nachdenklich knackte Lennox mit dem Kiefer. »Was, wenn ihm die Zeit reicht? Immerhin könnte er sich ja schon in der Stadt aufhalten! Am nächsten Tag wird er schließlich in jedem Fall dort sein.«

»Womöglich kommt Orion aber auch nur wegen unseres

Auftritts nach Rom!«, gab Tess zu bedenken. »Was, wenn er überhaupt erst von unserem Erscheinen bei dem Konzert in die Stadt gelockt wird? Dann *müssen* wir auftreten, damit wir ihn am nächsten Tag fangen können!«

»Hm, das glaube ich nicht«, entgegnete Alea. »In der Vision wirkte Orion total überrascht, mich in Rom zu sehen.«

Da bog der Bus um die Ecke. Überstürzt verabschiedeten sich Lennox und Alea.

»*Goodbye,* ihr zwei!«, dröhnte ein überdrehter Sammy zum Abschied, und Alea warf ihm ein Flugbussi zu.

Alea stieg vorn in den Bus und kaufte für sich ein Einzelticket. Lennox nutzte indessen seine Unsichtbarkeit und schlich sich durch die hintere Tür hinein. Alea hasste so etwas eigentlich, denn Marianne hatte sie gut erzogen. Bei diesem Gedanken bekam sie plötzlich einen dicken Kloß im Hals.

Marianne.

Ihre verstorbene Pflegemutter fehlte ihr sehr, und sie dachte oft an sie. Was hätte Marianne wohl dazu gesagt, dass Aleas Freund kein Problem damit hatte, ohne Fahrkarte zu fahren, und dass er sogar ein ziemlich erfahrener Dieb war? Alea nahm an, dass Marianne es wahrscheinlich verstanden hätte, wenn sie sich ausführlich darüber hätten unterhalten können. Was sollte man denn machen, wenn man pleite war und Hunger hatte? Für das Busticket und ein Frühstück genügte ihr Geld zwar noch, aber was, wenn sie beim nächsten Straßengig ebenso wenig einnahmen wie am Tag zuvor? War es für sie überhaupt möglich, zur Loreley zu gelangen, wenn sie sich an alle Regeln hielten?

Lennox winkte ihr zu, und Alea setzte sich zu ihm. Gerade bekam sie mehrere Fotos von Ben aufs Handy, und sie stieß einen kleinen Freudenschrei aus. »Das ist er! Das ist der Kiosk aus meiner Silberfadenvision!« Sie war sich hundertprozentig sicher und schrieb es Ben sofort. Der antwortete mit mehreren Smileys.

»An diesem Kiosk wartet eine Riesenüberraschung auf Doktor Orion«, sagte Lennox mit Blick auf das Handy und klang, als könnte er den Tag kaum erwarten, an dem die Alpha Cru den Lauf der Dinge aktiv in eine völlig andere Richtung lenken würde.

»Die größte Überraschung seines Lebens.« Lächelnd küsste Alea Lennox und genoss das Gefühl, dass zumindest in Bezug auf ihren Orion-Plan alles auf Erfolg zu stehen schien. *Anders als bei unserem Thea-Plan*, dachte Alea, und ihre Mundwinkel wanderten unvermittelt nach unten. Doch sobald sie das bemerkte, rügte sie sich selbst. Sie durfte nicht pessimistisch denken! Das führte nur dazu, dass ein Misserfolg wahrscheinlicher wurde. Wie hatte Sammy es einmal ausgedrückt? *Wenn man immer nur daran denkt, was schiefgehen könnte, hat der Kopf schon Schiffbruch, bevor überhaupt Sturm aufkommt.*

Sie durfte nicht den Glauben daran verlieren, dass sie ihrer Schwester bald von Angesicht zu Angesicht gegenüberstehen würde. Sie musste sich darauf vorbereiten, als stünde solch ein Zusammentreffen fest. Denn dann erhöhte sich die Wahrscheinlichkeit, dass es auch wirklich geschah.

»Ich will mal was ausprobieren. Nicht wundern«, sagte Alea, stöpselte sich ihre Kopfhörer ein, stellte die Handylautstärke auf Maximum und ließ einen krachigen Rocksong laufen.

Verwundert beobachtete Lennox sie. Er sagte etwas, aber

Alea konnte ihn nicht verstehen. Nun begann sie, das Lied mitzusingen. Die Lautstärke war so hoch, dass sie ihre eigene Stimme nicht hören konnte. Doch genau das war ihr Experiment: Sie hörte weder Lennox noch sich selbst. Dadurch wollte sie versuchen, zu erahnen, wie es sich anfühlen musste, gehörlos zu sein. Beim Singen spürte sie zwar die Vibration ihrer Stimme im Hals und in der Brust, aber sie *hörte* nichts.

Lennox' Miene schwankte zwischen Belustigung und Verwirrung. Wahrscheinlich sang sie furchtbar schief.

Rasch erklärte sie: »Ich möchte verstehen, wie es ist ...« Es war mehr als eigenartig, zu sprechen, ohne sich zu hören.

Lennox gebärdete: »Darf ich auch mal?«

Alea zog die Stöpsel heraus und stöhnte erleichtert, denn der Lärm hatte gerade angefangen, wehzutun.

Jetzt steckte Lennox sich die Kopfhörer in die Ohren und sagte: »Test, Test, ich versuche es jetzt auch.« Er schrie beinahe, und ein Fahrgast drehte sich mit tadelnder Miene zu ihnen um. Bestimmt war Alea vorhin auch angestarrt worden, denn wahrscheinlich hatte sie auch geschrien. War es ähnlich, wenn Gehörlose ihre Stimme benutzten? Konnten sie ihre Lautstärke auch nicht einschätzen? Opa Ernst hatte nicht besonders laut gesprochen. Als sie in Köln bei ihm zu Besuch gewesen waren, hatte er sich manchmal lautsprachlich geäußert und sich dabei lediglich etwas nuschelig und undeutlich angehört. Das war bei Gehörlosen aber wohl nicht ungewöhnlich – zumindest hatte Alea das gelesen. Und seit sie das gelesen hatte, fragte sie sich, ob Thea auch nuschelig oder zu laut klang. Oder benutzte sie ihre Stimme möglicherweise gar nicht?

Da waren sie im Dorf angekommen. Lennox hatte gerade angefangen, laut und schief mitzusingen, doch nun beendeten sie das Experiment, stiegen aus dem Bus und spazierten los. Der kleine Ort war dermaßen hübsch, dass er fast unwirklich anmutete – heimelige Häuschen standen in Reih und Glied wie stolze Sinnbilder einer beschaulich-heilen Welt entlang der verkehrsberuhigten Straßen, und sämtliche der adretten Balkone strotzten nur so vor perfekt gepflegten, leuchtend roten Geranien. Händchen haltend schlenderten Alea und Lennox durch den Schwarzwaldtraum und stießen nach einiger Zeit auf eine kleine Bäckerei. Beim Eintreten räusperte sich Lennox, sodass er gesehen werden konnte.

Alea suchte die Auslage ab. »Haben Sie belegte Brötchen mit Gurke und Tomate?«, fragte sie die freundlich wirkende Verkäuferin.

Diese nickte. »Gurke, Tomate, Blattsalat …«, antwortete sie mit starkem süddeutschem Akzent. »Ist alles da.«

»Könnten wir auch nur Gurke, Tomate und Blattsalat haben?«, fragte Alea. Wenngleich sie körperlich nun eine Landgängerin war, mochte sie noch immer nichts lieber als Rohkost, so wie alle Meermenschen.

Die Verkäuferin lachte. »Klar, ich kann euch auch einen Salat zusammenstellen.«

»Oh ja!«, stimmte auch Lennox zu.

Die Verkäuferin machte sich an die Arbeit. »Mit ein bisschen Fleischwurst drin?«

»Nein danke!«, entgegneten Alea und Lennox einhellig. Sie aßen beide kein Fleisch. Früher hatten sie rein instinktiv darauf verzichtet, weil sie es als Meermenschen einfach nicht mochten. Aber inzwischen hatten sie sich über die Zusammenhänge zwischen Fleischkonsum und der Umweltkrise informiert und aßen nun auch aus Überzeugung kein Fleisch.

»Setzt euch schon mal!«, forderte die Verkäuferin sie auf und wies auf die Holztische im Innenraum. »Ich bringe euch alles.«

Etwas später frühstückten sie einen fantastisch schmeckenden bunten Salat mit dem leckersten Dressing, das Alea je gegessen hatte. Sie fing an, Lennox spielerisch mit der Gabel zu füttern und ihn zwischendurch immer wieder zu küssen, und für ein wunderbares Weilchen war sie einfach nur verliebt und glücklich. Doch dann bemerkten sie, dass der Himmel sich zuzog und immer mehr dunkle Wolken aufkamen.

Unwillig trommelte Alea mit den Fingern auf den Tisch. Wenn es regnete, konnten sie die Bäckerei nicht verlassen, und ihre Reise zur Loreley würde sich weiter verzögern!

Lennox schien zu ahnen, was sie dachte. »Tut mir leid.«

»Es ist nicht deine Schuld, dass wir keinen Rotfarn mehr haben!«, sagte Alea mit Nachdruck. Lennox nahm es sich immer sehr zu Herzen, wenn er ihr irgendwie *im Weg stand.* »Vielleicht zieht der Regen ja vorbei.« Alea hatte den Satz noch nicht beendet, da fielen bereits die ersten Tropfen.

»Na toll, jetzt sitzen wir hier erst mal fest«, stöhnte Lennox. »Selbst mit einem Schirm wäre es zu riskant.«

Alea wollte ihm antworten, aber ihre Erwiderung entglitt ihr, da der Regenschauer ihre volle Aufmerksamkeit auf sich zog. Fasziniert beobachtete sie ihn durch die großen Scheiben der Bäckerei. Sie erinnerte sich noch genau daran, was sie früher in den Tropfen hatte sehen können – die Farben und Formen des Wassers. Die waren ihr jedoch ebenso abhandengekommen wie ihre Meermädcheneigenschaften.

Mit sanften Trippelgeräuschen traf der Regen auf den steinernen Gehsteig vor der Bäckerei, auf die Blumenkästen am Haus und auf die Straße. Alea hörte gebannt zu und konnte den Blick kaum abwenden.

Lennox streichelte ihren Unterarm. »Geh ruhig raus, Yavani«, raunte er. »Geh und sag dem Regen von mir Hallo.«

Glücklich lächelte Alea ihn an. »Das mache ich.« Leichtfüßig lief sie hinaus auf den Bürgersteig.

Ein Pärchen eilte geduckt unter einem Schirm an ihr vorbei. Ein Mann hielt sich zum Schutz eine Tüte über den Kopf, und ein Junge rempelte ihn bei dem Versuch an, so schnell wie möglich ins Trockene zu kommen. Die Menschen flohen vor dem Schauer, der sich gerade in einen Platzregen verwandelte. Alea hingegen stand mit glücklichem Lächeln da, reckte den schweren Tropfen ihr Gesicht entgegen und genoss das Gefühl des abperlenden Wassers auf ihrer Haut. Wie gern hätte sie die Geschichte des Regens erfahren und die Bilder der Orte gesehen, an denen er gewesen war. Doch das konnten nur dic Wandcrer.

Dieser Wermutstropfen konnte Alea den Augenblick allerdings nicht verderben. Langsam hob sie die Arme und begann zu tanzen. Ein paar regenflüchtende Passantinnen sahen sie zwar schief an, aber das durfte ihr nichts ausmachen. Sie musste sich an solche Blicke gewöhnen und sie einfach hinzunehmen lernen, da sie als Elvarion in Zukunft wohl immer öfter im Mittelpunkt – oder sogar auf einer Bühne! – stehen würde. Damit hatte Sammy einfach recht gehabt. Zum anderen wollte Alea ihr kleines Rendezvous mit dem Regen unbedingt in vollen Zügen auskosten.

Sie bemerkte, dass Lennox im Türrahmen der Bäckerei stand und ihr zusah.

»Wenn man tanzen will, sollte man niemals nicht tanzen!«, rief sie zu ihm hinüber. Den Spruch hatte sie ebenfalls von Sammy, und er passte perfekt.

Lachend antwortete Lennox: »Je schräger der Vogel, desto größer der Spaß!« Er ging zu ihren Sachen und kam mit seiner Gitarre zurück zum überdachten Eingang der Bäckerei, der ihn vor dem Regen schützte. Mit einem verschmitzten Lächeln schlug er ein paar schnelle Akkorde an und begann, einen der Songs aus ihrem Straßen-Repertoire zu singen.

Alea streckte die Arme noch höher in die Luft und tanzte übermütig im Regen.

Die Verkäuferin trat neben Lennox und sah Alea erstaunt zu. Nun blieben auch andere Leute stehen und verfolgten unter ihren Schirmen, wie Lennox Musik machte und Alea tanzte. Eine Frau ging sogar zu Lennox hinüber und steckte ihm Geld zu! Er bedankte sich mit einer eleganten Verbeugung und fragte die Verkäuferin etwas. Die eilte hinter ihre Theke und kam mit einer Schüssel zurück, die sie vor Lennox auf dem Boden abstellte. Darin konnten sie Geld sammeln!

Alea fiel in Lennox' Gesang ein und hörte dennoch nicht

auf zu tanzen. Als das Lied vorüber war, spendete das Publikum großzügig Applaus und Münzen, und Lennox stimmte das nächste Lied an. Alea hatte noch nie so viel beim Singen getanzt, aber sie *musste* sich einfach im Regen bewegen, um ihm zu zeigen, wie sehr sie sich über seine Existenz freute.

Nach dem zweiten Song folgten ein dritter und ein vierter, und dann konnte Alea nicht mehr. Sie hatte einen feuerroten Kopf vom Tanzen, davon abgesehen lag in der Schüssel bereits jede Menge Geld! Lennox bemerkte ihren erschöpften Blick und nahm die Gitarre herunter. »Vielen Dank für Ihre Aufmerksamkeit!«, rief er dem Publikum zu und verbeugte sich noch einmal.

Alea tat es ihm gleich und verabschiedete sich auch vom Regen. »Bis bald«, flüsterte sie ihm zu und kehrte mit einem Strahlen im Herzen in die Bäckerei zurück. Allerdings war sie triefend nass und musste darauf achten, Lennox nicht zu berühren. Die Verkäuferin wies auf ein Toilettenschild am anderen Ende des Innenraumes. »Da drüben kannst du dich umziehen«, sagte sie, und Alea holte sich trockene Sachen aus ihrem Rucksack.

Wenige Minuten später kam sie zu Lennox zurück, der in der Zwischenzeit ihr Handy zum Aufladen an eine Steckdose angeschlossen und darüber hinaus das Geld gezählt hatte. »Dreißig Euro«, sagte er.

»Für Fahrkarten reicht das nicht.« Alea ließ sich neben ihm auf die Holzbank plumpsen. »Wenn das so weitergeht, ist Siska vor uns an der Loreley!« Zwar hatten sie von dem Darkonermädchen heute noch nichts gehört, dessen ungeachtet war sich Alea sicher, dass Siska längst im Zug saß und wahrscheinlich schon auf halbem Weg nach Deutschland war.

Lennox lehnte sich mit einem Gesichtsausdruck vor, als wäre ihm etwas eingefallen. »Warum machen wir es nicht wie Ben, Tess und Sammy und trampen?«

»Per Anhalter nach Sankt Goarshausen?«, fragte Alea. »Aber …«

»Marianne hätte das nicht gut gefunden?«

»Hmm. Bestimmt hätte sie sich Sorgen gemacht.« Alea lächelte wehmütig bei der Erinnerung daran, wie umsichtig Marianne sie immer behütet hatte. »Sie hat mir eingebläut, dass Trampen gefährlich ist. Und das ist es ja auch! Man weiß nie, ob die Person, zu der man ins Auto steigt, nicht was Schlimmes im Schilde führt. Andererseits …«

»Ja?«

»Andererseits bist du ein Oblivion.« Alea hatte erlebt, wie Lennox es mit vier Männern gleichzeitig aufgenommen hatte. »Falls wir mit jemandem mitfahren, der was Böses vorhat, würde er sein blaues Wunder erleben.«

Lennox antwortete nicht, sondern lächelte sein typisches, leicht schräges Lennox-Lächeln. Alea grinste ebenfalls. »Du bist Spezialist für blaue Wunder«, sagte sie. »Ein Superheld der besonderen Art.«

Lennox schien dieses Kompliment ausnahmsweise einmal nicht abwehren zu wollen – wahrscheinlich, weil es in Humor verpackt war. »*Blue Wonder Man?*«, fragte er.

»Exakt.« Alea schmunzelte. »Und außerdem erklärter Best-Schmusejohnny.«

Lennox zog eine Augenbraue in die Höhe. »Schmusejohnny?«

Alea lachte nur, umfasste sein Kinn, zog ihn zu sich heran und küsste ihn. »Okay!«, rief sie dann und klatschte in die Hände. »Sobald der Regen aufhört, stellen wir uns an die nächste Landstraße und lassen uns von jemandem mitnehmen, der nach Norden fährt.«

»Wunderbärchen«, sagte Lennox.

»Pscht!« Alea legte den Finger an die Lippen. »Lass das nicht Sammy hören. Wenn du sein Wort benutzt, musst du ihn mit Keksen dafür bezahlen!«

»Kekse sind dein Ding«, entgegnete Lennox schelmisch. »Ich bezahle mit blauen Wundern.«

Alea kicherte und haderte nicht länger damit, dass sie noch für eine Weile in der Bäckerei bleiben mussten. Die düsteren Wolkenmassen schienen weiterschauern zu wollen.

»Nutzen wir die Zeit und übersetzen *Meeresleuchten* ins Englische«, schlug Lennox vor.

»Grrr«, brummte Alea. Ihr Englisch war dank vieler Nachhilfestunden bei Ben zwar besser geworden, Songtexte fielen ihr trotzdem noch ziemlich schwer. »Aber … na ja. Es wäre schon gut, wenn so viele Leute wie möglich den Song verstehen könnten«, räumte sie ein. »Also: in Ordnung.«

Lennox holte Stift und Papier heraus, und sie machten sich an die Übersetzung von *Meeresleuchten*. Es dauerte zwar eine gefühlte Ewigkeit, doch nach vielen Versuchen und einigen Streichungen hatten sie eine eindringliche englische Version ihres Liedes erschaffen und waren mit dem Ergebnis sogar richtig zufrieden.

Draußen schüttete es ununterbrochen wie aus Kübeln, sodass sie noch immer nicht aufbrechen konnten. Die Verkäuferin servierte ihnen Tee, und auf Aleas Nachfrage hin verriet sie ihnen sogar das WLAN-Passwort der Bäckerei.

»Wofür brauchen wir das?«, wollte Lennox wissen.

»Um im Notfall was im Netz nachgucken zu können«, antwortete Alea, denn sie hatte eine Idee, wie man die verbleibende Zeit weiter sinnvoll nutzen konnte. »Lass uns mal das erste Gespräch üben, das ich mit Thea in Gebärdensprache führen werde. Wenn sie und ich uns treffen, muss ich ihr ja alles über unsere Familie erklären, und ich will mich so gut wie möglich ausdrücken.«

Zustimmend schnalzte Lennox mit der Zunge. »Soll ich so tun, als wäre ich Thea?«

»Genau! Du kannst mir auch Fragen stellen.«

»Also los!« Lennox wechselte in die Gebärdensprache. »Wer bist du?«

Alea hob die Hände. »Ich bin Alea, deine Zwillingsschwester …«

Sie begannen ein langes Gespräch, in dem Alea all ihre bereits gelernten Sätze einbringen und auch neue üben konnte. Wenn sie einen Begriff nicht kannten, schauten sie in einem Online Lexikon, wie er gebärdet wurde, und nach und nach wurde Alea immer sicherer. Zugegebenermaßen würde Thea bestimmt Dinge sagen oder fragen, die sie nicht vorhersehen konnten, aber die Vorbereitung auf alle denkbaren Gesprächsverläufe würde sich gewiss auszahlen, wenn sie sich trafen.

Und *dass* sie sich treffen würden, daran zweifelte Alea nicht länger, denn sie durfte nicht daran zweifeln.

Eine Stunde später klarte der Himmel endlich auf, und Alea und Lennox wollten sich ins Freie wagen. Sie bedankten sich bei der hilfsbereiten Verkäuferin, schulterten ihre Rucksäcke und traten auf die Straße hinaus. Die herauskommende Sonne brachte das ganze Dorf zum Glänzen – von den durchtränkten Blumenbeeten bis zum nassen Asphalt funkelte alles wie reinste Diamanten. Doch gleichzeitig schien das Glitzern Alea und Lennox Schritt um Schritt daran erinnern zu wollen, dass sie auf der Hut sein mussten.

Langsam streunten sie aus dem Dorf hinaus und stellten sich mit ausgestrecktem Daumen an den Rand einer Landstraße. Die ersten Autos fuhren, ohne abzubremsen, an ihnen vorbei, aber nach einer Viertelstunde hielt ein Wagen neben ihnen. Der Fahrer war ein junger, nett wirkender Typ. »Ich fahre nach Stuttgart«, teilte er ihnen durch das heruntergelassene Fenster mit.

»Spitze!«, rief Alea. »Das ist die richtige Richtung.«

»Dann steigt ein«, lud der Fahrer sie ein, und sie beeilten sich, ihre Sachen auf die Rückbank des Autos zu hieven und sich danebenzuquetschen.

Schon ging es los, und Alea freute sich, dass sie endlich wieder auf dem Weg zur Loreley waren. Ihre Hand lag warm und geborgen in Lennox' Hand, und eine Zeit lang träumte sie gedankenverloren aus dem Fenster. Dann riss die Stimme des Fahrers sie aus ihren Gedanken. »Wir sind da!«, informierte er sie. »Hier müsst ihr aussteigen.«

Verwundert warf Lennox einen Blick durch die Frontscheibe. »Wir sind aber doch noch nicht in Stuttgart, oder?«

»Stuttgart liegt gleich hinter der nächsten Biegung«, erklärte der Fahrer und wies nach vorn.

Stirnrunzelnd nickte Lennox. »Gut, dann … danke!«

Sie stiegen mitsamt ihren Habseligkeiten aus und wunderten sich über das seltsame Lachen des Fahrers. Sobald sie die Türen geschlossen hatten, fuhr er abrupt los und hupte.

Irritiert kratzte Alea sich am Kopf. »Das war … echt seltsam, oder?«

»Total.« Lennox blickte sich um. Die Straße war links und rechts von hohen Rapsfeldern umgeben. Mit zwei sportlichen Sprüngen erklomm er eine kleine Anhöhe, von der aus er sich besser umsehen konnte. »*Schattfa*!«, fluchte er.

»Was ist los?«

»Der Typ hat uns reingelegt! Er hat uns nicht nach Stuttgart gebracht. Wir sind wieder da, wo wir heute Morgen waren. Da oben ist die Obstbaumwiese, auf der wir übernachtet haben!«

»Wie bitte?« Alea trat zu Lennox auf die Anhöhe. Sie befanden sich tatsächlich in dem Tal, auf das sie am Morgen hinabgeblickt hatte. Hier gab es nur vereinzelte Gehöfte und einen Fluss zwischen üppigen Feldern. Der Fahrer hatte sie anscheinend ganz bewusst mitten in der Pampa abgesetzt, um sie zu verschaukeln.

»Das ist nicht lustig«, kam es tonlos aus ihr heraus. Weit und breit war kein anderes Auto zu sehen.

»Was für ein *Pesdeggo*«, knurrte Lennox und benutzte damit ein recht harsches Hajara-Wort für jemanden, über den man sich sehr ärgerte. Allerdings schien er sich auch über sich selbst zu ärgern. »Von wegen blaues Wunder! Dass ich ein Oblivion bin, hat uns ja tierisch geholfen …«

»So was hätte niemand verhindern können!«, entgegnete Alea, obwohl auch sie sauer war. Aber nicht auf Lennox. »Dann müssen wir jetzt eben erst mal zu Fuß weiter.« Zähneknirschend stapfte sie zum Straßenrand zurück und fand es plötzlich schwer, weiterhin fest daran zu glauben, dass sie Thea bald finden würden. Es war doch wie verhext! Wollte das Schicksal sie etwa von ihrer Schwester fernhalten?

Lennox kam ihr nach. »Ich hab schon wieder Hunger.«

»Ich auch.« Es war bereits Nachmittag und das Salat-Frühstück lange her. Alea seufzte. »Gehen wir zu dem Hof am Ende der Straße.« Sie deutete voraus. »Vielleicht haben die einen Hofladen, in dem man was kaufen kann.«

Gemeinsam stiefelten sie los, und Alea fiel auf, dass Lennox noch mehr auf den Boden achtete als zuvor. Bestimmt lag das an den breiten Wasserlachen im Straßengraben.

»Was würde eigentlich passieren, wenn du mit den Füßen in so eine Pfütze tappen würdest?«, fragte Alea ihn beim Gehen. »Ist dir das schon mal passiert?« Lennox hatte ihr erzählt, dass er in seiner Kindheit vom Regen und von hohen Wellen am Strand erwischt worden war. Außerdem war einmal beim Duschen unerwartet das Wasser eiskalt geworden. Da Lennox zur Hälfte ein Landgänger war, hatte der Wasservirus ihn nicht umgebracht, sondern lediglich krank werden lassen. Genügte dafür aber eigentlich auch schon eine Pfütze?

»Das weiß ich, ehrlich gesagt, gar nicht«, antwortete Lennox mit Blick auf eine besonders tief wirkende Wasseransammlung im Straßengraben.

»Hm. Trotzdem sollten wir das lieber nicht ausprobieren.« Alea sah die Pfütze an, als wollte sie diese ermahnen, ihnen nicht zu nahe zu kommen. Da stutzte sie. Die Oberfläche der Pfütze wirkte eigenartig uneben. Was war denn das? Alea blieb stehen.

»Was ist los?«, wollte Lennox wissen.

»Irgendwie sieht es aus, als hätte die Pfütze … Pickel.«

Im nächsten Moment schob sich einer der Pickel aus dem Wasser.

Es war eine Nase. Und an dieser Nase hing ein kleines, pummeliges Wesen. »Wollt ihr mit uns pfuhlen?«, fragte es, und wie aufs Stichwort streckten sich zahllose weitere Nasen aus dem Wasser. »Ja! Pfuhlt mit uns!«, erklang ein wilder Chor fiepender Stimmen.

Pudelpfuhler

Die kleinen Wesen erinnerten entfernt an mopsige Maulwürfe ohne Fell. Sie hatten lange, vorstehende Zähne, unförmige Schaufeltatzen und rosafarbene Haut, die in ihren Nacken pralle Falten warf. Solche Magische hatte Alea noch nie gesehen. Doch dass diese merkwürdigen Geschöpfe Magische sein mussten, daran bestand kein Zweifel, schließlich sprachen sie Hajara! Bei genauerem Hinsehen stellte Alea fest, dass die Pfütze ein recht tiefes Wasserloch zu sein schien, in dem sich unzählige der kleinen Moppelchen tummelten.

»Pfuhlen ist schööön!«, johlten sie, während sie sich suhlend im Matschwasser lümmelten.

Eines der Wesen hatte den Blick fest auf Lennox geheftet. »Hach, ein Oblivion …«

»Und auch noch so ein schöner!«, schnurrte ein anderes.

Sämtliche der suhlenden Wesen betrachteten Lennox mit verzückten Mienen. »Wo kommst du her?«, fragte ihn eines. »Wo gehst du hin?«, ein anderes. »Möchtest du bei uns wohnen?«

»Tja …« Lennox suchte nach Worten. »Wo wohnt ihr denn?«

»Ganz unten!«, erwiderten sie im Chor.

»Im Grundwasser?«, erkundigte sich Alea. Den Wesen

schien es nichts auszumachen, dass sie dem Anschein nach eine Landgängerin war.

»Wir halten das Tiefwasser sauber!«, erklärte einer der Magischen. »Und das ist gar nicht so leicht bei den ganzen Giftlauchen, die die Bauern hier auf ihre Felder kippen.«

Alea wusste nicht, was Giftlauchen waren, aber sie konnte es sich denken. Ringsum waren sie von Äckern, Raps- und Maisfeldern umgeben. Bestimmt wurde hier viel gedüngt und Pestizide gespritzt. Damit hatten die Mitglieder der Alpha Cru schon schlechte Erfahrungen gemacht. Vor einiger Zeit waren sie in Frankreich dabei gewesen, als der Regen Dünger von Maisfeldern in einen Fluss gespült hatte. Das Wasser des Flusses war bereits zuvor durch Chemikalien aus der Landwirtschaft vergiftet worden und hatte ein paar Kilometer weiter im Meer eine Todeszone verursacht, in der alles Leben abgestorben war. Der Dünger hatte das Problem auf katastrophale Weise verschlimmert, und unzählige Isibellen – die Hüterinnen des Flusses – waren gestorben.

Alea versuchte, die schrecklichen Erinnerungen fortzuschieben und sich auf die Pfützenpummel zu konzentrieren. Wenn sich diese Wesen darum kümmerten, das Grundwasser zu reinigen, hatten sie zweifellos viel zu tun.

»Wir sind Pudelpfuhler!«, tat einer der Magischen voller Stolz kund, und ein anderer fügte hinzu: »Wir kommen nur nach oben, wenn es geregnet hat. Zum Pfuhlen!«

»Pfuhlen ist schööön!«, trillerten sie wie aus einem Munde und spritzten mit ihren Stummelschwänzen das Dreckwasser auf.

Erschrocken wich Lennox zurück. Ein paar Spritzer hatten ihn nur haarscharf verfehlt!

»Passt auf!«, warnte Alea. »Im Wasser ist doch der Virus!«

Die Pudelpfuhler rissen die runden Augen auf. »Oh, Entschuldigung, daran haben wir nicht gedacht!«, quiekte einer von ihnen. »Wir haben seit Ewigkeiten keinen Meermenschen mehr gesehen. Aber ja, richtig! Du darfst nicht nass werden, Oblivion, sonst bist du tot!«

»Ich bin nur ein halber Oblivion«, schwächte Lennox ab. »Zur anderen Hälfte bin ich Landgänger, deswegen würde ich am Virus wahrscheinlich nicht sterben.«

Alea gefiel das Wort *wahrscheinlich* nicht. Vermutete Lennox etwa, dass er unter Umständen doch am Virus sterben konnte?

»Habt ihr Rofus?«, fragte Lennox die Pudelpfuhler.

»Wir?« Die Pfuhler lachten quietschig. »Unter der Erde wächst doch nichts!«

»Ach so.« Lennox seufzte. »Natürlich nicht.«

Einer der Pudelpfuhler rieb sich mit Grübelmiene den speckigen Nacken. »Wir könnten die Isibellen aus dem Fluss bitten, welchen zu besorgen. Wir haben zwar seit Ewigkeiten nicht mehr mit ihnen geredet, aber für einen Oblivion macht man so einiges.«

»Hier im Tal haben wir einen schön schiefen Fluss!«, rief ein anderer Pfuhler dazwischen.

Alea hatte den Fluss am Morgen aus der Ferne gesehen. Er machte viele Biegungen, und man konnte in der Tat sagen, er wäre *schief*. »Wie lange würde es denn dauern, wenn ihr die Isibellen fragt und sie Rofus besorgen?«, erkundigte sie sich.

»Bis später oder überspäter!«, lautete die Antwort.

»Äh, wie lange ist das?«

»So lange, wie es eben dauert!« Die Pudelpfuhler gluckten. »Wir bringen den Rofus dann her. Wartet hier!«

»Das geht nicht!«, wandte Lennox ein, da waren die Pudelpfuhler schon jählings abgetaucht und in dem Wasserloch verschwunden! Ein Scharren erklang, als würden sie sich mit ihren Schaufeltatzen durch die Erde in die Tiefen graben.

»Weg sind sie.« Lennox rieb sich die Schläfe. »Hmm. Die meinen es bestimmt gut, aber …«

»Wir können auf keinen Fall ein paar Stunden oder länger hier am Straßengraben sitzen und darauf hoffen, dass die Pudelpfuhler zurückkommen.« Alea freute sich zwar über die Hilfsbereitschaft dieser Magischen, doch sie wollte keine weitere Zeit verlieren.

»Ja, lass uns wie geplant zu dem Hof gehen.« Lennox zog sich den Rucksack zurecht. »Es wäre zwar super, Rotfarn zu kriegen, aber das Risiko, dass bei der Sache mit den Pfudelpuhlern nichts rauskommt, ist zu groß.«

Alea lachte über seinen Versprecher, und Lennox wurde sein unabsichtlicher Fehler klar. Sie stupste ihn an. »Pfudelpuhler klingt wunderschön.«

Lennox musste ebenfalls lachen und nahm sie bei der Hand. Wenig später erreichten sie den Bauernhof. Dieser war allerdings kein malerisches Schwarzwald-Landgut wie aus einer Fernsehserie, sondern vielmehr ein riesiger, hochmoderner

Milchviehhof, der aus mehreren Gebäuden mit Flachdächern bestand. Als Alea und Lennox das Hofgelände durch das offen stehende Gittertor betraten, schlug ein Hund an. Auf einmal hatte Alea das Gefühl, dass sie womöglich nicht willkommen waren. Langsam gingen sie weiter und warfen einen Blick in die erste der großen Hallen. Hier standen hundert Kühe oder mehr dicht an dicht, eingezwängt in enge Metallboxen. Piepsende Apparate streuten Futter in die Tröge, und eine Art Schieber entfernte Kot vom Boden. Am anderen Ende der Halle waren zwei Menschen in Arbeitskleidung damit beschäftigt, Futternachschub in die Verteilmaschine zu füllen. Sie wandten Alea und Lennox den Rücken zu und bemerkten sie nicht. Das war Alea ganz recht. »So was hab ich noch nie mit eigenen Augen gesehen.« Sie ließ Lennox' Hand los und trat durch den Eingang der Halle, um sich besser umschauen zu können. »Das ist ja alles voll automatisiert!«

»Wie eine Fabrik.« Lennox folgte ihr und behielt dabei die Arbeiter im Auge. »Eine Kuh-Fabrik.«

Betroffen ließ Alea den Blick über die eingepferchten Tiere gleiten. Sie erinnerte sich noch gut an die Bilderbücher, die Marianne ihr vorgelesen hatte, als sie noch klein war. Darin war die Bauernhofwelt eine behagliche Idylle gewesen, in der die Tiere ein glückliches Leben führten. Doch das hatte wenig mit der Wirklichkeit zu tun gehabt. Zwar war Alea das theoretisch bewusst gewesen, da sie sich darüber informiert hatte. Aber selbst in solch einem Stall zu stehen und den Kühen in die erschreckend leblos wirkenden Augen zu blicken, war etwas anderes. Ein flaues Gefühl breitete sich in ihr aus. Nicht nur, dass ihr die Tiere schrecklich leidtaten. Alea wusste mittlerweile auch, wie viel ein Hof wie dieser mit der Verschmutzung der Meere zu tun hatte.

Da hörten sie, dass sich draußen ein Traktor näherte. *Wir sollten uns hier drin nicht erwischen lassen*, schoss es Alea durch den Kopf. Am besten gingen sie hinaus und baten um Essen. Alea trat vor die Halle und auf den Traktor zu, der soeben um die Ecke gebogen war. Ein junger Mann saß auf dem Bock. Als er sie entdeckte, weiteten sich seine Augen. Sofort stellte er den Motor ab und sprang aus dem Gefährt. »Was machst du denn hier?«, fragte er Alea. Lennox schien er nicht zu bemerken.

»Guten Tag«, grüßte Alea freundlich und kam ihm entgegen. »Gibt es hier einen Hofladen, in dem man etwas kaufen kann?«

Der Mann lachte, als wäre die Vorstellung völlig abwegig. »So was haben wir nicht«, erwiderte er und musterte Alea von oben bis unten. »Bist du auf dem Pilgerpfad unterwegs, auf dem Jakobsweg?«

Alea hatte an der Straße Schilder für wandernde Pilger gesehen. »Ähm … ich bin eine Wanderin.«

Er nickte. »Du hast Hunger, was?«

»Ehrlich gesagt, ja«, gab Alea zu.

Der junge Mann zog ein Gesicht, als hätte er Besseres zu tun. Andererseits schien er Alea auch nicht fortjagen zu wollen. Seufzend stapfte er zu seinem Traktor und zog eine Plastikdose aus einem Fach. Beim Zurückkommen öffnete er sie, holte eine Mettwurst heraus und hielt sie Alea hin.

Die wollte nicht undankbar erscheinen, doch sie konnte die Wurst unmöglich annehmen. »Es tut mir leid, aber ich esse kein Fleisch«, lehnte sie entschuldigend ab.

»Was?« Es war nicht schwer zu erkennen, dass ihr Nein den Mann kränkte. »Bist du eine von diesen Fanatikern? Eine Veganerin?«

Der Tonfall schien Lennox nicht zu gefallen. Geräuschlos trat er dicht an Aleas Seite und verschränkte die Arme. Der Mann hatte noch immer keine Ahnung von der Anwesenheit des Oblivions.

Aleas Hände schlossen sich fest um die Gurte ihres Rucksacks. »Wieso sind Veganer Fanatiker?«, fragte sie, obgleich sie sich natürlich denken konnte, weswegen der Mann, der höchstwahrscheinlich Viehwirt auf diesem Hof war, nicht viel von Veganern hielt.

Der Mann stopfte die Mettwurst in die Dose zurück. »Die reden immer davon, dass es den Tieren so schlecht gehen würde.« Er sagte das, als fühlte er sich von Alea zu Unrecht verurteilt, obwohl sie ihm überhaupt keine Vorwürfe gemacht hatte. Nun fing er sogar an, sich zu verteidigen. »Wir haben in Deutschland strenge Regeln für die Tierhaltung, und an die halten wir uns!«

Unwillkürlich ging Alea nun selbst in eine Abwehrhaltung und verschränkte wie Lennox die Arme. Sie hatte Videos von deutschen Massentierhaltungshöfen gesehen, in denen es noch weitaus schlimmer ausgesehen hatte als hier. Das hieß, auch in Deutschland fristeten Kühe, Hühner oder Schweine ihr Leben oft unter grauenhaften Bedingungen. Die Regeln hierzulande waren also ganz offensichtlich nicht streng genug! Alea entschied sich jedoch dagegen, das zu sagen. Der Mann schien nur darauf zu warten, seinen unverkennbaren Frust über Veganer loswerden zu können.

»Veganer und Vegetarier können sich von mir aus für was Besseres halten«, schimpfte er. »Aber die meisten Menschen essen gern Fleisch. Und irgendwo muss das ja herkommen!« Er blickte Alea an, als wäre sie naiv. »Auf unserem Hof herrschen Bedingungen, unter denen die Kühe ihr volles Leistungspotenzial ausschöpfen können, zuerst als Milchkühe und später als Schlachttiere.«

Ärger wallte in Alea auf. Tiere sollten ihr *Leistungspotenzial* ausschöpfen? Sie waren doch keine Maschinen!

Als der Mann nun anfing, Alea zu erklären, wie viel Platz jede einzelne Kuh bei ihnen hätte und dass das sogar noch über dem Standard liegen würde, unterbrach sie ihn. »Aber es geht doch sogar um viel mehr als um das Leid der Tiere.«

Neugierig schaute Lennox sie an. Allem Anschein nach war er gespannt darauf, wie sie diesem Mann Kontra geben würde, hatte allerdings nicht vor, sich selbst einzumischen.

»Ach, worum geht es denn?«, fragte der Mann in sarkastischem Tonfall.

Alea ließ sich davon nicht beirren. Sie musste nun einfach etwas sagen. »Zusätzlich zum Leid der Tiere wird ein Großteil der globalen Wasserverschmutzung durch Massentierhaltung verursacht.« Darüber hatte sie seit Frankreich viel gelesen. »Pestizide auf Äckern sind einer der Hauptfaktoren für die Verseuchung des Meeres – und unser Grundwasser verpesten sie auch!« Die Pudelpfuhler hatten das Wort *Giftlauchen* bestimmt nicht ohne Grund verwendet.

Die Augen des Mannes wurden schmal. »Was haben Äcker mit unserer Tierhaltung zu tun?«

Wusste er das wirklich nicht, oder wollte er sie nur herausfordern? Wahrscheinlich Letzteres. Alea war jedoch so gut im Bilde, dass sie die Herausforderung annahm. »Neunzig Prozent der weltweiten Ackerflächen werden zur Herstellung von Viehfutter verwendet«, erklärte sie. »Auf den meisten Feldern wächst Mais, Soja und so was. Und das wird zum größten Teil nicht von Menschen gegessen, sondern als Futter für Tiere in der Massentierhaltung verwendet, vor allem für Rinder. Und wahrscheinlich weiß niemand besser als Sie, dass eine Kuh wahnsinnig große Mengen frisst und trinkt und im Vergleich zu diesen Futtermassen letztendlich sehr wenig Menschennahrung dabei herauskommt.« Alea konnte sich sogar an die Zahlen erinnern. »Für ein einziges Kilo Rindfleisch werden 15 000 Liter Wasser verbraucht! Anstatt zwei Steaks zu essen, könnte man also ein ganzes Jahr lang täglich duschen. Der Wasserverbrauch wäre derselbe.«

Aus dem Augenwinkel sah Alea, dass Lennox ihr den erhobenen Daumen zeigte. Sie hatten das zusammen gelesen.

Alea schaute Lennox aber nicht an, sondern fügte an den Mann gewandt hinzu: »Das ist Ressourcenverschwendung.«

»Wieder so ein Fanatikerwort!«, rief der Mann und schwenkte die Plastikdose hin und her. »Wir Viehbauern behandeln unsere Tiere gut, genauso, wie es vorgeschrieben ist.

Außerdem ernähren wir die Bevölkerung! Was würden die Leute denn ohne uns machen? Sie hätten Hunger!«

»Nein, im Gegenteil«, musste Alea widersprechen. »Wenn alle Menschen Vegetarier oder Veganer wären, gäbe es keinen Hunger mehr auf der Welt. Denn wenn sich die Menschen, die jetzt noch Tierprodukte kaufen, ausschließlich von pflanzlichen Lebensmitteln ernähren würden, bräuchte man ja viel weniger Anbauflächen! Dann könnte man sich nämlich das ganze Tierfutter sparen. Man hätte sogar noch mehr als genug übrig, um Ackerland der Natur zurückzugeben!«

Dem Bauern war anzumerken, dass er innerlich kochte. Offensichtlich waren ihm jedoch die Argumente ausgegangen.

»Massentierhaltung trägt ganz wesentlich zur Klimakrise bei – und zur Meeresverschmutzung«, sagte Alea so sachlich wie möglich. Sie wollte den Mann nicht unnötig provozieren. Doch es war einfach die Wahrheit.

»Was du bei deiner Rechnung aber nicht bedacht hast, ist, wie viele Leute in der Landwirtschaft arbeiten!«, warf der Mann nun in die Diskussion ein. »Das sind Millionen von Menschen, die alle arbeitslos wären, wenn von einem Tag auf den anderen keiner mehr Fleisch essen würde!«

»Ja, wenn sich alle Menschen pflanzlich ernähren würden, gäbe es keine Arbeit mehr für Viehbauern wie Sie«, gestand Alea ihm zu. »Aber es kann doch nicht sein, dass man deswegen weiter den Planeten zerstört. Was bringt Ihnen denn ein sicherer Job, wenn die Welt zugrunde geht?«

»Ach Gottchen, jetzt wirst du auch noch dramatisch!«, schnaubte der Bauer.

Da bemerkte Alea, dass Lennox' Kopf herumschnellte. Jemand näherte sich! Ein weiterer Mann kam um die Ecke, eigentlich eher ein Junge – blond, schlank und schlaksig. Seinen dreckigen Handschuhen nach arbeitete er ebenfalls hier.

Der Bauer blaffte den Jungen an: »Jetzt nicht!« Er war anscheinend richtig sauer. »Fanatismus! Ich sag es ja!«, polterte er in Aleas Richtung, drehte sich auf dem Absatz um und stiefelte zu seinem Traktor zurück.

Alea öffnete den Mund, um ihm noch etwas nachzurufen, schloss ihn dann aber wieder. Es hatte keinen Sinn. Gleichgültig, was sie sagte, sie würde diesen Mann nicht überzeugen können. Zu dem blonden Jungen sagte sie: »Tut mir leid. Ich wollte keinen Ärger machen.«

Mit einem Stirnrunzeln guckte der Junge zu dem Mann, der gerade auf seinen Traktor kletterte. Dann glitt sein Blick zurück zu Alea … und dann zu Lennox.

Der zuckte zusammen.

Alea klappte der Unterkiefer herunter.

Dieser Junge schaute Lennox an! Er konnte ihn sehen!

Sie rang nach Luft. Lennox hatte kein Wort gesagt und sich nicht bewegt! Wenn dieser Junge ihn trotzdem wahrnehmen konnte, hieß das … dass er ein Meerkind war.

Der Junge trat näher. »Wer seid ihr?«, fragte er. Bevor sie antworten konnten, knatterte der Traktor in ohrenbetäubender Lautstärke los. Der Bauer legte einen Gang ein, und irgendwie hörte man dem Geräusch an, wie wütend der Mann war. Im nächsten Augenblick fuhr der Traktor in ihre Richtung.

Alea hörte den Bauern fluchen. Offenbar hatte er versehentlich den Rückwärtsgang eingelegt.

Und dann ging alles ganz schnell. Der Traktor rollte geradewegs auf sie zu. Lennox stieß Alea zur Seite. Doch dadurch konnte er selbst nicht schnell genug ausweichen. Sein schwerer Rucksack behinderte ihn, und einen Moment später prallte der Traktor hart mit ihm zusammen. Lennox wurde mitsamt seinem Rucksack durch die Luft geschleudert und krachte in eine Ansammlung von Fässern, die polternd umfielen. Wasser brach aus mehreren von ihnen hervor. Hunderte von Litern ergossen sich auf den Boden … und auf Lennox.

»Neiiin!«, schrie Alea entsetzt und rannte zu ihm.

Lennox lag reglos zwischen den umgefallenen Fässern. Seine Kleidung, sein Gesicht, seine Haare … alles war pitschnass!

»Lennox!« Alea fiel neben ihm auf die Knie. Tränen schossen ihr in die Augen. »Lennox!«

Er bewegte sich. Stöhnend öffnete er die Augen. »*Schattfa*«, brachte er mühsam hervor, richtete sich auf und sah an sich hinab. »Das ist … richtig scheiße.«

»Hast du dich verletzt?«, fragte Alea mit viel zu hoher Stimme und suchte ihn nach offenen Wunden ab.

»Ich glaube nicht.« Lennox dehnte und drehte die Glieder. »Stürze kann ich gut ab. Aber das Wasser …«

Alea und er blickten einander an, ohne etwas zu sagen. Sie wussten beide, wie bitterernst die Situation war.

Der Bauer und der blonde Junge tauchten hinter ihnen auf. »Wo kommst du denn auf einmal her?«, schnauzte der Mann Lennox an, als wäre es dessen eigene Schuld, dass er ihn angefahren hatte. Zwar konnte man tatsächlich schlecht auf Unsichtbare achten, aber es hätte auch Alea treffen können!

Der Bauer stemmte die Hände in die Seiten. »Fünf Fässer teurer Futterzusatz sind ausgelaufen!«

Alea rappelte sich auf. »Da kann Lennox doch nichts für!«, feuerte sie zurück.

Unerwarteterweise kam der blonde Junge ihr zu Hilfe. »Da hat sie recht, Mika.«

Der Bauer – Mika – wirkte, als sähe er das sogar ein. »Hmpf«, grummelte er und schob an Lennox gerichtet nach: »Hast du dir was getan?«

»Nein.« Lennox stand ebenfalls auf. »Mein Rucksack hat den Sturz abgefedert.«

»Na dann …« Der Bauer schnaufte, als wäre damit alles erledigt, wandte sich ab und ließ Lennox und Alea einfach stehen. Gleich darauf saß er wieder auf seinem Traktor und fuhr knatternd davon.

Alea war wie erstarrt. Kaltes Wasser tropfte von Lennox' Kinn, von seinen Ärmeln, seinen Händen, seiner Jeans.

»Tut mir leid«, sagte der blonde Junge und kam zögernd näher. Er hatte erstaunlich farbintensive blaugrüne Augen. »Mika hat euch bestimmt nicht absichtlich anfahren wollen. Aber sich nach so einem Zusammenprall einfach aus dem Staub zu machen, ist echt unglaublich.« Er sah dem Bauern mit einer Mischung aus Unverständnis und Fassungslosigkeit nach. »Bist du wirklich in Ordnung?«, fragte er Lennox und schien darauf bedacht zu sein, ihm nicht zu nahe zu kommen. »Du bist richtig durch die Luft geschleudert worden!«

»Meine Knochen sind okay«, wehrte Lennox ab, doch Alea ahnte, dass er längst nicht so cool war, wie er tat. »Allerdings bin ich klatschnass«, setzte Lennox hinzu, und nun klang er doch etwas beklommen.

»In den Fässern war nur natürliches Futterergänzungsmittel«, ließ der Junge sie wissen und wollte Lennox damit wohl beruhigen. »Keine Chemie oder so.«

Lennox lachte hart. »Euer Futtermittel ist in kaltem Wasser aufgelöst gewesen, und dadurch ist es für mich schlimmer als Chemie.«

»Was?« Verständnislos schaute der Junge ihn an. In seinem Blick lag jedoch noch etwas anderes – eine Irritation. »Hast du etwa … ein Problem mit kaltem Wasser?«

Alea und Lennox schwiegen. In der Luft schien ein Funke aufzuglühen. Es war, als wüssten sie alle etwas, das sie nicht aussprachen und das die Kraft hatte, den Augenblick zum Explodieren zu bringen.

Lennox' Stimme durchschnitt die Stille. »Ja, ich habe ein Problem mit kaltem Wasser.«

Die blaugrünen Augen des Jungen weiteten sich. »Hast du etwa Kaltwasserallergie? Die hab ich auch!«

»Nein, hast du nicht«, sagte Alea. »Das denkst du nur.«

BÄM.

Aleas Worte trafen den Jungen mit voller Wucht, und beinahe wirkte es, als ob er schwankte. »Wie … meinst du das? Du kennst mich doch gar nicht!«

»Ich werde es dir erklären«, erwiderte Alea. »Aber zuerst müssen wir Lennox aus den nassen Klamotten herausbekommen. Kann er sich hier irgendwo umziehen?«

Der Junge wirkte kurz wie eingefroren – als überlegte er, ob er auf einer Antwort bestehen könnte. Doch dann besann er sich eines Besseren. »Kommt mit, ich bringe euch zum Gäste-Appartement.« Er drehte sich zu einem Wohngebäude um und steuerte darauf zu.

Alea und Lennox machten, dass sie hinterherkamen. Lennox versuchte sichtlich, die Fassung zu wahren. Alea nahm seine kalte, nasse Hand und drückte sie ganz fest.

Bald hatten sie das Wohngebäude erreicht. Der blonde Junge schloss auf, führte sie eine Treppe hoch und öffnete die Tür zu einem hübschen Appartement mit großem Doppelbett, Sitzecke und einem Kaffeevollautomaten. Alea und Lennox ließen die Rucksäcke zu Boden fallen, und Alea beeilte sich, trockene Kleidung für Lennox herauszuholen.

Der blonde Junge wies auf eine Tür gegenüber. »Da ist das Badezimmer.«

Lennox nickte und nahm die Sachen, die Alea ihm reichte.

Dabei sah Alea, dass Lennox' Hand zitterte. Der Schüttelfrost setzte bereits ein! Eisiges Grauen ergriff von ihr Besitz. Sie hatte schon einmal miterlebt, wie Lennox von kaltem Wasser krank geworden war. Damals hatte er zu lange im Regen gestanden, und nur Rotfarn hatte den Schüttelfrost und das Fieber lindern können. Und dabei war Lennox weitaus weniger nass gewesen als jetzt! Was würde passieren, wenn er dieses Mal keinen Rotfarn bekam?

Von einem Moment auf den anderen setzte der Elvarion-Modus ein, und die Angst verschwand, als hätte jemand auf einen Aus-Schalter gedrückt. Während Lennox ins Bad ging, konnte Alea in aller Klarheit darüber nachdenken, was für Möglichkeiten sie hatten. Sie musste sofort zu den Pudelpfuhlern zurück. Vielleicht hatten die inzwischen den Rotfarn besorgen können. Falls nicht, musste sie die Isibellen im Fluss finden. Und wenn das auch nicht klappen sollte, konnte sie als letzten Ausweg zum See der Lafora laufen. Die Kras hatten gesagt, dass sie Besuch aus Rupp-Irgendwas erwarteten, der traditionell Rofus zum Tauschen mitbrachte – eventuell schon heute Abend!

Alea bemerkte, dass der Junge sie anstarrte. »Sollte dein Freund nicht besser zum Arzt?«, fragte er. »Mika würde ihn bestimmt hinfahren. Er schien eben nur total aufgebracht wegen irgendwas gewesen zu sein. Aber er ist kein schlechter Kerl.«

»Zum Arzt zu fahren, würde nichts bringen«, entgegnete Alea und merkte, dass sie unfreundlich klang. Dabei konnte der Junge überhaupt nichts für die Situation. Etwas netter hängte sie an: »Wie heißt du?«

»Evelin«, antwortete er, und in seinem Tonfall schwangen tausend unausgesprochene Fragen mit.

»Ich werde dir alles erklären«, versprach sie. »Allerdings muss ich jetzt erst mal Lennox helfen. Er wird von dem Wasser wahrscheinlich schwer krank werden. Ich weiß aber, was gegen die Symptome hilft, und hole es her. Sag Lennox das, ja?« Bittend berührte sie Evelin am Arm. Sie kannte ihn nicht, doch er war ein Meerkind. Instinktiv vertraute sie ihm. »Kannst du auf ihn aufpassen, bis ich wieder da bin?«

Evelin schien den Ernst der Situation voll zu erfassen. »Du kannst dich auf mich verlassen.« Bevor Alea das Zimmer verließ, fragte er: »Wie heißt du?«

»Alea Aquarius«, rief sie über ihre Schulter zurück und war schon auf halbem Weg zur Tür hinaus. Sie durfte keine Zeit verlieren. Wie eine Rakete jagte sie die Treppe hinunter, über den Hof, durch das Gittertor und die Straße hinab.

Nach einem Sprint hatte Alea die Stelle mit dem Wassergraben erreicht, in dem sich die Pudelpfuhler gesuhlt hatten. »Hallo!«, keuchte Alea die Pfütze an, doch sie war so außer Puste, dass sie erst einmal Atem schöpfen musste. »Hallo!«, wiederholte sie, sobald sie wieder etwas sagen konnte. »Pudelpfuhler?« Vorgebeugt stützte sie sich auf ihren Oberschenkeln ab und wartete japsend darauf, dass sich die Magischen zeigten. Doch das taten sie nicht. Alea rief noch einmal. Und noch einmal. Die Pudelpfuhler tauchten nicht auf. Ein Wutschrei entrang sich ihrer Kehle. Sie brauchte den Rotfarn dringender als je zuvor in ihrem Leben! Es war lange her, dass Lennox derart viel kaltes Wasser abbekommen hatte. Und dabei war der Virus durch die Umweltverschmutzung in den vergangenen Jahren sogar noch gefährlicher geworden …

»Nein, nein, nein!«, rief sie aufgelöst. »Ich kann nicht hier rumstehen.« Sie musste weiter und hoffen, dass sie die Isibellen des Flusses fand. Alea nahm die Beine in die Hand und machte sich auf die Suche. Da sie den Fluss am Morgen von der Obstbaumwiese aus gesehen hatte, wusste sie, wo er ungefähr verlief. Sie legte noch einen Zahn zu und rannte zur nächsten Kreuzung, preschte einen Abhang hinab und geriet in ein wildes Dickicht aus Sträuchern und Brombeerranken. Ein Heer von stacheligen Zweigen stellte sich Alea wie mit kleinen, messerscharfen Waffen entgegen. Die Dornen ritzten ihre Haut, zerkratzten ihre Hände, aber Alea gab nicht auf. Meter für Meter kämpfte sie sich vorwärts und hatte schließlich das Flussufer erreicht. Blutend und erschöpft hetzte sie zum Wasser, watete ein Stück hinein und schrie: »Ihr Hüterinnen des Flusses, erscheint!«

Zum Glück war kein Landgänger in der Nähe. Doch selbst das wäre Alea jetzt egal gewesen. Schwebte Lennox womöglich in Lebensgefahr? »Isibellen! Hilfe!«, gellte sie den Fluss hinab. »Bitte …«, setzte sie leise hinzu, und es klang fast wie ein Schluchzen.

Da hörte sie ein hohes, helles Stimmchen. »Bist du die Freundin von dem schönen Oblivion?« Vor Alea lugte ein kleines Gesicht aus dem Wasser. Luftiges Wolkenhaar wehte im Wind, und übergroße, dunkle Mädchenaugen blickten sie fragend an. Das flimmernde Wesen war kaum größer als ein junges Vögelchen, und es war zweifellos eine Isibelle.

»Du bist gekommen!«, stieß Alea erleichtert und verzweifelt zugleich hervor. »Bist du allein?«

»Meine Schwestern sind flussabwärts«, sagte die kleine Magische. »Ein paar Pudelpfuhler waren hier und haben uns gebeten, Rofus für einen Oblivion und seine Freundin zu besorgen – ein Landgängermädchen, das seltsamerweise Hajara spricht. Bist du das vielleicht?«

»Ja!«, rief Alea. »Aber ich bin eigentlich keine Landgängerin. Ich bin Alea Aquarius, die Elvarion der letzten Generation.« Es konnte nicht schaden, der Isibelle das zu verraten.

Das Flimmern, das die Isibelle umgab, verstärkte sich schlagartig, wie vor Verblüffung, und ihr Mund formte sich zu einem O. »Du bist die Elvarion? Ein Läufer hat uns von dir –«

»Ich brauche den Rofus so schnell wie möglich!«, fiel Alea ihr ins Wort. »Mein Krieger, der Oblivion, ist mit kaltem Wasser überschüttet worden. Mit sehr viel Wasser!«

»Oh nein!« Die Isibelle schlug sich die Händchen vors Gesicht. »Er wird sterben!«

Alea spürte, wie heiße Tränen in ihr hochstiegen. »Nein … nein!« Ihr sackten die Beine weg, und sie fiel auf die Knie. »Er ist zur Hälfte Landgänger. Der Rofus kann ihn heilen. Lennox wird nicht … sterben.« Ein heftiges Schluchzen schüttelte ihre

Brust, und obwohl sie sich die Tränen unwillig wegwischte, füllten sich ihre Augen sogleich wieder aufs Neue.

Eine winzig kleine Hand legte sich auf Aleas Bein. »Ich werde meinen Schwestern nachreiten und ihnen sagen, wie dringend es ist.« Tröstend blickten die großen, dunklen Augen der Isibelle Alea an. »Bestimmt haben wir dann noch vor dem Morgengrauen den Rofus für euch.«

»Vor dem Morgengrauen?« Es war noch nicht einmal Abend! »Das könnte zu spät sein!«

»Wirklich?« Das märchenhafte Gesicht der Isibelle nahm einen entschlossenen Ausdruck an. »In Ordnung. Ich werde tun, was ich kann. Möglicherweise schaffen wir es auch schneller.« Mit einer resoluten Geste legte sie die langen, zarten Hände hinter die Ohren und brachte ein pfeifendes Sirren mit ihren Kiemen hervor. Einen Augenblick später sauste ein Fisch heran – ein glänzender, großer Barsch, der ihr seinen Rücken darbot, als könnte er es kaum erwarten, dass sie aufstieg. Flink nahm die Isibelle auf ihm Platz. »Komm später wieder her, Elvarion. Aber gib uns mindestens bis Mittmittelnacht Zeit. Wir müssen den Rofus von weit her holen.« Damit klopfte die Isibelle ihrem Barsch auf die Seite, und der Fisch stob los, fort vom Uferbereich. Geübt ließ er sich von der Strömung des Flusses erfassen und verschwand mit seiner flimmernden Reiterin.

Alea hockte im Wasser und betete, dass die Isibellen es rechtzeitig schaffen würden. Sie mussten.

Mit steifen Gliedern erhob sie sich schließlich, stakste aus dem Fluss und machte sich auf den Rückweg. Sie wusste zwar nicht, wann genau *Mittmittelnacht* war, aber dieser Zeitpunkt trat dem Namen nach bestimmt nicht bei Tageslicht ein, also würde sie auf den Einbruch der Dunkelheit warten müssen. Doch nun wollte sie unbedingt zu Lennox zurück. Ihr Herz schrie richtig nach ihm, sie wollte bei ihm sein und seine Hand halten. Hatte er bereits Fieber? Was, wenn die Isibellen nicht schnell genug waren?

Erneut sammelten sich Tränen in Aleas Augen, die sie dieses Mal nicht fortwischte, sondern ungehindert strömen ließ. Eine Erkenntnis zuckte in ihr auf, und diese war schrecklich und offenbarend zugleich.

Es war die Erkenntnis, dass sie nicht ohne Lennox leben wollte.

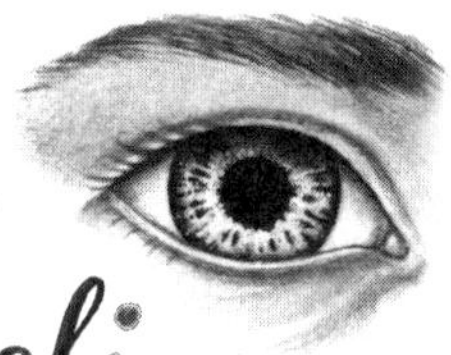

Evelin

Als Alea durch die Tür des Gäste-Appartements stürzte, waren sowohl ihre Jeans als auch ihre Tränen getrocknet. Doch sie hatte entsetzliche Angst davor, was sie vorfinden würde. Es war allerdings weniger schlimm, als sie befürchtet hatte. Lennox lag unter einer Decke in dem großen Bett und schien zu schlafen. Evelin stand am Fenster und drehte sich zu Alea um, als sie hereinkam.

»Wo warst du?«, fragte er besorgt. »Du siehst schrecklich aus!« Sein Blick wanderte über ihre zerkratzten Arme und Hände. »Bist du hingefallen?«

»Ich habe gegen Brombeerbüsche gekämpft«, antwortete sie lahm scherzend, ließ sich auf dem Bettrand nieder und nahm Lennox' Hand. Sie war warm. Zu warm. Außerdem zitterte er. »Wie geht es ihm?«, stieß sie mit erstickter Stimme hervor. Dass Lennox nicht aufwachte, obwohl sie ihn berührte und in Zimmerlautstärke mit Evelin sprach, war kein gutes Zeichen.

»Er hat leicht erhöhte Temperatur.« Evelin hielt ein Fieberthermometer hoch. »Ich habe gerade gemessen.«

Alea biss sich auf die Unterlippe. Erhöhte Temperatur konnte im Nu zu Fieber werden.

»Hast du das, was du gesucht hast?« Evelin nahm auf der gegenüberliegenden Bettkante Platz. »Das, was ihm helfen kann?«

»Nein. Noch nicht.« Alea schmeckte Blut. Sie hatte zu fest auf ihre Unterlippe gebissen, und das Blut vermischte sich mit neuen Tränen. Krampfhaft schloss sie die Augen und versuchte, sich zusammenzureißen. Wenn Tess jetzt hier gewesen wäre, hätte sie ihr geraten, langsam durchzuatmen – bis in den Bauchnabel. Und das tat Alea nun. Nach ein paar tiefen Atemzügen fühlte sie sich ein klein wenig besser. »Ich muss noch warten«, erklärte sie Evelin, der sie aufmerksam ansah. »Ich kann es später abholen.«

»In der Apotheke im Ort?«

»Nein. Woanders.«

In Evelins Blick flammte mühsam zurückgehaltene Neugier auf. Alea bemerkte, dass seine Augen vor allem grün waren, frisch wie ein Aprilmorgen. Und in das Grün mischten sich Blauanteile, die bei näherer Betrachtung wie versprenkelte Sternchen wirkten. Solch eine Iris hatte Alea noch nie gesehen, bei keinem der anderen Meerkinder. »Wer bist du?«, fragte sie ihn, denn am liebsten hätte sie von ihm gehört, welchem Stamm er angehörte. Aber das wusste er natürlich nicht. Alea machte eine wegwerfende Handbewegung und hätte ihre unsinnige Frage am liebsten zurückgenommen. Da gab Evelin ihr schon Antwort.

»Ich bin der Bruder von Mika – dem Idioten, der Lennox über den Haufen gefahren hat«, sagte er. »Na ja, der Adoptivbruder.«

Dieser Zusatz überraschte Alea kein bisschen. Evelin war nicht von hier. Er kam aus dem Meer. Allein die Raffnarben zwischen seinen Fingern, die soeben hervorgeblitzt waren, als er das Fieberthermometer hochgehalten hatte, waren Beweis genug.

»Unseren Eltern gehört der Hof«, klärte Evelin sie auf. »Sie sind momentan auf einem Viehmarkt in der Schweiz.«

Alea war ihm dankbar, dass er sie nicht mit seinen Fragen überfiel. »Wieso denkst du, dass du Kälteurtikaria hast?«, hakte sie nach, wenngleich sie Evelins Antwort erahnen konnte. Sie wollte Lennox unbedingt im Blick behalten, dabei aber dennoch mehr über den Meerjungen erfahren.

Evelin schien überrascht, dass Alea das Fachwort für Kaltwasserallergie kannte. »Mein leiblicher Vater hat meinen Adoptiveltern gesagt, ich hätte eine schwere Form dieser Krankheit, als er mich ihnen übergeben hat.«

»Übergeben?«, fragte Alea, obgleich sie diese Formulierung nur allzu gut verstand. Thea und sie waren von ihrer Mutter ebenfalls an Landgänger *übergeben* worden. Nelani war mit dem Wasservirus infiziert gewesen und hatte gedacht, sie müsste sterben. Deswegen hatte sie Landgängern ihre beiden Kinder anvertraut, damit diese in Sicherheit an Land aufwachsen konnten. Zu jener Zeit hatten das zahllose Meereltern getan, da sich die Jüngsten nicht so schnell mit dem Virus ansteckten wie Erwachsene. Unzählige Kinder waren auf diese Weise gerettet worden. Und Evelin war gewiss eines von ihnen.

»Ich war noch klein, als mein leiblicher Vater an das Tor

dieser Bauernfamilie geklopft hat«, vertraute Evelin ihr an. »Meine Adoptiveltern haben es mir später so erzählt: Vor der Tür stand damals ein sonderbarer Mann mit außergewöhnlich blauen Augen, der merkwürdige Kleidung trug und ein Kleinkind auf dem Arm hatte – mich. Er sprach kein Deutsch, nur ganz schlechtes Englisch, und er sagte, dass er sich nicht länger um seinen Sohn kümmern könnte, weil er selbst bald sterben würde.« Evelins Stimme geriet ins Wanken, und Alea wandte den Blick von Lennox ab und dem Meerjungen zu. »Der Mann – mein Vater – bat die Familie, mich bei sich aufzunehmen«, sprach er weiter. »Einfach so. Er hat bei Fremden geklopft und ihnen seinen Sohn gegeben. Hast du so was schon mal gehört?«, fragte er mit einer Prise Zorn. Bevor Alea etwas erwidern konnte, ergänzte er: »Mein Vater sagte außerdem, dass ich an einer schlimmen Krankheit leiden würde, Kälteurtikaria, und dass ich niemals mit kaltem Wasser in Berührung kommen dürfte.« Evelin rieb sich die Augen. »Meinen Namen hat er ihnen auch noch verraten, und es klang für sie wie Evelin. Die Verständigung war wohl schwierig, aber meinen Nachnamen hat mein Vater ihnen zusätzlich genannt, und der lautete anscheinend Adetari.«

Alea horchte auf. »Adetari?«

»Meine Adoptiveltern haben später vergeblich im Internet nach diesem Nachnamen gesucht …«, redete Evelin weiter, doch Alea hörte nicht mehr richtig zu.

Adetari.

Sie hatte das Wort schon einmal gehört, und sie wusste auch wo: Es war in der Historien-Muschel vorgekommen, die sie vor ein paar Wochen gelesen hatte! »Das ist nicht dein Nachname!«, rief sie. »Das ist dein Stamm!«

»Mein … Stamm?« Evelins aprilgrüne Augen mit den blauen Sprenkelsternchen wurden groß. »Was für ein Stamm?«

Jetzt war der Moment der Wahrheit gekommen. Alea drehte sich vollständig zu Evelin um. Und dann sprach sie ihn auf Hajara an. »*Ya elarr Hajaro.*« – Du bist ein Meermensch.

Evelins Augenbrauen fuhren in die Höhe. Er schien sich zu fragen, wieso er Alea verstehen konnte, obwohl sie plötzlich in eine fremde Sprache gewechselt hatte. Erst dann schien der Sinn ihrer Worte zu ihm durchzudringen, und er schnappte nach Luft.

»In den Ozeanen gab es einst eine andere Art von Menschen – das Meervolk«, erklärte Alea bedächtig. »Sie hatten Kiemen und Schwimmhäute und lebten in Städten und Dörfern am Meeresgrund.«

Aus Evelins Gesicht war alle Farbe gewichen. Nicht nur, dass er die unbekannte Sprache verstand – was Alea ihm da auftischte, musste ihm wie aus einem Fantasyroman vorkommen.

Doch jetzt fuhren Evelins Fingerspitzen an die knubbeligen Stellen hinter seinen Ohren, die nichts anderes als Kiemen im Ruhezustand waren. Dann spreizte er die Finger und starrte auf seine Raffnarben, als begreife er.

Alea berichtete ihm nun von der Meerwelt, den Magischen und dem Virus, von Doktor Orion und der Ausrottung der Meermenschen. Evelin hörte ihr mit wechselndem Mienenspiel zu, das von Verblüffung bis zu Erschütterung reichte. Alea merkte ihm allerdings an, dass er nichts von dem infrage stellte, was sie ihm offenbarte. Vielleicht hatte er tief in seinem Inneren bereits gewusst, dass er ganz und gar anders war, so wie die meisten der Meerkinder.

»Ich habe das alles selbst erst vor ein paar Monaten herausgefunden.« Alea behielt Lennox im Blick, während sie redete. Er schien tief und fest zu schlafen. »Meine leibliche Mutter hat mich vor elf Jahren ebenfalls einer Landgängerin übergeben.« Nun erzählte sie ihre eigene Geschichte, und als sie erwähnte, dass sie selbst eine Walwanderin war, wollte Evelin unbedingt mehr über sich erfahren.

»*Meu … Trabaar*«, sagte er stockend auf Hajara. »*Meu Trabaar eisan Adetari.*« – Mein Stamm sind die Adetari. Erstaunt hob Evelin die Hand an den Mund, als könnte er nicht glauben, dass er auf einmal eine völlig andere Sprache beherrschte.

Alea konnte so gut nachfühlen, was in ihm vorgehen musste! »Es gab etliche Stämme.« Alea versuchte, von vorn zu beginnen. »Die Angehörigen hatten ganz besondere, stammestypische Fähigkeiten – magische Gaben.«

»Magische Gaben«, wiederholte Evelin in einem Tonfall, als könnte er seiner Gefühle kaum Herr werden.

Alea wollte gern alles übermitteln, was sie wusste. »Es gab zum Beispiel die Quinks, das waren Handwerkerinnen und Hersteller. Und die Lorka. Die haben dafür gesorgt, dass die Waren der Quinks unter die Leute kamen. Sie waren der Händlerstamm, und ein Lorka hatte sechs Zehen an jedem Fuß und sechs Finger an jeder Hand und konnte außergewöhnlich gut rechnen.«

Bittend nickte Evelin ihr zu, sie solle fortfahren.

»Die Kendarer waren die Geschichtenbewahrer.« Alea merkte, wie gern sie über die Meerwelt sprach. Beinahe war es, als könnte sie sie mit ihren Schilderungen ein Stück weit wieder zum Leben erwecken. »Kendarer konnten sich problemlos ellenlange Erzählungen merken und sie wortwörtlich wiedergeben. Sie hatten Stimmen, deren Klang dich buchstäblich verzauberte.« Sie lächelte. »Dann gab es die Topster. Das waren sozusagen die Comedians der Meerwelt – ein ganzer Stamm davon!« Ihr Lächeln verbreiterte sich. »Spaß wurde im Meer immer großgeschrieben. Topster erkannte man an ihren Glatzen.«

Evelin schien jedes ihrer Worte in sich aufzusaugen.

»Die Roix waren die Heiler der Meerwelt«, ging es weiter. »Sie konnten mit einem einzigen Blick erkennen, ob jemand krank war! Außerdem … wen gab es noch? Die Schai! Das waren die Künstler. Schai hatten leuchtend blaue Haare.«

»Und die Adetari?«, hakte Evelin nach, der es wohl kaum erwarten konnte, dass sie über seinen eigenen Stamm sprach.

»Die Adetari waren etwas Besonderes – der einzige Stamm, der aus zwei anderen hervorging.«

Fragend zog Evelin die Stirn in Falten.

»Es ist so.« Alea versuchte, sich genau daran zu erinnern, was dazu in der Historien-Muschel gestanden hatte. »Wenn Eltern aus zwei unterschiedlichen Stämmen kamen, gehörten ihre Kinder entweder dem einen oder dem anderen Stamm an – je nachdem, welcher sich genetisch durchsetzte. Es existierten keine Mischlinge, bis auf eine einzige Ausnahme: Wenn ein Elternteil ein Wanderer und der andere ein Oblivion war, dann wurden die Nachkommen Adetari.« In knappen Worten erklärte Alea, wer die Oblivionen waren, ihre magischen Fähigkeiten und dass Lennox ein Oblivion war, bevor sie hinzufügte: »Um den Stamm der Adetari ranken sich jede Menge Legenden.«

»Warum?«, wollte Evelin wissen und machte dabei doch den Anschein, als kenne er die Antwort bereits.

Alea kniff die Augen zusammen, fragte aber nicht nach, denn vielleicht täuschte sie sich. Stattdessen gab sie wieder, was sie sich aus der Muschel gemerkt hatte: »Die Adetari vereinen in sich die Abenteuerlust der Wanderer und die Kraft und unbedingte Treue der Oblivionen.« Evelins Blick war so bohrend, als wollte er jede noch so kleine Information aus Alea herauslocken. Allerdings wusste sie nicht viel mehr als das. »Ich habe leider keine Ahnung, ob Adetari spezielle Gaben haben.«

Da wandte Evelin den Kopf ab, und Alea hatte auf einmal das untrügliche Gefühl, dass er bereits wusste, was das Außergewöhnliche an den Adetari war! Er musste es an sich selbst festgestellt haben.

Plötzlich stöhnte Lennox im Schlaf auf. Alea beugte sich über ihn und legte ihm die Hand auf die Stirn. Sie war glühend heiß, und sein Gesicht lief so rasch rot an, dass man dabei zusehen konnte.

»Er hat Fieber!« Nun merkte Alea, wie sehr seine Hand zitterte. Sie hatte sie so fest gedrückt, dass ihr das zuvor nicht aufgefallen war. Lennox hatte Schüttelfrost! Nicht nur seine Hand, sein ganzer Körper wurde von einem tiefen Beben erfasst.

»Wir brauchen sofort den Rotfarn!«, rief sie und hörte selbst die Panik in ihrer Stimme.

»Rotfarn?« Evelin war aufgestanden, als wollte er ihr helfen, wüsste aber nicht, wie. »Ist das ein Heilmittel?«

In knappen Worten erklärte Alea ihm, dass nur Rotfarn Lennox retten konnte und dass es drei magische Völker in der Nähe gab, die das Meerkraut hatten besorgen wollen.

»Magische? In unserem Tal?«, wunderte sich Evelin. »Ich wohne schon fast mein ganzes Leben hier und bin trotzdem nie irgendwelchen magischen Wesen begegnet!«

»Na, weil du dich wegen der Kälteurtikaria immer vom Wasser fernhalten musstest!«, erwiderte Alea und war mit den Gedanken doch ganz bei Lennox. Eilig zog sie die Bettdecke von ihm herunter, denn ihm war bestimmt zu warm. Lennox trug nur Jeans und T-Shirt, und das T-Shirt war bereits ganz durchgeschwitzt.

Evelin schien wirklich helfen zu wollen. »Alle drei magischen Gruppen könnten den Rotfarn zwischenzeitlich haben? Das ist doch gut!«

Lennox stöhnte erneut, und in dem Geräusch lag so viel Schmerz, dass Alea es kaum ertragen konnte. Sein Gesicht wurde langsam flammend rot. Schweißperlen glänzten auf seiner Stirn. Jetzt zuckten seine Schultern auf einmal wie in einem Krampf!

Eiskalte Angst stieg Aleas Wirbelsäule hoch. Lennox' ganzer Körper krampfte! Derart schlimm war es noch nie gewesen.

»Alea!« Evelin rüttelte sie an der Schulter, als wollte er sie aus ihrer Angststarre aufwecken. »Wie kriegen wir den Rotfarn?«

Schlagartig setzte der Elvarion-Modus ein, und Aleas Gedanken lichteten sich. Mit absoluter Konzentration wägte sie ab, bei welchen der Magischen die Chancen am höchsten waren. Die Isibelle hatte gesagt, nicht vor Mittmittelnacht. Inzwischen war es zumindest dunkel. Womöglich waren die Isibellen bereits mit dem Rotfarn zurück. Die Pudelpfuhler hatten Wort gehalten und die Isibellen informiert. Damit hatten sie sich als verlässlicher entpuppt als erwartet. Waren sie in der Zwischenzeit mit Rotfarn zum Wasserloch zurückgekehrt? Das war gut möglich. Auch der Besuch der Kras im See konnte mittlerweile eingetroffen sein …

Lennox wand sich regelrecht unter dem Krampf.

Evelin rief: »Er braucht sofort Hilfe!«

»Alle drei Magischen könnten den Rotfarn haben!« Alea erkannte mit absoluter Klarheit: »Wenn ich mich für die Falschen entscheide und dorthin laufe, wo der Rotfarn noch nicht angekommen ist, könnte das Lennox' Leben kosten.«

»Du wirst nirgendwohin laufen«, sagte Evelin mit Nachdruck. »Ich übernehme das. Ich bin schneller als du.«

Er wirkte durchtrainiert und konnte wahrscheinlich wirklich schneller laufen als sie. »Okay«, willigte sie ein und musste sich entscheiden, bei wem Evelin es versuchen sollte. »Geh zu den Isibellen«, sagte sie und spürte die Schwere ihrer Wahl mit jedem Wort. Doch sie hatte noch genau den Gesichtsausdruck der Isibelle vor Augen. Die Magische hatte verstanden, dass es um Leben und Tod ging. »Lauf zum Fluss.«

Evelin sah sie mit einem Blick an, der Alea dazu brachte,

nicht ständig von ihm zu Lennox zu schauen. Ihre Augen richteten sich unverwandt auf Evelin.

»Ich werde zum Fluss laufen«, erklärte er. »Gleichzeitig laufe ich zum Straßengraben und zum See an der Obstbaumwiese.«

In Aleas Kopf hakte es. Was hatte er da gerade gesagt?

Gleichzeitig?

»Wie … willst du das denn machen?«, fragte Alea, während ihr Gehirn versuchte, den Sinn seiner Worte zu verstehen.

Da passierte etwas völlig Unglaubliches.

Evelin verdoppelte sich vor ihren Augen.

Plötzlich stand er zweimal vor ihr.

Im nächsten Augenblick dreimal.

Der Evelin in der Mitte fixierte sie. »*Das* ist die besondere Fähigkeit der Adetari.«

Alea war völlig überrumpelt. Sie konnte gar nicht begreifen, was gerade geschehen war. Vor ihr stand Evelin – in dreifacher Ausführung. Er hatte sich … vermehrfacht.

Wie war so etwas möglich?

Er ist ein Adetari, beantwortete ihr Elvarion-Hirn die Frage selbst. *Und offensichtlich können sich die Adetari verdoppeln. Oder verdreifachen!*

Die drei Evelins beobachteten Aleas Reaktion, die aus absoluter Sprachlosigkeit bestand.

»Ich laufe zum See«, sagte der linke Evelin.

»Ich laufe zum Wasserloch«, sagte der rechte.

»Ich laufe zum Fluss«, sagte der in der Mitte.

»Gut«, krächzte Alea. »Beeilt euch!«

Die drei nickten ihr zu, dann drehte sich einer nach dem anderen um und verließ das Appartement.

Alea musste sich zusammenreißen, um nicht zum Fenster zu hasten und nachzuschauen, ob wirklich drei Evelins das Haus verließen oder ob sie sich das alles nur eingebildet hatte.

Lennox war jedoch wichtiger. Der Krampf war beängstigend

gewesen, und Alea hätte alles dafür gegeben, dass Lennox keinen zweiten durchmachen musste. Doch wahrscheinlich würde es von jetzt an nur noch schlimmer werden.

Der Gedanke drückte Alea mit solcher Macht nieder, als wäre ein zentnerschweres Wagenrad auf ihre Brust gerollt. Sie spürte die eiskalte Angst in ihrer Wirbelsäule wieder mit voller Stärke, denn der Elvarion-Modus war abgeebbt. Mühsam zwang sie sich, sich zu rühren, zu funktionieren. Mit einer hölzernen Handbewegung griff sie nach einem Häkeldeckchen, das auf dem Nachttisch lag, und tupfte Lennox damit die Schweißperlen von der Stirn. Und bei jedem einzelnen Tropfen dachte sie daran, dass Lennox' Körper mit einer Krankheit kämpfte, die es ohne Doktor Orion nicht geben würde. Ihre Angst wurde von jäh aufflammender Wut verdrängt. Ohne Doktor Orion würde Lennox jetzt nicht mit dem Tod ringen!

In ohnmächtigem Zorn trat Alea gegen den Nachttisch. »Du wirst mir nicht auch noch Lennox wegnehmen!«, schrie sie auf, als stünde Orion direkt vor ihr. Doch die Wut verglühte so schnell, wie sie gekommen war, denn ein Blick auf Lennox' feuerrotes Gesicht genügte, dass in Aleas Innerem für nichts anderes mehr Platz war als für bloße Verzweiflung.

Tränen bahnten sich den Weg über ihre Wangen. Hilflos drückte sie Lennox' Hand an ihren Mund. »Du darfst nicht sterben!«, brach es schluchzend aus ihr heraus. »*Mar vamschha garuu!*« – Ich liebe dich. »Ich brauche dich! Ich …« Ihr versagte die Stimme. »Ich kann das nicht ohne dich, Yavani«, flüsterte sie. Ihr Kopf sank auf seine Brust, und sie begann, haltlos zu weinen. »Bitte ...«, flehte sie immer wieder und wusste irgendwann nicht mehr, ob sie mit Lennox oder mit dem Schicksal sprach.

Und dann bekam Lennox einen weiteren Krampf. Ruckartig presste er sich in das Kissen – sein ganzer Körper bog sich nach hinten! Alea war wie erstarrt vor Angst, bis sich unvermittelt ein Gedanke aus ihrem Hinterkopf nach vorne schob. Sie sah auf ihre Hände. Sie waren völlig zerkratzt, aber das war egal. Es ging um die Minutenringe.

Mit bitterer Entschlossenheit zog Alea sich einen der beiden vom Finger und nahm Lennox' Hand.

Würde es klappen? Konnte sie Lennox eine Meerminute lang ihre Immunität schenken – und würde sie im Gegenzug die Schlacht, die in seinem Körper tobte, am eigenen Leib erleben?

Der Tausch geht bis aufs Blut, hatte die Lafora gesagt.

Alea straffte den Rücken. Es würde wehtun. Vielleicht würde sie sogar ohnmächtig werden, doch das konnte sie aushalten. Sie holte tief Luft, wappnete sich und steckte Lennox den zweiten Ring an.

Der Schmerz traf sie wie ein Blitzschlag. Innerhalb von Millisekunden drang er ihr bis ins Mark, ergriff brutal von ihr Besitz und drückte ihren Körper unerbittlich nach hinten, bis sie flach auf dem Rücken lag und kaum noch atmen konnte.

Anders als Lennox war Alea bei vollem Bewusstsein und erlebte die rot glühende Macht des Monsters in ihrem Blut wie ein Duell auf Leben und Tod. Ihr ganzer Körper krampfte, bog sich bretthart nach hinten und zuckte wie unter Stromschlägen. Es gab nichts, was sie tun konnte. Sie musste es nur aushalten. Eine Meerminute lang.

Womöglich war es aber diese eine Minute, die Lennox das Leben retten würde. Wenn Alea diesen Kampf für ihn ausfocht, musste sein geschwächter Körper die neuerliche Attacke des Virus nicht selbst erdulden.

Allein dieser Gedanke hielt Alea davon ab, sich den Ring schreiend vom Finger zu reißen. Der Schmerz war entsetzlich, allumfassend, bohrte sich in jede ihrer Zellen wie eine Million siedend heißer Dolche.

Doch urplötzlich war es vorüber. Von einem Augenblick auf den anderen verschwand der Schmerz, als wäre er nie da gewesen.

Lennox stöhnte auf. Er hatte den Schmerz zurück. Aber sein Körper bog sich nicht wieder nach hinten. Beinahe schien es, als hätte der Krampf an Kraft verloren – als hätte der Transfer ihm seine Macht gestohlen! Der Schüttelfrost ließ Lennox zwar wieder beben, und auch das Fieber kochte ungebremst in ihm. Doch der Krampf war vorbei.

Ächzend wischte Alea sich über die feuchte Stirn. Sie fühlte sich, als wäre sie windelweich geprügelt worden. Aber die Minutenringe und der Tausch hatten etwas bewirkt! Und falls Lennox einen weiteren Krampf bekommen sollte, würde sie die Ringe wieder benutzen. Bis sie nicht mehr konnte. Und darüber hinaus.

Lennox durfte allerdings niemals davon erfahren. Wenn er bei Bewusstsein gewesen wäre, hätte er ihr unter keinen Umständen erlaubt, ihm seinen Schmerz abzunehmen. Denn schließlich war es doch seine Aufgabe, *sie* zu beschützen. Heute Nacht war es jedoch anders, die Seiten vertauscht, und Alea war bereit, alles zu tun.

Vorsichtig nahm sie Lennox den zweiten Ring ab und steckte ihn sich selbst an den Finger. Dann sank sie auf Lennox' Brust und hielt ihn fest. Eine kleine Ewigkeit lang.

Als die Appartementtür geöffnet wurde, schreckte Alea wie aus einem Albtraum hoch. Wie viel Zeit war vergangen? Seit dem Krampf hatte sie einfach nur hier gelegen und sich an Lennox geklammert, als könnte sie ihn durch ihren bloßen Willen am Leben halten.

Evelin war wieder da! Gerade kam er zur Tür herein – zumindest einer von ihnen.

»Hast du –«, begann Alea.

»Hier!« Evelin hielt etwas in die Höhe.

Alea musste blinzeln, denn ihre Augen waren geschwollen. Dann erkannte sie Rotfarn. Ein ganzes Büschel.

Sie sprang auf. Die abrupte Bewegung war zu viel für ihren Kreislauf, und ihr wurde schwindelig. Ungelenk hielt sie sich am Bett fest … und lachte. Es klang regelrecht verrückt, aber sie war dermaßen erleichtert über den Anblick des Rotfarns in Evelins Hand, dass sie das Lachen nicht unterdrücken konnte. »Du hast ihn bekommen!«

»Wie geht es Lennox?« Evelin eilte zu einem Wasserkocher, der neben dem Kaffeevollautomaten, einigen Bechern und Zubehör auf einer Kommode am Fenster stand. »Wie hoch ist das Fieber?«

»Ich habe nicht gemessen.« Alea hielt sich weiter am Bett

fest. »Ich weiß auch so, dass es zu hoch ist. Er hatte noch einen weiteren Krampf.«

»Ich mache so schnell wie möglich Tee aus dem Kraut!« Evelin schlüpfte ins Bad, holte Wasser und kam zurück. An der Art, wie er hantierte, war unschwer zu erkennen, wie viel Respekt er vor dem kalten Wasser hatte. Kein Wunder, denn für ihn war es nicht nur gefährlich, sondern tödlich.

»Lass mich das machen«, sagte Alea und wies auf den Wasserkocher.

Evelin winkte ab. »Du bist völlig durch den Wind. Davon abgesehen hab ich so was schon echt oft gemacht.« Er schaltete den Wasserkocher ein und fing an, einen der Rotfarnzweige mitsamt seinen Blättern in kleine Stücke zu zerpflücken und diese in ein Teesieb zu drücken. »So richtig?«, fragte er.

»Ja. Brich so viel wie möglich von dem Zweig und den Blättern auf. Der rote Saft aus dem Inneren ist das Wichtige.«

Evelin nickte und sprach auf Hajara weiter. »Ich war am Fluss bei den Isibellen. Die waren gerade mit dem Rotfarn zurückgekommen«, berichtete er, während er Blätter auseinanderriss. »Mein Gott, was sind das für unglaubliche Wesen! Dass es so etwas wie sie wirklich gibt … in unserem Fluss!« Er schüttelte den Kopf und packte das Sieb bis zum Rand voll mit zerfetzten Rotfarnblättern, die aussahen, als würden sie bluten.

Das war gut. Das Blut des Rotfarns hatte die Macht, den Virus zurückzudrängen. Mit pochendem Herzen starrte Alea auf das Meerkraut und hörte Evelin nur mit halbem Ohr zu, der auf Hajara weitererzählte, als hätte er niemals in einer anderen Sprache gesprochen. »Ich habe den Isibellen erklärt, dass ich den Rotfarn für dich abhole. Daraufhin haben sie ihn mir feierlich überreicht, uns viel Glück gewünscht und gesagt: *Möge euch stets guter Wellenschlag begleiten.*«

Zittrig ließ Alea sich auf die Bettkante zurücksinken.

Lennox würde nicht sterben.

Orion würde ihn ihr nicht wegnehmen.

»Auf dem Rückweg bin ich meinem zweiten Ich begegnet«, fuhr Evelin fort, während er das kochend heiße Wasser über das Teesieb in einen gläsernen Becher goss. Das Wasser färbte sich auf der Stelle rot. »Der andere Evelin war am Wasserloch und hat dort die Pudelpfuhler getroffen! Die hatten ebenfalls Rofus – so heißt die Pflanze doch richtig, oder? Die Pudelpfuhler haben sich offenbar mit den Isibellen abgesprochen und etwas von dem Kraut mit zum Wasserloch genommen, weil sie sichergehen wollten, dass du es bekommst – wo auch immer du zuerst hingehst.«

»Das war … wirklich gut mitgedacht von den Pudelpfuhlern«, würgte Alea hervor. Sie räusperte sich. »Wo ist denn der zweite Evelin jetzt?«

»Oh, er ist wieder mit mir verschmolzen.« Evelin kam mit dem Tee zum Bett. »Der dritte ist auf dem Rückweg vom See.«

Alea wusste nicht, ob der Tee schon lange genug gezogen hatte, aber er war dunkelrot, und sie wollte keine weitere Sekunde warten. »Gib ihn mir«, bat sie.

Evelin nahm das Sieb heraus und reichte Alea den Teebecher. Dann setzte er sich ans Kopfende und zog Lennox in eine aufrechte Position. Das war eine gute Idee!

Lennox' Kopf sank gegen Evelins Brust. Seine Stirn glühte richtig, und er bebte am ganzen Leib.

Alea pustete ein paarmal auf den Tee, damit er etwas abkühlte. Behutsam öffnete sie Lennox' Mund, setzte den Becher an seine Lippen und flößte ihm etwas von dem Tee ein. Die Hälfte ging daneben, aber die Flüssigkeit bewirkte einen Schluckreflex, und Lennox trank! »Noch mal«, sagte Evelin, und Alea war schon dabei. Wieder trank Lennox, und Alea hätte vor Freude am liebsten geheult. Mehrmals setzte sie den Becher an, bis er leer war.

»Jetzt müssen wir warten«, brachte Alea kaum hörbar hervor und stellte den Teebecher auf dem Nachttisch ab, während Evelin Lennox wieder in eine waagerechte Position bettete.

Da wurde Alea von einer Woge solch heftiger Gefühle übermannt, dass sie einen Augenblick lang kaum noch wusste, wo oben und unten war. Ihre Finger krallten sich in das Laken. War es überwunden? Hatten sie es geschafft? Lennox' Gesicht war noch immer krebsrot und verschwitzt, doch Alea hatte den Eindruck, dass der Schüttelfrost bereits nachließ. Oder täuschte sie sich? Sie berührte seine Hand. »Er zittert nicht mehr so sehr!«, kiekste sie. »Er wird wieder gesund! Er …«

Evelin schien etwas sagen zu wollen, aber dann nahm er sie einfach in den Arm.

Alea war so aufgewühlt und erschöpft, dass sie es geschehen ließ. Einen Moment lang erlaubte sie sich, von dem Meerjungen festgehalten zu werden, dann machte sie sich los. »Danke, Evelin«, sagte sie gepresst. »Du hast ihn gerettet.«

»Er ist noch nicht wieder bei Bewusstsein …«

»Beim letzten Mal hat es auch etwas gedauert.« Alea hatte die Wirkung von Rotfarn bereits erlebt und glaubte nun fest daran, dass das Kraut seine Wirkung tat. Es brauchte lediglich etwas Zeit. »Lennox wird wahrscheinlich noch ein paar Stunden schlafen, während das Fieber runtergeht. Aber es *wird* runtergehen.« Sie strich Lennox eine feuchte Haarsträhne aus der Stirn. »Ist es eigentlich in Ordnung, dass wir über Nacht hierbleiben? Hat Mika nichts dagegen?«

Evelin machte eine wegwerfende Handbewegung. »Mika hat mitgekriegt, dass ich euch hier untergebracht habe, und nichts dazu gesagt. Ich glaube, er findet es sogar gut, dass ich mich um euch kümmere, weil ihm die Sache mit dem Traktor leidtut.«

»Dann sind wir heute Nacht sicher«, sagte Alea und küsste Lennox auf die Stirn.

Evelin beobachtete sie. »Du liebst ihn sehr, oder?«

»Mit meiner ganzen Seele.«

Evelin nickte, dann seufzte er. »Du könntest auch eine Tasse Tee zur Stärkung vertragen. Vielleicht Zitronenmelisse.« Er stand auf und ging zur Kommode, um Alea mit dem restlichen heißen Wasser Tee zu machen. Während er das tat, saß sie einfach nur da und streichelte Lennox' Hand. Als Evelin ihr kurz darauf den Tee brachte, trank sie in kleinen Schlucken und gestattete sich, ein wenig aufzuatmen. Mit einem entkräfteten Schnaufen lehnte sie sich gegen das Kopfteil des breiten Bettes und zog die Beine an den Körper.

Evelin nahm mit einem eigenen Teebecher auf der anderen

Seite Platz. »Ich habe die Isibellen übrigens gefragt, ob ich mich bei Lennox mit dem Virus anstecken könnte.«

Alea erschrak. An diese Möglichkeit hatte sie noch gar nicht gedacht! »Oh Gott …«

»Alles gut«, beruhigte Evelin sie sofort. »Die Isibellen haben gesagt, dass sie von so etwas noch nie gehört hätten und dass Viren in der Wasserwelt immer von Algen auf die Meermenschen übertragen wurden. Eine Ansteckung von Mensch zu Mensch gab es nicht.«

»Algen?«, fragte Alea überrascht, war aber vor allem erleichtert, dass Evelin sich offenbar nicht anstecken konnte.

»Ja, und das könnte auch der Grund sein, warum es Lennox so schlimm getroffen hat.« Evelin griff sich an die Nasenwurzel, als müsste er etwas überdenken, dann sagte er: »Das Futterergänzungsmittel in den Fässern – das waren Chlorella-Algen.«

Alea hob die Brauen. »Davon habe ich noch nie gehört.«

»Chlorella-Algen helfen bei der Entgiftung. Sie können richtig viel Gift aufnehmen, so wie alle Algen.«

»Ah.« Alea beugte sich über Lennox und legte ihm die Hand auf die Stirn. Sie war heiß, aber sie glühte nicht mehr. Das Fieber ging herunter. Alea seufzte tief, dann wandte sie sich wieder Evelin zu. »Ihr macht hier auf dem Hof also Detox für Kühe?«

»Könnte man sagen. Die Chlorella-Algen helfen Tieren genauso wie Menschen«, erklärte Evelin. »Die Idee, das mal mit ein paar von unseren Kühen auszuprobieren, war von mir. Ich wollte ihnen was Gutes tun, weil sie oft Antibiotika gespritzt bekommen. Aber für Lennox waren die Algen fatal.«

Begreifend schloss Alea die Augen. »Wenn Algen die Überträger des Virus sind, ist es kein Wunder, dass es Lennox so schnell so schlecht ging.« Abrupt öffnete sie die Augen wieder. »Jetzt weiß ich auch, warum der Virus in den vergangenen Jahren immer schlimmer geworden ist und heute viel schneller tötet als vor elf Jahren!«, rief sie. »Wir hatten schon länger vermutet, dass es an der zunehmenden Umweltverschmutzung liegt ...« Kurz dachte Alea nach. »Wenn Algen viel Gift aufnehmen können, dann reichern sich doch bestimmt auch Umweltgifte ganz besonders in ihnen an, oder?«

»Auf jeden Fall.« Evelin machte den Eindruck, als würde er sich ein wenig damit auskennen. »Die Umweltgifte könnten dazu geführt haben, dass der Virus in den Algen mutiert ist – und durch die steigende Giftkonzentration im Wasser immer wieder aufs Neue mutiert.« Er lachte leise. »Einer von mir sollte Biologie studieren.«

»So etwas lernst du an keiner Landgänger-Uni«, entgegnete Alea. »Du solltest dich lieber mit meiner Mutter darüber unterhalten. Sie ist die einzige Virologin und Mikrobiologin, die sich sowohl mit Viren in der Landgänger- als auch in der Meermenschenwelt auskennt. Na ja ...«, setzte sie gleich darauf hinzu. »Sie und Doktor Orion.«

»Ich würde deine Mutter total gern kennenlernen«, sagte Evelin und trank noch einen Schluck Tee. »Bestimmt könnte sie mir auch noch mehr über meinen Stamm erzählen.«

»Mhm«, bestätigte Alea und wunderte sich darüber, wie erwachsen Evelin wirkte und wie viel er über biologische Zusammenhänge zu wissen schien. »Wieso glaubst du eigentlich, dass der dritte Evelin auf dem Rückweg ist? Habt ihr telefoniert?«, fragte sie nun, denn sie wollte noch mehr über Evelins Besonderheit wissen.

»Nein, wir können uns jederzeit gedanklich miteinander verbinden.«

»Ihr seid in telepathischem Kontakt?«

»Ja, ich kann die anderen mit einem einzigen Gedanken erreichen.«

»Also sind die anderen … nicht du?«, fragte Alea weiter, denn das war kaum zu begreifen. »Oder doch?«

»Wir sind alle ich.«

Alea gab sich Mühe, ihm zu folgen. »Das heißt, wenn du dich verdreifachst, bist du in jedem der drei … drin? Jeder ist ein richtiger Evelin mit Gefühlen und Gedanken?«

»Es laufen keine seelenlosen Zombies von mir rum, falls du das meinst.« Evelin setzte sich ihr gegenüber in den Schneidersitz. »Sobald ich mich vermehrfacht habe, ist jedes Duplikat von mir ein ganz eigenständiger Mensch, gedanklich mit den anderen verbunden. Dem Evelin, der auf dem Weg zum See war, habe ich mit einem Gedanken gesagt, dass er umkehren kann. Und wenn er später hierher zurückkommt, verschmelzen wir wieder miteinander, und es ist nur noch einer da.«

Alea wollte gern noch mehr erfahren. »Was ist mit den Dingen, die die anderen erlebt haben? Sind diese Erlebnisse nach dem Verschmelzen … weg?«

»Nein. Der, der von uns zuletzt noch übrig ist, hat sämtliche Erinnerungen der anderen.«

»Das ist echt unglaublich«, murmelte sie. »Dein Gehirn muss ja enorme Mengen von Erinnerungen speichern können …« Andererseits war es vielleicht doch gar nicht so unglaublich. Immerhin war Evelin zur Hälfte ein Oblivion, und die hatten ein ganz besonderes Verhältnis zu Erinnerungen. So wie die Oblivionen Erinnerungen bei anderen auslöschen konnten, waren die Adetari offenbar in der Lage, mehr Erinnerungen anzuhäufen als jeder andere Mensch. Und nun verstand Alea auch, wieso Evelin derart erwachsen wirkte. Wenn man mehrere Leben gleichzeitig führte, hatte man natürlich viel mehr Zeit zum Lesen, Lernen, und Erfahrungen sammeln.

»Die Isibellen haben mir übrigens verraten, wer du bist«, bemerkte Evelin nun. »Und wer er ist.« Er deutete auf Lennox. »Wie es scheint, ruhen die Hoffnungen der gesamten Meerwelt auf euren Schultern.«

Alea brachte nur ein undefinierbares Brummen zustande und trank noch einmal von ihrem Tee.

»In der Landgängerwelt weiß kaum jemand etwas von euch, oder?«, hakte Evelin nach. »Eure Existenz … die Existenz der ganzen Meerwelt ist ein Geheimnis, richtig?«

Alea stöhnte leise. »Ich habe, ehrlich gesagt, keinen blassen Schimmer, wie man den Landgängern am besten von der Meerwelt erzählt. Das ist so wichtig, dass man es … nicht vermasseln darf. Aber die Gefahr, dass es schiefgeht, ist riesengroß. Landgänger können mit Magie oder mit dem Wissen um Magie schlecht umgehen.«

Evelin schien zu wissen, was sie meinte. »Genau deswegen hab ich es auch immer geheim gehalten, dass ich mich replizieren kann.« Verlegen vergrub er die Hand in seinem blonden Haar. »Nebenbei bemerkt, wollte ich nicht, dass man mich in ein Labor sperrt und mit mir Experimente macht oder so.« Er lachte leise in sich hinein. »Manchmal hab ich zugegebenermaßen vermutet, dass ich ein Außerirdischer bin.«

»Nein, du bist ein ganz normaler Meerjunge.« Alea lächelte ihn an. »Von einem legendären Stamm.«

Evelins Augen leuchteten auf, und das Glück, endlich mehr darüber zu wissen, wer er wirklich war, brachte sein ganzes Gesicht zum Strahlen. »Jetzt ergibt alles einen Sinn. Ich bin ein Adetari, und bestimmt können alle Adetari sich vermehrfachen.«

»Das glaube ich auch«, sagte Alea gedankenvoll, während sie die Hand an Lennox' Wange hielt und dort liegen ließ. »Musst du eigentlich nach einer bestimmten Zeit immer wieder mit den anderen verschmelzen, oder könntest du auch drei unabhängige Leben gleichzeitig führen?«

»Hm, ich glaube, wenn die verschiedenen Leben nicht zu weit voneinander entfernt stattfinden würden, dann schon.«

»Entfernung spielt eine Rolle?«

»Ja, wenn ein Doppelgänger zu weit weg ist, verlieren wir den telepathischen Kontakt.« Evelins Blick verschleierte sich. »Und das andere Ich wird langsam immer schwächer …« Er lachte, als wollte er eine schlimme Erinnerung fortlachen. »Aber wenn alle meine Ichs in der Nähe bleiben würden, könnte ich wahrscheinlich mehrere Leben gleichzeitig führen.

Dann könnte einer Berufssportler werden, der Zweite schreibt Science-Fiction-Bücher, der Dritte studiert Bio in Freiburg, der Vierte könnte eines Tages diesen Hof übernehmen –«

»Der Vierte?«

»Ich kann mich bis zu sieben Mal vervielfachen.«

Jetzt war Alea richtig baff.

»Allerdings wird es schwieriger, je mehr Versionen ich von mir erschaffe«, erklärte Evelin. »Ab einer Replikation von fünf kann ich mich in meinen Doppelgängern schlechter konzentrieren und habe manchmal Aussetzer. Daher habe ich noch nie versucht, mich öfter als sieben Mal zu replizieren. Bei dem Versuch mit den sieben wurde mir schwarz vor Augen, und ich bin umgekippt. Danach hab ich nie wieder versucht, so viele aus mir zu machen.«

Alea brauchte einen Moment, um das zu verarbeiten. Sie nahm ihre Hand von Lennox' Wange und legte sie stattdessen auf seinen Arm. Beruhigt stellte sie fest, dass sein Zittern weiter nachgelassen hatte. »Wie hast du eigentlich herausgefunden, dass du dich … replizieren kannst? Seit wann weißt du das?«, fragte sie den Meerjungen.

»Seit zwei Jahren«, erzählte Evelin. »Damals wollte ich zu einem Tischtennis-Turnier, für das ich eine Eintrittskarte geschenkt bekommen hatte. Aber an dem Tag war die Geburtstagsfeier meiner Mutter, und mein Vater wollte unbedingt, dass ich beim Familien-Kaffeekränzchen am Tisch sitze.« Er verdrehte die Augen. »Oh Mann, war ich sauer! Und aus der Wut heraus habe ich mich verdoppelt.«

»Du hast plötzlich zweimal im Zimmer gestanden?«

»Genau. Auf einmal waren zwei von mir da. Zum Glück hat niemand das mitgekriegt.«

»Aber … wie?«

»Bei diesem ersten Mal passierte es unbewusst. Aber inzwischen ist es … wie eine Entscheidung. Ich konzentriere mich darauf, was ich tun möchte. Und dann tue ich es.«

Alea lächelte matt. Auch bei ihr waren magische Dinge wie das Erkennen eines Stimmungsspiels früher ganz automatisch geschehen, ohne dass sie sich dafür hätte anstrengen müssen. »Was hast du damals gemacht, als du dich verdoppelt hattest?«

»Ich war total erschrocken. Aber irgendwie habe ich auch gespürt, dass das … bei mir eben so ist. Dass das zu mir gehört, so verrückt es auch zu sein schien. Ich habe damals den halben Tag zu zweit in meinem Zimmer gesessen und mich mit mir selbst unterhalten.«

Alea staunte nicht schlecht.

»Wir zwei haben dann entschieden, dass wir das Beste aus der Situation machen.« Evelin schmunzelte. »Der eine von uns ist zu Hause geblieben und hat brav mit der Familie Kuchen gegessen. Und der zweite Evelin hat sich zum Hintereingang rausgeschlichen und war beim Tischtennis-Turnier. Später sind wir dann wieder miteinander verschmolzen.«

»Bestimmt hast du dann angefangen, dich öfter zu vermehrfachen, oder?«

»Klar, ziemlich oft! Kurz danach sogar schon regelmäßig. Weißt du, ich bin mittlerweile im Tischtennisverein, obwohl ich so viel auf dem Hof helfen muss, dass dafür eigentlich keine Zeit wäre.«

Alea verstand. »Dein zweites Ich geht zum Training!«

»Richtig. Einer von mir packt zu Hause mit an, während der Zweite Tischtennis spielt. Und ein Dritter jobbt in einem Handyshop in Freiburg, um das Geld für den Verein zu verdienen.«

»Und dich hat noch nie jemand beim … Vielesein erwischt?«

»Nein, bisher nicht.«

Alea runzelte die Stirn. Vielleicht lag es daran, dass Evelin zur Hälfte ein Oblivion war, und die wurden eben einfach nicht erwischt. »Hast du denn keine Angst, dass das Ganze irgendwann doch mal auffliegt?«

»Hm.« Evelin dachte einen Augenblick lang nach. »Mein persönliches Glück ist mir das Risiko wert«, lautete seine Antwort.

Alea wusste gar nicht mehr, was sie dazu sagen sollte. Zu ihrer riesigen Erleichterung und dem Glücksgefühl darüber, dass es Lennox besser ging, hatte sich eine bleierne Müdigkeit gesellt.

Sie warf einen Blick aus dem Fenster. Es war stockdunkel und wahrscheinlich weit nach Mitternacht. *Mittmittelnacht*?

»Schlaf etwas«, riet Evelin ihr und stand auf. »So wie Lennox aussieht, geht es ihm morgen wieder besser.«

»Ganz bestimmt«, bekräftigte Alea, klang dabei aber so ausgelaugt, wie sie sich fühlte. Mit einem Lächeln verabschiedete sie sich von Evelin. »Danke dir noch einmal. Für alles.«

»Gern.« Evelin lächelte zurück. »Bis morgen.«

Sobald er das Appartement verlassen hatte, streckte Alea sich der Länge nach neben Lennox aus. Ihr tat alles weh, jeder

Muskel und jeder Knochen ebenso wie die unzähligen Kratzer auf ihrer Haut. Doch das war ihr egal.

Der Junge, der die Liebe ihres Lebens war, würde nicht sterben.

Alea bettete ihren Kopf auf Lennox' Schulter und schlief ein.

Fiebertraum

Alea träumte einen wilden Traum von einer fernen Zukunft, in der Lennox und sie einen Sohn hatten, einen Adetari. Ihr Junge hatte klargrüne Augen mit azurblauen Sprenkelsternchen und lebte in ihrem Traum vier verschiedene Leben zugleich, zwei an Land und zwei im Meer.

Sie erwachte mit einem Lächeln, und in der wohlig-warmen Übergangsphase zwischen Traum und Wirklichkeit glaubte Alea, die Welt wäre gerettet – beide Welten –, und alle Kinder könnten sich aussuchen, wo sie wohnen wollten, denn sowohl an Land als auch im Ozean war das Leben lebenswert.

Je wacher Alea wurde, desto deutlichere Züge nahm die Realität an. *Um irgendwann selbst Meerkinder zu bekommen, müsste ich erst einmal wieder zum Meermädchen werden*, ging es ihr durch den Kopf. *Aber dann, eines Tages, wäre es schön, gemeinsam mit Lennox …*

Da hörte sie seine Stimme. »*Ptarr …*« – Nein. »Nein, nicht …«

Von einem Moment auf den anderen war Alea hellwach. Ihr Blick glitt über Lennox' Gesicht, sein Haar, seinen Oberkörper. Er zitterte nicht mehr, und die Farbe seiner Wangen war ganz normal. Er war eindeutig über den Berg! Erleichtert streichelte sie ihn, doch er wachte nicht auf, sondern sprach im Schlaf weiter.

»Nein, nicht wieder die Handschellen …«, murmelte er und klang erschrocken und trotzig zugleich. »Nein … du bekommst meine Magie nicht …«

Er träumte von Korsika! Doktor Orion hatte Lennox dort wochenlang gefangen gehalten und versucht, ihn dazu zu zwingen, ihm seine Oblivion-Fähigkeiten zur Verfügung zu stellen. Lennox hatte sich jedoch standhaft geweigert.

Gequält stöhnte er nun: »Ich werde niemals deine Waffe sein …« Die Gefangenschaft war die Hölle für Lennox gewesen, und dass er Albträume von dieser Zeit hatte, war nicht verwunderlich. »Die verdammten Handschellen …«, keuchte er.

Sollte sie ihn besser aufwecken? Wenn er von den Handschellen träumte, war es wahrscheinlich besonders schlimm, denn Orion hatte ihn auf Korsika damit jede Nacht an der Schuppenwand festgekettet. An Lennox' Handgelenken konnte man die alten Wunden noch immer sehen, und wahrscheinlich würde er dort Narben zurückbehalten.

»Ich will nur zu ihr …«, stieß er hervor. »Oh Gott, bitte, ich will nur zu ihr … sie braucht mich … und ich brauche sie.«

Alea musste schlucken. Hatte sie ihm nicht erst vergangene Nacht selbst unter Tränen gestanden, wie sehr sie ihn brauchte?

»Aber ich habe sie im Stich gelassen …«, flüsterte Lennox. »Und dabei liebe ich niemanden wie sie … ich habe sie im Stich gelassen …«

Betroffen legte Alea ihm die Hand auf die Brust. Er machte sich noch immer Vorwürfe? Vor drei Wochen, als sie ohne Gedächtnis und als Landgängerin auf der *Crucis* aufgewacht war, hatte er nicht bei ihr sein können. Das war allerdings ganz und gar nicht seine Schuld gewesen! Doktor Orion hatte ihm schließlich keine Wahl gelassen und ihn nach Korsika verschleppt!

Alea zog Lennox an sich. »Alles ist wieder gut«, sagte sie samtweich. »Du bist jetzt hier, bei mir.«

Lennox erwachte. Kerzengerade fuhr er in die Höhe. »Was?« Hektisch sah er sich um. »Wo … sind wir?«

»Im Gäste-Appartement von Evelins Familie.« Alea setzte sich neben ihm auf. »Du hattest nach dem Unfall mit den Fässern hohes Fieber und Schüttelfrost.«

Lennox fasste sich an den Kopf. »Ich … war echt schlecht dran, oder?« Erschrocken blickte er sie an. »Du musst dir furchtbare Sorgen gemacht haben!«

Ein warmes Gefühl durchströmte Alea. Anstatt zu fragen, was genau mit ihm selbst geschehen war, dachte er zuerst an sie. »Ich war ziemlich fertig mit den Nerven«, gestand sie. »Aber die Magischen haben Rotfarn besorgt, und der hat dein Fieber besiegt.«

»Die Pfudelpuhler haben es wirklich geschafft?«, hakte Lennox nach, und Alea erzählte ihm, dass die Pudelpfuhler mit den Isibellen zusammengearbeitet hatten.

Während sie sprach, ließ Lennox sich auf das Kissen zurücksinken. Wenn Alea ihn recht betrachtete, wirkte er noch ganz schön erschöpft. Darum fasste sie sich kurz und kuschelte sich an ihn. Ein paar Minuten lang lagen sie einfach nur da, doch dann sagte sie stockend: »Ich … hab gedacht, du stirbst.«

»Es tut mir so leid.« Lennox umschlang sie mit seinen starken Armen, und ihr Kopf fand in seiner Halsbeuge Halt.

»Sag nicht, dass es dir leidtut«, entgegnete sie. »Sag, dass du nicht vor mir sterben wirst.«

»Was?« Er schien sich losmachen und sie anschauen zu wollen, aber sie drängte sich noch enger an ihn.

»Versprich mir, dass ich eines Tages, wenn es so weit ist, zuerst sterben darf«, wisperte sie und meinte jedes Wort genau so, wie sie es sagte. »Ich will nicht ohne dich leben.«

Lennox lag ganz still, und nun hätte Alea doch gern sein Gesicht gesehen. Sie wusste, dass ihr Wunsch egoistisch war. Sollte er in Erfüllung gehen, musste Lennox nach ihrem Tod ohne sie leben, und für ihn war das gewiss kein bisschen weniger schlimm als für sie. Doch sie gestattete sich diesen Augenblick der Schwäche, denn sie wollte, dass Lennox erfuhr, wie sehr sie ihn liebte.

»Ich verspreche es«, erwiderte er leise. »Eines Tages, wenn es so weit ist, darfst du zuerst gehen, Yavani.«

Jetzt löste sich Alea von ihm und blickte ihn an. In seiner Miene lagen Ernsthaftigkeit, Schmerz und Liebe so nahe beieinander wie in ihrem eigenen Herzen. Da küsste sie ihn mit all den übermächtigen Gefühlen, die sie in sich trug. Lennox erwiderte den Kuss ebenso verzweifelt intensiv. Er hatte dem Tod ins Auge geblickt, und ihr Kuss war nicht nur Ausdruck ihrer Liebe, sondern des Lebens an sich. Sie waren hier, sie waren am Leben.

Ihr Kuss vertiefte sich immer mehr. Lennox' Hand schloss sich um Aleas Nacken, und er zog sie auf sich.

Da klopfte es an der Tür. Schleunigst ließen sie voneinander ab, und Alea rutschte von Lennox herunter.

Die Tür öffnete sich, und Evelin trat ein. »*Misch Lateyna*«, wünschte er ihnen einen guten Morgen. »Wie geht es dir?« Er musterte Lennox. »Du siehst besser aus!«

»*Swadaan, mschah.*« Danke, ja. Lennox kämmte sich mit den Fingern durch das dunkle Haar, das Alea wild verwuschelt hatte. »Ich bin noch etwas groggy, aber bestimmt bald wieder auf den Beinen.«

Evelin lächelte zufrieden. »Hast du ihm schon gesagt, was gestern war?«, fragte er Alea.

»Noch nicht alles.« Alea versuchte ebenfalls, ihre langen Haare zu bändigen. »Nur, dass die Magischen den Rotfarn besorgt haben. Aber noch nichts von dir.«

Fragend lehnte Lennox sich vor. »Wieso, was ist denn –«

»Komm rein!«, forderte Evelin jemanden auf, der offenbar vor der Tür stand. Ein zweiter Evelin betrat den Raum.

Lennox blinzelte, als könnte er seinen Augen nicht trauen.

»Adetari können sich vervielfachen«, erklärte der erste Evelin. »Das ist unsere magische Begabung.«

Lennox stand die Verblüffung ins Gesicht geschrieben. »Wie … krass.«

»Ja, oder?« Der zweite Evelin trug ein Tablett mit Frühstücksutensilien in den Händen. »Zu dritt haben wir die Sache mit dem Rotfarn gestern beschleunigen können.« Er ging zu der Sitzecke hinüber und stellte das Tablett auf dem Tisch ab, wobei sich der Duft von frischen Brötchen im Raum verbreitete. »Habt ihr Hunger?«

»Wie ein Löwe«, antwortete Lennox, obgleich er noch immer ganz schön verblüfft wirkte. »Du hast den Rotfarn besorgt? Also … du … zu dritt?«

»Ja, aber erst, nachdem Alea den Isibellen gesagt hatte, wie dringend es ist«, machte der erste Evelin klar.

Lennox strich Alea über das Handgelenk. Es steckte so viel Dankbarkeit und Liebe in dieser Berührung, dass sich ihre Armhärchen wohlig aufstellten.

Lennox bemerkte ihre Kratzer. »Wo kommen die denn her?«

»Brombeerbüsche.« Alea hob die Schultern. »Ich musste mich durch ein Dickicht zu den Isibellen durchschlagen.«

Lennox küsste ihr Handgelenk und die tiefsten Kratzer auf ihrer Haut.

Höflich schauten die beiden Evelins zur Seite. »Später bin ich dann losgelaufen, um den Rofus zu holen – zu dritt«, sprach der Erste weiter und setzte sich zum Zweiten, der Platz genommen und angefangen hatte, ein Brötchen aufzuschneiden. »Außerdem war es wichtig, dass Alea bei dir geblieben ist, Lennox. Ich glaube, sie war dein Anker in dieser Welt. Sonst wärst du vielleicht … in die andere abgedriftet.«

Alea war überrascht. Denn so hatte es sich tatsächlich ein wenig angefühlt. Darüber hinaus hatte sie Lennox seinen zweiten Krampf abgenommen, aber das sollte niemals jemand erfahren.

»Alea ist mein Anker im Sturm.« Lennox küsste ihre Hand

noch einmal. Dann wies er zum Bad. »Ich geh schnell duschen. Fangt schon mal an zu essen.«

Während er durch die Tür verschwand, setzte Alea sich zu den beiden Evelins, die sie breit anlächelten. »Wir haben es geschafft«, sagten sie zeitgleich. »Lennox ist wieder gesund!«

Alea lachte und klatschte die beiden ab. Dann begannen sie zu frühstücken, und Alea langte ordentlich zu. Die Stimmung war gelöst, fast fröhlich. Evelin eins und Evelin zwei neckten sich gegenseitig, und der eine machte sich über die dreckigen Klamotten des anderen lustig. Der Zweite erwiderte daraufhin, dass der Erste nicht hätte ausschlafen können, wenn er, der Zweite, nicht schon früh am Morgen im Stall gewesen wäre und beim Füttern geholfen hätte.

Noch immer staunte Alea über die Adetari und dachte daran, wie viel leichter ihr eigenes Leben wäre, wenn sie sich selbst vermehrfachen könnte. Eine Alea wäre dann auf der Suche nach Thea, die zweite wäre mit Tess, Sammy und Ben auf dem Weg nach Venedig, die dritte würde versuchen, zur Nixenhauptstadt zu gelangen und den Silberumhang zurückzuerobern, während die vierte gemeinsam mit Nelani nach Keblarr suchen und eine fünfte Doktor Orion aufhalten würde … *Doch nein,* stoppte Alea ihren Gedankenfluss. Evelin hatte gesagt, die Doppelgänger dürften nicht zu weit voneinander entfernt sein!

Gerade sprach der erste Evelin mit dem zweiten darüber, dass irgendein Melkapparat in Halle B repariert werden müsste.

Alea lag eine Frage auf der Zunge, und sie konnte nicht anders, als sie Evelin zu stellen. »Ist es für dich eigentlich okay, hier auf dem Hof zu arbeiten?«

»Warum?«, fragten beide wie aus einem Munde.

»Naja … weil hier Massentierhaltung betrieben wird.«

Der plötzliche Stimmungswechsel schien die beiden zu überraschen. »Ich … ähm«, war alles, was dem ersten Evelin dazu einfiel.

Der Zweite erwiderte jedoch: »Also, wir kennen nicht den Namen jeder einzelnen Kuh – falls du das schöner fändest.«

Der Erste kratzte sich am Kopf. »Unsere Kühe haben doch gar keine Namen, sondern Nummern.«

»Wieso machst du dir darüber Gedanken, Alea?«, fragte der Zweite sie.

Alea wollte zwar nicht das Gefühl der Verbundenheit gefährden, das zwischen ihr und diesem Meerjungen entstanden war. Aber sie fragte sich wirklich, was er von dem Hof hielt, auf dem er aufgewachsen war. »Du hast gestern gesagt, die Idee mit den Chlorella-Algen zur Entgiftung der Kühe war von dir – weil die Tiere oft Antibiotika gespritzt bekommen.« So positiv das auch war, verwirrte es Alea, dass Evelin offenbar nichts gegen die Antibiotika unternommen hatte. Wäre das nicht das Naheliegendste gewesen? »Aber generell bist du damit einverstanden, wie hier alles abläuft?«

Der zweite Evelin lehnte sich auf dem Stuhl zurück. Ihm schien die Tiefe ihrer Frage voll bewusst zu sein. »Ich kann das Rad nicht komplett neu erfinden, nur hier und da ein bisschen verbessern.«

»Und was, wenn das Rad … grundlegend problematisch ist?«, wagte Alea zu fragen.

Evelin Nummer zwei schien sich herausgefordert zu fühlen.

»Die Leute wollen Fleisch und Milchprodukte, und wenn die erschwinglich sein sollen, braucht man Höfe, die Massentierhaltung betreiben.«

Der erste Evelin nickte zustimmend.

Es überraschte Alea, dass sie diese Tierhaltung derart rigoros verteidigten. Sie argumentierten genau wie ihr Adoptivbruder!

»Am liebsten wäre ich später Bio-Bauer«, übernahm Evelin Nummer eins das Gespräch. »Dann braucht man keine Entgiftungsalgen mehr, weil den Tieren auch keine Antibiotika mehr gespritzt werden. Abgesehen davon macht es bestimmt mehr Spaß, den Kühen Namen zu geben und sie auf grünen Weiden rumlaufen zu lassen.« Er legte sein Schmiermesser zur Seite. »Weißt du, Alea, es gibt garantiert niemanden auf der Welt, der freiwillig lieber Billigfleisch als Bio auf dem Teller hat. Aber das kann sich halt nicht jeder leisten. Deswegen ist der Bedarf nach Fleisch aus der Massentierhaltung riesengroß, und unser Hof trägt dazu bei, dass er gedeckt wird.«

»Den Preis zahlen die Tiere und die Umwelt«, bemerkte Alea. »Und die können sich das auch nicht leisten.«

Forschend blickte der erste Evelin sie an. »Wir sind ein ganz normaler Betrieb, der sich an die Regeln hält.«

Auch das hatte sein Bruder Mika bereits gesagt. Alea hatte jedoch noch immer nicht herausbekommen können, ob Evelin vollauf hinter der Art und Weise stand, wie die Kühe hier behandelt wurden. »Findest du die Regeln denn in Ordnung?«

Der Zweite biss in sein Brötchen. »Ich habe sie mir nicht ausgedacht«, erklärte er beim Kauen. »Wenn ich das hätte, gäbe es definitiv mehr Spielraum für die Viehbauern. Wir können an den Zuständen ja nichts Großartiges verbessern, wenn wir überhaupt noch was verdienen wollen. Wir kalkulieren schon total am Limit!«

»Und mit den Chlorella-Algen waren wir definitiv über dem Limit«, ergänzte der Erste.

Resigniert hob Alea die Hände, denn sie musste sich wiederholen. »Die Umwelt ist auch am Limit, und die Tiere in eurem Stall leiden.«

Das wollte wohl auch keiner der Evelins bestreiten. »Wenn das Leiden aufhören soll, müssen die Leute eben Vegetarier oder besser noch Veganer werden«, hielt der erste Evelin ohne jede Ironie fest. »Das könnte doch eigentlich jeder. Fleisch- und Milchprodukte sind schließlich nicht überlebenswichtig.«

Zwar hatte Alea das Gefühl, dass er damit die Verantwortung auf andere schieben wollte, trotzdem erwiderte sie bloß: »Vegetarier leben sogar gesünder als Fleischesser.«

»Das glaube ich sofort!«, rief der zweite Evelin. »Aber das ist den meisten Menschen egal. Zucker ist auch ungesund. Trotzdem kaufen die Leute Süßigkeiten – obwohl es nachweislich ihrer Gesundheit schadet.«

»Zigaretten sind ebenfalls gesundheitsschädlich«, warf der Erste ein.

»Für Süßigkeiten oder Zigaretten werden allerdings keine Tiere gequält«, hielt Alea dagegen.

»Richtig«, antwortete der zweite Evelin schlicht. Wie es

aussah, stellte das Tierleid für ihn etwas dar, wogegen er im großen Stil eben nichts tun konnte. Er steckte in Zusammenhängen fest, die ihm wohl unveränderbar erschienen.

In versöhnlicherem Ton fügte der Erste nun hinzu: »Unsere Familie isst nur selten Fleisch – weil wir wissen, was alles dazugehört, damit man einen Braten servieren kann.« Seufzend wiegte er den Kopf. »Ich glaube, das ist eines der Hauptprobleme: Die Menschen haben den Bezug dazu verloren, dass für jedes Stück Fleisch ein Tier gestorben ist. Sie sind ja nicht dabei, wenn es geschlachtet wird.«

»Ja, im Supermarkt erinnert nichts an den Tod und die Qualen der Tiere«, murmelte Alea. »Im Gegenteil.«

»Die Menschen wollen eben, dass man ihnen auf den Verpackungen vormacht, alles wäre gut«, sagte der Zweite. »Dann fühlen sie sich besser.«

Gedankenvoll starrte Alea ins Leere.

»Dass das Ganze so verharmlost wird, ist nicht die Schuld der Landwirte«, betonte der erste Evelin.

Alea sah ihn ernst an. »Du glaubst, es ist die Schuld der Kaufenden?«

»Zum Teil, ja!«, bestätigte er voller Überzeugung. »Aber auch die Schuld der Politik, die die Gesetze nicht verschärft. Weißt du, ich bin total dafür, dass Regelungen für mehr Tierschutz erlassen werden. Dann muss aber eben auch dafür gesorgt werden, dass die Bauern mit ihrer Arbeit trotzdem noch ihren Lebensunterhalt verdienen können. Wenn das gesichert wäre, dann passen wir uns mit unserem Hof sofort an und geben den Kühen mehr Platz, verabreichen weniger

Medikamente und so weiter. Wir würden liebend gern alles machen, was gut für die Tiere und die Umwelt ist – die ganze Palette!«

Alea schwieg, denn ihr ging gerade auf, dass das komplette System, wenn man die *ganze Palette* umsetzte, zusammenbrechen würde. In der Landgängerwelt waren die kranken Strukturen so sehr miteinander verwoben, dass man kaum etwas ändern konnte, ohne gleich den ganzen Gesellschaftsapparat ins Wanken zu bringen. Wie sollte man denn die Massentierhaltung beenden, wenn so viele Menschen davon abhängig waren, dass sie weitergeführt wurde? Wenn zusätzlich derart viele Menschen wollten, dass sie weiterging, weil sie nicht auf die Produkte verzichten mochten?

Eine grüblerische Stille breitete sich aus, in der die beiden Evelins weiterfrühstückten und Alea darüber nachdachte, dass die Meermenschen schon so gut wie ausgelöscht und die Landgänger auf dem besten Weg waren, sich selbst zu eliminieren. Wenn sich nichts änderte und von den Pestiziden über den Plastikmüll bis zur Massentierhaltung alles an Land weiterging wie bisher, würde die Menschheit sich selbst vernichten.

Da kam Lennox aus dem Bad. Er war frisch geduscht und duftete nach Seife und Shampoo. Alea mochte seinen eigenen Körpergeruch nach Weite, Wärme und Wasser jedoch lieber.

»Habt ihr mir was übrig gelassen?«, witzelte Lennox, setzte sich neben Alea und fing an zu essen. Es war noch immer mehr als genug da.

Alea und die beiden Versionen von Evelin erzählten Lennox nun genau, was sich am Tag zuvor abgespielt hatte, und Lennox konnte kaum fassen, wie dramatisch die Situation gewesen war.

Nachdem sie alles berichtet hatten, sagte Alea zu den Evelins: »Ihr müsst unbedingt unserer Chatgruppe beitreten und die anderen Meerkinder kennenlernen!«

Der erste Evelin zeigte ihr den hochgereckten Daumen. »Gern!« Er und sein Doppelgänger schienen sich sogar richtig darauf zu freuen. Doch auf einmal wandte der Zweite den Kopf, als hörte er etwas. »*Schattfa*«, schimpfte er in sich hinein. »Unsere Eltern sind zurück!« Er stand auf und warf einen Blick aus dem Fenster. »Mama und Papa fahren gerade vor.«

»Mist, sie dürfen nicht mitbekommen, dass ihr hier seid!«, fluchte der Erste. »Bestimmt sind sie sauer, wenn sie merken, dass hier jemand geschlafen hat. Heute kommen nämlich unsere Großeltern, und das Appartement muss dafür in Ordnung sein.«

Lennox war aufgestanden. »Das Bettzeug sieht echt mitgenommen aus«, stellte er zerknirscht fest.

Der erste Evelin machte eine abwehrende Handbewegung. »Wir räumen schnell auf.« Kaum hatte er das gesagt, vervielfältigte er sich, und ein dritter Evelin stand im Raum. Dann ein vierter.

Drei von ihnen fingen an, in Windeseile aufzuräumen und das Bett frisch zu beziehen, während der Erste bedauernd zu Alea und Lennox sagte: »Entschuldigt. Ich hätte nicht gedacht, dass unsere Eltern so früh am Tag zurückkommen.«

»Kein Ding.« Lennox packte ihre wenigen Habseligkeiten zusammen. »Wir sind so gut wie weg.«

Der zweite Evelin unterbrach das Aufräumen und eilte zur Kommode mit dem Wasserkocher. Als er wiederkam, drückte er Lennox die übrigen Büschel des Rotfarns in die Hand, eingerollt in Zeitungspapier. »Den Rofus brauchst du wahrscheinlich noch.«

»Danke.« Lennox nahm das Kraut entgegen, als wäre es ein rohes Ei. »Ich werde ab jetzt wieder jeden Morgen Rotfarntee trinken – und das habe ich dir zu verdanken.«

Der Zweite umarmte ihn und klopfte ihm kumpelhaft auf den Rücken. »Meerjungs müssen zusammenhalten.«

Lennox grinste. »Immer.« Dann suchte er nach seinen Schuhen und zog sie rasch an.

Indessen kritzelte einer der Evelins seine Handynummer auf einen Zettel und gab ihn Alea. Als sie den Zettel entgegennahm, bemerkte sie, dass unter dem Papier noch etwas anderes steckte. Geld. Vier 50-Euro-Scheine!

»Damit kommt ihr zur Loreley«, erklärte Evelin.

»Das können wir unmöglich annehmen!«, wehrte Lennox ab.

Evelin schüttelte den Kopf. »Doch, das könnt ihr. Das müsst ihr sogar!«, bestimmte er. »Ich brauche das Geld weniger dringend als ihr. Ich kann mich ja replizieren und noch einen zusätzlichen Job annehmen. Es ist wichtiger, dass die Elvarion wieder zum Meermädchen wird. Und dafür müsst ihr zur Loreley.«

Anders als Lennox hatte Alea gar nicht vor, das Geld abzulehnen, denn es war die Lösung für ihre Probleme. Kurzerhand steckte sie die Scheine ein und drückte Evelins Hand. »Du hast das Herz am richtigen Fleck«, sagte sie, denn genau das hätte Marianne in einer Situation wie dieser gesagt.

Ein Anflug von Stolz machte sich auf Evelins Gesicht breit. »Ich bin sicher, dass ich das Richtige tue.«

Dankend klopfte Lennox ihm auf die Schulter. Dann verabschiedeten sie sich in aller Eile von den vier Evelins. Beladen mit der schwarzen Gitarre und ihren schweren Rucksäcken schlichen Alea und Lennox auf Zehenspitzen aus dem Appartement, die Treppe hinunter und aus dem Haus. Vor dem Eingang des großen Stalls arbeiteten mehrere Männer, aber Lennox und Alea schlugen die andere Richtung ein, umrundeten das Wohnhaus und erreichten unbemerkt das Gittertor.

Seite an Seite liefen sie hindurch und die Straße hinab – dem nächsten Abschnitt ihrer Reise entgegen. Und dieser, so spürte Alea ganz deutlich, hatte das Zeug, zum Herzstück ihrer Geschichte zu werden.

Winkelungen des Weltenlaufs

Alea und Lennox versuchten nicht noch einmal, per Anhalter zu fahren. Stattdessen marschierten sie zur nächsten Haltestelle und nahmen einen Bus zum Freiburger Hauptbahnhof. Mit zweihundert Euro in der Tasche war es kein Problem mehr, Fahrkarten nach Sankt Goarshausen zu kaufen und sich darüber hinaus ein paar Snacks für unterwegs zu besorgen. Lennox wirkte noch immer etwas angeschlagen, was nach dem Fieber, dem Schüttelfrost und den Krämpfen der vergangenen Nacht nicht verwunderlich war. Alea war selbst ziemlich k. o. und freute sich darauf, ein paar Stunden lang nur im ICE sitzen zu können oder sogar noch etwas zu schlafen.

Als ihr Zug kam und sie Plätze gefunden hatten, nahm Alea jedoch erst einmal ihr Smartphone zur Hand. Da sie ganz hinten im Waggon saßen, bekam keiner der anderen Reisenden den Skorpionfisch an ihrem Handy zu Gesicht, und Alea und Lennox konnten in Ruhe nachsehen, ob es in der Meerkinder-Chatgruppe etwas Neues gab.

Von Siska war keine weitere Nachricht eingegangen, aber Nexon, der neben Lennox der einzige weitere Oblivion in ihrer Gruppe war, hatte eine Sprachnachricht aufgenommen.

Als sie diese leise abhörten, war Alea gerührt und besorgt zugleich, denn Nexon spielte mit dem Gedanken, sich ebenso wie Siska auf den Weg zur Loreley zu machen. Allerdings musste er in der kommenden Woche an wichtigen Schulprüfungen teilnehmen und war unschlüssig, ob er sie einfach sausen lassen konnte. Alea antwortete ihm, dass er die Prüfungen unbedingt machen sollte. Sie würden Thea schon finden. Und noch während Alea diese Worte ins Handy sprach, machte ihr Herz einen gewaltigen Sprung, und die Vorfreude auf ihre Schwester überspülte sie ein weiteres Mal wie ein warmer Sommerregen.

Alea und Lennox hörten noch ein paar weitere Beiträge im Chat ab. Isla aus Berlin, eine Zalti mit Muskeln wie eine Bodybuilderin, behauptete in ihrer Sprachnachricht scherzhaft, dass sie Lennox jederzeit im Armdrücken schlagen würde. Ein paar andere Meerkinder forderten daraufhin einen Zweikampf, und ein Mädchen namens Ravenna, das zum Händlerstamm der Lorka gehörte, sagte, dass sie solch ein Duell mit links organisieren und bereits jetzt Wetten annehmen könnte.

»Heute würde Isla gegen mich gewinnen«, brummelte Lennox. »Unter normalen Umständen aber niemals!«, setzte er schelmisch nach, und Alea war froh, sein typisches Grinsen aufblitzen zu sehen.

Konzentriert überprüfte Alea nun ihren Posteingang. »Immer noch nichts von meiner Mutter«, murmelte sie. Seit Nelani nach Island aufgebrochen war, hatten sie nichts mehr von ihr gehört.

»Nelani hat ja kein Handy«, bemerkte Lennox.

»Um kurz anzurufen oder eine Info zu schicken, braucht man doch kein eigenes!« Alea scrollte noch einmal über die neuen Mitteilungen. Nichts. »Ob Nelani vielleicht noch gar nicht angekommen ist? Wie lange braucht man unter Wasser von Italien bis nach Island, wenn man von Walen begleitet und teilweise bestimmt auch von ihnen gezogen wird?«

Das wusste Lennox ebenfalls nicht. »Mach dir keine Sorgen«, sagte er einfach und lächelte sie aufmunternd an. »Wenn deine Mutter sich etwas vornimmt, dann schafft sie das. Sie wird Keblarr finden, und ich wette, dass sie ihn dazu bewegen kann, sich unserem Kampf gegen Orion anzuschließen. Wenn das jemand hinkriegt, dann sie.«

Das unerschütterliche Vertrauen, das Lennox in Nelani hatte, tat Alea gut. Mehrere Wochen war er auf Korsika gemeinsam mit Nelani in Orions Lager gefangen gehalten worden und hatte die unerschrockene Wanderin sogar besser kennengelernt als jeder andere in der Cru. Außerdem war sich Alea sicher, dass sein Glaube an ihre Mutter gerechtfertigt war. Nelani war schlau, erfahren und besaß darüber hinaus ein Kämpferherz, das sich nicht so leicht unterkriegen ließ. »Gut, ich werde mir keine Sorgen machen«, versprach sie.

»Wunderbärchen!« Lennox grinste. »Sollen wir Sammy, Ben und Tess anrufen?«

»Oh ja!« Alea hatte Sehnsucht nach den dreien und konnte es kaum erwarten, ihnen von Evelin zu erzählen. Sie verließen ihre Plätze, um im Waggon-Zwischenteil zu telefonieren, damit sie die anderen Fahrgäste nicht störten. Alea wählte Tess' Nummer. Tess nahm den Videoanruf direkt an. »*Bonjour*!«

Neben ihr stand Ben. »Hallo, ihr zwei!«, grüßte der junge Mann mit der Rockstar-Frisur. »Guckt mal, wo wir sind!« Im Hintergrund war strahlend blaues Wasser zu erkennen.

»Wir sind in Venedig!«, hörte man Sammys Stimme, und gleich darauf schob sich sein sommersprossiges Gesicht ins Sichtfeld der Kamera. »Wir sind schon gestern Abend angekommen, weil wir eine absolute Best-Mitfahrgelegenheit ergattert haben und von einer sehr netten *Signora* bis zum Fährhafen kutschiert worden sind!«

»Und? Wie ist es?«, wollte Alea sofort erfahren.

»Wir fangen gerade erst an, die Stadt zu erkunden«, wiegelte Tess ab. »Ihr sitzt wieder im Zug?«

»Ja!«, rief Alea, und es war ein regelrechter Triumphschrei. Dass sie endlich wieder auf dem Weg zur Loreley waren, fühlte sich wie ein Sieg an. Übermütig reckte Alea sogar die Faust in die Höhe. »Thea, wir kommen!«

Lachend küsste Lennox sie auf die Schläfe und sagte zu den dreien auf dem Bildschirm: »Seit gestern ist ganz schön viel passiert.« Alea und er begannen nun, ausführlich von den Geschehnissen zu berichten.

Währenddessen hielt Sammy Bens Handy in die Höhe und nahm ihren Bericht für das Bandentagebuch auf.

Als sie zu den Ereignissen auf dem Viehhof kamen, war Ben ganz bestürzt darüber, dass Lennox durch kaltes Wasser offenbar in ernsthaftere Schwierigkeiten geraten konnte, als sie gedacht hatten. »Wir haben das unterschätzt.«

»Das mit den Algen wussten wir ja nicht«, wandte Alea ein. »Aber wir sollten uns für die Zukunft merken: Der Virus ist im Meer oder überall dort am gefährlichsten, wo Algen wachsen und viele Umweltgifte aufnehmen können.«

»Der Virus ist allerdings auch ohne Algen gefährlich«, hielt Tess fest. »Lennox ist schließlich auch schon mal vom Regen krank geworden.«

Alea nickte. »Letzten Endes ist Regen nichts anderes als verdunstetes Meerwasser. Der Virus scheint sich also eine Zeit lang ohne Träger im Wasser halten zu können.«

»Du klingst schon wie deine Mutter!«, rief Sammy beeindruckt.

»Ich habe nur viel darüber nachgedacht«, wehrte Alea ab. »Das gesamte Wasser des Planeten ist verseucht!« Sie senkte den Blick. »Und dafür ist einzig und allein Doktor Orion verantwortlich«, fügte sie leise hinzu und hörte selbst, wie wütend sie klang. Mehr als wütend. Hasserfüllt.

Tess entging das nicht. »Das zwischen Orion und dir wird immer mehr zu einer persönlichen Sache, oder?«

»Zwischen Orion und *uns*«, machte Lennox klar.

Ben betrachtete ihn. »Du hast deine ganz eigene Geschichte mit dem Doktor …«

Lennox gab ein tiefes Grummeln von sich. »Für mich ist Orion nicht nur irgendein Gangsterboss, den man aus guten Gründen aufhalten muss. Er ist … mein Feind.« Die Art, wie er das Wort *mein* betonte, verscheuchte jeden möglichen Zweifel daran, dass die Sache für ihn wirklich persönlich war.

»Du willst Orion nicht nur aufhalten, du willst dich rächen«, stellte Tess fest, obwohl am Ende dieses Satzes ein kleines Fragezeichen mitschwang.

»Ja«, erwiderte Lennox. »Alles andere wäre gelogen. Aber ich weiß auch, dass das kein guter Beweggrund ist.«

Alea verstand genau, was er meinte. Für sie war Doktor Orion inzwischen ebenfalls weit mehr als nur eine Aufgabe des Schicksals. Er war eine konstante Bedrohung all dessen, was ihr lieb und teuer war. Doch um Orion besiegen zu können, mussten sie ihn noch besser verstehen lernen. Sie mussten nachvollziehen können, warum er derart entsetzliche Gräueltaten beging. War er selbst verletzt und verbittert – ein Mensch, dem Schreckliches geschehen war und der deshalb seinen Hass in die Welt trug? Oder besaß er möglicherweise tatsächlich keine Seele? Konnte es so etwas geben? Hoffentlich würde Thea ihnen dabei helfen können, in die Schatten von Orions Herz zu blicken. Er war schließlich ihr Ziehvater. Wer könnte ihnen besser als Thea erklären, warum der Doktor tat, was er tat?

Tess ergriff wieder das Wort. »Wie weit ist Orion wohl mit dem Virus gegen Magische?«

Alea fröstelte. Den Gedanken an den neuen Virus, an dem der Doktor arbeitete, hatte sie in den vergangenen Tagen ein wenig verdrängt. Es war einfach zu schlimm, sich vorzustellen, dass es Orion gelingen könnte, die magischen Völker ebenso auszumerzen, wie er es vor elf Jahren mit den Meermenschen getan hatte. Auf Korsika hatte Orion kurz vor dem Durchbruch gestanden, doch dann war sein Labor von Nelani in die Luft gejagt worden. Mittlerweile arbeitete er gewiss in einem anderen Labor weiter, und die Frage war: Wie weit hatte Nelani ihn zurückgeworfen?

»Wir können nur hoffen, dass Orion noch nicht fertig ist, wenn wir ihn gefangen nehmen«, sagte Ben. »Wenn wir Orion erst einmal haben, kann er auch kein Unheil mehr anrichten.«

»Na ja, auch Jinx könnte den Virus freisetzen«, widersprach Lennox. »Dazu braucht er den Doktor nicht.«

»Um den Virus zu verbreiten, muss man ihn aber erst einmal erschaffen«, konterte Ben wiederum. »Und das nötige Wissen dafür hat nur Orion selbst, oder?«

Lennox nickte, Alea ebenso.

Da fiel ihr auf, dass Sammy nachdenklich ins Leere starrte. »Was ist los, *Signore* Draco?«, fragte sie ihn.

Sammy erwachte aus seiner Funkstille und beendete die Bandentagebuchaufnahme. »Ich sinne darüber nach, welche Winkelungen des Weltenlaufs in Sankt Goarshausen auf euch warten«, antwortete er und sprach, als wären das ganz normale Formulierungen. »Mal abgesehen davon, ob ihr Thea findet oder nicht – was ist mit der Loreley? Also mit der Nixe, die ein Tor zum Reich der Verblichenen aufmachen kann?«

Tess runzelte die Stirn. »Verblichen?«, hakte sie nach, denn dieses Wort kannte sie offenbar nicht. »Ausgebleicht?«

»Ja, die ausgebleichten … Ausgeblichenen.« Sammy legte den Kopf schief. »Also, ich meine: die Hingeschiedenen. Die von dannen Geschiedenen.«

»Geschieden?« Tess sah ihn an, als wäre eine Kopfnuss fällig. »Das Gegenteil von verheiratet?«

»Das Gegenteil von quicklebendig!«, rief Sammy.

»Das Reich der Geschiedenen …«, murmelte Ben.

»Worum ging es noch mal?«, erkundigte sich Lennox.

»Um die Nixen-Loreley«, kam Alea grinsend aufs Thema zurück. »Warum fragst du nach ihr, Sammy?«

Der Bandenjüngste hob den Zeigefinger. »Also: Wenn es die Loreley wirklich gibt«, setzte er an, »wollt ihr dann zu ihr gehen, um mit den … Toten zu sprechen?«

Alea verspürte einen Stich. Die Toten. Das Wort hatte eine ganz andere, aufrüttelnde Kraft. Marianne gehörte zu den Toten. Und das tat noch immer unglaublich weh. Alea senkte den Kopf und fühlte in sich hinein. Wie wäre es, wenn sie Marianne mithilfe der Loreley noch einmal sehen könnte? »Nein«, entgegnete sie und war selbst darüber erstaunt, wie sicher sie sich war. »Das wäre … zu viel.«

»Ich würde auf jeden Fall hingehen, um mit unseren Eltern zu sprechen«, sagte Sammy. Bens und seine Eltern waren vor vier Jahren bei einem Unfall ums Leben gekommen.

»Das halte ich für keine gute Idee«, erhob Ben Einspruch. »Die Toten soll man ruhen lassen.« Warnend schaute er seinen kleinen Bruder an, und Sammy erwiderte den Blick mit nichts als Traurigkeit. Augenblicklich schlich sich eine gewisse Milde in Bens Gesichtsausdruck. »Gibt es denn etwas, das du ihnen unbedingt noch sagen oder sie fragen musst?«

Sammy rieb sich die Nase. »Eigentlich nicht. Ich vermisse sie nur so sehr.«

Ben legte ihm den Arm um die Schultern. »Daran könnte ein Besuch bei der Loreley nichts ändern. Mama und Papa zu sehen, würde doch wahrscheinlich sogar alles nur schlimmer machen.«

Sammy zog die Nase hoch. »Wahrscheinlich hast du recht.« Er lächelte schief und machte eine energische Handbewegung, als wollte er alles Schwere von sich schieben. »Wie aufgeregt bist du, Schneewittchen, dass du bald Thea triffst?«, wechselte er in leichtere Gefilde.

Alea nahm gern die Gelegenheit wahr, ihn abzulenken. »Auf einer Skala von eins bis hundert etwa … tausend!«, antwortete sie. »Wir müssen sie natürlich erst mal finden, und mir kommen immer wieder Gedanken, die mich zweifeln lassen. Aber ich habe trotzdem ein gutes Gefühl.«

»Ein Bauchgefühl ist immer die Richtschnur, an der man sich entlanghangeln sollte!«, tat Sammy kund und wirkte, als wäre er wieder ganz in seinem Element. »Gedanken sind im Vergleich zu einem Bauchgefühl bloß Schnipsel, die der kleinste Windhauch durcheinanderwirbelt, wie es ihm gefällt. Ein Bauchgefühl ist dagegen was Handfestes, auf das man sich verlassen kann.«

»So, so«, sagte Lennox.

»Leute, wir müssen über was sprechen«, überrumpelte Tess sie mit unvermittelter Ernsthaftigkeit.

Sammy kräuselte die Lippen. »Über was denn?«

»Mir ist heute Morgen was in den Sinn gekommen.« Tess seufzte. »Etwas, an das wir noch nicht gedacht haben.«

Alea schwante nichts Gutes. »Worum geht es?«

Tess kam näher an die Kamera heran. »Wir haben ja schon mal überlegt, ob Orion eventuell den Nachrichtenaustausch zwischen Thea und dir mitgelesen haben könnte …«

Alea wurde heiß und kalt zugleich, denn das war in der Tat

ein sehr ernstes Thema. Bevor Lennox auf die *Crucis* zurückgekehrt war und den Skorpionfisch an ihr Smartphone geheftet hatte, waren sie und die anderen zu unvorsichtig im Umgang mit dem Handy gewesen. Sie hatten durch den Gedächtnisverlust keine Erinnerung an den Doktor und seine weitreichenden Möglichkeiten gehabt und deshalb nicht gewusst, ob er mitverfolgen konnte, wem oder was sie schrieben. Bei den vielen SMS, die Alea und Thea ausgetauscht hatten, war Thea zwar sehr umsichtig gewesen und hatte nicht nur ein uraltes Handy mit einer anonymen SIM-Karte benutzt, sondern obendrein viele ihrer SMS gelöscht, sobald Alea sie gelesen hatte. Thea war klar gewesen, dass ihre Väter, deren Namen sie damals nie erwähnt hatte, nach ihr suchen würden und ihnen dabei sämtliche nur denkbaren Mittel der Nachverfolgung zur Verfügung standen. Später, als die Erinnerungen der Alpha Cru von Lennox und dem Schweige-Schamir zurückgeholt worden waren, hatten sie sich jedoch gefragt, ob die anonyme SIM-Karte und das Löschen ausgereicht hatten. Wenn Orion tatsächlich in der Lage gewesen war, Theas und Aleas SMS-Unterhaltungen mitzuverfolgen, dann wusste er nicht nur, dass die Schwestern einander gefunden hatten, sondern auch, dass Cassaras Thea vor ein paar Wochen bei der Flucht aus der Villa Konungur geholfen hatte. Und außerdem, dass eine zweite Person aus seinen Reihen Thea ebenfalls zur Seite gestanden hatte. Das war Hagen. Zwar hatte Thea Hagen ausschließlich unter dem Codenamen *Siegfried* erwähnt, und auch Cassaras war nur als der *Wanderer* in ihren Nachrichten vorgekommen. Aber die Frage war, ob die Verschleierungen und Decknamen wirklich hatten verhindern können, dass Orion die Wahrheit erkannte?

Die Cru hatte das allerdings bereits mehrfach besprochen und keine Antworten gefunden. Tess musste auf etwas anderes hinauswollen.

»Spuck es aus!«, forderte Sammy Tess auf.

Tess nickte. »Es ist so: Alea, du hast ja geschlussfolgert, dass Thea zur Loreley wollte. Sie hat das nicht ausdrücklich so geschrieben, du vermutest das nur.«

»Meinst du, Theas Ziel war gar nicht die Loreley?«, fragte Alea. »An der Theorie habe ich selbst schon gezweifelt.«

Tess schüttelte den Kopf. »Nein, ich glaube auch, dass Thea dorthin wollte. Nach all ihren begeisterten Beschreibungen der Loreley-Legende liegt das nahe.«

Aleas Herz stockte. »Es liegt nahe …«

Abrupt schob Lennox sich beide Hände tief ins Haar, als begreife er ebenfalls, worauf Tess hinauswollte.

»Oh nein. Orion könnte dieselben Schlüsse gezogen haben«, sprach Ben aus, was wohl alle dachten. »Wenn er eure Nachrichten wirklich mitgelesen hat, dann ist er vielleicht ebenfalls darauf gekommen, dass sich Thea auf den Weg zur Loreley gemacht hat.«

»Genau«, sagte Tess.

Plötzlich erklang ein grässlich quäkendes Geräusch. Sammy hatte auf seiner Gute-Laune-Hupe gehupt! Seinem Gesichtsausdruck nach hatte ihn das beruhigt.

Alea hingegen war enorm angespannt. »Im Schlussfolgern ist Orion absoluter Meister«, brachte sie alarmiert hervor.

Gleichzeitig setzte der Elvarion-Modus ein, und sie ging in Blitzgeschwindigkeit sämtliche Möglichkeiten durch.

Die anderen schienen ihr anzusehen, was in ihrem Kopf passierte, denn sie waren mucksmäuschenstill.

Als Alea alles durchdacht hatte, erklärte sie: »Es besteht noch immer die Möglichkeit, dass Orion keinen Einblick in unsere Unterhaltungen hatte. Falls aber doch, ist er vielleicht zu demselben Schluss gekommen wie ich und vermutet Thea in Sankt Goarshausen. Dann ist er wahrscheinlich längst dort gewesen, womöglich schon vor einer Woche. Mit seinem Hubschrauber hätte er den Ort innerhalb weniger Stunden erreichen können und hat Thea entweder gefunden oder die Verfolgung aufgenommen.«

»Zum Glück ist Cassaras bei ihr …«, murmelte Lennox.

Alea war hoch konzentriert. »In jedem Fall ändert sich nichts an unserem Plan. Lennox und ich fahren zur Loreley und suchen Thea. Möglicherweise ist Orion uns einen Schritt voraus, aber ob das so ist, finden wir erst heraus, wenn wir uns auf ihre Spur begeben.«

Sammy hupte noch einmal markerschütternd auf seiner Hupe, und im Display konnte man drei vorübergehende Fußgängerinnen hinter ihm zusammenzucken sehen.

Tess ignorierte Sammy und fragte Alea: »Wollt ihr nicht lieber umkehren?«

»Auf keinen Fall«, widersprach Lennox an Aleas Stelle. »Wenn wir jetzt aufgeben, hätte Orion schon wieder gewonnen.«

»Genau so ist es«, pflichtete Alea ihm bei. »Wir machen weiter wie geplant.«

»Der Schweinekerl soll nur versuchen, uns in die Quere zu kommen«, knurrte Lennox und ballte – wohl unbewusst – die Hände zu Fäusten.

»Passt auf euch auf«, bat Ben, der gar nicht erst versuchte, ihnen ihre Entscheidung auszureden. »Und haltet uns auf dem Laufenden.«

Alea und Lennox versprachen es.

»Geht vom Besten aus!«, riet Sammy ihnen zum Abschied. »Dann hat das Beste es umso leichter, wirklich zu geschehen.«

Alea lächelte, denn diese Lektion hatte sie in der Zwischenzeit gelernt und verinnerlicht. Allerdings durften sie auch nicht unvorsichtig sein und mussten alle Eventualitäten im Blick behalten. Sie hatten Orion schon zuvor unterschätzt und durften das unter keinen Umständen ein weiteres Mal tun. Denn es stand nicht weniger auf dem Spiel als … alles.

Sankt Goarshausen

Alea und Lennox verschliefen die übrige Bahnfahrt, und nachdem sie in Frankfurt in einen Regionalzug umgestiegen waren, dösten sie Kopf an Kopf weiter.

Am späten Nachmittag hatten sie Sankt Goarshausen beinahe erreicht. Bereits zehn Minuten vor ihrer Ankunft stand Alea an der Zugtür, den Rucksack geschultert und den Puls auf hundertachtzig. Konnte es wirklich sein? Waren sie tatsächlich gleich da? Ihre Hand umschloss den Fotostein mit Theas und ihrem Abbild, den sie sich inzwischen in ihre Jackentasche gesteckt hatte. Sie drückte so fest zu, als könnte sie mit schierer körperlicher Kraft die Verbindung zu Thea aktivieren.

Bist du hier irgendwo?, fragte Alea ihre Schwester in Gedanken und stellte sich vor, sie wäre eine Adetari, die telepathischen Kontakt zu ihrem zweiten Ich aufnahm. *Wie kann ich dich finden?*

Lennox trat neben sie. »Bereit?« Er zog die schwarze Gitarre zurecht, die vor seiner Brust hing, und verlagerte das Gewicht seines Rucksacks.

»Darauf kannst du Gift nehmen!«, antwortete Alea, und ihr kriegerischer Tonfall schien ihm zu gefallen.

Lennox grinste. »Alles klar«, sagte er zufrieden und schaute mit einem Blick aus dem Fenster, als richtete er sich nun an jemanden dort draußen. »Erhört uns, Winkelungen des Weltenlaufs! Zeigt euch diesen beiden Abenteurern gegenüber wohlwollend, und lasst das Gute siegen!«

»Möge uns stets guter Weltwinkelungen-Wellenschlag begleiten«, fügte Alea seiner Beschwörung hinzu.

Lennox lachte. »Sammy wäre stolz auf uns.«

»Aber so was von, Sir Scorpio!«

Und dann waren sie da. Der Bahnhof war eigentlich viel zu klein und unspektakulär für die Größe dessen, was ihre Ankunft hier bedeuten konnte.

Lennox kontrollierte die Umgebung mit den Augen, scannte jede Ecke und jeden Anwesenden und gab Entwarnung. »Scheint alles in Ordnung zu sein.«

»Dann los!« Alea deutete auf einen Wegweiser, auf dem ein Fußpfad zum Loreley-Felsen ausgezeichnet war, der größtenteils am Rhein entlangführte.

Sie wussten nicht, wie lange sie würden laufen müssen, aber sie stapften einfach los. Bereits kurz nachdem sie den Bahnhof verlassen hatten, konnten sie den berühmten Felsen in der Ferne ausmachen. In seiner schroffen Schönheit ragte er an einer Biegung des Rheins steil in die Höhe und wirkte beinahe wie eine monumentale Welle, die genau in dem Augenblick zu Stein erstarrt war, in dem sie in den Fluss hatte niederstürzen wollen.

Alea war bereits vor ein paar Wochen mit der Alpha Cru hier gewesen. Damals hatte sie den Felsen vom Wasser aus bestaunt, doch dasselbe Gefühl, das sie an jenem Tag überkommen hatte, überfiel sie auch jetzt wieder: Etwas Geheimnisvolles, Machtvolles lag in der Luft. Und je näher sie dem Felsen kamen, desto mehr verstärkte sich der Eindruck.

Die Gegend war wunderschön, und das kleine Sankt Goarshausen wirkte fast wie gemalt – ein winziger, gemütlich-verschlafener Ort, sorgsam hineingequetscht zwischen den Rhein und hohe, grüne Hügel. Um das Reiseprospekt-Flair abzurunden, thronte hoch oben über der Stadt sogar eine Ritterburg, die geradewegs aus einem Mittelalterfilm hätte entsprungen sein können.

Während sie die Uferstraße entlangwanderten und dem Felsen immer näher kamen, lächelte Alea in sich hinein. Leise grüßte sie den Rhein, diesen gigantisch schönen Strom, den sie geradezu vermisst hatte, und ließ den Blick über seine reißenden Stromschnellen gleiten. Nirgendwo war der Rhein so gefährlich wie hier. Doch verbarg sich unter dieser Wildheit wirklich ein magischer Ort? Existierte am Grunde des Flusses tatsächlich eine »Laube«, in der die sagenumwobene Loreley ihren Besuchern Zugang zur Welt der Verstorbenen gewährte?

Alea zog die Brauen zusammen. Falls es diese Laube gab – wie sollten Meermenschen eigentlich dorthin gelangen? Sie durften ja wegen des Virus nicht ins Wasser! Thea hatte sich gewiss genau dasselbe gefragt, schließlich wusste sie nicht, dass sie gegen den Virus immun war. Nelani hatte aber keinen Zweifel daran gehabt, denn Aleas Immunität war genetisch bedingt, und Alea und Thea waren nun einmal eineiige Zwillinge. Thea ahnte jedoch nichts von all dem. Sie ging davon aus, dass das Flusswasser sie töten würde. Hatte sie dennoch einen Weg zur Nixen-Loreley gefunden?

Alea blieb stehen, denn sie waren am Fuße des Felsens angelangt. Trotz seiner kühlen Erhabenheit schien der Schiefergigant sie freundlich willkommen zu heißen. Sollten sie den Weg nach oben einschlagen wie die Touristen, die hier immer zahlreicher wurden und zielstrebig eine offenbar aus 400 Stufen bestehende Treppe hinaufkraxelten? Von der Felsen-Plattform aus hatte man bestimmt einen phänomenalen Ausblick …

Alea ließ die Treppe links liegen und steuerte stattdessen auf das Ufer am Fuße des Felsens zu. »Lass uns erst mal hier unten schauen, ob wir was entdecken können«, überlegte sie laut. »Vielleicht finden wir ja Hinweise darauf, dass es die Loreley wirklich gibt.« Von der Laube im Rhein hatten die Touristen gewiss noch nie etwas gehört, und niemanden schien das belanglos wirkende Ufer neben der Straße zu interessieren.

Lennox folgte Alea. »Gute Idee«, erwiderte er, klang allerdings ein wenig enttäuscht.

»Wolltest du lieber rauf?«

»Hm, ja.« Lennox lächelte schief. »Weißt du, ich hatte mir vorgestellt, dass eure erste Begegnung oben auf dem Felsen stattfinden würde.«

»Echt?« Verdutzt lächelte Alea zurück. »Und wie genau?«

»Ungefähr so …« Lennox' Tonfall wechselte ins Melodramatische. »Anthea stand am Rande des Kliffs. Windumtost blickte sie in die Ferne, trotzte eisern der Naturgewalt. Doch mit einem Mal spürte sie etwas … eine Anwesenheit. Sie wirbelte herum. Vor ihr stand *sie* – ihre lange verschollene Zwillingsschwester, Alea! Ihre Blicke trafen sich, vergruben sich ineinander. Sprachloses Erkennen. Anthea öffnete die Arme, und Alea stürzte sich lachend und weinend zugleich hinein …«

Anscheinend war Alea nicht die Einzige, die herumfantasiert hatte. »Sprachloses Erkennen?«, neckte sie Lennox, obwohl sie, ehrlich gesagt, gerade eine Gänsehaut bekommen hatte. »Du bist echt ein Poet«, musste sie zugeben. »So sprachgewandt, dass man dich nur als Sprachwandler bezeichnen kann.«

»Eines Tages werde ich einen Song darüber schreiben, wie euer erstes Treffen wirklich war«, gab Lennox zurück, und Alea liebte den Optimismus seiner Worte.

Sie hatten die Uferstelle erreicht, die Alea angepeilt hatte. Hinter ihnen ragte der Felsenriese auf, und vor ihnen lag der ungezähmt strömende Fluss. Langsam stiegen sie über die Geröllufersteine und suchten dabei die Umgebung ab. Weit und breit war nichts Ungewöhnliches zu entdecken.

Zwischen ein paar Büschen, die ihnen Sichtschutz boten, machte Alea schließlich halt und ließ ihren schweren Rucksack von den Schultern gleiten. Sie hatte aber nicht vor, sich auszuruhen. Vielmehr trat sie näher ans Wasser heran und erhob die Stimme. »Loreley!«, schrie sie auf Hajara auf den reißenden Fluss hinaus. »Bitte zeige dich!«

Lennox legte ebenfalls seinen Rucksack und die Gitarre ab

und drehte sich um die eigene Achse, um die Umgebung nach Gefahren abzusuchen.

Derweil behielt Alea den Fluss im Blick. Sie hatte gerade den Namen der Loreley ein zweites Mal gerufen, als eine plärrende Stimme erklang.

»Ist ja gut, ich bin nicht taub!«, entrüstete sich ein Wesen, das in diesem Moment aus dem Wasser auftauchte. Es war jedoch keine Nixe, sondern ein Kobold. Er war teelöffellang, pfirsichfarben und hatte wie alle Kobolde zerzaustes Haar und eine dicke Knollennase. Flink hüpfte er auf die Ufersteine und landete mit einem feuchten *Flatsch* neben Aleas Füßen. »Wanderermädchen!«, blaffte er sie an. »Ich hab dir doch gesagt, dass du noch bis zum Sonnenuntergang warten musst, um in die Laube zu dürfen! Wieso schreist du hier rum und nervst mich schon wieder?«

Wie vom Blitz getroffen, starrte Alea ihn an.

Der Kobold beäugte sie seinerseits. »Warum hast du plötzlich so landgängerschlappe Augen?« Argwöhnisch reckte er den Kopf vor. »Und weshalb sind deine Haare auf einmal so lang und langweilig?«

Alea war außerstande, etwas Sinnvolles zu sagen. Der Kobold hielt sie für Thea! Er verwechselte sie! »Sie war hier …«, hauchte Alea.

»Wer? Deine coole Frisur?«, frotzelte der Kobold. »Na, jetzt ist sie jedenfalls weg.«

Thea hat … eine coole Frisur?, war alles, was Aleas Kopf einen Moment lang denken konnte. Doch dann stürzte er sich auf die Bemerkung des Kobolds, dass das *Wanderermädchen* noch nicht dran gewesen wäre. Das hieß, Thea musste noch hier sein. Orion hatte sie nicht schon längst gefunden und verschleppt!

»Sei gegrüßt, *dschan*!«, mischte Lennox sich ein und nannte den kleinen Magischen wohl *Freund*, um ihn gnädig zu stimmen.

»Uh, ein Oblivion«, stellte der Kobold fest. »Das ist ja ein dickes Ding. Also, nicht du, Junge. Du bist nicht dick. Nur selten.«

»Öhm, ja.« Lennox verbeugte sich leicht. »Könnte sie« – er zeigte auf Alea – »vielleicht jetzt schon zur Loreley? Falls man dort warten darf …«

In der Laube auf Thea zu warten, um sie nicht zu verpassen, war eine gute Idee! Der Kobold verstand Lennox allerdings falsch und verkniff das knollige Gesicht. »Nee!«, keifte er. »Willst du mich für blöd verkaufen, Oblivion, und so tun, als wäre die hier das Wanderermädchen?«

»Das hab ich gar nicht –«, fing Lennox an, sich zu verteidigen, aber der Kobold fuhr ihm über den Mund.

»Wo ist der Nixengänger?«, verlangte der Magische zu wissen. »Das Wanderermädchen war immer mit dem Nixengänger hier!«

»Cassaras«, sagte Lennox und hoffte wohl, den Kobold mit seinem Wissen um diesen Namen beruhigen zu können.

»Bitte, *dschan*, könntest du uns –«, versuchte Alea es. Doch auch sie wurde von dem Kobold unterbrochen.

»Wenn du nur eine Fälschung bist und gar nicht das echte Wanderermädchen, dann untersteh dich, ihren Termin zu klauen!« Er schaute sie an, als würde sie auf der Stelle der Schlag treffen, wenn sie dies wahrhaftig wagen sollte. »Jemanden wie mich kann man nicht veräppeln. Dazu bin ich zu schlau.« Großspurig tippte er sich gegen die Schläfe, dann nahm sein kleiner Körper wieder eine verbissene Haltung an. »Das Wanderermädchen wartet seit einer Woche auf eine Audienz bei der gnädigen Frau. Wenn du auch in die Laube willst, musst du entweder die Erlaubnis von dem Wanderermädchen einholen, ihren Termin zu übernehmen, oder selbst einen anfragen. Willst du einen? Könnte aber noch dauern, bis du dran bist.«

»Nein, äh … nein«, stotterte Alea. »Ich brauche keinen Termin.«

Der Kobold machte ein Schnarchgeräusch. »Dann verschwende nicht meine Zeit, und mach dich vom Wellenkamm!«, schimpfte er und sprang mit einem riesigen Satz in den Rhein zurück. Während das aufgespritzte Wasser auf die Wellen zurückplatschte, sah Alea einen pfirsichfarbenen Blitz davonsausen. Dann war alles still am Ufer.

In Aleas Herz war jedoch ein tosender Tumult ausgebrochen. Es schlug so heftig, dass sie es bis in die Fingerspitzen fühlen konnte. »Thea ist nicht weitergezogen«, stieß sie hervor. »Sie wartet seit einer Woche. Das heißt, Orion hat unsere Nachrichten gar nicht gelesen, sonst wäre er doch längst hier aufgetaucht!«

»Ja!« Lennox wirkte nun auch ganz aufgeregt. »Außerdem lebt die Loreley wirklich in ihrer Laube am Grunde des Rheins! Und dieser Kobold ist wohl so etwas wie ihr Türsteher.«

»Eher ihr Privatsekretär«, spaßte Alea matt. »Mit Terminvergabevollmacht.« Sie lachte gedämpft und fühlte sich eigentlich gar nicht zu Scherzen aufgelegt. »Thea muss hier irgendwo sein! Aber wo?«

Eine mädchenhafte Stimme antwortete ihr. »Ich weiß, wo sie ist.« Eine kleine Isibelle reckte sich aus dem Wasser! Ihr Körper war in sanftes Flimmern getaucht. Üppiges Wolkenhaar umgab ihr Gesicht wie ein prachtvoller Rahmen.

»Hast du alles mit angehört?«, fragte Lennox die Isibelle.

»Das habe ich!«, bestätigte die Magische.

Alea ging einen Schritt auf sie zu. »Hallo!«, grüßte sie. »Du weißt, wo das Wanderermädchen ist?«

»Das weiß ich.« Die kleine Magische lachte ein hohes Kinderlachen. »Jeder hier weiß das.«

Alea spürte ihr Herz stolpern. Sie hielt es kaum noch aus. »Wo? Wo ist sie?«

Die Magische lächelte. »Der Nixenmann und das Mädchen verstecken sich dort oben.« Mit ihrer schmalen Hand wies sie zu der mittelalterlichen Burg auf der Anhöhe.

Alea erzitterte.

Thea war auf der Burg.

Burg Eichhorn

Wie angewurzelt stand Alea da. Die Ritterburg war ihr auf dem Hinweg zwar aufgefallen, aber dass Thea sich dort aufhalten sollte, fühlte sich wie ein unvermittelter Paukenschlag an.

»Die Isibelle ist weg«, sagte Lennox, legte Alea die Hand in den Nacken und streichelte sie. »Was geht in dir vor?«

»Zu viel.« Sie umfasste seinen Arm und hielt sich daran fest. »Thea ist vielleicht nur einen Katzensprung entfernt.«

Lennox gab ihr einen Moment, um das zu verdauen, dann grinste er sie an. »Gehen wir zur Burg?«

Alea musste lachen. »Nichts lieber als das.«

Voller Energie schulterten sie ihre Sachen und machten sich auf den Weg. Erneut marschierten sie die Uferstraße entlang, doch diesmal folgten sie den Hinweisschildern, die auf *Burg Eichhorn* wiesen. Es schien sich um eine jahrhundertealte Festung zu handeln, die offenbar ein richtiger Touristenmagnet war. Als sich Lennox und Alea nach einem strammen Marsch dem riesigen Burgparkplatz näherten, sahen sie dort etliche Reisebusse, und vor dem Einlass hatten sich lange Schlangen gebildet.

Lennox kratzte sich am Kinn. »Wieso haben Cassaras und Thea sich diese Burg ausgesucht? Hier sind so viele Leute!«

Genau das hatte Alea sich auch gerade gefragt. Thea mochte es doch bestimmt nicht, von Touristenmassen überrannt zu werden. Nein. Wenn ihre Schwester seit Tagen hier ausharrte, dann musste es einen abgeschiedenen, touristenfreien Winkel geben. Ein Versteck.

Lennox deutete an den Besuchertrauben vorbei auf eine Tür an der Außenmauer der Burg. Darauf stand *Kein Zutritt.*

Alea kratzte sich am Kopf. »Willst du da rein?«

»Wir können auch in einer der Schlangen warten, bis wir dran sind«, erwiderte er achselzuckend. »Ist okay für mich, wenn du dich an die Regeln halten willst.«

Alea zögerte nur kurz. Wenn sie sich an die Touristenregeln hielten, würden sie Thea nicht finden, das spürte sie. »Ist okay für mich, wenn wir sie brechen«, sagte sie mit dem Anflug eines Grinsens.

Still und heimlich schlichen sie sich fort von der Menschenmenge vor dem Eingangstor, liefen ein Stück an der Außenmauer der Burg entlang und drückten vorsichtig die Klinke der Tür herunter. Sie war unverschlossen! Lennox schlüpfte zuerst hindurch und war gleich darauf schon wieder zurück. »Komm!«, raunte er und zog Alea hinein.

Hinter der Tür führte ein langer Gang zu einer Küche, aus der laute Klappergeräusche zu hören waren. »Burgrestaurant!«, flüsterte Lennox und nahm Alea bei der Hand. Mit geduckten Köpfen stahlen sie sich an der geöffneten Küchentür vorbei, huschten an einem Bedienstetendurchgang und zwei Toilettenräumen vorüber und folgten dem Gang immer weiter. Doch schließlich türmte sich eine Barrikade vor ihnen auf – zumindest wirkte das wilde Geflecht aus Warnklebeband und Absperrplastikleisten so auf Alea. In der Mitte der Konstruktion prangte ein schlecht angebrachtes Schild. *Betreten der Baustelle verboten.*

»Baustelle?«, wunderte sich Lennox. »Wird hinter der Sperre renoviert?«

»Scheint so«, erwiderte Alea atemlos, denn sie hatte das Gefühl, dass sie unbedingt durch diese Barrikade mussten. »Wenn ich Thea wäre, würde ich mich in einem abgesperrten Bereich aufhalten …«

Lennox nickte. »Wenn ich Cassaras wäre, würde ich meine Schutzbefohlene da verstecken, wo sonst keiner hindarf.«

Ohne ein weiteres Wort zu verlieren, machten Alea und Lennox sich daran, die Plastikleisten abzunehmen. Es war kinderleicht. Bereits nach wenigen Momenten konnten sie unter dem Klebebandgeflecht hindurchtauchen – selbst mit ihren Rucksäcken auf den Rücken! –, als wären sie nicht die Ersten, die das taten.

Schnell brachten sie die Leisten wieder an, sodass niemand vom Küchenpersonal etwas bemerken würde. Direkt hinter der Absperrung führte eine steile Treppe in die Höhe. Lennox und Alea wechselten einen Blick, dann machten sie sich an den Aufstieg und ignorierten weitere Schilder, auf denen nun vor Lebensgefahr gewarnt wurde. Als Alea und Lennox oben ankamen, verstanden sie die Warnungen. Die Treppe hatte sie zu einem Wehrgang geführt, zu einer Art langem Balkon, der die südliche Außenmauer der Burg umspannte und von dem aus man einen herrlichen Blick auf den Rhein hatte. Doch der Wehrgang schien baufällig zu sein – in seinem Boden klafften mehrere mannsgroße Löcher, durch die man geradewegs in die Tiefe fallen konnte.

Als Alea auf den Wehrgang hinaustreten wollte, hielt Lennox sie zurück. »Lass uns erst mal alles ablegen.«

Dagegen hatte Alea absolut nichts einzuwenden, denn ihr Rucksack hing inzwischen schwer wie Blei an ihr. Nachdem sie ihre Sachen auf dem Treppenabsatz platziert hatten, wagten Alea und Lennox sich auf den Wehrgang. Neben den insgesamt vier Löchern im Boden gab es hier oben allerdings keine sichtbaren Gefahren. Die Bauarbeiten schienen vor allem am Außengemäuer der Burg stattzufinden, denn ein riesiges Gerüst ragte bis zu ihnen herauf. Alea hatte jedoch den Eindruck, dass auf dieser Baustelle schon länger keine Arbeiten mehr stattgefunden hatten. Nirgendwo lagen Werkzeuge oder Baumaterialien herum, und die Löcher im Boden des Wehrgangs waren noch nicht einmal abgesichert!

Lennox war dicht an Aleas Seite und passte auf, wo sie hintrat. »Ich mag alte Burgen«, sagte er, obwohl er in Gedanken mehr mit Sicherheitsfragen beschäftigt zu sein schien.

»Ja, in der Luft liegt richtig Geschichte«, fand Alea. »Und es ist so … friedlich.«

»Aber nur, weil wir in einer verbotenen Zone sind.«

Alea blieb stehen. Alles sprach dafür, dass Thea hier war. Genau hier. Womöglich würde sie ihre Schwester jeden Moment entdecken! Ihr Herz begann vor Aufregung wieder zu rasen. Wenn sie Thea wäre, dann …

Alea legte die Hände auf die steinerne, hüfthohe Brüstung des Wehrgangs. Gleich dahinter stand das Baugerüst, und der Wind rüttelte sanft an den Metallverstrebungen.

Wenn ich Thea wäre, würde ich auf dem Gerüst sitzen, mir von der Brise das Haar aus dem Gesicht wehen lassen und gedankenverloren auf den Rhein starren, während ich auf meinen Loreley-Termin am späteren Abend warte …, dachte Alea und kletterte auf das Gerüst.

»Was machst du?«, ächzte Lennox und kletterte ihr augenblicklich nach.

Alea ließ den Blick über die gesamte Länge des obersten Gerüstabschnitts schweifen. »Hier ist sie nicht …« Saß Thea möglicherweise eine Etage tiefer, gleich unter ihr? Alea hielt sich an der Außenstange des Gerüstes fest und beugte sich vor, um nachzusehen. Unter ihnen waren allerdings gar keine weiteren »Etagen« mehr! Das Gerüst bestand lediglich aus einem klapperigen Stangengerippe und den Holzböden ganz oben.

Da gab die Stange, auf die Alea sich stützte, plötzlich nach. Mit einem Quietschen rutschte sie nach unten weg.

Erschrocken schrie Alea auf.

Sie verlor das Gleichgewicht.

Blitzschnell griff Lennox nach ihrer Hand, aber das konnte nicht verhindern, dass Alea nach vorn schwankte.

Im nächsten Augenblick fiel sie.

Und sie zog Lennox mit.

Doch der hielt sich in letzter Sekunde am Gerüst fest. Mit der rechten Hand umklammerte er eine Bodenquerstange, und an seiner linken hing Alea mit ihrem vollen Gewicht. Die gesamte Gerüstkonstruktion wackelte.

Panischer Schrecken durchfuhr Alea. Unter ihren baumelnden Beinen klaffte der Abgrund. Mindestens zwanzig Meter ging es an der Burgmauer hinunter, und zwischen ihr und dem sicheren Tod war nur Lennox' Hand.

Lennox bäumte sich auf und versuchte, sie beide hochzuhieven. Das Wanken des Gerüstes machte es jedoch unmöglich, die eigenen Bewegungen zu kontrollieren.

Er versuchte es noch einmal. Vergeblich.

Kein Laut kam über ihre Lippen. Weder schrie Alea noch hatte Lennox irgendwelche dramatischen letzten Worte für sie. Die Situation war zu unwirklich. Zu ernst. Viel zu plötzlich standen sie ein weiteres Mal an der Schwelle des Todes.

Mit einem Aufschrei schien Lennox all seine Kraft zu ballen und zog sich selbst und Alea ein Stück höher. Sein Arm war nun gebeugt. Doch wie sollte er sie beide über den Rand heben? Das konnte gar nicht funktionieren!

Ein eiskaltes Gefühl schoss durch Aleas Körper. War das ihr Ende? Würden sie hier und heute sterben?

Da griffen zwei kräftige Hände nach Lennox' Arm.

Alea und Lennox wurden nach oben gehievt. Jemand zog sie über die Brüstung auf den Wehrgang zurück. Im nächsten Moment hatte Alea wieder Boden unter den Füßen. Auf allen vieren hockte sie da, mit donnerndem Herzschlag, und wusste gar nicht, wie ihr geschehen war.

Lennox kniete neben ihr. »Alles in Ordnung?«, keuchte er.

Alea konnte nicht antworten. Sie hatte das Gefühl, in ihren Adern würde statt Blut nur reinstes Adrenalin fließen.

Eine wütende Stimme wurde laut. »Man kann euch wirklich nicht allein lassen, ohne dass ihr in Lebensgefahr geratet!«

Alea kannte diese Stimme. Und sie hatte sich noch nie dermaßen gefreut, sie zu hören. Mit einem Satz war sie auf den Beinen und umarmte den Nixenprinzen. Sie war so unendlich froh, ihn zu sehen, so dankbar, dass er sie hochgezogen hatte – und euphorisch glücklich darüber, dass seine Anwesenheit keinen anderen Schluss zuließ, als dass Thea nicht weit sein konnte!

Cassaras machte sich von Alea los. Er trug seinen schwarzen Mantel, die langen Haare zu einem Pferdeschwanz zusammengebunden und darüber hinaus eine äußerst finstere Miene zur Schau. In scharfem Kontrast zu seinem düsteren Ausdruck leuchteten die Nixenmale an seinen Schläfen regelrecht im warmen Abendlicht und ließen den baumstarken Mann beinahe mythisch schön wirken. Als *titanisch* hatte Sammy Cassaras einmal bezeichnet, und dieses Wort fiel Alea nun wieder ein, denn es passte wie die Faust aufs Auge.

»Was tut ihr hier?«, verlangte der Nixenprinz zu wissen. »Zwischen uns ist alles geregelt! Ich habe dir den Umhang überlassen, Alea Aquarius. Was wollt ihr noch von mir?« Er wartete ihre Antwort jedoch gar nicht erst ab. »Oh.« Sein Gesichtsausdruck verdunkelte sich noch mehr – falls das überhaupt möglich war. »Ihr seid wegen Thea gekommen, richtig? Verdammt noch mal! Wie habt ihr herausgekriegt, dass sie hier ist?« Erneut ließ er ihnen keine Möglichkeit, etwas zu erwidern, und redete gleich weiter. »Habe ich dir nicht gesagt, du sollst dich von Thea fernhalten, Alea?«

Beschwichtigend hob sie die Hände. »Doktor Orion weiß schon längst nicht mehr, wo wir uns aufhalten. Wir hatten einen Peilsender an Bord, aber den haben wir zerstört. Und nachdem wir Lennox aus Orions Lager befreit hatten, hat er die *Crucis* mit Skorpionfischen getarnt!«

Cassaras warf Lennox einen undefinierbaren Blick zu. War er froh, dass die Elvarion ihren Krieger zurückhatte? Falls ja, konnte der Prinz das gut verbergen.

»Orion und seine Leute haben von unserer Reise hierher keine Ahnung!«, unterstrich Alea noch einmal.

Cassaras stieß ein hartes Lachen aus. »Du kannst dir nie sicher sein, dass Orion irgendetwas nicht weiß«, schnaubte er. »Abgesehen davon ist es nur eine Frage der Zeit, bis er euch wiederfindet.«

Dieser Satz setzte Alea kurzfristig außer Gefecht, und sie fragte sich, ob Cassaras unverbesserlich pessimistisch war oder einfach nur klüger als sie. »Ist Thea hier?«, fragte sie dann einfach. »Ich muss unbedingt mit ihr sprechen.«

»Warum denn?«, blockte der Prinz ab und klang, als hätte er vor, ganz kategorisch alles abzulehnen, was sie wollen könnte. »Hast du dir in den Kopf gesetzt, sie kennenzulernen, oder was?«

»Ja, das möchte –«

»Und wenn ihr euch kennenlernt, was dann?«, unterbrach sie Cassaras. »So ein Treffen läuft doch bloß darauf hinaus, dass ihr euch gegenseitig ganz unglaublich toll findet und nicht mehr ohne einander leben wollt. Als Nächstes überredest du sie, Mitglied eurer Bande zu werden.« Sein Tonfall ließ keinen Zweifel daran, dass ihm diese Aussicht ein absoluter Gräuel war. »Und dann steht Thea wieder im Fadenkreuz des Doktors.«

Lennox nickte. Leicht verstört stellte Alea fest, dass er Cassaras sogar anerkennend anlächelte! »Sie machen Ihren Job als Theas Beschützer wirklich gut«, sagte Lennox zu ihm.

Alea stöhnte leise auf. Das stimmte zwar, aber man musste den Prinzen ja nicht unbedingt auch noch darin bestärken, ihre Schwester von ihr fernzuhalten! »Ich finde, Thea sollte selbst entscheiden, wo sie hingeht und wofür sie sich in Gefahr begeben will«, erklärte sie dem Nixenprinzen. »Sie –« Schlagartig hielt Alea inne, denn Cassaras schien ihr gar nicht mehr zuzuhören. Offenbar hatte er hinter ihrem Rücken etwas entdeckt. Nun presste er sogar die Augenlider zusammen, als wäre jetzt sowieso alles egal.

Jemand stand hinter Alea. Ganz eindeutig. Und dann spürte Alea es. Ihr Rücken kribbelte, als hätte jemand ihn unter Strom gesetzt.

Sie war hier.

Eins

Es war, als hätte sich die Luft um Alea ruckartig zusammengezogen, und ihr stockte der Atem.

Thea stand hinter ihr.

Alea brauchte keinen Beweis, denn sie spürte die Anwesenheit ihrer Zwillingsschwester mit jeder Faser ihres Körpers. Der Augenblick, auf den sie so lange gewartet hatte, war gekommen. Seine Größe war schier erdrückend, und Alea wusste: Was auch immer jetzt geschah – sie würde es nie im Leben vergessen. Langsam wandte sie sich um, wie in Zeitlupe, um nicht Hals über Kopf in den Moment hineinzugleiten.

Und dann sah sie sie. Nur ein paar Meter entfernt von ihr, am Ende des Wehrgangs.

Anthea.

Die klargrünen Augen ihrer Schwester weiteten sich, als sie in Aleas Gesicht blickte.

Sie starrten einander an.

Thea hatte das gleiche dunkle Haar wie Alea, aber sie trug es viel kürzer, kinnlang und verwuschelt. Außerdem zierten knallig pinkfarbene Strähnen ihre Frisur. Ihre schwarze Jeansjacke war abgewetzt und an mehreren Stellen eingerissen, ihr

Hoodie schmuddelig und alt. Sie trug schwere Boots zur engen Hose, so wie Alea, und die Fingerspitzen ihrer schwarzen Handschuhe waren abgeschnitten. Alles in allem wirkte Thea wie ein toughes Straßenmädchen – wild und frei und ungezähmt.

Theas Blicke durchleuchteten Alea förmlich. Langsam kam sie ein paar Schritte näher. Was ging wohl gerade in ihr vor? Sie waren einander wie aus dem Gesicht geschnitten – ihre Züge identisch! War es für Thea sofort klar, dass sie Zwillinge sein mussten?

Der Nixenprinz gab ein resigniertes Stöhnen von sich, als wäre der schlimmste aller Fälle eingetreten. Und Lennox, den Alea lediglich aus den Augenwinkeln sehen konnte, starrte Thea ebenfalls unverwandt an.

Theas Kopf neigte sich leicht zur Seite, fragend, staunend. Es war, als bäte sie Alea wortlos um eine Erklärung.

Alea hob ihre Hände, die vor Aufregung zitterten, und begann zu gebärden. »Ich bin Alea, deine Zwillingsschwester.« So oft hatte sie diese Gebärden geübt, doch sie vor Thea auszuführen, kam ihr wie ein Traum vor. »Du hast bisher wahrscheinlich nicht gewusst, dass du eine Schwester hast …« Rasch warf sie Cassaras einen Blick zu. Zwischen seinen Brauen war eine steile Furche entstanden, als hätte sich durch die Situation ein Graben zwischen ihm und seinen Plänen aufgetan. Jetzt verzog er abwehrend das Gesicht, was wohl heißen sollte, dass er Thea in der Tat kein Sterbenswort über die Existenz ihrer Schwester verraten hatte.

Alea wandte sich wieder Thea zu, die noch einen Schritt

näher gekommen war und ihr nun direkt gegenüberstand. Ihre Augen untersuchten jedes Detail in Aleas Gesicht, und ein kleines Kopfschütteln machte klar, dass sie kaum glauben konnte, was sie sah.

»Wir kennen uns schon«, gebärdete Alea weiter. »Ich bin A.! Du hattest meine Flaschenpost gefunden. Ich bin die, mit der du Nachrichten ausgetauscht hast.«

Überrascht neigte Thea den Kopf noch weiter.

»Ja, wirklich!«, rief Alea mit den Händen. »Ich wusste damals nicht, dass du meine Schwester bist. Das habe ich erst herausgefunden, nachdem du mir deine letzten SMS geschickt hattest.« Als Cassaras zu Thea zurückgekehrt war, hatte er verlangt, dass sie zum Schutz vor Orion ihr Handy wegwarf – und so war der Kontakt zwischen den Schwestern abgebrochen.

Alea merkte, dass der Prinz etwas gebärdete. Schnell trat sie zur Seite, um nicht zwischen ihm und Thea zu stehen.

»Ihr kennt euch schon?«, fragte der Nixenprinz Thea und wirkte für seine Verhältnisse richtig aufgebracht. »Du … nichts von einer Flaschenpost erzählt! Oder … mit deinem Handy andere Leute …«

Alea verstand nicht alle Gebärden, aber es wurde klar, dass Thea Cassaras ihrerseits nichts von ihrer Handyfreundschaft mit einer gewissen A. erzählt hatte. Das war jedoch nicht verwunderlich, denn Thea hatte bestimmt das Donnerwetter vermeiden wollen, das gerade über sie hereinbrach. Cassaras hatte Thea wochenlang eingeschärft, kein Risiko mit dem Handy einzugehen. Es wäre ihm am liebsten gewesen, sie hätte gar keines besessen, andererseits benötigte sie ein Kommunikationsmittel, um mit ihm in Kontakt zu bleiben. Denn Theas und Cassaras' Wege hatten sich nach ihrer gemeinsamen Flucht aus Orions Villa getrennt. Der Prinz war der Alpha Cru allein gefolgt – stets in der Hoffnung, dass der Silberumhang endlich zur Elvarion finden und sie ihm diesen dann überlassen würde. Als der Umhang wenig später bei Ben und Sammys Opa auftauchte, hatte Alea sich auch wie verabredet an ihre Vereinbarung mit Cassaras gehalten und ihm das magische Gewand ausgehändigt. Doch der Prinz hatte den Umhang zu ihren Gunsten aufgegeben. Ihm war offenbar bewusst geworden, dass Thea für ihn wichtiger war, als mit dem Silberumhang in die Nixenhauptstadt zurückzukehren und den Thron zu besteigen – was eigentlich seit Jahrzehnten sein Plan gewesen war! Auch die Tatsache, dass das Gewand Alea dabei helfen würde, die Ozeane zu retten, war Cassaras mittlerweile wohl längst nicht mehr so gleichgültig wie zuvor, denn er wünschte sich zweifellos eine bessere Welt für Thea.

Ärgerlich gebärdete der Prinz auf Thea ein. »Wie oft habe ich dir gesagt, dass du mit dem Handy auf keinen Fall irgendwelche fremden Leute –« Mitten im Satz verstummte er.

Das lag wahrscheinlich an dem zornigen Blick, den Thea ihm zuschoss. »Ich glaube, ich bin nicht die Einzige, die etwas verschwiegen hat!«, gebärdete sie. »Oder weshalb hat Alea dich gerade so angeschaut, als hättest du mir schon längst verraten können, dass ich eine Schwester habe?«

Langsam ließ Cassaras die Arme sinken und sah aus, als fühle er sich nicht nur ertappt, sondern beschämt.

»Du hast es wirklich gewusst?«, fragte Thea fassungslos mit Händen und Mimik.

Zögerlich nickte Cassaras. »Ich wusste von deiner Schwester«, gestand er. »Und von deinen Eltern.«

Thea blinzelte. »Von meinen … Eltern?«

Jetzt ergriff Alea wieder das Wort. »Ich kann dir von ihnen erzählen – ich kann dir alles erzählen!«, gebärdete sie und hatte damit wieder Theas Aufmerksamkeit. »Wir sind beide als Kleinkinder an Landgänger übergeben worden. Das war in Holland. Unsere Mutter hat zuerst mich an Marianne übergeben und dann dich an deine koreanischen Pflegeeltern.«

Es war Thea anzumerken, wie sehr diese Worte sie erschütterten. »Unsere Mutter … Virus?«, fragte sie.

Den Mittelteil hatte Alea nicht ganz verstanden, aber es war klar, was Thea wissen wollte. »Ja, sie war …« Die Gebärde für *infiziert* fiel Alea nicht mehr ein, obwohl sie die geübt hatte. Stattdessen gebärdete sie: »… krank. Unsere Mutter hat gedacht, sie würde bald sterben.«

Thea schnappte nach Luft. »Sie hat *gedacht*, sie würde sterben? Sie ist gar nicht tot?«

»Nein, sie hat überlebt – und dann jahrelang nach uns gesucht, denn sie wollte uns unbedingt wieder zu sich holen. Sie hätte uns niemals weggegeben, wenn sie auch nur geahnt hätte, dass sie gar nicht sterben würde.« Aleas Hände waren ganz fahrig. »Ich habe unsere Mutter vor ein paar Wochen gefunden. Sie heißt Nelani.«

»Du hast sie … gefunden«, wiederholte Thea stockend.

»Ja, sie ist inzwischen Ärztin, hat in der Landgängerwelt studiert. Sie ist auf Virologie spezialisiert«, sprudelte Alea gebärdend hervor. »Nelani hat auch über dich gesprochen und mir gesagt, dass du gehörlos bist. Deswegen habe ich angefangen, deine Sprache zu lernen.« Ihre Hände wurden immer schneller. »Alles, was Nelani mir gesagt hat, kann ich dir weitererzählen, wenn du möchtest.«

Theas Blick kehrte sich nach innen. Sie schien die Flut von Informationen, mit denen Alea sie überschüttete, kaum verarbeiten zu können.

Anstatt sie mit weiteren Erklärungen zu bombardieren, zog Alea nun den Fotostein aus ihrer Jackentasche und zeigte ihn ihrer Schwester. »Schau mal, das sind wir.«

Thea betrachtete die Zwillingsbabys beinahe andächtig.

Behutsam legte Alea den Stein in Theas Hand. »Behalte ihn. Er gehört jetzt dir.«

Theas Hand schloss sich fest um den Stein, dann steckte sie ihn in die Hosentasche und bedankte sich. Dabei schien es, als überwältigten ihre Gefühle sie nun vollends. Während sie geräuschvoll einatmete, trat sie einen Schritt zur Seite – und kam einem der Löcher im Boden gefährlich nahe.

Alarmiert sprang Cassaras vor und wollte Thea wohl festhalten. Doch die feuerte einen warnenden Blick auf ihn ab. Ganz offensichtlich war sie so sauer auf ihn, dass seine Sorge ihr gestohlen bleiben konnte.

Cassaras hielt inne. Seinem Gesichtsausdruck nach bereute er es, Thea nichts von ihrer Familie erzählt zu haben. Aber das sagte er nicht. Er sagte gar nichts.

Thea ignorierte den Prinzen nun und fragte Alea: »Was ist mit unserem Vater?«

»Also …« Alea konnte wieder auf die Sätze zurückgreifen, die sie vorbereitet hatte. »Er heißt Keblarr, und er ist auch nicht am Virus gestorben. Nach dem Ausbruch der Epidemie floh er nach Island und hat elf Jahre lang mit anderen Überlebenden an einer heißen Quelle gelebt.«

Thea entgleisten die Gesichtszüge. »Island? Ich habe … bisheriges Leben auf Island …! Heißt das, mein richtiger Vater war die ganze Zeit in meiner Nähe?«

Alea musste das bestätigen. »Er hat jahrelang nicht weit von dir gelebt. Aber vielleicht … wir sehen ihn bald. Er ist vermutlich noch immer auf Island. Nelani sucht nach ihm.«

Anstatt etwas darauf zu erwidern, wirbelte Thea zu Cassaras herum und schlug ihm mit voller Wucht gegen die Brust. »Seit einer Woche warte ich darauf, zur Loreley … um mit meinen toten Eltern …«, gebärdete sie aufgelöst. »Und dir war die ganze Zeit klar, dass sie gar nicht tot sind?«

Er schwieg.

Voller Wut schlug sie ihn aufs Neue.

Cassaras zuckte noch nicht einmal. Sein Gesicht blieb starr, nur in seinen hartblauen Augen konnte man erkennen, wie sehr ihn die Situation mitnahm. Schließlich schien er Theas bohrenden Blick nicht mehr aushalten zu können. »Okay, okay! Ich … wusste alles«, beichtete er.

»Das ist doch nicht dein Ernst!«, brach es aus Thea heraus. Ihre Gebärden waren wie Faustschläge. »Und du hast nichts gesagt?«

Cassaras verfiel wieder in Schweigen. Warum verteidigte er sich denn nicht? Es gab doch eine Erklärung für sein Verhalten! Alea nahm den Prinzen nun in Schutz. »Er hatte … Grund dafür.« Diese Gebärden hatte sie nicht geübt. »Er wollte dich …«

Lennox kam ihr zu Hilfe und machte eine neue Gebärde. Dabei sagte er »beschützen«.

Thea starrte Lennox an, als fragte sie sich gerade, wer er denn eigentlich war. Trotzdem schien sie beim Thema bleiben zu wollen. »Wovor beschützen?«, fragte sie.

Alea antwortete: »Vor Doktor Orion! Ich habe dir doch geschrieben, dass jemand hinter mir und der Alpha Cru her ist. Und das ist Orion! Ich habe erst später verstanden … Orion hat dich großgezogen. Es ist derselbe Mann! Er ist unser …«

Nochmals sprang Lennox ein. Er führte seine gestreckten Zeigefinger waagerecht zusammen und sagte: »Feind.«

Alea nickte. »Thea, wenn du und ich früher getroffen … und Orion mich … gefunden … dann wärst du in großer Gefahr gewesen! Cassaras wollte dich …«

»… beschützen«, machte Thea die Gebärde, die Lennox soeben gezeigt hatte – sie erhob vor der Brust die Fäuste. Dabei blickte sie Cassaras an, und ihre Miene wurde ein klein wenig weicher.

Der Nixenprinz erweckte seinerseits den Eindruck, als wollte er am liebsten alles erklären. Dennoch blieb er stumm, stand nur da wie ein Bollwerk zwischen sich und seinen eigenen Gefühlen. Und dann gebärdete er doch etwas. »Es tut mir leid.«

Thea fixierte ihn, und offenbar ließ seine Entschuldigung sie nicht kalt. Trotzdem schlug sie ihm noch einmal hart gegen die Brust.

Der Prinz ließ sie gewähren, als wüsste er, dass er die Schläge verdient hatte. Die Dinge, die er Thea verschwiegen hatte, wogen ungleich schwerer als eine verheimlichte Handyfreundschaft.

Thea wandte sich von Cassaras ab und wieder Alea zu. »Ich muss dich etwas fragen.« Ihre Hände zitterten mittlerweile ebenso sehr wie Aleas. »Hast du mich heute Nachmittag … gerufen? In Gedanken?«

Cassaras gab ein verwundertes Zischen von sich.

Alea fiel aus allen Wolken. »Das hast du gehört?«

Elektrisiert schauten Thea und sie einander an.

Und dann schmuggelte sich ein kleines Lächeln in Theas Mundwinkel. »Nicht mit den Ohren.«

Alea wollte zurücklächeln, doch sie war viel zu aufgeregt. »Ich habe dich … in Gedanken gefragt, wo du bist!«, erklärte sie hektisch. »Als könnte ich dich …« Sie kannte die Gebärde nicht, die sie brauchte, und schaute Hilfe suchend zu Cassaras. »Telepathisch erreichen?«

Bevor der Prinz reagieren konnte, nickte Thea schon. »Du hast mich erreicht«, gebärdete sie mit funkelnden Augen. »Ich habe dich gehört. Aber ich wusste nicht, woher die Stimme in meinem Kopf kam.«

Alea war so baff, dass sie einen Moment lang einfach nur dastand. »Wir sind verbunden«, stieß sie lautlos hervor und merkte, dass Tränen in ihr aufstiegen. »Noch mehr … als gedacht.«

»Ja. Wie es aussieht, sind wir … eins«, antwortete Thea, und es schien, als staunte sie selbst über ihre Worte – als wäre eigentlich alles noch viel zu frisch, als dass sie so etwas hätte sagen können. Gleichzeitig nickte sie jedoch.

Alea verstand. Die Wahrheit war offensichtlich und ließ sich nicht bestreiten. Wenn Thea sie in Gedanken gehört hatte, dann … waren sie eins. »Ich …«, begann Alea und versuchte dabei, ihre Tränen zurückzuhalten.

Doch auch in Theas Augen glitzerte es verräterisch. »Ich bin so froh, dass du mich gefunden hast.«

Diese Worte ließen den Damm der Zurückhaltung endgültig brechen. Aufgewühlt machten sie einen Schritt aufeinander zu. Alea öffnete die Arme, dann umschlangen die Schwestern sich mit einer unbändigen Bewegung, umklammerten sich geradezu, als wollten sie einander nie wieder loslassen. Himmelhochjauchzende Freude flutete wie ein ganzes Heer von jubelnd aufploppenden Luftbläschen durch Aleas Körper. Nach all den Monaten der Suche, der Sehnsucht und des Hoffens war ihre Schwester wirklich und wahrhaftig hier bei ihr.

Erst als Alea Cassaras zu Lennox sagen hörte: »Jetzt gibt es kein Zurück mehr«, machte sie sich von Thea los. Konnte der Prinz denn gar nichts Gutes darin erkennen, dass Thea und sie einander gefunden hatten?

Bevor sie ihn das fragen konnte, richtete sich Thea allerdings an Lennox. »Bist du Aleas Freund?«, erkundigte sie sich. »Lennox?« Alea hatte ihr in unzähligen SMS von dem Jungen vorgeschwärmt, in den sie verliebt war. Nun eins und eins zusammenzuzählen, war wohl nicht schwer.

Lächelnd nickte Lennox.

»Er hat zu dir zurückgefunden!« Thea zwinkerte Alea zu. »Und er ist ein richtiger Traumtyp, so, wie du geschrieben hattest … absolut …«

Alea verstand nicht alles, aber das machte nichts. Zusätzlich zu dem tiefen Gefühl der Verbundenheit, das bereits bei diesem ersten Treffen zwischen Thea und ihr entstanden war, spürte sie wieder die alte Vertrautheit mit ihrer Handyfreundin T.

Thea stupste Alea an. »Wieso sind deine Augen eigentlich so dunkel? Müssten sie nicht klargrün sein, so wie meine?«

Die Frage ließ Alea zusammenfahren. Während der Zeit, in der sie sich über den SMS-Austausch nähergekommen waren, hatte Alea T. nie verraten, dass sie kein Meermädchen mehr war, denn sie hatte sich geschämt. Doch über dieses Gefühl war sie hinaus, und in aller Offenheit gebärdete sie nun: »Ich bin von Orion in eine Landgängerin verwandelt worden. Er hat mir einen DNA-Wandler gespritzt, der mir meine Meermädchen-Attribute genommen hat.«

Theas Mund klappte auf.

Alea konnte wieder auf ihre eingeübten Gebärden zurückgreifen. »Orion wollte dir doch auch eine Spritze setzen, bevor du geflohen bist, richtig? Da war garantiert auch der DNA-Wandler drin.«

Schmerzhaftes Erkennen flackerte in Theas Augen auf.

»Wir glauben, Orion will dich auch umwandeln, damit du keine Gefahr mehr für ihn bist«, fügte Alea hinzu.

Thea griff sich an den Kopf. »Die Prophezeiung des Tasfaren …«

Alea nickte. Thea hatte ihr in einer SMS davon erzählt.

»Der Tasfar hat gesagt, dass ich bei der Rettung der Ozeane eine wichtige Rolle spielen werde«, erinnerte Thea sich. »Orion hat daraufhin befürchtet, dass ich eines Tages die Elvarion der letzten Generation unterstützen könnte.« Mit einem lautlosen Lachen fuhr sie sich über die pinkfarbenen Strähnen. »Dass er sich darüber solche Sorgen macht, hat mir allerdings nur gezeigt, dass es die Elvarion offenbar wirklich gibt – dass sie überlebt hat! In diesem Fall ist sie natürlich Orions gefährlichste Gegnerin.« Ihre Augen verengten sich. »Ich kann mir vorstellen, wie sehr es Orion beunruhigt haben muss, dass ich zum Sieg der Elvarion beitragen könnte – genug, um mich auch genetisch verändern zu wollen.« In ihre Züge stahl sich ein Ausdruck diebischer Freude. »Aber das hat er nicht geschafft. Und falls die Elvarion irgendwo da draußen ist, kann sie felsenfest auf mich zählen.«

Alea starrte sie an. Theas Bekenntnis schallte wie mit einer fulminanten Fanfare unterlegt durch ihr Innerstes. Alea konnte sich zwar nicht vermehrfachen wie eine Adetari, doch sie hatte ein zweites Ich, das für sie kämpfen wollte! Die Erkenntnis verschlug ihr komplett die Sprache.

»Die Elvarion ist nicht irgendwo da draußen«, gebärdete Lennox, als Alea keine Anstalten machte, etwas zu erwidern.

Überraschenderweise klinkte sich Cassaras an dieser Stelle ein. »Die Elvarion ist hier.«

Verständnislos blickte Thea ihn an.

»Es ist Alea«, offenbarte ihr Lennox, und es war, als würde

er mit diesen Worten die gesamte Situation einfrieren – niemand bewegte sich, niemand sagte etwas.

Thea war wie zur Salzsäule erstarrt. »Alea? Du?«, gebärdete sie nach dem ersten perplexen Moment. »Du bist die Elvarion?«

Ein kleines »Ja« war alles, was Alea hervorbringen konnte.

»Das ist ja phänomenal!« Theas Augen leuchteten auf. »Dann muss ich dich nicht erst finden, um dich zu unterstützen!«

Cassaras stöhnte, als hätte er das alles kommen sehen und könnte es kaum ertragen. Seine Frustration war zwar zum Teil nachvollziehbar, aber sie wurmte Alea trotzdem. Mit ihrer Stimme fragte sie ihn: »Sie wollen doch, dass ich mein Schicksal erfülle und die Ozeane rette, oder etwa nicht?«

Leicht bissig antwortete Cassaras lautsprachlich: »Schon, ich hatte allerdings gehofft, du schaffst das auch ohne Thea.«

»Der Tasfar hat gesagt, dass Thea mithelfen wird, die Ozeane zu retten«, gab Alea zurück. »Dass wir aufeinandertreffen, war also eigentlich unausweichlich, oder meinen Sie nicht?«

»Ach, Tasfarengewäsch …«, knirschte Cassaras zwischen den Zähnen hervor.

Alea wollte nicht länger mit der Stimme sprechen, andererseits machte es den Anschein, als würde Thea verstehen, was sie sagten. Verwundert fragte Alea sie: »Sag mal, kannst du etwa von den Lippen lesen?«

Thea lächelte geheimnisvoll, und ihr Lächeln verwandelte sich schnell in ein Grinsen. »Ich habe festgestellt, dass das ziemlich viele Vorteile hat.«

»Das kann ich mir vorstellen!« Alea grinste zurück und

war mehr als froh, dass sie in Zukunft nicht komplett auf ihre lückenhaften Gebärdensprachkenntnisse angewiesen sein würde.

Lennox hob die Hände. »Es gibt etwas ganz Konkretes, was du tun kannst, um die Elvarion zu unterstützen, Thea.«

»Was ist es?«, wollte Thea wissen. »Ich tue alles.«

Diese Antwort tat Alea so gut, dass sie leise aufseufzte. Cassaras seufzte ebenfalls. Doch er schien damit eher die Befürchtung zum Ausdruck zu bringen, dass es sich bei dieser konkreten Sache um etwas Gefährliches handeln könnte.

»Eure Mutter, Nelani, kennt sich in Laboren ebenso gut aus wie Orion«, erklärte Lennox Thea, »und sie hat einen Rückwandler kreiert, mit dem Alea wieder zum Meermädchen werden kann.«

»Was?«, rief der Nixenprinz ungläubig. »Das hat die Wanderin tatsächlich geschafft?«

Ohne weitere Worte öffnete Alea ihre Bauchtasche, zog das Fläschchen mit dem Rückwandler heraus und hielt es vor sich, damit alle es sehen konnten. »Ich brauche nur einen Tropfen von Theas Blut, dann kann ich rückverwandelt werden.«

Thea zögerte keine Sekunde. An Cassaras gewandt, gebärdete sie: »Gib mir eins von deinen Messern.« Anscheinend wollte sie Alea gleich jetzt und hier den Blutstropfen geben!

Cassaras' Blick wanderte von der einen Schwester zur anderen. Dann zückte er ein Messer und reichte es Thea.

Leise stöhnte Alea auf. Der Prinz wollte auch, dass sie wieder zum Meermädchen wurde! Und ein Tropfen von Theas Blut schien ihm wohl kein allzu hoher Preis dafür zu sein.

Thea nahm das Messer und fackelte nicht lange. Mit einer entschlossenen Bewegung schnitt sie sich tief in den Daumen. Es tat bestimmt weh, aber Thea verzog keine Miene. Stattdessen nickte sie zufrieden, als dunkelrotes Blut hervorquoll. Mit dem Kinn wies sie auf das Rückwandlerfläschchen.

Hastig öffnete Alea die kleine Flasche und hielt sie ihrer Schwester hin. Thea platzierte ihren Daumen über dem Fläschchen. Mehrere Tropfen fielen. Die meisten perlten am Glas ab, doch ein einzelner landete mitten in der Öffnung des Flaschenhalses.

Lennox, Cassaras und Thea schienen ebenso den Atem anzuhalten wie Alea und blickten gebannt auf die durchsichtige Flüssigkeit in der Flasche. Das Blut verteilte sich mit fast übereifriger Schnelligkeit darin, als hätte es bloß darauf gewartet, sich mit dem Rückwandler vereinen zu dürfen.

»Siehst du etwas?«, fragte Alea ihre Schwester atemlos – immerhin war diese eine unversehrte Walwanderin und konnte die im Wasser verborgenen Informationen erkennen.

Thea antwortete, aber Alea kannte die Gebärden nicht. Bittend schaute sie zu Cassaras. Der brummte zwar, als wollte er sagen, er wäre nicht ihr Übersetzungsassistent, dann begann er dennoch zu dolmetschen. »Der Rückwandler ist wie eine schwarzblaue Galaxie«, übertrug er Theas Gebärden ins Lautsprachliche. »Und mein Tropfen Blut hat silberne, wirbelnde Sternchen hineingebracht.«

Alea wünschte sich nichts sehnlicher, als das auch wieder sehen zu können. Doch sie hielt die Eintrittskarte zu ihrem alten Ich ja in den Händen! »Ich glaube, der Rückwandler ist vollständig«, stellte sie mit schwankender Stimme fest. »Jetzt … muss ich ihn nur noch trinken«, fügte sie hinzu, während Cassaras Thea ein Stofftaschentuch gab, das diese sich um den Daumen wickelte.

Lennox beugte sich vor, als erwartete er, dass Alea das Fläschchen umgehend an die Lippen setzen würde.

Alea zögerte jedoch.

»Was ist los?«, fragte er irritiert.

Statt zu trinken, schraubte Alea den Deckel auf den Verschluss, wischte das Blut ab und steckte die Flasche in ihre Bauchtasche zurück. »Ich werde den Rückwandler später benutzen.«

»Was? Wieso?«, rief Lennox und klang, als fände er das völlig verrückt. Alea wurde kurz unsicher. Rasch überdachte sie ihre Entscheidung noch einmal, dann erwiderte sie: »Als Orion mich in eine Landgängerin verwandelt hat, war das ziemlich schmerzhaft. Vielleicht wird das bei der Rückwandlung auch der Fall sein, und dann sollte ich das nicht einfach so zwischen Tür und Angel machen. Beim letzten Mal bin ich sogar bewusstlos geworden.«

Lennox trat vor. »Wenn das noch mal passieren sollte, halte ich dich in meinen Armen, bis du wieder aufwachst.«

Dankbar lächelte Alea ihn an, aber ihr Wunsch nach einer sicheren Umgebung für die Rückverwandlung war nicht der einzige Grund für das kurzzeitige Aufschieben. »Ich will zuerst noch etwas anderes machen.«

Mit einem Stirnrunzeln fragte Lennox: »Was könnte denn wichtiger sein, als wieder zum Meermädchen zu werden?«

Alea richtete sich an Thea. »Ich möchte deinen Termin für die Audienz bei der Loreley haben«, sagte sie mit Stimme. »Und der Termin ist bei Sonnenuntergang – also jetzt gleich.« Dem Stand der Sonne nach musste es schon recht spät sein.

Thea staunte nicht schlecht. »Du willst zur Loreley?«

»Ja, und du brauchst deinen Termin ja nicht mehr«, hielt Alea das Offensichtliche fest. »Unsere Eltern werden dort nicht erscheinen, weil sie noch am Leben sind.«

Lennox stutzte. »Ich dachte, du möchtest nicht mit Marianne sprechen?«

»Das möchte ich auch nicht«, erklärte Alea. »Aber vielleicht solltest *du* die Chance nutzen.«

»Ich?«, wunderte sich Lennox. Dann schien ihm klar zu werden, was sie meinte. »Oh. Meine Mutter.«

»Ja! Zwischen euch ist so vieles ungeklärt, und es gibt jede Menge unbeantwortete Fragen.« Aleas Tonfall war sanft, denn sie wusste, wie sehr Lennox darunter litt, seine Mutter nie richtig kennengelernt zu haben. »Lass uns Theas Termin nehmen und die Loreley um ein Treffen mit Xenia bitten.«

Wie zum Schutz zog Lennox die Schultern hoch, denn wenn es um seine Mutter ging, war er verletzlicher, als es einem Oblivion wohl jemals lieb war. Schließlich sagte er gepresst: »Das wäre … schön.«

»Dann los!«, rief Alea und lief zu der Treppe, die nach unten führte. Im Türrahmen drehte sie sich noch einmal zu Lennox, Thea und dem Nixenprinzen um. »Kommt ihr?«

Bevor sie sich auf den Weg zur Audienz bei der Loreley machten, zeigte Thea ihnen schnell, wo sie seit einer Woche hauste – unter dem Dach der Burg, in einem alten Speicher, den man nur über den Wehrgang erreichen konnte. Cassaras hatte Alea und Lennox geraten, ihre Rucksäcke und die Gitarre dort unterzubringen.

Während Lennox ihre Sachen abstellte, schaute Alea sich neugierig um. Thea hatte sich am Ende des staubigen Speichers eine gemütliche Ecke eingerichtet – neben einem ausgebreiteten Schlafsack lagen mehrere Bücher. Doch wo verbrachte eigentlich der Nixenprinz die Nächte?

Thea schien Aleas Gedanken zu erraten, denn sie gebärdete: »Cassaras übernachtet im Fluss. Unter Wasser kann er besser schlafen.«

Der Prinz warf ihr einen Blick zu, als ginge das niemanden etwas an. Beruhigend klopfte Thea ihm auf den Arm und gebärdete: »Stell dich mal nicht so an.«

Jemanden derart vertraut mit dem grimmigen Nixenprinzen umgehen zu sehen, überraschte Alea. Vor allem freute es sie. Darüber hinaus zeigte Cassaras' nächtliche Abwesenheit, für wie sicher er diesen Ort hielt, und das vermittelte Alea ein gutes Gefühl. Vielleicht konnten Lennox und sie in der kommenden Nacht auch hier schlafen.

»Ich will ja nicht drängeln«, drängelte Lennox, »aber wir müssen uns beeilen.« Durch ein paar Lücken im Dachgebälk konnte man erkennen, wie tief die Sonne bereits stand.

»Gehen wir!« Thea zog Alea zurück auf den Wehrgang und zur Treppe. Lennox und Cassaras folgten ihnen, und Alea bemerkte, dass der Prinz nun sowohl seinen Leierkasten als auch Pfeile, Bogen und seine Machete trug – diese Dinge hatten wohl irgendwo auf dem Speicher gelegen. Während sie die Treppe hinuntereilten, musste Alea sich eingestehen, wie froh sie war, jemanden wie Cassaras bei sich zu haben. Im Verbund waren der Nixenprinz und der Oblivion wahrscheinlich die beste Leibgarde, die man sich vorstellen konnte.

Am Fuß der Treppe setzte Thea sich an die Spitze ihrer Gruppe und zeigte ihnen, wie gut sie sich in den Katakomben der Burg auskannte. Zielstrebig führte sie Alea und die anderen durch mehrere lange Gänge, einen verlassenen Korridor und eine morsche Holztür, und plötzlich standen sie wieder vor den Burgmauern, weit abseits der Touristenströme.

»Ein Geheimgang«, sagte Lennox anerkennend und erntete dafür ein Lächeln von Thea.

Die Sonne warf ihre Strahlen fast waagerecht auf den kleinen Ort am Rhein. Es war spät, und Alea wollte den Termin um nichts in der Welt verpassen. »Laufen wir!«, forderte sie die anderen auf, und alle begannen zu rennen. Sie vermieden den großen Burgparkplatz und wetzten stattdessen über einen schmalen Pfad zurück zur Straße. Dort blieben sie im Schatten der Bäume, erhöhten ihr Tempo und preschten schnell wie der Wind über Erde, Gras und knirschenden Kies.

Alea hielt sich dicht an Theas Seite. Bereits nach kurzer Zeit waren ihre und Theas Schritte absolut taktgleich, als folgten sie einem gemeinsamen Rhythmus. Alea warf ihrer Schwester im Laufen ein Lächeln zu, und Thea lächelte zurück.

Wird es je geschehen, wirst du bei mir sein?, hatte es in Aleas Songtext von *Zu dir* geheißen, dem Lied, das sie für Thea geschrieben hatte. Und jetzt war ihre Schwester so nahe, dass sie ihre Hand hätte nehmen können! Und dann tat Alea einfach genau das – sie griff nach Theas Hand. Für einen kurzen Moment wirkte Thea etwas befangen, als wäre sie nicht daran gewöhnt, irgendjemandes Hand zu halten. Aber dann schlossen sich ihre Finger um Aleas, und sie liefen Hand in Hand weiter.

Wenig später blieb der Nixenprinz stehen. »Wir erregen zu viel Aufmerksamkeit!«, warnte er, und Lennox nickte, als hätte er das auch gerade gedacht. Soeben war ein Auto an ihnen vorbeigefahren, und obwohl die Schatten der Bäume ihre Gruppe schützten, hatten sich die Insassen des Wagens die Köpfe nach ihnen verdreht – wahrscheinlich vor allem nach dem Nixenprinzen, dessen Gestalt und Waffen aus der Alltagswelt herausstachen wie ein Drache im Zoo.

»Weg von der Hauptstraße!«, riefen Lennox und Cassaras absolut zeitgleich. Verdutzt schauten sie einander an.

»Die beiden sind ein zweites Zwillingspaar«, gebärdete Thea scherzhaft und führte sie zu einem engen Seitenweg.

Alle folgten ihr, und nun schlugen sie sich über Nebenpfade, Hinterhöfe und sogar durch Blumenbeete. Nach kurzer Zeit erreichten sie jedoch das Rheinufer, und Alea musste erst einmal Atem schöpfen. Lennox und Cassaras schienen nicht außer Puste zu sein, aber Thea prustete erschöpft und stützte sich auf Aleas Schulter.

Der Prinz und Lennox überprüften routiniert die Umgebung, und nachdem beide keine Gefahr feststellen konnten, geleitete Cassaras sie zu einem von Büschen und alten Eichen umspannten, kleinen Kiesstrand. Während Lennox den Blick erneut in die Runde schweifen ließ, wandte sich der Prinz dem Fluss zu. »*Nscho garuu*!«, rief er mit seiner tiefen Stimme auf die Wellen hinaus. »*Nscho garuu sa hunati*!« – Öffne dich! Öffne dich für Landgänger!

Jetzt erinnerte Alea sich wieder an diesen Spruch. Ihre Mutter hatte sie darin eingeweiht, dass man mit ihm magische Dinge für Landgänger zugänglich machen konnte. Es war gar nicht nötig, einem Landgänger immer etwas zu schenken, man musste bloß diese Worte sagen!

Cassaras hatte beide Hände erhoben, als wollte er den Fluss beschwören. Allem Anschein nach erweckte er irgendeine Magie und bat darum, dass Alea nicht von ihr ausgeschlossen wurde.

»Müssen wir nicht mit dem Pfirsichkobold reden?«, fragte Alea. »Ich dachte, der ist für Terminangelegenheiten zuständig.«

Thea zuckte mit den Schultern. »Früher oder später wird der Kobold schon aufkreuzen und dafür sorgen, dass alle ihn so wichtig nehmen wie er sich selbst.« Sie fügte etwas hinzu, was Alea nicht verstand, und Thea buchstabierte: *Prahlhans.*

Alea musste lachen. Gleichzeitig wunderte sie sich jedoch auch. Sobald Thea nicht gebärdete, benutzte sie altmodische Wörter wie *Prahlhans* – Alea hätte wohl eher so etwas wie *Angeber* oder vielleicht sogar *Poser* gesagt. In ihren SMS hatte sich ihre Schwester bereits außerordentlich altertümlich ausgedrückt, aber Alea wusste auch, wieso: Thea hatte ihr Schriftdeutsch größtenteils aus alten Büchern gelernt – aus Sagen und Legenden, deren Sprache eher pompös und längst aus der Mode war. Die deutsche Gebärdensprache war Thea hingegen von Hagen beigebracht worden, der als krimineller Handlanger von Orion wahrscheinlich eher nicht zum Poetischen neigte. Allerdings gab es in der Gebärdensprache auch kaum Möglichkeiten, unzeitgemäße Begriffe zu verwenden – oder hatte Alea die nur noch nicht gelernt?

Da wurde ihre Aufmerksamkeit wieder auf das Hier und Jetzt gelenkt. Im Wasser hatte sich ein wirbelnder Strudel gebildet, nur wenige Meter von ihnen entfernt! Cassaras wirkte sehr zufrieden, als wäre es das gewesen, was er mit seinem Ruf beabsichtigt hatte.

Gebannt verfolgte Alea, wie der Strudel langsam auf sie zukreiselte. Sobald er das Ufer erreicht hatte, drängte er das Wasser unter sich nach beiden Seiten weg, sodass ein Hohlraum entstand. Ein Eingang. »Das ist ein Lufttunnel!«, entfuhr es Alea. So etwas hatten Lennox und sie schon einmal in Schottland gesehen. Dort war es eben solch ein Tunnel gewesen, der sie mitten durch den See Loch Ness nach Rach Turana geführt hatte.

Der Tunneleingang glitzerte grün und einladend. Ohne zu zögern, sprang Thea hinein, als wüsste sie, dass dies der Weg zur Loreley war. Vielleicht hatte der *Prahlhans* ihnen zuvor schon erklärt, wie alles ablaufen würde.

Alea, Lennox und Cassaras folgten Thea, und sobald sie ein kleines Stück in den Tunnel hineingegangen waren, umhüllte er sie vollständig und schloss sich hinter ihnen. Während das geschah, erkannte Alea etliche Skorpionfische, die sich von außen am Tunnel festgesaugt hatten und für Tarnung sorgten.

Jetzt befanden sie sich komplett unter Wasser. Durch die transparenten Wände des Tunnels konnte man vereinzelt Fische vorbeiflitzen sehen, außerdem wedelnde Gräser, den Kiel eines Schiffes in der Flussmitte und … einen leuchtenden Punkt am Grunde des Rheins, zu dem der Tunnel sie zu führen schien.

Aufregung erfasste Alea. Dort unten musste sie sein – die Laube der Loreley.

Nur langsam kamen sie im Tunnel voran, denn die federnde Luftschicht auf dem Boden beförderte sie bei jedem Schritt ein klein wenig in die Höhe – wie auf einem Trampolin. Alea musste sich immer wieder an den grün glitzernden Wänden abstützen und merkte dabei, dass diese absolut trocken waren, genau wie jene damals im Loch Ness. Kein einziger Tropfen des Flusswassers drang zu ihnen durch, und somit war der Tunnel der perfekte Zugang für Meermenschen, die nicht mit Wasser in Berührung kommen durften.

Unvermittelt blieb Thea stehen, und automatisch tat Alea es ihr gleich. Mit glänzenden Augen betrachtete ihre Schwester die Szenerie außerhalb des Tunnels. »Ich bin noch nie unter Wasser gewesen«, gebärdete sie, ohne den Blick abzuwenden. »Alles ist so … anders.«

Cassaras hielt ebenfalls inne und schien Thea einen Moment des Staunens gönnen zu wollen. Da hörten sie am anderen Ende des Tunnels eine plärrende Stimme. »Kommt ihr jetzt, oder was?«

»Der Kobold ruft uns«, informierte Cassaras Thea, und sie machten, dass sie vorankamen.

Je weiter sie vordrangen, desto heller wurde das gleißende Licht am Ende des Tunnels. Kurz darauf fanden sie sich vor einem prächtigen Portal aus weißem Stein wieder, über dem Hunderte von blitzenden Strahlenkegeln ein glanzvolles, geradezu majestätisches Funkelszenario kreierten.

Doch von einem Augenblick auf den anderen erloschen die Lichter, als hätte jemand sie ausgeschaltet. Alea begriff, dass genau das geschehen war. Der pfirsichfarbene Kobold stand neben dem Portal und hatte die Hand auf einem Schalter.

»Das reicht«, brummte er. »Genug gefunkelt. Ihr seid spät dran.« Mit verkniffener Miene drückte er auf einen Knopf, und das prachtvolle Portal schwang auf. »Rein da!«, muffelte er und scheuchte sie hinein. Zumindest versuchte er das.

Thea warf ihm allerdings einen Blick wie einen Dolchstoß zu, und Alea begann zu ahnen, dass dies eine Spezialität ihrer Schwester war. Der waffenscharfe Blick verfehlte auch nicht seine Wirkung. Der Kobold schnitt zwar eine Grimasse, ließ aber davon ab, sie weiter zu hetzen.

Während sie durch das Portal traten, wies Lennox auf zahllose Skorpionfische, die sich rundherum am weißen Stein festgesaugt hatten. »Kein Wunder, dass die Landgänger noch nie von der Laube der Loreley gehört haben …«, raunte er.

Sie kamen in eine Art Vorhalle, die wie der Tunnel aus grün glitzernden, transparenten Wänden bestand, durch die man das Unterwasserleben des Flusses beobachten konnte.

»So.« Der Kobold baute sich teelöffellang vor ihnen auf. »Wer nimmt denn nun den Termin wahr? Du oder du?« Sein Blick zielte zuerst auf Thea, dann auf Alea. »Entscheidet euch mal! Wir haben nicht ewig Zeit.«

Lennox ging vor dem Kobold in die Knie und sagte in freundlichem Ton: »Du solltest wissen, wer vor dir steht, *dschan*. Das hier sind die Elvarion der letzten Generation, ihre Schwester und der Prinz der –«

»Ist mir doch egal, wer ihr seid!«, schnitt ihm der Kobold das Wort ab. »Es gibt nur einen Termin, für eine Person. Es wird nix verhandelt. Alle halten sich an die Regeln und hören auf mein Kommando, basta!«

Scharrende Schritte ließen Alea herumfahren. Hinter ihnen schlurfte ein Gilf heran. Der Magische reichte Alea bis zum Bauchnabel, hatte ein gefährlich anmutendes Echsengesicht und Hände mit scharfen Krallen. Mürrisch fragte er den Kobold: »Jenkins, wieso hast du das Funkelfermometer abgeschaltet?«

»Haaach.« Der Kobold, der offenbar Jenkins hieß, verdrehte

die Augen. »Jetzt reg dich bloß nicht gleich wieder auf! Ich wollte nur die Eierköpfe hier dazu bringen, sich ein bisschen zu beeilen.«

»Eierköpfe?«, entrüstete sich Alea, aber Jenkins tat, als hörte er sie nicht.

»Sonst hätten die ewig da rumgestanden und deine Lichtshow bewundert, Gnorfius«, hängte der Kobold an.

Der Gilf – Gnorfius – grunzte. »Wenn das Funkelfermometer nicht durchläuft, überlädt der Tunnel.«

»Ach Quatsch«, gab Jenkins patzig zurück. »Gar nicht!«

»Doch!« Der Gilf schien langsam ärgerlich zu werden. »Jetzt muss ich den Tunnel einer kompletten Wartung unterziehen. Und das nur wegen dir, Blödhoschi!«

»Wie hast du mich genannt?« Der Kobold bleckte die Zähne. »Du Grunzpiepe! Doofdämerich! Grummelgonzo!«

Aus der Brust des Gilfen drang ein Furcht einflößendes Grollen, und in seinem Nacken stellten sich unzählige spitze Stacheln auf.

Da erklang eine durchdringende Stimme. »Genug!«

Die beiden Streithähne zuckten zusammen, und die Nackenstacheln des Gilfen zogen sich zurück wie verschreckte Schnecken in ihre Häuser.

Eine Gestalt näherte sich. Alea wusste sofort, dass es die Loreley sein musste, denn sie hatte noch nie jemanden gesehen, der schöner war als diese Frau. Hüftlanges, goldblondes Haar wogte von ihrem Kopf wie Kaskaden aus Seide. Ihre Augen waren strahlend bronzebraun, und ihre einzigartig formvollendeten Gesichtszüge wie mit feinem Strich gezeichnet.

Erhobenen Hauptes kam sie näher, und die Eleganz und Erhabenheit ihrer Bewegungen zogen Alea unweigerlich in ihren Bann. Eine planetblaue, fließende Robe umhüllte die kräftig-füllige Gestalt der Loreley, doch es war unschwer zu erkennen, dass sie Beine hatte und keinen Fischschwanz.

»Sie sind ein Mensch!«, entschlüpfte es Alea.

Die Loreley war bei ihnen angekommen. Ein willkommen heißendes Lächeln erhellte ihr Gesicht. »Einst war ich eine Nixe«, erklärte sie mit volltönender Stimme auf Hajara. »Doch weil ich einen Landgänger liebte, wurde ich dazu verflucht, in Menschengestalt zu leben.«

Aufgeregt blickte Alea zu Thea, denn genau das war die Theorie ihrer Schwester gewesen – obwohl in keiner der vielen alten Schriften, die Thea gelesen hatte, etwas von einer Nixe erwähnt worden war. Die Loreley-Erzählungen drehten sich laut Thea immer nur darum, dass die schöne Frau ihren Liebsten vermisste, sich auf dem Felsen ihr goldenes Haar kämmte und traurige Lieder sang – und die Flussschiffer so geblendet von ihr waren, dass sie alle Vorsicht fahren ließen und ihre Schiffe in den Fluten untergingen. Thea hatte jedoch ihre eigenen Schlüsse gezogen. »Es stimmt, sie war eine Nixe!«, gebärdete Alea ihr zu.

Thea nickte abgelenkt, denn ihr Blick war wie hypnotisiert auf die Loreley geheftet. »Jetzt sind Sie ein Mensch, und trotzdem sind Sie unsterblich«, sagte sie mit den Händen und lautlos mit den Lippen, und Cassaras übersetzte für sie.

Die wunderschöne Frau lächelte den Prinzen interessiert an, doch Alea wusste nicht, ob ihr Interesse dem Gebrauch der Gebärdensprache galt oder vielleicht der Tatsache, dass Cassaras die einzige männliche Nixe der Welt war. »Ja, ich bin unsterblich«, erwiderte die Loreley, und ihr Schmunzeln ließ bezaubernde Grübchen auf ihren Wangen erscheinen. »Ich habe mich geweigert, zu sterben, und deswegen tat ich es nicht. Dies beeindruckte die Talassiopa, und sie ernannte mich zur Brückenwächterin.«

»Brückenwächterin?«, fragte Lennox, während Alea wissen wollte, was eine *Talassiopa* war.

Die Loreley fuhr sich mit ihren langen Fingern durch das goldene Haar. »Ich stehe zwischen dem Leben und dem Tod, und das befähigt mich wohl wie keine Zweite, die Wächterin zwischen den Reichen zu sein.«

Was eine *Talassiopa* war, wussten sie zwar noch immer nicht, aber da sie dem Grund ihres Hierseins näher kamen, hakte Alea nicht nach.

»Die Brücke zwischen Leben und Tod …«, murmelte Lennox, »das ist der Raum der Ahnen, oder?«

Der Kobold, der noch immer zu ihren Füßen stand, gab ein Schnarchgeräusch von sich. »Volle Punktzahl, Schnellmerker!«

Gnorfius grunzte etwas Unverständliches und schlurfte davon.

»Der Raum der Ahnen ist ein einzigartiger Ort«, führte die Loreley mit ihrer klangvollen Stimme aus. »Die Mitte der Brücke. Dort überschneiden sich die Welten.«

Alea konnte den Blick kaum von der zauberschönen Frau abwenden. Allerdings wollte sie wissen, ob Cassaras ebenso von ihr angetan war, und zwang sich, den Nixenprinzen anzusehen. Der trug zwar seine übliche finstere Miene zur Schau, in seinen Augen lag jedoch ein warmer Glanz, und Alea vermutete, dass auch sein Schiff am Felsen zerschellt wäre, wenn er eines besessen hätte.

Lennox meldete sich wieder zu Wort. »Wir sind hier, weil ich mit meiner toten Mutter sprechen möchte. Sie heißt Xenia, Xenia Lando. Das ist allerdings nur unser Landgängernachname. In der Meerwelt sagt man ja *Tochter der Sowieso und des Sowieso*. Ich kenne meine Meeresgroßeltern aber leider nicht.«

»*Du* willst jemanden treffen?«, plärrte Jenkins. »Du hast doch gar keinen Termin! Ich habe gesagt, dass die da« – sein Finger zeigte auf Alea – »den Termin von der da« – er zeigte auf Thea – »übernehmen kann.« Der Kobold schwenkte den Finger wie einen Säbel zu Lennox herum. »Es war keine Rede von *dir*!«

»Weshalb soll das denn nicht gehen?«, verlangte Lennox in leicht gereiztem Ton zu wissen.

»Weil *ich* das so entschieden habe!«, krähte der Kobold, und sein Finger zeigte auf seine eigene Nase.

»Lass gut sein, Jenkins«, wies die Loreley ihn zurecht. »Der junge Oblivion ist gekommen, um seine Mutter zu treffen, und ich sehe keinen Grund, ihm nicht die Tore zum Raum der Ahnen zu öffnen.«

Jenkins sperrte den Mund auf, als wollte er lauthals protestieren, schloss ihn dann aber wieder.

Währenddessen griff Alea nach Lennox' Hand. Die Loreley wollte ihm Zutritt gewähren!

»Doch ich muss dich warnen, junger Krieger«, sagte die Loreley. »Es gibt keine Garantie dafür, dass deine Mutter erscheinen wird. Die Toten entscheiden selbst, ob sie sich zeigen – ob sie eine Begegnung für sinnvoll erachten. Die Lebenden haben keinen Einfluss darauf.«

»Oh.« Lennox schien nach Worten zu suchen. »Okay.«

»Es liegt ebenso im Bereich des Möglichen, dass sich jemand ganz anderer einfinden wird, als du denkst«, sprach die Loreley weiter. »Jemand, der dringender ein Gespräch führen möchte als deine Mutter. Sei darauf gefasst, dass im Raum der Ahnen alles geschehen kann.«

Lennox drückte Aleas Hand ein wenig zu fest, und sie gab ein Fiepsen von sich. Unverzüglich ließ Lennox los. »Tut mir leid, ich bin nur …«

»… total aufgeregt«, sagte Alea verständnisvoll.

»Total terminlos!«, grätschte Jenkins noch einmal dazwischen, aber die Loreley schickte ihn mit einem Fingerzeig fort. Mit beleidigt hochgereckter Knollennase trollte sich der Kobold und verschwand durch eine beinahe unsichtbare Tür.

Die Loreley machte eine große, einladende Geste in die entgegengesetzte Richtung, und dort erkannte Alea eine doppelflügelige Tür, die ihr zuvor gar nicht aufgefallen war. »Dürfen wir alle mitkommen?«, fragte sie aufgeregt. »Oder soll Lennox allein mit Ihnen hineingehen?«

Die schöne Frau lächelte vielsagend. »Ihr seid alle willkommen.«

Alea freute sich, das zu hören, denn neben ihrem Wunsch,

Lennox beizustehen, war sie auch einfach wahnsinnig neugierig.

Zu viert folgten sie der Loreley durch die unscheinbare Doppeltür. Beim Durchschreiten neigte Alea den Kopf, um dem, was auf der anderen Seite auf sie wartete, Respekt zu erweisen. Denn die *Brücke*, die sie nun betreten würden, war einfach etwas ganz und gar Unglaubliches.

Einen Wimpernschlag später war die Doppeltür verschwunden, und sie befanden sich in einem schier grenzenlosen Raum. Es schien keinen Boden, keine Decke und keine Wände mehr zu geben. Unendliche Weite hatte sich wie ein Fenster zur Ewigkeit geöffnet.

»Wow«, brachte Alea flüsternd hervor.

Der Raum der Ahnen war eine Mischung aus einem sternenübersäten, dunkel leuchtenden Weltall und einer verzauberten Meereswelt. Schillernde Fische schwammen durch prunkende Galaxien, leuchtende Korallen wucherten an schimmernden Himmelskörpern. Ozeanblaue Kometenschweife malten Lichtspiele auf Raum und Zeit.

Alea konnte nur staunen. Mit weit geöffneten Augen drehte sie sich um die eigene Achse und schaute auf ihre Füße, die auf festem Boden zu stehen schienen, obgleich man nichts als Universum unter ihnen sah.

Thea fuhr sich mit der Hand an den Kopf, als glaubte sie, zu träumen. Lennox stand der Mund offen, und Cassaras, der wohl versuchte, unbeeindruckt zu wirken, hatte keinen Erfolg damit.

»Dies ist der Raum der Ahnen, die Brücke zwischen Leben

und Tod«, sprach die Loreley, und es klang, als wären dies rituelle Worte. Sie schloss die bronzefarbenen Augen. »Erhört uns, ihr Seelen der anderen Seite! Seht, wer gekommen ist.«

Vor Aufregung bohrten sich Aleas Fingernägel tief in ihre Handflächen.

Die Loreley schien wie in Trance. Einige Momente vergingen, dann hob sie den Kopf. »Oh …«, hauchte sie, als spürte sie, dass sich jemand näherte. »Hierher, komm zu uns, du Herz, das du zu sprechen wünschst.«

Alea wagte kaum, zu atmen.

Dort! Eine Silhouette näherte sich. Langsam schwamm sie durch das Meeres-All auf sie zu, und je näher sie kam, desto mehr erkannte Alea.

Schneeweißes, wallendes Haar.

Türkisfarbene Haut.

Ein Nixenschwanz.

Es war nicht Xenia.

Da riss der Prinz die Augen auf. »Mutter!«, stieß er entgeistert hervor.

Leise entfernte sich die Loreley, als gebühre es ihr nicht, der Begegnung zwischen den Lebenden und den Toten beizuwohnen. Alea, Thea, Lennox und Cassaras verharrten jedoch wie eingefroren und schauten der sich nähernden Gestalt entgegen.

Mit beinahe andächtiger Langsamkeit schwebte die Nixe heran, den Blick dabei fest auf Cassaras gerichtet, als könnte sie die übrigen Anwesenden gar nicht wahrnehmen. Wie alle Nixen hatte sie runzelige Faltenhaut, die von Jahrhunderten sprach, und einen ausgeprägt muskulösen Oberkörper. Bei genauerem Hinsehen erkannte Alea, dass die Male an den Schläfen der Nixe exakt das gleiche Muster wie die ihres Sohnes aufwiesen, Prinz Cassaras.

»Die Königin der Nixen«, flüsterte Lennox überrascht und konnte dabei kaum seine Enttäuschung darüber verbergen, dass es nicht seine Mutter war, die mit ihnen sprechen wollte. »Haruko.«

Alea nahm Lennox' Hand und drückte sie tröstend. »Haruko ist tot?«, machte sie dann ihrer Verwunderung Luft, denn ihr war lediglich bekannt, dass Haruko als verschollen galt. Um den Verbleib der Königin rankten sich zahllose Legenden, wie Alea vor ein paar Wochen von der Nixe Shiro erfahren hatte. Shiro hatte erzählt, dass Königin Haruko kurz vor ihrem Verschwinden mithilfe von Zukunftsvisionen erkannt hatte, dass der Silberumhang in die Hände der Elvarion der letzten Generation gehörte, denn nur auf diese Weise konnten die Ozeane gerettet werden. Gegen den Willen ihres Sohnes Cassaras, der der rechtmäßige Erbe des Silberumhanges war und ihn damals keinesfalls für irgendein Meermädchen aufgeben wollte, hatte Haruko den Umhang zu dem Landgängerschiff gebracht, das sie in ihren Visionen gesehen hatte – zur *Crucis*. Dies geschah lange, bevor Alea geboren worden war, doch Haruko hatte vorausgesehen, dass der Umhang über diesen Umweg eines Tages zur Elvarion finden würde. Cassaras war darüber in heftigen Streit mit seiner Mutter geraten, denn er war fest davon überzeugt gewesen, dass er ein Machtinstrument wie den Silberumhang brauchte, um eines Tages Harukos Platz auf dem Thron der Nixen einzunehmen.

Abermals blickte Alea zu dem Prinzen hinüber. Seine Miene war nicht länger düster und verschlossen, stattdessen stand ihm unaussprechliche Verblüffung ins Gesicht geschrieben. Gewiss hatte er nicht damit gerechnet, dass seine Mutter tot war. Doch war sein Zorn auf sie in der Zwischenzeit verraucht, oder würde er ihr nun, da er die Chance dazu hatte, erneut Vorwürfe machen?

»Im Raum der Ahnen finde ich Gelegenheit, die Dinge zu sagen, die so lange ungesagt geblieben sind«, begann Haruko zu sprechen, und ihre Stimme klang, als befände sie sich unter Wasser.

Schnell fragte Alea Thea, ob sie für sie dolmetschen sollte, aber Thea winkte ab, als wäre das völlig unnötig. Anscheinend konnte sie sowohl die deutsche Sprache als auch Hajara von den Lippen ablesen.

Haruko schwebte noch näher an Cassaras heran, und Aleas Eindruck, dass die Nixe außer ihm niemanden sehen konnte, verfestigte sich. »Mein Sohn«, sagte Haruko, und es wirkte zugleich wie eine offizielle Anrede und wie die Betonung ihrer familiären Nähe. »Unser letztes Zusammentreffen fand unter den denkbar schlechtesten Umständen statt. Wir begegneten einander voller Zorn und Unnachgiebigkeit.«

Cassaras lachte hart. »Du hast mir jede Möglichkeit genommen, in der Nixenwelt respektiert zu werden!«, rief er. »Der Silberumhang war meine Chance, denjenigen Respekt abzuverlangen, die auf mich herabgeblickt haben – die mich wegen meiner Beine, meines Geschlechts und meiner Hautfarbe verachtet haben.«

Alea wusste, dass Cassaras als halber Landgänger sehr unter den Nixen gelitten hatte. Nicht nur, dass er anstelle eines Nixenschwanzes Landgängerbeine besaß – er war der einzige Mann in einem Volk, das ausschließlich aus Frauen bestand, und seine Haut hatte keinen kräftigen Türkiston, sondern war nordisch-landgängerweiß.

»Das ist richtig, mein Sohn«, antwortete die Nixenkönigin, und ihr schneeweißes Haar wehte sacht um sie herum, als würden zarte Meeresströmungen damit spielen. »Doch du musst eines wissen: Meine Entscheidung, den Silberumhang der Elvarion zu geben anstatt dir, gründete nicht darauf, dass ich dich für einen unwürdigen Nachfolger hielt. Sie war einzig und allein dem Umstand geschuldet, dass die Aufgabe der Elvarion derart schwierig und ihr Erfolg von solch großer Wichtigkeit ist.«

Cassaras' Augen bohrten sich in ihre. »Du hast … mich *nicht* für unwürdig gehalten?« Ganz offensichtlich hatte er das geglaubt! Langsam verstand Alea das ganze Ausmaß von Cassaras' Verletzung. Er hatte sich nicht nur von seinem Volk, sondern von seiner eigenen Mutter missachtet und verraten gefühlt.

Thea trat einen Schritt vor und legte dem Prinzen die Hand auf den Arm. Vor Überraschung zuckte er leicht zusammen, aber Thea zog ihre Hand nicht zurück. Weder lächelte sie den Prinzen an noch schaute sie tröstend drein. Sie war einfach nur da. Und er ließ sie.

»Nein, ich habe dich nie für unwürdig gehalten, Cassaras«, entgegnete Haruko. »Durch den Silberumhang wusste ich, dass du sowohl einen Hang zur Dunkelheit als auch ein großes Potenzial für das Gute in dir trägst. Es stand von vornherein fest, dass du dich eines Tages zwischen Licht und Schatten würdest entscheiden müssen, und ich habe immer daran geglaubt, dass das Böse niemals triumphieren wird.« Ein warmes Lächeln glitt über ihr Gesicht. »Und ich hatte recht.«

Verdattert sah Cassaras sie an. »Du weißt, dass …«

»… dass du den Silberumhang hättest haben können und

ihn abgelehnt hast.« Das Lächeln seiner Mutter vertiefte sich. »Aus freien Stücken hast du ihn der Elvarion überlassen.«

Thea schnappte nach Luft. Das hatte sie ganz offensichtlich nicht gewusst.

Alea nickte zur Bestätigung, und Theas Hand schloss sich enger um den Arm des Prinzen. Es war, als wollte sie ihm zeigen, dass seine Tat sie beeindruckte, und ihm zugleich in dieser aufwühlenden Situation beistehen. Cassaras erlaubte ihr auch dies. »Ehrlich gesagt, habe ich mich gefragt, was du von meiner Entscheidung halten würdest, Mutter.«

»Und nun kann ich es dir sagen«, erwiderte Haruko erstickt. Cassaras war offensichtlich nicht der Einzige, den das Gespräch aufwühlte. »Ich bin unendlich stolz auf dich.« Haruko versagte die Stimme. Doch dann schien sie sich zu sammeln. »Du hast bewiesen, dass du auch ohne den Silberumhang des Nixenthrones würdig bist.«

Cassaras brachte ein Geräusch hervor, als könnte er das, was seine Mutter da sagte, kaum begreifen – als hätte er seit einer Ewigkeit auf eine Kleinigkeit gewartet, die ihn etwas versöhnen könnte, und nun versicherte sie ihm Dinge in einer Größenordnung, die er wohl kaum zu träumen gewagt hätte.

Haruko schien allerdings noch lange nicht fertig zu sein. »Von dort aus, wo ich bin, kann ich die Welt der Nixen noch immer verfolgen«, erklärte sie. »Erst vor Kurzem habe ich etwas zutiefst Beunruhigendes mitansehen müssen: Wie der Silberumhang in ehrlose Hände fiel.«

»Was?« Cassaras' entsetzter Blick schnellte zu Alea. »Du hast den Umhang gar nicht mehr?«

Wenn sich in diesem Moment ein Loch im Boden aufgetan hätte, wäre Alea sofort hineingesprungen. Kleinlaut nuschelte sie: »Nein, ähm, das hatte ich Ihnen noch sagen wollen – Mura hat den Umhang gestohlen.«

Der Prinz wurde kreideweiß. »Mura?« Etwas Schlimmeres hätte Alea ihm gar nicht eröffnen können. Denn es war vor allem Mura gewesen, die ihm sein Leben unter den Nixen zur Hölle gemacht hatte. Sie war seine erklärte Erzfeindin!

»Es stimmt«, bestätigte Haruko sorgenvoll. »Mura ist im Besitz des Silberumhanges. Doch nicht nur das: Mit seiner Hilfe hat sie den Nixenthron erobert und ist nun die Königin unseres Volkes.«

Cassaras schrie auf. »Nein!«

Alea wurde sterbensübel.

»Das ist schrecklich, Sohn.« Niedergeschlagen schüttelte Haruko den Kopf. »Aber ich muss dir noch etwas sagen.«

Cassaras strich sich über die Wange, als könnte er kaum noch mehr ertragen.

Haruko betrachtete ihn mit einem Blick, aus dem mütterliches Mitgefühl und zugleich eine hohe Erwartungshaltung sprachen. »Du musst es erfahren, auch wenn es deinen Hass weiter schüren wird.«

Thca trat noch dichter an den Prinzen heran.

Der straffte mühsam die Schultern. »Was ist es?«

»Ich bin ermordet worden«, sagte Haruko leise. »Und es war Mura, die mich getötet hat.«

Alea wurde stocksteif, während Lennox rief: »Was?«

Bei Cassaras schien diese Information ebenfalls wie eine

Bombe einzuschlagen. »Mura … hat … dich … ermordet?«, stieß er würgend hervor, als müsste er mit jedem Wort gegen hochkochende Wut ankämpfen.

»Lass mich dir von den damaligen Ereignissen berichten«, bat seine Mutter. »Du musst erfahren, was geschah.«

In hilflosem Zorn spannte Cassaras die Muskeln an. »Sprich.«

»Damals, vor all diesen Jahren, in einer anderen Welt, als die magischen Völker noch miteinander verkehrten«, begann Haruko umständlich, »hatten du und ich diesen Streit um den Silberumhang, Cassaras. Du erinnerst dich bestimmt: Am darauffolgenden Morgen brach ich mit meinem Gefolge auf, um den Umhang zu dem Landgängerschiff aus meinen Visionen zu bringen. Was du nicht weißt, ist, wie unser Vorhaben endete.«

»Ihr habt den Umhang auf die *Crucis* gebracht«, gab Cassaras wieder, was er offenbar bislang geglaubt hatte. »Und anschließend seid ihr spurlos verschwunden.«

Haruko wiegte den Kopf, als wäre dies richtig und falsch zugleich. »Unser Trupp wurde von einer Finja begleitet, die uns helfen sollte, das Landgängerschiff zu finden. Und du weißt ja – die Knöpfe des Silberumhanges deuteten durch ein Findungsbindungsritual sogar auf die *Crucis* wie Kompassnadeln. Dennoch erreichten wir das Schiff nie.«

»Nein?«, fragte Cassaras verstört. »Warum nicht?«

»Auf halbem Wege wurden wir angegriffen. Von niemand anderem als Mura. Sie war uns gefolgt und schoss mit Pfeilen auf uns.«

Cassaras stieß ein abgrundtiefes Zornesknurren aus.

Haruko bedachte das Geräusch mit einem schwermütigen Nicken. »Meine treuen Begleiterinnen umringten mich – neunzehn Nixen! –, doch Mura nahm es mit allen gleichzeitig auf«, setzte sie ihren Bericht fort. »Diesen Gang der Dinge hatte ich nicht vorhergesehen, denn der Silberumhang zeigt nun einmal immer nur die Ereignisse mit der höchsten Wahrscheinlichkeit. Es muss Mura tief getroffen und erzürnt haben, dass ich dem Volk der Nixen den Umhang fortnehmen wollte.«

»Wie verlief der Kampf?«, brachte Cassaras gequetscht hervor, als ahnte er Schreckliches.

»Mura hatte uns unvorbereitet aus dem Hinterhalt überfallen«, schilderte Haruko. »Sie war schnell – so schnell, dass sie innerhalb kürzester Zeit drei meiner Begleiterinnen tötete. Als die übrigen meiner Nixen sie jedoch zurückzudrängen begannen, rief Mura ihren Warkan.«

»Was?«, fuhr Cassaras erschüttert auf.

Auch Alea überraschte dies. Warkane waren so etwas wie die Soldaten der Nixen – riesige Tintenfischwesen, die gefährlich, stark und immens beängstigend waren. Jede Nixe hatte ihren eigenen Warkan und konnte ihn jederzeit rufen, wenn sie Hilfe im Kampf benötigte. Dass eine Nixe ihren Warkan allerdings auf andere Nixen hetzte, war kaum vorstellbar.

Genau dies schien Cassaras derart zu erschüttern. »Aber … der Nixenkodex!«

»Ich weiß, ich weiß.« Seine Mutter seufzte noch einmal tief. »Keine Nixe darf jemals ihren Warkan gegen eine andere Nixe in den Kampf schicken, und bis zu jenem Zeitpunkt war das auch noch nie geschehen. Doch Mura tat es einfach.«

»Habt ihr daraufhin eure eigenen Warkane gerufen?«

Wehmütig blickte Haruko ihren Sohn an. »Nein, das haben wir nicht getan.«

»Ihr wolltet den Nixenkodex nicht ebenfalls brechen.« Cassaras hatte Mühe, die Worte auszusprechen. »Und so errang Mura den Sieg.«

»Es war eine Frage der Ehre.« Harukos Tonfall ließ keinen Zweifel daran, wie teuer sie diese Ehre zu stehen gekommen war. »Als ich erkannte, dass Mura und ihr Warkan gewinnen würden, wandte ich mich in meiner Verzweiflung an die Finja. Sie war noch dort, verharrte zaudernd zwischen Seegräsern.«

»Du hast die Finja gebeten …« Cassaras beendete den Satz nicht, so verblüfft war er.

Haruko nickte. »Ich vertraute der Finja den Silberumhang an und trug ihr auf, das Landgängerschiff allein zu finden. Sie sollte den Umhang an meiner Stelle an Bord platzieren, damit jene Landgänger ihn erhalten würden, die ihn für die Elvarion in Verwahrung nehmen konnten.«

Alea wusste, dass das Ben und Sammys Eltern und Onkel Oskar gewesen waren. Ben und Sammys Mutter hatte den Umhang wenig später mit an Land genommen und zu Karneval als Feenkostüm getragen. Anschließend lag er jahrelang in einer Verkleidungskiste auf einem Dachboden in Köln und wartete darauf, dass die Zeit der Elvarion kam.

»Die Finja hat den Silberumhang gerettet«, sagte Cassaras, als könnte er es kaum glauben. »Sonst wäre Mura damals schon Königin geworden. So war unser Volk jahrzehntelang ohne Königin und hat darauf gehofft, dass du zurückkehrst …«

»Ja, Finni Leontini – so lautet der Name der Finja – hat dem Volk der Nixen einen unfassbar wertvollen Dienst erwiesen«, resümierte Haruko, und als sie weitersprach, hörte man ihr an, dass ihr Bericht sich langsam dem Ende zuneigte. »Als die Finja damals mit dem Umhang davoneilte, kämpfte ich weiter Seite an Seite mit meinen Begleiterinnen gegen Mura und ihren Warkan. Mura bemerkte nicht, dass der Silberumhang längst fort war.« Die Stimme der Nixe wurde leiser. »Ich starb als eine der Letzten, durch einen Dreizackpfeil Muras, der mich mitten ins Herz traf.«

Cassaras rang die Hände. »Mura hat neunzehn von uns getötet – und ihre eigene Königin!«

»Sie hat mich schon immer gehasst.«

»Sie hat *dich* gehasst?« Das schien dem Prinzen neu zu sein. »Aber … warum?«

»Ich habe dir das nie erzählt«, erwiderte Haruko, und man hörte ihr an, wie sehr sie dies bereute. »Mura hat mich verachtet, weil ich mich auf einen Landgänger eingelassen hatte – deinen Vater, Cassaras. Nichts verabscheut Mura mehr als Landgänger, das weißt du. Doch sie hat mich ebenso dafür verschmäht, einen von ihnen geliebt zu haben, wie sie dich dafür verachtet, zur Hälfte einer zu sein.«

Mit starren Augen sagte Cassaras: »Das … ergibt Sinn.«

»Seit deiner Geburt war Mura der Meinung, *ich* sei des Thrones nicht würdig«, sagte Haruko voller Unwillen.

»Das … tut mir leid.«

»Das muss es nicht«, versicherte ihm Haruko. »Ich würde alles noch einmal ganz genauso machen, mein Sohn. Ich habe nie bereut, dich geboren zu haben.«

»Aber durch mich gab es für dich keine Hoffnung auf eine Prinzessin!«, brach es aus Cassaras hervor.

Alea erinnerte sich, dass Nixen nur ein einziges Mal in ihrem Leben ein Kind bekommen konnten – und das normalerweise ohne Zutun eines Mannes.

Mit dunkler Stimme schob Cassaras nach: »Mura hat mir immer wieder vorgeworfen, dass das Volk der Nixen allein meinetwegen keine angemessene Thronfolgerin hätte …«

»Sie hat dich entsetzlich drangsaliert.« Traurig strich Haruko sich das wehende Haar aus dem Gesicht. »Sie war auch mir gegenüber feindselig, das hast du allerdings nie bemerkt. Und ich habe dir nie davon erzählt, weil ich fand, du seiest noch zu jung für die Gehässigkeiten und Intrigen, die sich rund um den Thron abspielten.« Haruko ließ die starken Schultern sinken. »Aber dann starb ich unvorhergesehen und hinterließ einen verwirrten, verbitterten Sohn, der Gat'Nambeessa über Nacht verließ und dem niemand mehr die Wahrheit sagen konnte.« Gat'Nambeessa war offenbar der Name der Nixenhauptstadt.

»Aber jetzt kenne ich die Wahrheit«, sagte Cassaras. »Mura hat unser beider Leben zerstört. Und nun wird sie als Machthaberin versuchen, weiter ihr Gift im Volk der Nixen zu verbreiten.«

»Mura ist als Königin die denkbar schlechteste Wahl«, pflichtete Haruko ihm bei. »Doch es gibt einen Ausweg.«

Der Prinz horchte auf. »Welchen?«

»Ist das nicht offensichtlich?« Haruko lächelte milde. »*Du* bist der Ausweg, Cassaras.«

Der Prinz riss die Augen auf. »Ich?«

»Du bist mein rechtmäßiger Nachfolger. Du musst Mura vom Thron stürzen und selbst König werden.«

Cassaras war sprachlos.

»Dein Volk braucht dich«, setzte Haruko eindringlich hinzu. »Es braucht einen König, der mit Anstand und Fürsorglichkeit regiert. Und genau der wirst du sein.«

»Aber … ich bin nicht fürsorglich und auch nicht anständig«, widersprach der Prinz heftig. »Ich habe jahrelang für den schlimmsten Verbrecher aller Zeiten gearbeitet!«

»Das ist richtig.« Harukos Lächeln verbreiterte sich. »Und dann hast du dem Schurken den Rücken gekehrt, der Elvarion freiwillig den Silberumhang überlassen und dich der Aufgabe verschrieben, ein junges Mädchen vor den Gefahren der Welt zu beschützen. Sag mir, Cassaras: Was sind Anstand und Fürsorglichkeit, wenn nicht das?«

Der Prinz kämpfte um Worte. »Ich …«

Thea stand dicht neben ihm, die Hand auf seinem Arm, und auf ihrer Miene vermischten sich Stolz und Freude.

Cassaras' Hand legte sich auf ihre. »Aber ich kann nicht König werden, wenn das bedeutet, dass ich dieses junge Mädchen sich selbst überlassen muss!«, begehrte er nun gegen den Wunsch seiner Mutter auf. »Meine Fürsorglichkeit gilt Thea.«

Heftig schüttelte Thea den Kopf. »Es ist doch viel wichtiger, dass Mura nicht mehr Königin ist!«, gebärdete sie. »Ich komme schon allein klar.«

»Du bist nicht allein!«, rief Alea entschieden. »Jetzt nicht mehr. Wenn Cassaras fortmuss, dann kommst du mit uns.« Sie ließ Lennox' Hand los und trat einen Schritt vor. »Thea, bitte werde Mitglied der Alpha Cru.«

Cassaras und Thea blickten sie mit sichtlich unterschiedlichen Gefühlen an. Der Prinz schien nach wie vor keinesfalls zu wollen, dass Thea sich der Cru anschloss. Andererseits hatte sich diese Wendung schon länger angekündigt, und das musste dem Prinzen klar gewesen sein.

Thea funkelte Alea mit ihren klargrünen Augen an und musste wohl gar nicht lange überlegen. »Ich komme mit euch«, gebärdete sie entschlossen.

Cassaras stöhnte oder seufzte diesmal nicht. Stattdessen schaute er zu Lennox, als wöge er ab, ob dieser Oblivion ebenso gut auf Thea aufpassen konnte wie er selbst.

»Ich tue, was ich kann«, sagte Lennox, ohne dass Cassaras fragen musste. »Ich werde Thea beschützen.«

Thea betrachtete Lennox, als fände sie diese Vorstellung interessant. Gleichzeitig machte sie den Eindruck, durchaus gewohnt zu sein, auf sich selbst aufzupassen.

»Wenn Orion nicht wäre, müsste niemand extra beschützt werden«, brummte Alea, doch Lennox hatte noch etwas zu sagen.

»Eines muss klar sein«, gebärdete er. »Ich bin in erster Linie Aleas Krieger. Wenn Thea und sie gleichzeitig in Gefahr geraten, beschütze ich Thea erst an zweiter Stelle.«

Seine Offenheit war erstaunlich, allerdings auch ein klein wenig unangenehm. Rasch warf Alea ihrer Schwester einen beinahe entschuldigenden Blick zu, aber diese lächelte nur.

»Ist für mich in Ordnung«, stellte Thea klar.

Für den Nixenprinzen schien die Sache weniger einfach zu sein. Angestrengt massierte er sich die Schläfen.

»Ist das Wanderermädchen bei dir?«, klinkte Haruko sich wieder ein. »Hat sie gerade etwas gesagt?«

»Ja, sie will sich der Gruppe um die Elvarion anschließen«, erklärte Cassaras wenig begeistert.

»Dann lass sie«, riet ihm seine Mutter. »In Zeiten wie diesen geht es nicht um größtmögliche Sicherheit. Es geht darum, sich mit ganzem Herzen für das einzusetzen, woran man glaubt, damit der Weltenlauf sich zum Guten wenden kann. Zu viel steht auf dem Spiel, um vorsichtig zu sein.«

Ihre Worte schienen den Prinzen tief zu berühren. Trotzdem wirkte er noch immer unentschlossen.

Da sagte Haruko: »Du musst den Silberumhang zurückerobern.«

»Mhm.« Cassaras fuhr sich mit dem Handrücken über die Stirn. »Ohne ihn könnte ich den Thron nicht besteigen.«

»Das ist nicht der Grund, warum du dich seiner bemächtigen sollst!«, entgegnete Haruko mit Nachdruck. »Der Umhang ist nicht für dich bestimmt, Sohn, daran hat sich nichts geändert.«

Der Prinz blickte sie an, als verstünde er. »Der Umhang soll der Elvarion der letzten Generation gehören.«

»Ja, du musst ihn für sie zurückerobern«, trug ihm seine Mutter unmissverständlich auf. »Kämpfe gegen Mura, und wenn du siegreich bist, bringe der Elvarion den Umhang zurück.«

Alea bekam eine Gänsehaut.

»Erst dann kannst du selbst König der Nixen werden«, setzte Haruko hinzu.

»Ohne den Umhang?«, fragte Cassaras, als wäre das absurd.

»Ohne den Umhang.« Harukos Tonfall intensivierte sich. »Du musst die Nixen von dir überzeugen.«

»Aber sie halten mich für minderwertig!«, widersprach Cassaras aufgebracht. »Nichts als Spott und Häme hatten sie für mich.«

»Sohn!« Haruko hob die Hand. »Es war Mura, die dich immer wieder bloßgestellt und abgewertet hat. Sie war es, die andere gegen dich aufgehetzt hat. Es gab jedoch auch unzählige Nixen, die dich als einen der ihren behandelt haben. Erinnere dich daran! Durch deine Wut und deine Bitterkeit hast du vergessen, wie viele dir wohlgesonnen waren.«

Widerwillig knurrte Cassaras.

Doch Alea fiel ein, dass sie im Laufe der vergangenen Wochen immer wieder auf Nixen getroffen waren, die den Prinzen respektvoll gegrüßt oder versucht hatten, mit ihm zu sprechen. Er hatte sie alle ignoriert oder nur böse Blicke für sie gehabt.

Harukos Stimme nahm einen formellen Ton an. »Mach dich auf nach Gat'Nambeessa, Cassaras! Du musst den Silberumhang zurückerobern und der Elvarion bringen. Er gebührt ihr. Erst dann nimm deinen rechtmäßigen Platz auf dem Thron deines Volkes ein.«

Cassaras sah aus, als kämpfte er noch immer mit sich.

Da trat Thea ihm gegen das Schienbein. »Jetzt sag schon Ja!«

Der Kopf des Prinzen sank nach vorn, und ein klein wenig schien er zu lächeln, als hätte er sowieso keine Chance, wenn Thea sich einmal etwas in den Kopf gesetzt hatte. »Ich hatte auch nichts anderes vor«, sagte er leise zu ihr. Dann beugte er vor seiner Mutter das Knie. »Ich werde nach Gat'Nambeessa schwimmen, Mura herausfordern und den Silberumhang für die Elvarion zurückerringen.«

Alea wartete auf den Zusatz, dass er danach König werden wollte. Doch das ließ der Nixenprinz offen.

Haruko war dennoch zufrieden. »Gut. Nun beeile dich!«, rief sie. »Mura richtet mit jeder Stunde mehr Schaden an.«

Cassaras erhob sich. »Ich werde keine Zeit verlieren.«

»Möge dich stets guter Wellenschlag begleiten, mein Sohn«, sagte Haruko zärtlich und sah aus, als hätte sie ihm am liebsten über die Wange gestreichelt. Aber das war wohl unmöglich. »Glaube an dich. Ich tue es.« Mit diesen Worten vollführte sie eine schnelle Drehung und schwamm davon. Ihr schneeweißes Haar wehte wie eine stolze Flagge hinter ihr her. Ihr türkisfarbener Nixenschwanz glänzte im Licht des ozeanischen Universums. Dann war sie fort.

Schwesternding

Die Loreley trat wieder zu ihnen. Alea wusste nicht, wo sie während des Gesprächs gewesen war, aber nun lächelte die schöne Frau und faltete die Hände vor den breiten Hüften. »Bist du enttäuscht, junger Oblivion, dass deine Mutter sich nicht eingefunden hat?«, fragte sie Lennox.

»Ja, hm … anfangs schon«, gab Lennox zu, und Alea nahm wieder seine Hand. »Allerdings war das, was Königin Haruko zu sagen hatte, ja wirklich wichtig. Vielleicht wird der Lauf der Dinge durch die Begegnung zwischen ihr und Cassaras in eine ganz andere Richtung gelenkt.«

»Dafür werde ich sorgen«, versetzte der Prinz. Während er sprach, schien er mit den Augen nach dem Ausgang des Raumes der Ahnen zu suchen. Er wollte wohl keine Minute vergeuden.

Die Loreley vermerkte seine Eile mit einem Kopfnicken, und von einem Moment auf den anderen war die Doppeltür wieder da. Mit einer großen Geste geleitete die Loreley sie hindurch, und sobald sie wieder in der grün glitzernden Vorhalle standen, drehte Cassaras sich zu Thea um. »Ich hatte nicht vor, dich …«

Die übrigen Gebärden verstand Alea nicht richtig, aber sie war sich ziemlich sicher, dass der Prinz noch immer damit haderte, Thea zu verlassen.

Ihre Schwester wirkte allerdings absolut gefasst. »Mach dir keine Sorgen«, bat sie ihn. »Ich werde nicht automatisch in Schwierigkeiten geraten, nur weil ich mich der Alpha Cru anschließe.« Ihre Mundwinkel bogen sich nach oben. »Schwierigkeiten kriege ich auch ohne die Alpha Cru hin. Es macht also gar keinen Unterschied.«

Damit entlockte sie dem Prinzen ein klitzekleines Lächeln. Aufseufzend zog er Thea an sich und drückte sie ganz fest.

Als sie sich voneinander lösten, deutete die Loreley auf eine Tür, die von der Vorhalle mitten in den Rhein hinauszuführen schien. »Prinz Cassaras, ich vermute, dass Ihr nicht den Umweg über den Lufttunnel nehmen wollt?«

»Nein.« Cassaras rückte den Leierkasten auf seinem Rücken zurecht. »Ich gehe nicht noch einmal mit an Land, sondern mache mich sofort auf den Weg zum Meer.«

Eine plärrende Stimme ertönte. »Aber alle die, die durch den Tunnel hergekommen sind, müssen auch wieder durch den Tunnel nach draußen!« Jenkins stand zu ihren Füßen und hatte die Hände empört in die Seiten gestemmt. »So sind die Regeln!«

»Gnorfius unterzieht den Tunnel doch gerade einer Wartung«, wandte die Loreley freundlich ein. »Es kann noch etwas dauern, bis der Tunnel wieder funktionstüchtig ist, und Seine Hoheit hat es eilig.«

Cassaras stutzte. Er war es gewiss nicht gewohnt, als Hoheit betitelt zu werden.

»Aber –« Der Kobold schien sich auf die Zunge zu beißen und seinen Einwand krampfhaft hinunterzuschlucken. »Hrgh.«

»Unsere drei anderen Gäste nehmen den Tunnel, sobald er wieder intakt ist«, versprach die Loreley und begleitete Cassaras ein paar Schritte zu der transparenten Tür, durch die er in den Rhein gelangen würde. Auf der anderen Seite konnte man den Bug eines Schiffes erkennen, der sich durch die Tiefen schob. Kleine Kräuselstrudel ringelten durch das Wasser.

Mit einem Fingerschnippen öffnete die Loreley die Zaubertür. Eine Wasserwand baute sich vor ihr und dem Prinzen auf, wie von unsichtbarer Hand zurückgehalten.

Cassaras drehte sich zu Alea um. »Ich werde dir den Silberumhang zurückbringen, Elvarion.«

Alea richtete sich zu voller Größe auf. »Tun Sie das«, erwiderte sie mit der Stimme einer Anführerin.

Cassaras nickte und sprang im nächsten Augenblick mitten durch die Wasserwand. Schon war er auf der anderen Seite. Ohne sich noch einmal umzuwenden, kickte er mit den Füßen und tauchte geschmeidig davon.

Alea schaute ihm lange nach, und ihr Herz wurde schwer. Viel zu gut erinnerte sie sich daran, was Cassaras bei ihrer letzten Begegnung gesagt hatte: *Wenn ich gegen Mura antrete, ist es ein Kampf auf Leben und Tod.*

Jetzt blieb Alea nichts anderes übrig, als aus voller Überzeugung an einen bestmöglichen Verlauf der Dinge zu glauben und sich außerdem auf die Fähigkeiten des Prinzen zu verlassen. Er war ein mächtiger Krieger, in dem sich die Gaben der Nixen und der Landgänger vereinten. Wenn es jemand schaffen konnte, Mura zu bezwingen, dann er.

»Ich verabschiede mich nun ebenfalls«, riss die Loreley Alea aus ihren Gedanken. »Ihr könnt gern hier warten, bis der Tunnel wieder intakt ist. Jenkins wird euch Bescheid geben.«

Der Kobold kommentierte das mit: »Darauf könnt ihr einen lassen.«

Alea ergriff die warmen Hände der Loreley. »Danke, dass Sie eine Ausnahme für uns gemacht haben und wir alle vier in den Raum der Ahnen durften.«

Die Loreley zwinkerte ihr zu. »Das entsprach in der Tat nicht den Regeln.«

Jenkins verzog die Lippen zu einem vielsagenden Schmollmund.

Sie verabschiedeten sich, und die Loreley verschwand hocherhobenen Hauptes in ihrer planetblauen, rauschenden Robe durch eine weitere Tür, die Alea zuvor gar nicht aufgefallen war.

»Ihr könnt hier warten«, erlaubte der Kobold ihnen nun in gönnerhaftem Ton. »Aber fasst ja nichts an, sonst bekommt ihr es mit mir zu tun!« Nach dieser Warnung wandte er sich dem großen Portal zu, das einen Spaltbreit offen stand. »Gnorfius, jetzt mach mal hinne! Die Eierköpfe setzen sonst noch Moos an.« Er schlüpfte durch den Spalt, und man hörte ihn draußen weiterplärren, genau verstehen konnte man ihn jedoch nicht mehr.

Alea bemerkte, dass Thea die Unterwasserlandschaft außerhalb der Laube betrachtete, als saugte sie jede Einzelheit in sich auf. »Da«, sagte Thea lautlos und deutete auf etwas.

»Eine Isibelle!«, rief Lennox, und nun erkannte auch Alea, dass Thea eine Hüterin des Flusses erspäht hatte. Die kleine Magische ritt auf einem prächtigen Zander durch die Tiefen des Flusses. Gleich darauf waren es plötzlich zwei, und binnen weniger Sekunden hatte sich eine Gruppe von mindestens einem Dutzend Isibellen zusammengefunden. Alea konnte nicht genau erkennen, was sie machten, aber es wirkte, als … spielten sie. Übermütig ritten sie in einem Zickzackkurs durcheinander, ließen ihre Fische wilde Drehungen und Saltos vollführen und umrundeten sich gegenseitig, bis das Wasser voller Wirbel war und man kaum noch etwas erkennen konnte. Nur hin und wieder blitzte ein lachendes Gesichtchen aus dem Wirrwarr hervor und schien das heimliche Publikum mit ekstatisch guter Laune anstecken zu wollen.

Fasziniert beobachtete Thea das fröhliche Treiben. Bestimmt hatte sie noch nie zuvor Isibellen gesehen, denn Orion und Jinx hatten ihr ja jahrelang eingebläut, dass Magische gefährlich wären und man unbedingt einen großen Bogen um sie machen müsste.

»Sehen die Isibellen gefährlich aus?«, fragte Alea ihre Schwester und war mehr als froh, dass es ein Freudentanz war, der Thea in die Unterwasserwelt der Magischen einführte. »Dein Pa hat dir gesagt, alle Magischen wären zutiefst böse –«

»Ich nenne ihn nicht länger Pa«, unterbrach sie Thea. »Orion hat das Recht auf diese Bezeichnung für immer verloren.« Mit halb verächtlichem, halb widerspenstigem Gesichtsausdruck wies sie mit dem Kinn auf den Tanz der Isibellen. »Und wer über diese Wesen sagt, sie wären *abscheuliche Untiere*, ist nicht ganz bei Trost.«

Die letzten Gebärden verstanden Alea und Lennox nicht. Thea zog daraufhin einen Notizblock und einen Kugelschreiber aus ihrer Jackentasche und schrieb die Sätze auf.

»Wahrscheinlich hat Orion das gesagt, weil er panische Angst vor Magischen hat«, vermutete Lennox und fügte mit einer guten Portion Neugier hinzu: »Wir konnten allerdings noch nicht herausbekommen, aus welchem Grund.«

Gespannt wartete Alea auf die Reaktion ihrer Schwester.

Thea hob jedoch die Achseln. »Ich hab mich auch schon gefragt, was dahintersteckt. Aber leider weiß ich das nicht.«

Lennox seufzte. Dann gebärdete er: »Orion will die Magischen sogar ausrotten. Mit einem Virus.«

Theas Augen verengten sich. »Mit einem Virus?«

»Ja«, sagte Alea lautsprachlich. »Viren und Genveränderung sind seine Spezialität. Wusstest du das nicht?«

»Ich weiß, dass Orion ein exzellenter Virologe ist, aber –«, begann Thea und brach ab. Langsam öffnete sich ihr Mund, als begreife sie gerade etwas. »Der Virus, der die Meermenschen ausgelöscht hat! War das etwa auch …«

Wortlos nickten Lennox und Alea.

Fassungslos legte Thea die Hände an die Wangen, und ihre Lippen formten lautlos die Wörter: »Oh mein Gott.« Dann gebärdete sie: »Orion hat Hunderttausende von Meermenschen auf dem Gewissen! Oder sind es sogar Millionen? Er hat die ganze Meermenschheit ausradiert!«

Alea und Lennox ließen Thea einen Augenblick Zeit, um das zu verarbeiten, und schauten schweigend dabei zu, wie die Isibellen sich immer weiter entfernten. Vor dem großen Portal hörten sie indessen emsige Handwerksgeräusche und unverständliche, plärrende Kommentare. Die Wartung des Lufttunnels war wohl noch in vollem Gange.

Nach einer kleinen Weile strich sich Thea beklommen durch das dunkle Haar mit den pinkfarbenen Strähnen und gebärdete: »Wie konnte Orion das nur tun?«

»Das wüssten wir auch gern«, antwortete Alea. »Und wir dachten, dass du uns das vielleicht erklären könntest. Immerhin kennst du Orion so gut wie sonst kaum jemand.«

»Nur teilweise.« Theas Gesichtsausdruck verhärtete sich. »Ich habe viel beobachtet und mitbekommen, und trotzdem haben Orion und Jinx mir meine ganze Kindheit lang etwas vorgespielt. Sie waren freundlich, aber in Wahrheit ging es ihnen nur darum, die Elvarion auf ihre Seite zu ziehen.«

»Sie dachten, du wärst die Elvarion«, bemerkte Lennox, denn Alea hatte ihm das erzählt.

»Ja, sonst hätten sie mich nie zu sich geholt – mich nie meinen Pflegeeltern gestohlen.« Theas Mund wurde schmal. »Und sie hätten sich niemals so viel Mühe damit gegeben, mir die falschen Dinge beizubringen.«

Alea hatte sich bereits gefragt, wie sehr die Erziehung durch diese beiden Schreckgestalten Thea eigentlich geprägt hatte und wie viel von deren zerstörerischer Weltsicht auf sie übergegangen war. Doch allem Anschein nach hatte Thea es geschafft, sich eine gewisse gedankliche Unabhängigkeit zu bewahren oder das Beigebrachte zumindest im Nachhinein infrage zu stellen und zu verwerfen.

»Ich habe mal mit Orion darüber gesprochen, warum er den Virus erschaffen hat.« Alea wollte Thea das gern erzählen. »Damals hielt er uns in der Villa Konungur gefangen.«

»Was?«, fragte Thea baff. »Ihr wart dort?«

Rasch berichtete Alea ihr davon, dass der Doktor sie vor ein paar Wochen zu sich in die Villa gelockt hatte. Für Thea ergab es nun endlich Sinn, dass sie von Orion und Jinx zu genau jenem Zeitpunkt im Kerker der Villa eingesperrt worden war – die beiden hatten wohl um jeden Preis verhindern wollen, dass die Zwillingsschwestern einander begegneten.

»Du warst ganz nah«, sagte Alea betreten. »Und doch lagen Welten zwischen uns …«

Thea seufzte. »Und was hat Orion über den Virus gesagt?«

»Er hat behauptet, er hätte einen verheerenden Krieg zwischen den Landgängern und dem Meervolk kommen sehen«, gab Alea das Gespräch von damals in Kurzform wieder. »Und dass er davon ausgegangen wäre, die Meermenschen würden den Krieg verlieren, weil die Landgänger viel kriegserprobter sind und hoch entwickelte Waffen haben. Er meinte, durch den Virus hätte er den Meermenschen einen langen, furchtbaren Krieg erspart, an dessen Ende dasselbe Ergebnis gestanden hätte: ihre Ausrottung.«

Thea zückte ihren Kuli und schrieb in Großbuchstaben: *Bullshit!*

Alea lachte. Offenbar konnte Thea sich durchaus auch etwas weniger gehoben ausdrücken.

Lennox lachte ebenfalls. »Ich hab das auch nicht geglaubt. Orion als barmherziger Mörder – das ist echt *Bullshit*.«

»Ja, schon. Andererseits schien er sich das irgendwie wirklich selbst eingeredet zu haben«, wandte Alea ein. »Wieso sollte er den Virus denn auch sonst erschaffen haben? Allein deswegen, weil er die Ozeane ohne die Meermenschen besser vermüllen kann?« Sie überlegte kurz. »Ist dieser Grund nicht zu … klein, um dafür eine ganze Spezies auszulöschen?«

»Er hasst die Meermenschen – obwohl er ihre Welt auch geliebt hat.« Thea schien diesen Widerspruch selbst nicht zu verstehen. »Ich hatte manchmal den Eindruck, dass ihm der Hass von jemandem eingeredet wurde – dass er ihn sozusagen für jemand anderen auslebt.«

Lennox und Alea tauschten einen nachdenklichen Blick. »Für wen?«, fragte Alea.

Thea hob die Schultern. »Keine Ahnung.«

»Wir haben uns gefragt, ob er vielleicht keine Seele hat«, weihte Lennox Thea in ihre Überlegungen ein. Das Wort *Seele* konnte er allerdings nicht gebärden und sagte es lautsprachlich.

»Ich habe noch nie darüber nachgedacht, ob er eine Seele hat oder nicht«, antwortete Thea und zeigte ihnen damit die Gebärde für das Wort *Seele* – sie führte Daumen und Zeigefinger der rechten Hand zusammen und nach oben, als wollte sie einen Reißverschluss schließen. »Aber ich habe schon oft darüber nachgegrübelt, ob zusätzlich zu Orions unerklärlichem Hass auf die Meermenschen nicht noch mehr dahinterstecken könnte.«

»Und?«, hakte Alea gespannt nach. Auch wenn Thea nicht wusste, wieso der Doktor die Meermenschheit hasste und warum er solch panische Angst vor Magischen hatte, hatte sie womöglich andere Antworten auf die Frage nach dem Warum. Warum tötete jemand so viele Menschen? Warum verschmutzte jemand die Meere, als gäbe es einen zweiten Planeten? Warum versklavte jemand stolze Männer und quälte und verlachte sie ohne jeden Skrupel? »Warum tut er das alles?«

»Weil er es kann«, lautete Theas Antwort.

Lennox und Alea starrten sie an, denn dieser Satz wirkte so schlicht und banal, als könnte sich keinesfalls der Grund für derart schwere Verbrechen dahinter verbergen. Doch je länger Theas Erklärung im Raum stand, desto mehr gewann sie an Gewicht, als enthüllte sich ihre wahre Durchschlagskraft erst dadurch, dass man sich auf ihre scheinbare Einfachheit einließ. Alea verstand. Und sie verstand auch, wie unermesslich groß das Problem war, das diesem Satz zugrunde lag.

»Orion ist extrem fasziniert von seinem eigenen Verstand und seinem Können«, erklärte Thea und nahm teilweise ihren Notizblock zu Hilfe. »Die Dinge, die er durch seine Geisteskraft erreichen kann, fesseln ihn. Wenn er im Labor eine Lösung für ein Problem findet, steht er wie sein eigener Zuschauer daneben und ist völlig hin und weg. Aber nicht nur von seinem wissenschaftlichen Ergebnis, sondern vor allem von sich selbst.«

Lennox nickte, als passte das für ihn ins Bild.

Alea fiel es ebenfalls wie Schuppen von den Augen. »Um

herauszufinden, was alles in ihm steckt, muss Orion immer wieder bis an die Grenzen dessen gehen, was möglich ist. Und er will unbedingt wissen, wie weit er kommt. Deswegen probiert er es aus.«

»Damit er sich hinterher sagen kann: Mein Gott, bin ich genial?«, fragte Lennox lautsprachlich.

Thea nickte. »Und dabei kennt er keine moralischen Grenzen.« Das Wort *moralisch* schrieb sie auf. »Zumindest denkt Orion, dass moralische Grenzen für ihn nicht gelten. Er steht weit über solchen dummen menschlichen Erfindungen.«

»Moral ist eine dumme menschliche Erfindung?«, wunderte sich Alea, aber irgendwie wunderte sie sich auch nicht.

»Das hat Orion mal so gesagt«, erinnerte Thea sich und schrieb die nächsten Sätze auf. »Die Frage danach, was richtig oder falsch ist, interessiert ihn nicht. Sittliche Werte oder so etwas wie Verantwortungsgefühl sind nur für das Fußvolk. Er steht in seinen Augen darüber.«

»Wie ein … Übermensch«, murmelte Alea.

»Weil er überdurchschnittlich intelligent ist?« Lennox schien das für Unsinn zu halten. »Weil er schlau und der King im Manipulieren ist, hält er sich für einen Übermenschen?«

Thea griff wieder nach Stift und Papier. »Ich glaube, er ist davon überzeugt, dass er sich durch seine barbarischen Glanzleistungen einen Sonderstatus erschaffen hat«, schrieb sie. »Die Macht, die er besitzt, hat er sich selbst erarbeitet, allein durch seine Gerissenheit.«

In Aleas Bauch grummelte es vor Wut. »Seiner Meinung nach hat er seine Macht also voll verdient.«

»Ja. Er scheint sich oft sogar zu fragen, warum andere ihn nicht genauso bewundern wie er sich selbst«, gebärdete Thea.

Das war Alea auch schon an dem Doktor aufgefallen. Selbst bei den bösesten Taten schien er zu wollen, dass die Leidtragenden doch gefälligst seine Genialität anerkannten. Als wären sie sein Publikum und nicht seine Opfer. »Er … kann sich nicht in andere hineinversetzen.« Alea hatte das Gefühl, dass sie Orion langsam immer mehr durchschaute. »Ich vermute, er besitzt keinerlei Mitgefühl. Für ihn sind andere Wesen nur Marionetten, die er steuern kann, wie es ihm gefällt. Dass sie dabei Gefühle haben, kommt in seinen Überlegungen nicht vor.«

Thea nickte noch einmal. »Er hat die Einstellung: Wenn andere ebenso genial wären wie ich, könnten sie ja dasselbe tun. Offenbar gibt es aber niemanden wie ihn. Er scheint in seiner Intelligenz und Boshaftigkeit einzigartig zu sein.«

»Die Welt ist seine Spielwiese«, stellte Lennox mit unverhohlener Feindseligkeit fest.

Thea lachte freudlos. »Wer eine ganze Spezies ausrotten kann, hält sich wahrscheinlich ganz schnell für Gott.«

»Er hat die Meermenschen aber nicht ausgerottet!«, warf Alea ein und fragte sich, ob Thea das eigentlich wusste. »Es gibt wahrscheinlich Tausende von Meerkindern, die damals genau wie du und ich von ihren infizierten Eltern an Landgänger übergeben wurden.«

Theas Augen weiteten sich. »Tausende?«

»Na ja, das vermuten wir«, relativierte Alea. »Allerdings sind es viele! Wir haben nach diesen Kindern gesucht und sind fündig geworden.« Sie erzählte nun, wie die Alpha Cru den Song *Hinterm Wasserfall* geschrieben und ins Internet gestellt hatte – und dass sich daraufhin mittlerweile über zweihundert Meerkinder bei ihnen gemeldet hatten und sie mit vielen von ihnen über ihre Chatgruppe in Kontakt waren.

Thea kam aus dem Staunen gar nicht mehr heraus.

»Die Meermenschheit ist nicht vollständig ausgelöscht«, hob Alea hervor. »Wir Meerkinder sind noch hier. Und wir werden dafür sorgen, dass die Meerwelt neu entsteht.«

»Dein Traum …« Wehmütig blickte Thea Alea an. »Du willst eines Tages ins Meer zurückkehren.«

»Ja, und ich werde nicht allein sein!« Alea wechselte wieder ins Lautsprachliche. »Die Meerkinder werden mit uns kommen, und wir werden neue Städte bauen, neue Freundschaft mit den Magischen schließen – Freundschaft mit den Landgängern!«

Thea schien jedes ihrer Worte tief in sich aufzunehmen, und es war ihr anzusehen, dass Aleas Traum ihr gefiel. Schließlich fragte sie Lennox: »Und du wirst dabei immer an Aleas Seite sein?«

Lennox bejahte, ohne zu zögern. »Wo Alea hingeht, da gehe auch ich hin.«

Thea warf Alea einen Blick zu, als wollte sie sagen: Dein Freund ist wirklich außergewöhnlich. Dabei reichte ihr ein verschwörerisches Grinsen von einem Ohr zum anderen.

Alea grinste zurück. Sie war stolz auf ihren Freund, der ihr so bedingungslos beistand und dem es nicht peinlich war, das auch ganz offen zu sagen. Und Thea schien Lennox zu mögen, was wiederum Alea gefiel.

Jetzt brachte sie noch etwas ins Gespräch ein, das ihr schon die ganze Zeit im Kopf herumgegangen war: »Orion mag raffinierter sein als wir, aber er hat keine Freunde.«

Verwundert über diese Aussage legte Thea den Kopf schief, dann nickte sie jedoch. »All seine Untergebenen hassen ihn insgeheim.«

Ein feines Kribbeln breitete sich auf Aleas Körper aus, als wären sie etwas Wichtigem auf der Spur. »Orion kann unzähligen Gretzern Befehle erteilen, aber wahrscheinlich befolgen nur die allerwenigsten sie, weil sie von seinen Handlungen und Zielen überzeugt sind. Eher, weil sie keine andere Wahl haben, so wie die Darkoner.« Alea nagte kurz an ihrer Unterlippe, dann fügte sie hinzu: »Ich glaube, das schmälert Orions Macht, ohne dass er es merkt. Er ist blind dafür, was für starke Faktoren innere Überzeugung, Treue und Freundschaft in einem Kampf sind.«

Lennox schenkte ihr einen langen, nachdenklichen Blick. »Das ist seine Schwäche.«

»Und unsere Stärke«, gebärdeten Alea und Thea wie gleichgeschaltet.

»Cool, Synchrongebärden!« Lennox lachte. »Ist das so ein Schwesternding?«

Thea und Alea zwinkerten sich zu und gebärdeten einhellig: »Ja!«

Auf einmal plärrte eine Stimme hinter ihnen: »Der Tunnel geht wieder. Zeit abzudampfen, ihr –«

Bevor Jenkins *Eierköpfe* sagen konnte, funkte Alea ihm dazwischen. »Super, wir sind schon weg!«

»Husch, husch!«, rief der pfirsichfarbene Kobold ihnen nach, während sie durch das große Portal nach draußen eilten. Gnorfius war nirgendwo zu sehen, sonst hätte sich Alea bei ihm bedankt, denn sobald sie den grün glitzernden Tunnel betraten, stellten sie fest, dass der Boden leichter zu begehen war als zuvor. Wahrscheinlich hatte der Gilf nachjustiert.

Mit dem guten Gefühl, einen gewaltigen Schritt vorangekommen zu sein, marschierte Alea zwischen Lennox und Thea durch den Tunnel Richtung Ufer. Nicht nur, dass Cassaras auf dem Weg zur Nixenhauptstadt war, um den Silberumhang zurückzubringen – Thea würde sich der Alpha Cru anschließen! Aleas Herz machte vor Freude einen Sprung nach dem anderen. Gleich morgen würden sie gemeinsam nach Venedig aufbrechen und vielleicht schon am Abend auf Sammy, Ben und Tess treffen, die Thea dann endlich persönlich kennenlernen konnte.

Der Tunnel erschien Alea viel kürzer als auf dem Hinweg, und nach gefühlten fünf Minuten hatten sie sein Ende bereits erreicht. Grün glitzernd öffnete er sich und entließ sie unter dem dichten Blätterdach einer der alten Eichen wieder an Land. Sobald sie auf den Kiesstrand getreten waren, zog sich der Tunnel mit einem leisen *Plopp* hinter ihnen zu und verschwand.

Das letzte müde Sonnenlicht des Tages kroch über das menschenleere Flussufer, und ein paar Laternen flammten weiter oben an der Straße auf.

Da rang Lennox erschrocken nach Luft, und der grelle Alarm in seiner Stimme ging Alea durch Mark und Bein.

Dann sah sie es auch …

Männer mit nachtschwarzer Haut und hell leuchtenden Augen traten einer nach dem anderen hinter den Sträuchern und den alten Eichen hervor.

Die Umrisse mehrerer Gestalten kamen näher. In der Mitte befand sich jemand mit einem Kapuzenpulli und wilden braunen Locken. »Hallo, meine Lieben«, sagte Doktor Orion genüsslich. »Da seid ihr ja.«

Aufgelauert

Alea spürte, wie ihr vor Angst die Beine wegsacken wollten. Doktor Orion und seine Leute hatten ihnen aufgelauert!

Geräuschlos stellten sich die Darkoner in einigem Abstand zum Wasser um das Uferstück herum auf, wie ein Wall, der jede Fluchtmöglichkeit von vornherein zum Scheitern verurteilte. Je zwei Männer, die wahrscheinlich Landgänger waren, flankierten Doktor Orion und Jinx, die nun aus dem Schatten der alten Eiche traten, unter deren Blätterdach Alea, Lennox und Thea an Land gekommen waren. Einer der Männer war Hagen – der Maulwurf, der ihnen bereits so oft im Geheimen geholfen hatte. Bei seinem Anblick fragte Alea sich verzweifelt, ob Hagen auch jetzt etwas für sie tun konnte.

Sprunghaft wechselte ihr Gehirn in den Elvarion-Modus, und ihr Denken richtete sich zielgenau auf das erste Problem: Sie trug den Goldumhang, die Silberfäden und den Rückwandler in ihrer Bauchtasche. Diese Gegenstände durften auf keinen Fall in Orions Hände gelangen! Sie mussten fliehen. Doch wie? Sollten sie kämpfen? Das war das zweite Problem, denn nein, ein Kampf war aussichtslos. Dazu waren es zu viele Männer. Mindestens zwanzig Darkoner hatten sich rund um das kleine Kiesstrandstück aufgebaut. Die drei Landgänger bei Hagen waren der »Zweimetermann«, Giovanni und Rix, die man ebenfalls nicht unterschätzen durfte – auf Korsika hatten sie ihre Flucht beinahe vereitelt!

In Sekundenschnelle ging Alea sämtliche Lösungsszenarien durch. Konnten sie Magische rufen? Die Isibellen, Gnorfius oder sogar Jenkins? Doch als Alea an das Anti-Magikum dachte, das Orions Leute auf Korsika versprüht hatten, und daran, wie schwer es die Magischen dort getroffen hatte, war ihr sofort klar, dass das auf keinen Fall infrage kam. Das Anti-Magikum hatte riesige Warkane zum Rückzug gebracht! Sie durfte die Magischen dieses Flussabschnitts nicht in Gefahr bringen, wenn die Chancen sowieso gleich null standen.

Verflucht, wenn Cassaras bloß noch hier wäre!, schoss es Alea durch den Kopf, doch sie schob diesen Gedanken augenblicklich zur Seite, denn er brachte sie nicht weiter. Der Nixenprinz war längst fort.

Konnten die Minutenringe ihnen helfen? Nein. Die Darkoner waren zu weit entfernt, als dass sie ihnen einen Ring hätte anstecken können. Und selbst wenn Alea das bei Orion, Jinx oder einem der vier Landgänger gelingen würde, bekäme sie dadurch keine Fähigkeiten, die ihnen zur Flucht verhelfen konnten. Orions Roix-Kräfte waren hier wertlos. Und welchem Stamm gehörte Jinx eigentlich an? Ach ja. Thea hatte ihr geschrieben, ihr *Dad* wäre ein halber Vennuit. Wer waren noch einmal die Vennuit? Wie auf Knopfdruck spuckte Aleas Elvarion-Kopf die Antwort aus: Die Vennuit waren ein Stamm des Nordens und bündelten Eis. Welche Befähigungen das genau beinhaltete, wusste Alea aber nicht – ein zu großes Risiko für die Ringe.

Ins Wasser flüchten? Zwecklos. Alea konnte in ihrem jetzigen Landgängerzustand nicht schwimmen. Selbst wenn Lennox sie zog, würden die Darkoner sie im Handumdrehen einholen – denn Doktor Orion hatte ihnen vor einigen Wochen ein Gegenmittel verabreicht, und sie waren ebenso immun wie Alea.

Hatte Lennox womöglich trotz ihrer vorherigen Einwände die Sengbohne in der Tasche? Aber … wenn er sie benutzte, würde er jemanden damit töten. Vaporisieren. Und wenn Lennox die Bohne lediglich als Drohung einsetzte, würden Orions Männer möglicherweise ebenfalls Waffen ziehen.

Da bemerkte Alea, dass Jinx das längst getan hatte – er hielt eine Pistole auf sie gerichtet! Der Elvarion-Modus verhinderte jedoch, dass sie das in Angst und Schrecken versetzte. Stattdessen fragte sie sich, warum Jinx auf sie zielte und nicht auf Lennox. Musste der Oblivion denn nicht viel eher in Schach gehalten werden als sie? Prompt lieferte ihr glasklarer Geist die Antwort: Jinx' Waffe zeigte auf sie anstatt auf Lennox, weil der Oblivion für Orion viel wertvoller war. Obgleich Lennox sich auf Korsika standhaft geweigert hatte, dem Doktor seine Kräfte zur Verfügung zu stellen, würde Orion bestimmt weiterhin versuchen, ihn dazu zu zwingen. Ein Untergebener, der unsichtbar war und anderen die Erinnerung nehmen konnte, war für einen Gangsterboss Gold wert. Alea hingegen war nichts weiter als eine tickende Zeitbombe, die Orion garantiert gern aus dem Weg räumen würde. Sie mit der Waffe zu bedrohen, war die logische Wahl, und gleichzeitig *wurde* der Oblivion dadurch in Schach gehalten! Denn Lennox würde es niemals auf einen Kampf ankommen lassen, wenn eine Waffe auf Aleas Herz zielte.

Lennox entfuhr ein tiefes Knurren. Aus den Augenwinkeln sah Alea, dass er sich umblickte, als suchte er nach einer Fluchtmöglichkeit. Doch die Art, wie er nun die Schultern hängen ließ, sagte Alea auf die schmerzhafteste Weise, dass er zu demselben Schluss gekommen war wie sie: Es gab keinen Ausweg.

Der Elvarion-Modus ebbte ab, als habe er seine Pflicht getan.

Angsterfüllt schaute Alea zu Thea, deren Augen voller Zorn und Verachtung auf Orion gerichtet waren. Diese Empfindungen konnte Alea allerdings gerade nicht teilen. Neben der Angst, die sofort in ihr hochgeschnellt war, sobald sich der Elvarion-Modus verabschiedet hatte, spürte sie vor allem ein lähmendes Schuldgefühl in sich. Denn nun war genau das eingetreten, was Cassaras befürchtet hatte – Thea war durch das Zusammensein mit ihrer Schwester in Orions Fänge geraten.

»Es tut mir so leid«, gebärdete Alea niedergeschmettert, aber Theas Blick hing wie festgenagelt an Orion. Wenn die messerscharfen Blicke ihrer Schwester nur wirklich etwas hätten be wirken können!

»Ihr könnt mir nicht entwischen«, teilte Doktor Orion ihnen nun in selbstherrlichem Ton mit. Gemeinsam mit Jinx kam er in ein paar Metern Abstand von ihnen zum Stehen. Der Zweimetermann, Hagen, Giovanni und Rix hielten sich rechts und links von ihnen, als wollten sie sich auf Alea, Lennox oder Thea stürzen, sollten diese auch nur eine einzige falsche Bewegung machen.

Hagen hatte ein undurchdringliches Pokerface aufgesetzt, und Alea schaute schnell woandershin. Auf keinen Fall durfte irgendjemandem auffallen, dass Hagen eine besondere Verbindung zu ihnen hatte!

Jinx sah aus, als genieße er jede Sekunde des Überfalls, während Orions Blick begierig über Alea und die anderen glitt. Auffällig lange verharrte er auf Lennox und blieb schließlich bei Alea hängen. »Alea, du böses Mädchen«, sagte der Doktor mit einem Fünkchen Wut in der Stimme. »Du hast mir meinen Oblivion gestohlen, und das nehme ich dir ein wenig übel.« Säuerlich kräuselte er die Lippen. »Auf Korsika konntet ihr uns an der Nase herumführen, aber bloß deshalb, weil ihr euch mit Magischen verbündet hattet. Das hört nun auf.«

Die Art, wie er das sagte, versetzte Alea innerlich in helle Aufregung. Was meinte er damit? War der neue Virus etwa einsatzbereit?

Orions Augen richteten sich auf den Rhein, der im warmen Dämmerlicht des schwindenden Tages vor sich hin rauschte. »Alea, meine Liebe, deine magischen Freunde sollten besser davon absehen, irgendein Rettungskommando zu schicken. Jeder meiner Männer trägt einen extragroßen Zerstäuber mit dem Anti-Magikum bei sich. Und wie das beim letzten Mal für die Magischen ausgegangen ist, wisst ihr ja.«

Alea hätte zugleich lachen und weinen können. Wenn Orion mit seinem alten Anti-Magikum gegen Magische vorgehen wollte, waren die Arbeiten an dem neuen Virus ganz offensichtlich noch nicht abgeschlossen! Andererseits bestätigte er ihr mit seinen Worten, dass sich jedes magische Wesen, das ihnen helfen wollte, in große Gefahr begeben würde.

Ohne ein Wort an ihn drehte Alea sich zum Fluss um. »Ihr Magischen!«, rief sie auf das Wasser hinaus. »Kommt nicht her! Diese Männer haben eine schreckliche Waffe. Lasst euch nicht auf einen Kampf ein!«

Die Isibellen tauchten auf ihren Zandern aus dem Wasser auf. Mit großen Augen starrten sie zu Alea herüber, als fragten sie sich, was sie von ihren Worten halten sollten.

Orions Miene nahm einen angewiderten Ausdruck an. Oder war das unterdrückte Furcht? Mit der rechten Hand schien er irgendetwas in der Tasche seines Kapuzenpullis zu umklammern, und Alea hätte wetten können, dass es ein Anti-Magikum-Zerstäuber war.

»Es ist mein Ernst!«, rief Alea auf den Fluss hinaus und scherte sich nicht darum, ob Orion es ihr übel nahm, dass sie einfach entschieden hatte, die Magischen zu warnen. »Schwimmt so weit fort, wie ihr könnt!«

Daraufhin zogen die Isibellen sich zurück, als hätten sie die Warnung verstanden.

Die Körperhaltung des Doktors entspannte sich zwar merklich, gleichzeitig schien ihm Aleas Dreistigkeit überaus zu missfallen. »Das nächste Mal fragst du mich, bevor du hier rumbrüllst«, ätzte er. »Oder hast du vergessen, dass eine Waffe auf dich gerichtet ist?«

Das hatte Alea durchaus nicht vergessen.

»So, Kinder«, wandte Orion sich nun in einem Tonfall an sie alle drei, als wäre nichts gewesen. »Am besten hört ihr endlich auf, vor mir wegzulaufen.« Sein Blick traf auf Theas Augen, die Dolche zu schleudern schienen. Allerdings beeindruckte ihn das offenbar wenig. »Ich werde euch immer finden. Das wisst ihr doch, oder?«

Thea spuckte ihm vor die Füße.

Orion lachte bloß. »Ach, mea Thea«, sagte er lautsprachlich und gebärdete zugleich.

Mea Thea? War das Latein für *meine Thea*? Zumindest war es wohl etwas, was Thea ganz und gar nicht gefiel – ihr Unterkiefer schob sich rebellisch vor, als wollte sie damit eine Schranke zwischen Orion und sich aufbauen.

Der Doktor gebärdete und sprach weiter. »Du warst vorsichtig, mea Thea«, räumte er ein. »Ich muss sagen, dass ich sogar ein wenig stolz darauf bin, wie du es geschafft hast, deine Handynutzung vor mir zu verbergen. Ein bisschen was hast du wohl doch von mir gelernt.«

Thea schaute ihn an, als wollte sie ihn umbringen. Orion lächelte jedoch ungerührt und wandte sich wieder Alea zu. »Du warst hingegen viel zu gedankenlos, meine Liebe. Zwar konnte ich Theas Handy nicht ausfindig machen, aber deines habe ich vom ersten Tag eures Gedächtnisverlustes an überwacht.«

Wie Pfeile durchdrangen seine Worte Aleas Herz. Und nun war klar, was als Nächstes kommen würde.

Und dann kam es. »Ich habe alle Chats zwischen Thea und dir mitlesen können«, verkündete Orion freudig.

Aleas Herz krampfte sich zusammen. Er hatte ihren SMS-Austausch doch mitverfolgt. Er wusste alles!

»Dass der Nixenmann dein Wanderer sein muss, das hab ich mir natürlich gleich gedacht«, gebärdete Orion in Theas Richtung. »Magischer Dreck ist dieser Kerl, nichts weiter«, zischte er kaum hörbar. Etwas lauter fügte er hinzu: »Und dass du zur Loreley wolltest, hättest du kaum schlechter vertuschen können, Thealein.« Tadelnd hängte er ein *Ts, ts, ts* an und fuhr dann gebärdend fort. »Mir war sofort klar, dass du auf dem Weg nach Sankt Goarshausen sein musstest. Deswegen haben wir uns ebenfalls umgehend dorthin begeben.« Er schien es in vollen Zügen zu genießen, Thea seinen Triumph so richtig unter die Nase zu reiben. »Wir sind schon seit einer Woche hier. Es war kein Problem, den Nixendreckskerl und dich aufzuspüren. Ein regelrechter Klacks war das! Seitdem haben wir euch heimlich beobachtet.«

Aleas Herz wand sich. Orion und seine Leute waren ihnen immer einen Schritt voraus gewesen!

Thea versuchte gar nicht mehr, ihre Bestürzung zu verbergen. »Aber wieso habt ihr Cassaras und mich denn nicht schon letzte Woche aufgegriffen?«

»Aus einem ganz bestimmten Grund.« Orion unterbrach sich kurz, als wollte er die Spannung steigern. »Weil du der perfekte Köder warst, mea Thea«, sagte er dann fast zärtlich.

Lennox stöhnte gequält auf, als könnte er kaum ertragen, dass er das nicht kommen gesehen hatte.

Orion schien sich in Lennox' Reaktion förmlich zu suhlen. Dann erklärte er Thea mit höchster Selbstzufriedenheit: »Alea und du habt euch derartig gut in euren Chats verstanden, dass ich mir sicher war: Sie wird dich suchen. Und da Alea ja nicht auf den Kopf gefallen ist, bin ich davon ausgegangen, dass sie sich zusammenreimen konnte, wo du hinwolltest. Es war also nur eine Frage der Zeit, bis Alea hier auftauchen würde.« Mit glänzenden Augen schob er nach: »Und ich wusste, dass sie im Schlepptau meinen Oblivion mitbringen würde.«

Wie gelähmt stand Alea da. Die Erkenntnis tat furchtbar weh – sie waren ein weiteres Mal geradewegs in eine von Orions Fallen getappt.

»So habe ich euch nun alle drei schnappen können«, fasste der Doktor zusammen und strahlte, als erwartete er allen Ernstes Anerkennung für seine Gewieftheit.

Alea entschied, sie ihm zu geben. »Sie haben uns ausgetrickst – Respekt.«

Orions Augen leuchteten auf wie die eines Kindes, das für ein selbst gemaltes Bild gelobt wird. »Du wirst staunen zu hören, was ich außerdem getan habe«, sagte er, als wollte er noch einen draufsetzen. »Als ihr soeben bei der Loreley im Raum der Ahnen gewesen seid – da waren wir mit dabei!« Vor Begeisterung war sein Mund weit aufgerissen. »Zumindest haben wir alles mitverfolgen können! Zeirus hat nämlich schon vor einer Woche einen Peilsender und ein Abhörgerät in Cassaras' Leierkasten versteckt.« Orions Zeigefinger wies auf den Chef der Elitetruppe, den Alea zuvor gar nicht hatte ausmachen können. Doch nun erkannte sie Zeirus, den breit gebauten Mann mit den grauen Schläfen, der in der Mitte der Mauer aus Männern stand. »Wir haben das ganze rührende

Gespräch zwischen Cassaras und seiner Mama mitangehört!«, schwelgte Orion weiter in seinem Glück.

Alea konnte kaum noch atmen.

»Nun ist der Nixendreckskerl also weg.« Orion wiegte den Kopf hin und her. »Ich hätte ihn zwar gern ebenfalls dingfest gemacht, um ihn für seinen Verrat zu bestrafen.« Er seufzte. »Allerdings ist mir auch ganz recht, dass er nicht hier ist, um querzuschießen. Und das wird er nun ganz sicher nicht mehr tun – laut unserem Peilsender ist dieser Hundesohn schon fast hundert Kilometer den Rhein hinuntergeschwommen.«

Thea hob die Hände wie zum Boxkampf und gebärdete: »Cassaras wird zurückkommen. Mit dem Silberumhang. Und wo auch immer Alea dann ist – Cassaras wird sie befreien.«

Der Doktor lachte lauthals. »Du bist ja völlig geblendet von ihm!«, verhöhnte er Thea, aber Alea hörte die unterschwellige Empfindlichkeit hinter dem Hohn heraus. »Verrate mir doch mal, wieso dein toller Nixenprinz unsere Anwesenheit eine Woche lang nicht bemerkt hat, wenn er so ein Superkrieger ist?«

Wütend presste Thea die Lippen zusammen.

»Ich wüsste ja zu gern, welchen Unsinn er dir über die Welt erzählt hat«, sagte Orion mehr wie zu sich selbst. »Leider habe ich von euren Gesprächen nichts mitbekommen, denn ein Abhörgerät bringt nichts, wenn Leute gebärden.«

»Ha!«, rief Thea triumphierend, und sie rief mit ihrer Stimme. »Da ist dir wohl einiges entgangen, *Pa*«, gebärdete sie und schien ihm das letzte Wort geradezu ins Gesicht zu speien. »Aber was du garantiert mitbekommen hast, ist der Warkan, den Cassaras jede Nacht auf dem Wehrgang vor meinem Versteck als Wache postiert hat.«

Überrascht schauten Lennox und Alea sie an.

Orion wirkte hingegen weniger verwundert. »Natürlich ist uns das nicht entgangen. Anscheinend weiß dein Nixenprinz aber nicht, dass mein Anti-Magikum auch Warkane außer Gefecht setzen kann«, stichelte er und glaubte offensichtlich, dadurch im Wettbewerb mit dem Nixenprinzen die Nase vorn zu haben.

»Du brauchst so ein künstliches Zeug, um dich stark zu fühlen«, schleuderte Thea ihm mit Gebärden entgegen. »Cassaras kann dagegen jederzeit ein wahrhaftiges Monster heraufbeschwören!«

»Aber ich habe Darkoner!«, schrie Orion. Er konnte es wohl nicht ertragen, bei Theas Vergleich zu verlieren.

Jinx trat zu ihm und legte ihm die rechte Hand auf die Schulter, während in seiner linken weiterhin die Pistole lag. »Beruhige dich«, sagte er fast streng zu Orion. An Thea gewandt, fügte er in scharfem Ton hinzu: »Und du hörst jetzt sofort auf, dich hier dermaßen aufzuspielen. Wir sind nicht deinetwegen hier, du dumme Göre. Du bist nur Beifang.«

Thea lachte, als hätte sie nichts anderes von ihm erwartet. Doch Alea konnte spüren, dass Jinx' brutale Kälte Thea verletzte. Wahrscheinlich war er ihr gegenüber noch nie derart schonungslos gewesen.

»Du hast natürlich recht, Jinx«, lenkte Orion ein und schüttelte sich wie ein nass gewordener Pudel nach dem Regen.

»Wir sollten uns auf das Wesentliche konzentrieren: Wir haben den Oblivion gefasst.« Er machte ein kleines Yeah-Geräusch und schien diese Tatsache mit Jinx feiern zu wollen.

Jinx nickte nur knapp.

Mit sichtlich guter Laune klatschte Orion in die Hände. »Mein lieber Lennox, du hast in den letzten Tagen wirklich hervorragende Arbeit geleistet«, lobte er. »Du hast nicht nur die *Crucis* getarnt, sondern Aleas Handy mit einem Skorpionfisch ausgestattet, richtig?« Er schien regelrecht stolz auf Lennox zu sein. »Eine ganze Woche lang wart ihr für uns komplett von der Bildfläche verschwunden, wirklich bemerkenswert.«

Lennox schwieg, aber wie Alea ihn kannte, machte er sich entsetzliche Vorwürfe, dass er heute keinen von Orions Leuten erspäht hatte. Das war Cassaras hingegen sieben Tage lang auch nicht gelungen. Die Darkoner waren ganz klar Meister ihres Fachs – und durch den Herrenschwur zu allem Überfluss auch noch genetisch optimiert.

»Was für wunderbare Fähigkeiten du besitzt, lieber Lennox«, seufzte Orion hingerissen. »Und wie gut ich die gebrauchen kann!« Er lachte fröhlich, doch dann wurde seine Miene schlagartig ernst. »Ich würde jetzt allerdings gern von euch wissen, wer dieser Siegfried ist – der Mann, der Thea zur Flucht verholfen hat.«

Alea schluckte. Um nichts in der Welt durften sie Hagen verraten!

Orions Augen verengten sich. »Na los, sag es mir, Anthea Orion!«, verlangte er im Kommandoton.

Alea hatte noch nie darüber nachgedacht, ob Thea womöglich seinen Nachnamen trug. Und es widerte sie an, dass es offenbar so war.

»Wer von meinen Männern ist ein Verräter?«, setzte Orion gefährlich leise nach. »Es muss jemand aus meinem engsten Zirkel sein, hab ich recht?«

Da hob Thea ganz langsam die Hand, als wollte sie etwas gebärden.

Orions Augen wurden zu Schlitzen.

Thea drehte die Hand nach oben und zeigte Orion den Mittelfinger.

Lennox stieß ein verzweifelt-triumphierendes Lachen aus, und Alea konnte den Mut ihrer Schwester kaum fassen.

Doktor Orion lachte ebenfalls, doch es klang ein klein wenig angestrengt. »Ach, Thealein, ich bekomme es sowieso heraus«, tat er ihre Widerspenstigkeit leichthin ab. »Ab jetzt seid ihr in meiner Gewalt. Ich finde schon einen Weg, wie ich von jedem von euch bekomme, was ich will.«

»Was willst du denn von mir?«, gebärdete Thea und stand da, als würde Orion es niemals bekommen – was auch immer es sein mochte.

Der Doktor machte eine wegwerfende Handbewegung. »Von dir will ich gar nicht so viel, kleines Mädchen. Nur den Namen des Saboteurs. Aber ob du mir den verrätst oder nicht, ändert nichts daran, dass ich dich schon bald zur Landgängerin mache, so wie deine Schwester.«

Alles in Alea schrie auf.

»Leider ist mein Labor auf Korsika zerstört worden«, erzählte Orion in einem Ton, als säßen sie zum Kaffeeklatsch zusammen. »Jetzt brauche ich wieder zwei Wochen, um in meinem neuen Labor einen DNA-Wandler herzustellen.« Er blies die Wangen auf und ließ die Luft prustend entweichen. »Aber sobald der Wandler fertig ist, bist du die längste Zeit ein Meermädchen gewesen, mea Thea.«

Obwohl Thea durch Alea von diesem Plan wusste, wurde sie nun doch ganz blass um die Nase.

Orion zuckte die Schultern, als wäre ihre Umwandlung unumgänglich und als müsste sie sich eben mit den Tatsachen abfinden. Dann suchte sein Blick erneut den von Alea. »Über dich, meine Liebe, habe ich mir ausgiebig Gedanken gemacht.« Er setzte ein dünnes Lächeln auf. »Leider kann ich dir gegenüber nicht noch einmal so großzügig sein wie beim letzten Mal, als ich dich nach eurer Gefangennahme wieder in die Freiheit entlassen habe. Bedauerlicherweise haben die Magischen sich komplett auf dich als ihre Erlöserin eingeschossen und betrachten dich überraschenderweise auch jetzt noch als Elvarion. Da habe ich mich verschätzt, das muss ich zugeben.« Er hüstelte, als wäre ihm ein kleines Missgeschick passiert. »Nun ja. Jetzt weiß ich, dass ich dich auf keinen Fall mehr frei herumlaufen lassen kann.«

»Was werden Sie mit Alea machen?«, fragte Lennox lauernd.

Orion drehte sich ihm zu. »Oh, und mit dir habe ich die interessantesten Dinge von euch allen vor«, sagte er, ohne auf Lennox' Frage einzugehen. »Leider konnte ich meinen Plan beim letzten Mal nicht vollenden, du böser Oblivion. Bist einfach getürmt, bevor ich fertig war.« Mit einer Mischung aus Tadel und Anerkennung schüttelte er den Kopf. »Ich hätte nur noch ein klein wenig mehr Zeit gebraucht. Der Darbstoff muss leider recht lange in Kulturen reifen.«

Alea wurde kalt. Was hatte Orion mit Lennox auf Korsika vorgehabt?

In den Augen des Doktors loderte Vorfreude auf, als er nun vor Lennox trat. Der spannte sichtlich die Muskeln an, bereit zur Abwehr. Aber der Doktor würde ihn doch bestimmt nicht angreifen! Dazu hatte er seine Leute. Alea runzelte die Stirn. Wollte Orion Lennox einfach nur ins Gesicht lachen und dabei keine seiner Regungen verpassen, oder warum stand er so dicht vor ihm?

»Jetzt kann ich meinen Plan endlich in die Tat umsetzen.« Noch während Orion sprach, trat er mit einem überraschend schnellen Schritt vor und griff nach Lennox' linker Hand.

Etwas schnappte zu.

Lennox schrie auf und riss seine Hand zurück.

Alea erkannte, dass der Doktor eine Handschelle um Lennox' Handgelenk hatte einrasten lassen! Orion hielt den zweiten Metallring fest und lachte aufgeregt. Mit einer brutalen Bewegung zog er Lennox näher zu sich heran.

Alea sog scharf die Luft ein. Orion wollte Lennox wieder in Ketten legen, so wie auf Korsika! Bestimmt würde er jeden Moment den anderen Metallring zuschnappen lassen.

Doch das tat der Doktor nicht. Stattdessen trat er noch dichter an Lennox heran und flüsterte ihm etwas ins Ohr.

An Lennox' Gesichtsausdruck war deutlich abzulesen, dass das, was der Doktor ihm zuwisperte, nichts als Abscheu in ihm auslöste. Abscheu und … Irritation.

Was hatte Orion jetzt wieder Irres gesagt? Was hatte er vor?

Da bemerkte Alea, dass die Darkoner mit einem Mal ganz schockiert aussahen. Offenbar hatten sie aufgrund ihres außergewöhnlich guten Hörvermögens verstanden, was der Doktor Lennox zugeflüstert hatte! Und was das auch immer gewesen war, es schien die Darkoner zu erschüttern. Zeirus starrte Orion zunächst ungläubig an und tauschte dann fassungslose Blicke mit einigen der anderen Darkoner.

Der Doktor bekam davon jedoch nichts mit. Seine volle Aufmerksamkeit war auf *seinen* Oblivion gerichtet. »Gleich gehörst du mir«, sagte er mit einem teuflischen Lächeln zu Lennox, der zurückzuweichen versuchte. Aber Orion hielt das andere Ende der Handschelle mit eisernem Griff fest.

In einem Zweikampf hätte der Doktor keine Chance gehabt. Doch Jinx' Pistole war auf Alea gerichtet. Und Jinx wiederum war zu weit von Lennox entfernt, als dass dieser ihm die Waffe ohne Risiko hätte entwenden können.

Verzweifelt schloss Alea die Augen und hoffte, der Elvarion-Modus würde sich noch einmal einstellen. Das tat er jedoch nicht. Stattdessen hörte sie die Blätter der alten Eiche leise über sich im Wind säuseln und den Fluss rauschen, als wäre dies ein ganz normaler Moment im Zeitgeschehen und nicht der wahrscheinlich tragischste Wendepunkt ihres Lebens.

Der Doktor lachte leise, und Alea öffnete ihre Augen. Orions Gesicht war Lennox ganz nahe, und beinahe hatte es den Anschein, als wollte er ihn küssen.

Alea drehte sich der Magen um. Was ging hier vor? Was meinte Orion mit *Gleich gehörst du mir*?

Da fiel plötzlich etwas aus dem Baum.

Es war, als würde etwas Leichtes, Wendiges von dem Ast über ihnen herabfliegen. Allerdings war es viel zu groß, um ein Vogel zu sein.

Im ersten Moment konnte Alea nichts Genaues erkennen. Aber dann sah sie, dass ein Mensch vom Ast der Eiche gesprungen war.

Aber nicht nur irgendein Mensch.

Es war Siska.

Alea war so perplex, dass sie wie erstarrt dastand. Wieselflink war Siska vom Ast der Eiche gesprungen, direkt vor Jinx' Füße. Mit einer blitzschnellen Drehung trat das Darkonermädchen dem Mann die Pistole aus der Hand, und als die Waffe durch die Luft flog, hechtete Siska hinterher und erhaschte sie im Flug. Noch während ihr Körper in den Kies fiel, schwenkte Siska die Pistole zu Orion herum. »Keine Bewegung!«, donnerte sie auf Hajara. »Oder ich drücke ab!«

Die Darkoner, die bereits auf halbem Wege zu ihr gelaufen waren, froren in den Bewegungen ein.

Giovanni, Rix, der Zweimetermann und Hagen, die Siska ebenfalls gerade hatten abwehren wollen, hielten abrupt inne.

Jinx stieß ein hysterisches Zorneskreischen hervor.

Orion stand nur da. Sein Gesicht war aschfahl.

Mit einem Sprung kam Siska auf die Beine. »Sie sind also der berühmte Doktor Orion«, sagte sie und maß ihn von Kopf bis Fuß mit den Augen. »Ich hatte Sie mir größer vorgestellt.«

Alea konnte noch immer kaum glauben, was gerade geschah. Siska musste sich die ganze Zeit über im Blätterdickicht der Eiche versteckt haben! Wie lange hatte sie dort ausgeharrt?

Schuldbewusst musste Alea sich eingestehen, dass sie Siska über die heutige Achterbahnfahrt der Ereignisse völlig vergessen hatte. Seit dem Morgen hatte sie nicht mehr auf ihr Handy geschaut! Doch Siska war eine Darkonerin. Sie hatte auf eigene Faust herausbekommen, wo Lennox und Alea steckten. Wahrscheinlich hatte sie sogar gesehen, wie sie in den Lufttunnel eingetreten waren, aber nicht einfach am Ufer auf sie gewartet, sondern sich wie eine wahre Jägerin sorgsam versteckt.

Alea bemerkte, dass Zeirus Siska wie vom Donner gerührt anstarrte. Das Mädchen war seine Tochter, das erkannte er aber bestimmt nicht so ohne Weiteres aus diesem Abstand. Siska war noch sehr klein gewesen, als sie an ihre Landgänger-Adoptiveltern übergeben worden war, außerdem besaß sie keine unveränderlichen Kennzeichen, die Zeirus einen Hinweis hätten geben können. Doch allein die Tatsache, dass sie eine junge Darkonerin war, schien Zeirus völlig aus dem Konzept zu bringen – ebenso wie einige seiner Männer, die Siska wie eine Erscheinung anstierten.

Siska schenkte ihnen allerdings keinerlei Aufmerksamkeit. Sie war voll konzentriert, riss Orion herum und drückte ihm die Pistole direkt gegen die Schläfe.

Der Doktor brachte ein entsetztes Würgen hervor, das sich in der nächsten Sekunde in ein irres Lachen verwandelte. »Eine Darkonerin! Was für eine wunderbare Überraschung«, kiekste er. »Du wirst dich als Ergänzung meiner Sammlung erstklassig machen, Mädchen.«

Zeirus entfuhr ein Wutschnauben.

Derweil rammte Siska dem Doktor ihren Ellbogen in die Seite. Orion krümmte sich – und Thea ballte die Hände zu Fäusten, als würde sie ihm am liebsten einen zusätzlichen Kinnhaken verpassen.

Siska zog den gebeugt dastehenden Doktor am Kapuzenpulli in die Höhe und hielt ihm die Waffe dabei weiter an den Kopf.

Alea bemerkte, dass Lennox hierhin und dorthin schaute, als versuchte er, einen Plan zu entwickeln. Da setzte der Elvarion-Modus wieder ein, und Alea ging fieberhaft alle möglichen Abläufe durch. Die bittere Wahrheit war, dass Siskas Auftauchen und selbst die Pistole an Orions Schläfe die Situation nicht maßgeblich verändert hatten. Denn sogar wenn sie versuchen würden, mit Orion als Geisel zu fliehen, würden Jinx, die Landgänger und die Darkoner nicht einfach danebenstehen und sie machen lassen. Sobald sie sich mit Orion in Bewegung setzen würden, konnten sie die vielen Männer gar nicht mehr im Blick behalten. Früher oder später würde ein Darkoner aus irgendeinem Baum fallen – so wie Siska.

Das Darkonermädchen hatte jedoch einen anderen Plan. »Lauft!«, rief sie Alea, Thea und Lennox zu. »Flieht!«

Voll ungläubigem Staunen schnappte Alea nach Luft. »Du willst zurückbleiben?« Das war genial. Und unvorstellbar. »Wir können dich doch nicht einfach hier zurücklassen!«, protestierte Alea, obgleich ihr Kopf ausrechnete, dass sich ihre Fluchtchancen dadurch, dass Siska mit dem Doktor hier stehen bleiben und ihnen Zeit verschaffen würde, unsagbar verbessert hatten. Siskas Aussicht, zu entkommen, war dagegen verschwindend gering. Über kurz oder lang würden die Darkoner sie überwältigen.

»Geht!«, schrie Siska. »Worauf wartet ihr noch?«

Lennox ergriff das Wort. »Wenn du jetzt hierbleibst, Alea, sind alle Opfer umsonst gewesen, die jemals für die Elvarion erbracht wurden.«

Prompt spulte Aleas Kopf die Taten all derer ab, die für sie verzichtet, gekämpft, alles aufgegeben und sich selbst in Lebensgefahr gebracht hatten. Wofür? Dafür, dass sie sich nun von Orion gefangen nehmen ließ, obwohl sie fliehen konnte?

»Ins Wasser!«, rief Alea im nächsten Moment, denn das war die aussichtsreichste Fluchtvariante.

»Der Virus!«, gebärdete Thea entsetzt. »Ich würde sterben!«

Alea widersprach sofort. »Nein, du bist immun, so wie ich.«

Vor Erstaunen klappte Thea der Mund auf.

Unterdessen griff Lennox in die Innentasche seiner Lederjacke und zog ein großes Blatt Rotfarn heraus. Eilig biss er ein Stück davon ab und kaute kurz, bevor er schluckte.

»Ihr könnt uns nicht entkommen!«, gellte Orion.

»Sie werden gleich sehen, dass sie das sehr wohl können.« Siska nickte Alea in aller Dringlichkeit zu. »Los jetzt!«

»Danke«, sagte Alea und hatte das Gefühl, dieses Wort wäre viel zu klein für das, was Siska hier tat. »Das werde ich dir niemals vergessen.« Damit nahm sie Theas Hand und zog ihre Schwester zum Wasser. Lennox folgte ihnen. Als die erste Welle über ihre Füße schwappte, zuckte Thea zusammen. Doch sie lief weiter, schnurstracks ins Wasser hinein. Sobald es ihnen bis zu den Oberschenkeln reichte, blickte Alea Thea fragend an. Das Gesicht ihrer Schwester war wie zu Stein erstarrt, aber schon einen Augenblick später warf Thea sich mutig in den Fluss. Alea stürzte sich ebenfalls hinein. Sie wusste, dass Lennox sie auffangen würde. Und sie vertraute nicht nur auf ihn, sondern auch darauf, dass Thea schwimmen konnte, ohne es je gelernt zu haben – so wie alle Meerkinder.

Gleich darauf begann Thea zu schwimmen. Und dann war Lennox da. Er umfing Aleas Hüfte mit seinem linken Arm und schwamm mit dem rechten. Thea war dicht an Aleas Seite und schien kaum glauben zu können, was ihr Körper da tat.

Rasch blickte Alea zum Ufer zurück. Siska stand noch immer mit Orion unter der alten Eiche und hielt die Pistole gegen seinen Kopf gedrückt. Keiner seiner Männer rührte sich. Nur Jinx brach in Wutgeheul aus und raufte sich die Haare. Aber auch er griff die Darkonerin nicht an.

Es tat Alea in der Seele weh, Siska zurücklassen zu müssen. Konnte die Darkonerin es nicht doch schaffen, heil aus dieser Situation herauszukommen? Unwahrscheinlich. Eigentlich unmöglich. Doch was blieb Alea anderes als die Hoffnung?

Während Lennox sie immer weiter auf den Fluss hinauszog, raunte er Alea ins Ohr: »Wieso ins Wasser?« Er sprach so leise, dass sie ihn kaum verstehen konnte, allerdings tat er das bestimmt, weil er nicht von den Darkonern gehört werden wollte. »Hätten wir an Land nicht bessere Chancen?«

»Nein, an Land können wir keine magische Hilfe holen«, entgegnete Alea flüsternd, und das Rauschen des Flusses riss ihre Worte fast davon. »Hier schon.«

»Aber du hast die Magischen doch extra weggeschickt!«,

wisperte Lennox, während sie von einer Strömung erfasst und langsam flussabwärts getragen wurden. »Bestimmt sind die Isibellen nicht mehr hier. Und selbst wenn sie es noch wären – wie sollten sie uns helfen?«

»Ich hoffe, hier sind noch andere Magische«, antwortete Alea, so leise sie konnte.

»Und falls ja?«

»Dann könnten sie uns flussaufwärts bringen! Orion rechnet garantiert nicht damit, dass wir entgegen der Strömung fliehen.« Es war mittlerweile so gut wie dunkel und bestimmt schwer, sie auf dem Fluss auszumachen. Darüber hinaus tuckerte gerade ein schwer beladenes Frachtschiff auf sie zu, das sich gegen die Strömung voranckämpfte und ihnen Sichtschutz bieten würde.

Lennox flüsterte: »Ich kann dich auch flussaufwärts ziehen.«

»Mit magischer Hilfe ginge es schneller – und wir kämen viel weiter«, erklärte Alea rasch.

»Ja, schon. Aber wenn wir nach Magischen rufen, hören die Darkoner das doch! Und dann können sie sich denken, was wir vorhaben.«

»Wir werden nicht rufen«, gab Alea zurück. »Wir schicken Zavana Ravanda.«

Verwirrt erwiderte Lennox: »Aber das kannst du doch gar nicht mehr.«

»Ich nicht.« Ein Lächeln schlich sich in Aleas Gesicht. »Aber Thea.«

Kind des Wassers

Alea, Lennox und Thea drifteten auf die Mitte des nachtdunklen Rheins zu, getragen von der Strömung des Flusses, die mit jeder Sekunde stärker wurde. Doch Alea hatte keine Angst vor dem Wasser. Thea, die mit weit ausholenden Armbewegungen neben Lennox schwamm, schien es ähnlich zu gehen. Alea konnte in der Dunkelheit zwar nur schlecht sehen, aber Thea war offenbar völlig gefesselt von sich selbst, ihren Bewegungen und dem Gefühl, dass die Wellen sie trugen.

Hastig warf Alea einen Blick auf Orion und seine Leute, die immer weiter hinter ihnen am Ufer zurückblieben. Siska hatte die Situation noch immer unter Kontrolle. Doch wie lange noch? Und was, wenn Orion und seine Darkoner Siska niederrangen, dann zum Fluss stürmten und das Anti-Magikum darin verteilten?

»Sie können uns nicht mehr sehen«, raunte Lennox, als das entgegenkommende Schiff sich zwischen sie und das Ufer geschoben hatte. Es war ein kleines Frachtschiff, das in nur geringem Abstand neben Alea, Lennox und Thea durchs Wasser pflügte. Seine schwere Ladung – Metallschrott – hing derart nah an der Wasseroberfläche, dass einige lange Eisenrohre nur knapp über ihre Köpfe hinwegglitten. Alea kam der Gedanke, dass sie sich daran festhalten könnten, um sich von dem Schiff flussaufwärts ziehen zu lassen. Aber das würde viel zu lange dauern, denn das Frachtschiff kam nur im Schneckentempo voran. Außerdem war diese Fluchtweise so naheliegend, dass Orion, sobald er die Situation am Ufer wieder in der Hand hatte, zweifellos daran denken und ein paar Darkoner auf das Schiff schicken würde. Es blieb Alea nichts anderes übrig, als auf Siska zu vertrauen – und darauf, dass die Darkoner das Anti-Magikum erst dann in den Rhein sprühen würden, wenn die Magischen, die sie nun rufen wollten, schon wieder fort waren.

Die Beleuchtung des Frachtschiffs warf ein milchiges Licht auf Lennox' Gesicht. »Jetzt oder nie.«

Alea schaute zu Thea. Ihre Schwester blickte fasziniert auf ihre Arme, die das Wasser gleichmäßig zur Seite schoben. Alea stupste sie an. »Du musst uns helfen«, sagte sie, sobald sie Theas Aufmerksamkeit hatte – ohne Ton, nur mit den Bewegungen ihrer Lippen. »Du musst Magische zu Hilfe rufen!«

Thea nickte ratlos. Bestimmt hatte sie keine Ahnung, wie sie das machen sollte.

»Wanderer rufen mit der Hand!«, erklärte Alea lautlos. »Aus den Fingerspitzen kommt eine Flüssigkeit, die sich im Wasser verbreitet. Damit ruft man Magische in Notsituationen!«

Thea verstand, und obwohl sie sich zu fragen schien, ob das wirklich funktionieren konnte, wollte sie es offenbar versuchen. Mit einer Hand hielt sie sich an Lennox' Schulter fest, als stünde es außer Frage, dass der Oblivion zwei Mädchen über Wasser halten konnte. Die andere Hand streckte sie ins Wasser, und dann sah sie wieder zu Alea.

»Konzentrier dich darauf, dass wir Hilfe brauchen!«, sagte Alea. »Dann geht es ganz von allein.«

Angespannt blickte Thea auf ihre ausgestreckte Hand. Und dann geschah es: Eine grell orangefarbene Flüssigkeit floss aus ihrem Zeigefinger. Theas Augen weiteten sich, und Alea entfuhr ein leises: »Ja!«

Das alarmfarbene Zauber-SOS verbreitete sich rasend schnell im Wasser, und Alea hoffte inständig, dass die Flüssigkeitsmenge ausreichte. Doch als sie selbst zum ersten Mal Zavana Ravanda geschickt hatte, waren auch nur wenige Tropfen aus einem einzigen Finger gekommen, und es hatte trotzdem geklappt.

Mit Bestürzung stellte Alea nun aber fest, dass sie schneller an dem Frachtschiff vorübertrieben, als sie gedacht hatte. Jeden Moment würden sie ihren Sichtschutz verlieren.

Lennox hatte wohl denselben Gedanken. »Halt dich fest!« Er spannte seine Muskeln an, reckte sich weit aus dem Wasser und packte eine Eisenstange, die über den Rand des Frachtschiffs ragte. Alea rutschte an Lennox hinunter, doch sie konnte sein Bein umklammern. Lennox baumelte nun an der Eisenstange, und Alea hing an ihm. Thea schien als Kind des Wassers ihrerseits kein Problem zu haben, sich trotz der Strömung an Ort und Stelle zu halten.

»Wir sind hier«, hörte Alea eine hohe Stimme. Neben ihnen erschienen die Isibellen auf ihren Zandern im Wasser!

»Danke, dass ihr gekommen seid«, wisperte Alea, und Thea beäugte die Hüterinnen des Flusses mit großen Augen.

»Dort hinten am Strand sind Doktor Orion und seine Leute, richtig?«, erkundigte sich eine der Isibellen. »Ein Läufer hat uns von ihm erzählt. Ihr müsst in Sicherheit gebracht werden!«

Eine zweite Isibelle fragte: »Sollen wir den Gilfen der Loreley fragen, ob er den Lufttunnel hierher ausrichten kann? Dann könnt ihr durch den Tunnel zur Laube laufen und euch dort verstecken. Die Loreley gewährt euch bestimmt Unterschlupf.«

Alea verwarf diese Idee sofort. »Wenn wir das machen, stürmen die Darkoner noch die Laube. Sie wissen doch von der Loreley!« Sie schüttelte den Kopf. »Wir müssen flussaufwärts. Dort gehen wir an Land und fliehen.«

»Leider können wir euch nicht ziehen«, bedauerte die erste Isibelle und wies auf ihre zarten Arme.

»Es gibt noch eine andere Möglichkeit«, erklang eine Stimme hinter den magischen Reiterinnen, und diesmal plärrte sie gar nicht.

»Jenkins!«, japste Alea.

Der pfirsichfarbene Kobold drängelte sich durch die Isibellen nach vorn und betrachtete Alea und Lennox mit mäkelndem Gesichtsausdruck. »Ihr hängt da wie Beute am Spieß.« Er verdrehte die Augen. »Wartet hier.« Schon tauchte er ab und sauste davon.

»Wir haben aber keine Zeit!«, flüsterte Alea ihm nach. Lennox konnte sich zwar problemlos weiter an der Eisenstange festhalten, doch das Schiff zog sie langsam und stetig wieder in Orions Richtung. »Will Jenkins andere Kobolde holen?«, fragte Alea die Isibellen. Kobolde waren für ihre Größe wahnsinnig stark.

»Das kann ich mir nicht vorstellen«, entgegnete die erste Isibelle. »In diesem Gebiet lebt kein Koboldclan. Jenkins ist bei uns der Einzige seiner Art.«

Deswegen führt er sich so auf, ging es Alea durch den Kopf.

»Was sollen wir machen?«, gebärdete Thea zwischen zwei Schwimmbewegungen. »Warten wir?«

Während Alea die Situation in aller Schnelle abzuwägen versuchte, tauchte ein weiteres Wesen vor ihnen aus dem Wasser auf. Bronzefarbene Augen blickten sie besorgt an. »Ihr seid in großer Gefahr«, sagte die Loreley mit gesenkter Stimme.

»Was machen Sie denn hier?«, brachte Alea verblüfft hervor. »Sie sind doch gar keine Magische ... mehr.«

Die Loreley strich sich eine nasse, goldblonde Strähne aus dem schönen Gesicht. »Als du die Magischen vom Ufer aus gewarnt hast, hat Jenkins mir das sofort erzählt, Alea.«

»Ich bin halt auf Zack!«, tönte der Kobold, der neben der Loreley in der Strömung schwamm. »Ohne mich läuft hier gar –«

»Ich habe mich gefragt, wie ich euch helfen kann«, unterbrach die Loreley ihn brüsk. »Du hast gerufen, dass der Doktor eine *schreckliche Waffe* hätte?«

»Die Waffe ist ein Gift, aber das ist nur für Magische gefährlich«, erklärte Alea und fragte sich, ob die Loreley am Ufer womöglich eine Hilfe gewesen wäre. Hatte sie auch als Mensch noch die Kampffähigkeiten einer Nixe? Zumindest schwamm sie wie eine! »Wir müssen uns beeilen.« Alea fokussierte auf das Wesentliche. »Eine Freundin von uns hält den Doktor am Ufer in Schach, aber falls sie überwältigt wird, könnten Orion und seine Leute das Gift ins Wasser schütten. Alle Magischen sollten aus diesem Flussabschnitt fliehen und ein paar Tage lang fortbleiben, bis das Gift sich abgebaut hat.«

»Zuerst werden wir dafür sorgen, dass ihr so schnell wie möglich fliehen könnt«, entschied die Loreley, und ihr langes Haar fächerte sich wie ein goldblondes Pfauenrad um sie herum im Wasser auf. »Danach werde ich alle Magischen über das Gift informieren und Gnorfius bitten, die Warnung zusätzlich an eine Anzeigesäule zu schreiben.«

»Danke«, erwiderte Alea erleichtert.

Lennox klinkte sich ein. »Und wie kommen wir jetzt hier weg?«

Ein geheimnisvolles Lächeln erschien auf dem Gesicht der Loreley. »Zwei alte Freunde von mir werden euch flussaufwärts bringen. Seit einer Ewigkeit haben sie in den Tiefen des Rheins geschlafen, doch nun habe ich sie erweckt.«

Bereits im nächsten Moment erfuhren sie, um welche Freunde es sich handelte: Zwei glänzende, rabenschwarze Pferdekörper mit Flügeln erhoben sich aus dem Wasser.

Erschrocken stoben die Isibellen auseinander.

»Tasfaren!«, entfuhr es Alea, denn sie kannte diese magischen Riesen von früheren Begegnungen. Tasfaren waren die Überbringer von Prophezeiungen, und auch Alea hatte schon mehrfach weise Worte von ihnen empfangen. Die beiden

Giganten, die nun rechts und links neben der Loreley in der Strömung schwammen, umgab eine regelrecht königliche Aura, und ihre schwarz glänzenden Flügelflossen schienen nur darauf zu warten, zum Flug durch das Wasser anzusetzen.

»Steigt auf!«, forderte die Loreley Alea, Lennox und Thea leise auf. »Die Tasfaren werden euch mit ihrer Kraft binnen kürzester Zeit den Rhein hinauftragen. Aber sie werden dies unter Wasser tun müssen, damit ihr nicht entdeckt werdet.«

Alea nickte, denn das hatte sie befürchtet. Das Frachtschiff verhinderte zwar, dass die Tasfaren von Orion und seinen Männern gesehen wurden, doch wenn sie mit ihnen an dem Kiesstrand vorbeiwollten, mussten sie das unter Wasser tun.

Alea bemerkte, dass Thea etwas gebärdete. »Könnten Skorpionfische die Tasfaren tarnen?«

»Nein«, entgegnete Alea. »Skorpionfische tarnen keine Lebewesen. Nur Gegenstände und Gebäude.«

»Ihr könnt ja das Schiff tarnen lassen«, schlug Jenkins vor. »Dann finden euch die Eierköpfe vom Ufer nicht mehr.«

»Das dauert alles viel zu lange, und außerdem würde Orion es mitbekommen und das Schiff trotz Tarnung ganz schnell aufspüren«, wehrte Alea ab. »Das hier ist ein Fluss und nicht der Ozean.« Sie wollte nicht länger herumdiskutieren. Es kam auf jede Sekunde an. »Ich werde die Luft anhalten«, sagte sie tapfer, obwohl ihr die Vorstellung Angst machte. Aber die Flucht durfte nicht an ihr scheitern, und sie war unter Wasser nun einmal das schwächste Glied. Lennox besaß zwar auch weder Schwimmhäute noch Kiemen, er konnte jedoch sehr viel länger die Luft anhalten als Landgänger. Und auch Thea würde gut zurechtkommen, denn sobald sie unter die Oberfläche gezogen wurde und vollauf im kalten Wasser untertauchte, würde sie sich zum ersten Mal in ihrem Leben in ein Meermädchen verwandeln.

Thea schien dasselbe durch den Kopf zu gehen, und die Aufregung war ihr anzumerken.

»Wenn du keine Luft mehr hast, Alea, klopfe dem Tasfaren, auf dem du reitest, gegen den Hals. Dann taucht er auf«, wies die Loreley sie an und schaute zu den beiden riesigen Magischen, als bäte sie sie darum, genau das zu tun.

Die Tasfaren senkten respektvoll den Kopf.

»Dann los!« Geschickt ließ Lennox sich wieder ins Wasser gleiten und zog Alea zu dem ersten magischen Pegasus, der ihnen mit klugen Augen entgegenblickte. Alea wusste, dass Tasfaren es nicht mochten, direkt angeschaut zu werden, und so neigte sie das Kinn und stieg gemeinsam mit Lennox auf. Kurz musste Alea an die Flucht in Brighton denken. Damals waren sie schon einmal auf einem Tasfaren entkommen – allerdings durch die Luft und nicht unter Wasser.

Thea nahm auf dem zweiten Giganten Platz, hielt sich an seinen Flügelflossen fest und strich mit einer fast andachtsvollen Geste über die fedrigen, schwarz schimmernden Schuppen.

Zur Loreley und zu Jenkins sagte Alea rasch: »Von Herzen danke!«

»Ich wünsche euch stets nur den besten Wellenschlag«, erwiderte die Loreley. Dann strich sie ihr Haar zurück und klopfte kriegerisch auf einen gut gefüllten Pfeilköcher, den sie neben einem großen Bogen auf dem Rücken trug. Alea hatte die Waffe unter dem üppig wallenden Haar der Loreley bisher gar nicht bemerkt! »Ich werde mich nun ans Ufer begeben und herausfinden, ob ich eurer Freundin behilflich sein kann«, fügte die Loreley mit einem Lächeln hinzu.

Alea war so verdutzt, dass sie nicht mehr darauf reagieren konnte, bevor die Tasfaren untertauchten. Denn es war Bewegung in die schönen Riesen gekommen, und sie begannen abzutauchen. Hastig holte Alea so tief Luft, wie sie nur konnte, und schon waren sie unter Wasser. Ein oder zwei Schläge mit den gewaltigen Flügelschwingen genügten den Tasfaren wahrscheinlich, um sie zum Grunde des Flusses zu manövrieren. Alea konnte allerdings nicht viel erkennen, denn hier unten war es stockdunkel. Doch plötzlich flammten zwei kleine Scheinwerfer neben ihr auf. Aleas Kopf fuhr herum. Oh! Das Licht stammte gar nicht von Scheinwerfern – es waren Theas Augen, die hell aufstrahlten. Thea verwandelte sich! Ihre Augen hatten in den Katzen-Modus gewechselt, und ihre Haut war mit einem silbrigen Grün überzogen. In Theas Miene spiegelte sich ihre Verblüffung – und reine Euphorie. Während sie sich mit der linken Hand am Tasfaren festhielt, riss sie sich mit den Zähnen den Handschuh von der rechten Hand und spreizte ihre Finger. Starke Schwimmhäute glänzten im Schein ihrer Augen. Ihre Fingerspitzen fuhren an die Stellen hinter den Ohren, wo ihre Kiemen saßen. Und so wie Thea in fast ekstatischer Verzückung auflachte, taten diese wohl ihren Dienst.

Alea spürte, wie der Moment sie ergriff und Tränen in ihr aufstiegen, die sich ins Flusswasser mischten.

Wie edle, schwarze Nachtvögel glitten die Tasfaren durch den Rhein flussaufwärts. Sie hielten sich dicht über dem Grund, damit niemand an Land mitbekam, was hier geschah. Und bestimmt lag der Kiesstrand mit Doktor Orion und seinen Männern bereits weit hinter ihnen.

Sie kamen schnell voran, doch nach viel zu kurzer Zeit begannen Aleas Lungen zu schmerzen. Sie versuchte, es noch ein wenig länger auszuhalten, aber schließlich musste sie dem Tasfaren auf den Hals klopfen.

Lennox klopfte ebenfalls nachdrücklich, wahrscheinlich aus Sorge um sie, und beide Tasfaren tauchten auf.

Gierig holte Alea Luft, und auch Lennox atmete geräuschvoll durch. Thea verfolgte währenddessen mit gebanntem Blick, wie ihre Schwimmhäute sich zurückzogen und wieder zu Knubbeln wurden. »Was für ein Ritt«, ächzte Alea.

»Alles in Ordnung?«, fragte Lennox.

»Ja, alles gut.« Alea zwang sich zu einem Lächeln.

Lennox lächelte schief zurück und scannte die Umgebung. Alea schaute sich ebenfalls um. Sie waren ein gutes Stück den Rhein hinaufgelangt, doch wie weit waren sie genau gekommen?

»Das scheint ein Industriegebiet zu sein«, stellte Lennox fest. Die weitläufigen Hallen, die im Laternenlicht einsamer Straßenbeleuchtung am Flussufer aufragten, ließen keinen anderen Schluss zu. »Sollen wir hier an Land gehen oder weiterreiten?«

Alea überlegte. Wenn sie ehrlich war, taten ihre Lungen ganz schön weh. Würde sie es überhaupt schaffen, noch einmal so lange die Luft anzuhalten? Ernüchtert strich sie sich die nassen Haare aus dem Gesicht und dachte daran, was sie jetzt nicht alles für eine der Sauerstoffflaschen der *Crucis* gegeben hätte. Über der Wasseroberfläche weiterzureiten, kam jedoch nicht infrage – dazu waren zu viele Schiffe auf dem Rhein.

Fragend sah Thea zu ihnen herüber.

»Alles ist ganz still«, gebärdete Alea mit Blick auf die menschenleeren Straßen. Tagsüber war hier gewiss viel los, aber um diese Uhrzeit hatten die Arbeiter wohl schon längst Feierabend gemacht. »Wir könnten bestimmt in einer dieser Hallen die Nacht verbringen.« Das Wort *Hallen* sagte sie lautsprachlich, da sie die Gebärde nicht kannte. »Das fällt niemandem auf.«

»Ja, in so einem … Haus wären wir besser geschützt als irgendwo unter freiem Himmel«, gebärdete Lennox. »Lasst uns hier übernachten.«

»Und was dann?«, wollte Thea wissen.

»Morgen machen wir uns auf den Weg nach Venedig.« Rasch erklärte Alea ihrer Schwester, dass Ben, Sammy und Tess sich dort aufhielten.

Thea nickte, wirkte allerdings ein klein wenig frustriert. Aber das hatte nichts mit Ben, Sammy und Tess zu tun. »Meine Bücher sind noch auf der Burg«, gebärdete sie zerknirscht.

»Meine Gitarre auch«, murmelte Lennox.

»Bevor wir morgen weiterziehen, könnten wir versuchen, unsere Sachen zu holen«, schlug Alea vor, der es um ihr Smartphone und ein paar andere Dinge aus ihrem Rucksack ebenfalls leidtat.

»Das ist viel zu gefährlich!«, widersprach Lennox. »Orion könnte dort auf uns warten. Wir dürfen nicht wieder unvorsichtig sein!«

»Hast recht«, brummte Alea.

»Gehen wir also an Land.« Thea musterte ihren Tasfaren und schien sich zu fragen, wie sie ihm das vermitteln könnte.

Alea wunderte sich indes, dass bisher keiner der Tasfaren etwas gesagt hatte. »Bringt uns bitte an Land«, bat sie ehrerbietig.

Die Magischen reagierten auf der Stelle und steuerten mit sanften Flügelflossenbewegungen auf das Ufer zu. Dort ließen sie Alea, Lennox und Thea im Flachwasser absteigen. Thea verneigte sich tief vor den magischen Riesen, während Lennox überprüfte, ob jemand in der Nähe war.

Doch bevor die Tasfaren fortschwimmen konnten, musste Alea sie noch etwas fragen. »Habt ihr eventuell eine Prophezeiung für uns?« Sie wollte diese einmalige Gelegenheit nicht ungenutzt verstreichen lassen. »Gibt es etwas, was ihr uns mitteilen möchtet?«, fragte sie und vermied dabei direkten Blickkontakt.

Und dann bekam sie tatsächlich Antwort. »Zu lange lagen wir in tiefem Schlafe«, sagte einer der Tasfaren mit sonorer, wohlklingender Stimme, deren Vibration Alea im ganzen Körper fühlen konnte. »Kein Wort der Weisheit ist unsre Strafe.«

»Moment mal …« Vor Überraschung hob Alea den Kopf. »Ihr habt keine Prophezeiung, weil ihr zu lange geschlafen habt?« Zum ersten Mal fragte sie sich, wie die Tasfaren eigentlich zu ihren Prophezeiungen kamen.

»Mit der Talassiopa müssen wir uns verbinden, dann werden weise Worte zu uns finden«, antwortete der zweite Magische, und Alea spürte die Schwingung seiner Stimme wie einen wummernden Bass in ihrem Bauch.

Die Talassiopa. Diesen Namen hatte die Loreley bereits erwähnt! »Wer ist die Talassiopa?«, hakte Alea wissbegierig nach.

»Es steht uns nicht zu, dies zu erklären. Die Antwort wartet in den Sphären«, lautete die Erwiderung des Tasfaren.

»In den Sphären?«, wiederholte Alea. »Also … in den Sternen?«

Doch die Tasfaren schienen sich verabschieden zu wollen. »Möge euch stets guter Wellenschlag begleiten, in guten wie in schlechten Zeiten«, sagten sie im Chor, und Alea hatte das Gefühl, dass ihre vereinten Stimmen den Boden zum Beben brachten.

Lennox wirkte alarmiert, und er hatte recht mit seiner Sorge. Sie waren zwar wahrscheinlich relativ weit von Sankt Goarshausen entfernt, aber wie gut hörten die Darkoner eigentlich genau? Kontrollierte Siska das Geschehen am Kiesstrand noch immer, oder waren die Darkoner bereits ausgeschwärmt? Und falls es zum Kampf gekommen war – hatte die Loreley Siska unterstützen können? Die Art, wie die schöne Frau mit ihrer kräftigen Hand auf den Pfeilköcher gezeigt hatte, war Beweis genug dafür, dass in ihr noch immer der Kampfgeist einer Nixe steckte. Und anders als einer Nixe konnte ihr das Anti-Magikum nichts anhaben …

Anmutig wandten die Tasfaren sich nun um und glitten leise

wie Nachtfalken in den Fluss zurück. Schon waren sie abgetaucht und nicht mehr zu sehen.

Alea straffte sich und sagte zu Lennox und Thea: »Laufen wir zu der ersten Halle dort drüben.« Sie wies auf ein klotzartiges Gebäude in ein paar Hundert Metern Entfernung. »Los!«

Sie setzten sich in Bewegung und erreichten schnell die Straße, die zu der Halle führte. Ihre pitschnasse Kleidung tropfte auf den Asphalt, und ihre Schuhe machten bei jedem Schritt quatschende Geräusche.

Lennox blickte immer wieder zurück, als erwarte er jederzeit einen Angriff. Er war vorsichtiger denn je, und Alea verstand ihn nur allzu gut. Jetzt blieb er sogar stehen und drehte sich aufmerksam wie ein Luchs um die eigene Achse.

Aleas Blick blieb an der Handschelle hängen, die an Lennox' linkem Handgelenk baumelte. Mit Schrecken stellte sie fest, dass Lennox unter dem Metallring blutete! Orion hatte extrem rabiat an der Handschelle gezogen und Lennox dabei offenbar verletzt. Zum Glück war der Doktor nicht dazu gekommen, den zweiten Ring um das andere Handgelenk zuschnappen zu lassen, sonst hätte Lennox sich kaum noch bewegen können. Doch es gefiel Alea ganz und gar nicht, wie stark er blutete. Seine Jeans war bei genauerem Hinsehen auch blutbeschmiert!

Als Lennox wieder zu ihnen aufschloss, fragte Alea ihn beim Laufen: »Was hat Orion dir zugeflüstert?«

Lennox' Miene verdunkelte sich. »Er hat mir dieses verdammte Mistding angelegt und –« Während des Sprechens hob er seinen Arm und blickte auf sein Handgelenk. Erst jetzt schien ihm aufzufallen, dass er blutete. Abrupt blieb er stehen. »Oh mein Gott …«, stieß er hervor, als begriffe er gerade etwas. »Orion …« Fassungslos schüttelte er den Kopf. »Deswegen haben die Darkoner so geschockt ausgesehen.«

»Das ist mir auch aufgefallen!« Alea hielt ebenfalls inne. »Die Darkoner haben verstanden, was Orion geflüstert hat, oder? Aber was war das denn? Und was hat das mit den Darkonern zu tun?«

Thea blieb ebenfalls stehen und kam zu ihnen zurück. Sie schien nur zur Hälfte verstanden zu haben, worum es ging. »Wieso habt ihr solche Angst vor den Darkonern?« Wahrscheinlich hatte sie den einen oder anderen Darkoner schon in der Villa Konungur gesehen, doch offenbar wusste sie nicht, was das Besondere an ihnen war.

»Die Darkoner haben Orion den Herrenschwur geleistet«, antwortete Alea, und als Thea sie verständnislos anschaute, fügte sie schnell hinzu: »Bei einem Ritual hat er ihre Gene manipuliert, und dadurch sind sie ihm hörig – sie müssen tun, was er sagt. Das ist schon schlimm genug, aber zusätzlich hat er sie zu Superkämpfern gemacht. Er hat praktisch alles aus ihren Genen herausgeholt, was möglich war. Damit sind sie jetzt sozusagen die Krönung aller Krieger.«

Lennox hörte Alea mit einem Gesichtsausdruck zu, aus dem blanker Horror sprach.

»Was ist denn nur los?«, wollte Alea wissen.

Da näherte sich ein Auto. Augenblicklich wechselte Lennox in den Beschützer-Modus und zog Alea und Thea zum Straßengraben. Als der Wagen an ihnen vorübergefahren war, raunte er: »Laufen wir lieber über das Feld zu der Halle.« Er deutete auf ein kaum beleuchtetes Wiesenstück. »Wenn wir da sind, erkläre ich alles.«

Alea willigte nur widerstrebend ein, denn wenn Lennox verstanden hatte, was Doktor Orion auf Korsika mit ihm vorgehabt und was das sonderbare Verhalten des Doktors am Strand zu bedeuten gehabt hatte, dann wollte sie das unbedingt erfahren! Allerdings mussten sie wirklich erst einmal hier weg und einen sicheren Unterschlupf finden.

Mit geduckten Köpfen überquerten sie die Wiese und erreichten bald darauf die Halle. Durch die großen Fensterscheiben konnten sie erkennen, dass sich im Inneren hohe Müllberge stapelten.

»Das ist bestimmt ein Knotenpunkt für Müllverschiffung«, vermutete Lennox mit finsterem Gesichtsausdruck. »Wahrscheinlich wird dieser Abfall nach Asien gebracht.«

Über die deutsche Müllentsorgung in ärmere Länder hatten sie schon öfter mit Ben gesprochen. Doch sie hatten jetzt keine Zeit, über Abfall nachzudenken. »Lasst uns zur nächsten Halle laufen«, befand Alea. »Wir sollten nicht auf einer Müllhalde übernachten.«

Sie spurteten zur zweiten großen Halle, aber in der gab es keine Fenster, durch die man hätte hineinsehen können. Auf leisen Sohlen schlichen Lennox, Thea und Alea um das Gebäude herum und suchten nach einem Eingang. Die Tür, die sie schließlich fanden, war jedoch verschlossen.

»Ich trete sie auf.« Lennox ging ein paar Schritte zurück, um Anlauf zu nehmen.

»Warte!«, gebärdete Thea, griff in ihre Jackentasche und zog eine Haarnadel hervor. Alea staunte nicht schlecht, als ihre Schwester es nun innerhalb kürzester Zeit schaffte, die Tür mithilfe der Nadel zu öffnen.

»Du hast das Schloss geknackt, als hättest du das schon hundert Mal gemacht«, sagte Alea baff.

Thea zwinkerte. »Cassaras hat mir ein paar nützliche Sachen beigebracht.«

Alea war froh, dass Thea diesen Einbrechertrick vom Nixenprinzen und nicht von ihren Ziehvätern gelernt hatte.

Schon schlüpfte Thea durch die Tür. Lennox und Alea folgten ihr, und sobald sie im Inneren waren, fröstelte Alea. Es war kalt in der Halle. Bitterkalt. Alea rieb sich die Arme, aber ihre Kleidung war so nass, dass das Reiben keine Wärme brachte. »Es riecht nach totem Fisch«, stellte sie fest, und ihr Atem ließ Dampfwolken vor ihrem Gesicht entstehen.

Was war das für ein Ort? Die Notbeleuchtung war eingeschaltet, doch das genügte gerade einmal für die nächsten Schritte. Alea suchte an der Wand nach einem Schalter, und als sie einen fand, betätigte sie ihn kurzerhand, denn von draußen würde man das Licht aufgrund der fehlenden Fenster nicht sehen können. Grelles Neonlicht zuckte auf, und jetzt konnten sie sich besser umschauen. Sie befanden sich oberhalb eines großen Kühlraumes, in den sie wie von einer Art Balustrade hinabblicken konnten. Dort unten wurden allem Anschein nach große Mengen Fisch gelagert.

Alea rümpfte die Nase. Dies war ebenfalls kein guter Ort, um sich zu verstecken! Die Temperatur in der Halle lag gefühlt knapp über dem Nullpunkt, eher noch darunter, denn neben den aufgetürmten Fischkisten stapelten sich glänzende Eisblöcke.

Beim Anblick der vielen toten Tiere wurde Alea ganz schlecht. Thea wirkte geradezu angeekelt.

»Gehen wir wieder raus«, gebärdete Lennox, der dies ebenso wenig für einen guten Übernachtungsort zu halten schien.

Während sie auf dem Rückweg zur Tür waren, sagte Alea: »Dann müssen wir eben zur dritten Halle laufen. Vielleicht ist es dort nicht so kalt, und vielleicht gibt es ein Büro mit Sofas, auf denen wir schlafen können.«

Lennox lachte leise über so viel Optimismus.

Da trat eine Gestalt in den Türrahmen.

Ein panischer Schock fuhr Alea durch Mark und Bein.

Es war Zeirus.

Die Tochter ihrer Mutter

Alea fror in der Bewegung ein. Die Darkoner waren hier! Sie mussten Siska niedergerungen haben. Doch wie hatten sie nur so schnell zu dieser Halle finden können?

Wie angewurzelt stand Zeirus im Türrahmen und sah sie mit einer Miene an, als wünschte er sich, er hätte sie nicht gefunden.

Da erklang Doktor Orions Stimme. »Siehst du was?«

Der Darkonerchef verzog das Gesicht und schien Orion um nichts in der Welt verraten zu wollen, wen er hier entdeckt hatte. Aber der Herrenschwur zwang ihn dazu. »Sie sind hier!«, rief er.

Hinter Zeirus erschien eine spindeldürre Gestalt – Jinx.

Alea entfuhr ein leises Wimmern, denn Jinx hielt wieder die Pistole in der Hand, die er nun abermals auf ihr Herz richtete. Grausig lächelnd, schob sich Jinx an Zeirus vorbei und betrat die Halle.

»Verflucht!«, quetschte Lennox hervor. »Ich habe doch alles doppelt und dreifach gecheckt!«

»Du machst immer wieder denselben Fehler«, belehrte Jinx ihn, während er mit erhobener Waffe näher kam. »Du unterschätzt unsere Darkoner. Hast du immer noch nicht kapiert, dass sie übermenschliche Fähigkeiten haben?«

»Ich glaube, vor allem unterschätzt er mich«, mischte sich Doktor Orion ein, der gerade gemeinsam mit Hagen die Halle betrat und Zeirus dafür aus dem Weg schieben musste. »Ich habe euch doch gesagt, dass es nichts bringt, vor mir wegzulaufen«, wandte er sich an Alea, Thea und Lennox. »Ich finde euch sowieso.«

»Die Darkoner haben die Tasfaren laut und deutlich gehört«, erklärte Jinx und grinste hämisch. »Über Kilometer hinweg! Wir mussten uns dann nur noch ins Auto setzen und herkommen.«

Alea fluchte und verwünschte sich selbst dafür, dass sie die Tasfaren um eine Prophezeiung gebeten hatte. Sie hätte daran denken müssen, dass sich eine tiefe Vibration wie die der Tasfarenstimmen über das Wasser des Flusses nur allzu leicht übertragen konnte.

»*Schattfa*«, hörte sie Thea hauchen.

Orion und Hagen kamen neben Jinx zum Stehen. Zeirus blieb jedoch, wo er war, und hatte anscheinend nicht vor, sich zu bewegen, bevor Orion es ihm nicht befahl.

Doch wo waren die anderen Darkoner? Wo waren der Zweimetermann, Giovanni und Rix?

Alea vergaß vor Anspannung beinahe, zu atmen. Dann bemerkte sie, dass ihr Gehirn in den Elvarion-Modus wechselte, und sie ließ ihm freien Lauf. Saßen sie unausweichlich in der Falle, oder konnten sie hinausgelangen? Vier Männer standen ihnen im Weg. Einer war ein Darkoner. Einer hatte eine

Pistole. Die Tür war keine Option. Hinter Alea befand sich das Geländer der Balustrade. Wenn sie darüber in den Kühlraum mit den Fischkisten sprang, würde sie sich jedoch alle Knochen brechen, denn es ging mindestens vier Meter in die Tiefe. Doch hatte sie nicht soeben eine Treppe gesehen? Rasch wandte Alea den Kopf, und es bestätigte sich: Am Ende der Balustrade führte eine Treppe in den großen Kühlraum hinab. Gab es dort unten einen Ausgang?

Ärgerlich verschränkte Orion nun die Arme und betrachtete Lennox, Alea und Thea wie unartige Kinder. »Ihr braucht gar nicht so aufsässig zu gucken! Hier wird niemand von einem Baum springen, um euch zu helfen – oder mit Pfeilen auf meine Leute schießen.« Er schnitt eine Grimasse. »Giovanni steckt ein Dreizackpfeil in der Wade. Das ist nicht lustig.«

Alea hatte sicherlich nicht gewollt, dass jemand verletzt wurde, doch dass die Loreley offenbar maßgeblich in die Situation am Kiesstrand eingegriffen hatte, ließ sie innerlich jubeln.

Lennox fixierte Orion. »Niemand findet irgendwas von all dem hier zum Lachen.«

»Giovanni hat es längst mal verdient, dass ihm jemand …«, gebärdete Thea, aber Alea verstand nicht alles.

Damit hielt sie sich jedoch auch nicht auf und ging stattdessen im Eiltempo weitere Möglichkeiten durch. Hagen stand starr neben Jinx. Mit seiner bulligen Gestalt wirkte er wie ein Boxer, doch würde er für sie kämpfen? Wenn er das tat, würde seine wahre Identität auffliegen, und Orion würde ihn fraglos aufs Übelste für den Verrat büßen lassen. Sie konnten nicht auf Hagen zählen. Ebenso wenig auf Zeirus, der sich wohl heraushalten wollte – bis er eine Anweisung von Orion erhielt.

Der Elvarion-Modus flaute ab. Offenbar war alles durchdacht, doch eine Lösung gab es nicht.

Der Blick des Doktors wanderte zu Lennox' linkem Handgelenk und der Handschelle. »Oh, wie schön!«, freute er sich. »Es hat ordentlich geblutet. Dann können wir ja gleich weitermachen.«

»Womit weitermachen?«, fragte Alea, doch ein Aufschrei übertönte ihre Frage.

»Nur über meine Leiche!«, schmetterte Lennox Orion entgegen und ging in Kampfstellung.

Das schien Orion ebenfalls nicht lustig zu finden. Drohend giftete er: »Wenn du nur eine einzige falsche Bewegung machst, schießt Jinx auf deine Freundin! Und glaube nicht, dass ich bluffe. Alea wird mir langsam wirklich lästig.«

Lennox brüllte vor Qual, und Alea konnte es kaum ertragen.

Da schnellte Hagens Arm in die Höhe und pfefferte Jinx die Waffe mit einem gezielten Schlag aus der Hand. Die Pistole flog im hohen Bogen durch die Luft, knallte gegen die Wand, fiel herab und rutschte über den Boden.

Orion wirbelte zu Hagen herum. »DU bist es! Du bist der Saboteur!«, schrie er und versetzte Hagen einen brutalen Fausthieb mitten ins Gesicht.

Hagen taumelte und fiel der Länge nach hin. Der Doktor hatte den großen Kerl ausgeknockt!

In diesem Moment sprang Lennox vor und griff Jinx mit einem Tritt in die Seite an. Thea war zum selben Zeitpunkt nach vorn geprescht – ebenfalls auf Jinx zu, als müsste dieser dringender ausgeschaltet werden als Orion. Jetzt knallte Thea ihre Handkante bretthart unter Jinx' Kinn. Sie konnte kämpfen!

Schnell blickte Alea zu Zeirus. Der Darkonerchef stand noch immer bewegungslos im Türrahmen und griff nicht ein.

Orion drehte sich zu dem Kampf zwischen Jinx, Thea und Lennox um. Den verlor Jinx gerade. Keuchend ging er neben Hagen zu Boden.

Dann geschahen drei Dinge gleichzeitig. Alea begann, auf Orion zuzulaufen, den sie in einem Zweikampf für besiegbar hielt. Sie war fest entschlossen, ihm ihr Knie in den Bauch zu rammen. Lennox schien denselben Gedanken zu haben und baute sich vor dem Doktor auf. Thea rannte unterdessen auf die Tür zu. Im Laufen drehte sie sich zu Alea und Lennox um. »Kommt!«, gebärdete sie hastig. Sie wollte fliehen. An Zeirus vorbei. Nun blieb sie sogar neben dem Darkonerchef stehen, als wartete sie auf Alea und Lennox. »Kommt!«, wiederholte sie drängend.

Orion folgte Aleas Blick zur Tür und erkannte die Situation. »Halte Thea auf, du nichtsnutziger Darkoner!«, brüllte er Zeirus an.

Alea schrie auf.

Dem Darkonerchef blieb keine Wahl. Mit einem geschickten Tritt gegen Theas Beine brachte er sie zu Fall. Thea sprang allerdings sofort wieder auf die Füße und begann, mit Zeirus zu kämpfen. Flink duckte sie sich unter seinem Arm weg und boxte ihn in die Rippen. Cassaras hatte ihr wohl nicht nur beigebracht, wie man Schlösser knackte. Doch Thea konnte nicht gegen Zeirus gewinnen. Er war der Superkämpfer schlechthin.

»Hilf ihr!«, rief Alea Lennox zu.

Lennox hatte den Blick auf Orion geheftet, der dem bewusstlosen Hagen gerade wütend in die Nieren trat. Nun drehte sich Orion zornig zu Lennox und Alea um und schien sie beide gleichzeitig angreifen zu wollen.

»Lennox, hilf Thea!«, wiederholte Alea verzweifelt, denn Zeirus hatte gerade die Arme ihrer Schwester ergriffen und hielt sie auf deren Rücken fest. »Bitte!«

Lennox' Blick schoss zur Tür, dann zu Alea. »Ich beschütze erst dich. Dann sie.« Mit diesen Worten stürzte er sich auf Orion.

Thea hatte den Kampf gegen Zeirus verloren, und unter dem eisenharten Griff des Darkonerchefs schien sie sich nicht rühren zu können.

Kurz spielte Alea mit dem Gedanken, zur Tür zu laufen und zu versuchen, Thea zu befreien, doch dann sah sie, dass Jinx sich wieder aufrichtete. Lennox war noch mit Orion beschäftigt, denn der Doktor beherrschte offenbar Karate oder eine ähnliche Kampfkunst. Entsetzt stellte Alea fest, dass Orion gegen Lennox tatsächlich ein paar Treffer landete! Sie musste selbst gegen Jinx kämpfen. Doch als sich ihr der dünne Mann mit dem hageren Totenkopfgesicht zuwandte, bekam sie auf einmal Angst. Seit Wochen hatte sie nicht trainiert …

Ich kann das, versicherte sie sich mit rasendem Herzen. *Lennox hat mir das Kämpfen beigebracht. Außerdem bin ich die Tochter meiner Mutter*. Mit diesem Gedanken stieß sie einen wilden Schrei aus, lief auf Jinx zu und rammte ihm ihr gestrecktes Bein gegen die Brust. Jinx taumelte zurück, aber gleich darauf wirbelte er wieder herum und versetzte Alea einen bösen Schlag in den Bauch. Alea hatte das Gefühl, keine Luft mehr zu bekommen. Sie ging in die Knie.

Lennox war sofort da und übernahm den Kampf. Ein heftiger Faustschlag landete auf Jinx' Wangenknochen, und der Mann wurde zurückgeschleudert. Beinahe fiel er über das Geländer in die Kühlhalle, doch er schüttelte sich und griff Lennox erneut an.

Wo war Orion? Während Alea mit den Augen nach ihm suchte, hörte sie seine Stimme. »Bring sie sofort zum Wagen!«, befahl der Doktor dem Darkonerchef, der noch immer mit Thea im Türrahmen stand. »Und pass auf, dass sie nicht entwischt und nicht wieder hierher zurückläuft!«

»Zeirus, nein!«, schrie Alea. Doch sie konnte nicht verhindern, dass der Darkonerchef Thea nach draußen zerrte. Jetzt drehte Orion sich wieder zu ihr selbst um und hob die Arme zum Angriff. Alea mobilisierte all ihre Kräfte, rannte auf ihn zu und trat dem Doktor aus vollem Lauf gegen das Knie. Er schrie vor Schmerz auf, knallte gegen die Wand und sackte zusammen. Im gleichen Augenblick traf Lennox Jinx so hart, dass dieser ebenfalls gegen die Wand geschleudert wurde und neben der Tür zu Boden rutschte.

Sowohl der Doktor als auch Jinx waren für den Moment ausgeschaltet. Lennox schien durch den Ausgang fliehen zu wollen, obgleich Jinx und Orion danebenkauerten. Alea hatte jedoch gerade etwas gesehen: Gleich neben Orion lag die

Pistole! Was, wenn er sie entdeckte und aus nächster Nähe schoss?

Alea zog Lennox in Richtung der Treppe. Es musste dort unten einen Ausgang aus dem Kühlraum geben. Bestimmt schleppten die Arbeiter die vielen Fischkisten nicht immer die Treppe hinauf und hinunter. Nein, dort unten war bestimmt eine weitere Tür, und Lennox würde sie, wenn nötig, mit reiner Körperkraft durchbrechen. Auf diesen Gedanken folgte automatisch der nächste: Dieses Mal würde Thea keinen Einbrechertrick vollführen. Zeirus hatte sie dingfest gemacht. Thea war Orions Gefangene! Die Vorstellung war so schrecklich, dass Alea beinahe stolperte. Doch sie musste sich zusammenreißen.

Gemeinsam stürmten Lennox und Alea die Treppe hinunter. Am Ende des riesigen Kühlraums konnten sie ein Tor erkennen, und sie jagten zwischen den Fischkisten und aufgestapelten Eisblöcken darauf zu. Als sie das Tor erreichten, fanden sie jedoch keine Vorrichtung, um es zu öffnen. Körperkraft war auch keine Option – das meterhohe Tor bestand aus Stahl.

»Wie kommen wir hier raus?«, keuchte Alea mit heftig schlagendem Herzen. Hatte sie einen Fehler gemacht?

Lennox scannte den gesamten Kühlraum, aber auch er schien keinen anderen Ausweg als das Tor entdecken zu können. Schnell zog er sie hinter einen Turm aus Eisblöcken, damit sie zumindest nicht von oben gesehen werden konnten.

Von der Balustrade drang das Geräusch schleppender Schritte zu ihnen herunter. Dann Doktor Orions Stimme. »Ihr habt keine Chance«, rief er. »Ich habe gerade gesehen, dass das Tor durch ein Panel von hier oben aus bedient wird. Ihr sitzt in der Falle.«

Kalter Schweiß brach Alea aus allen Poren. Bestimmt hatte sich der Doktor inzwischen die Waffe geholt.

»Zeigt euch einfach, bevor es noch unschöner wird«, riet Orion in ungehaltenem Ton.

Rasch lugte Alea hinter dem Eisturm hervor. Orion stand oben am Geländer, die Pistole in der Hand. Jinx kam gerade die Treppe herunter. Allem Anschein nach hatten die beiden nicht gesehen, wo Alea und Lennox sich versteckt hatten.

Während Alea sich eilig wieder hinter den Eisturm zurückzog, kam der Elvarion-Modus in Gang, und sie durchdachte schnellstens ihre Optionen. Wenn sie sich nicht rührten und hinter dem Eisturm blieben, würde Jinx sie früher oder später finden. Dann käme es zum Kampf, und dabei wäre Lennox gewiss der Überlegene – aber was, wenn Orion die Waffe benutzte? Von dort oben hatte der Doktor alles gut im Blick und würde vielleicht wirklich so weit gehen, einen Schuss auf Alea abzufeuern. Und das konnte im Zweifelsfall tödlich enden. Wenn sie allerdings selbst eine Waffe hätten, sähe die Lage anders aus … Widerwille kam in Alea auf. Sie wollte keine Waffe benutzen! Doch was, wenn es die einzige Möglichkeit war?

Schon flaute der Elvarion-Modus wieder ab.

»Hast du die Sengbohne dabei?«, fragte Alea Lennox flüsternd.

»Nein, die ist in meinem Rucksack auf der Burg«, entgegnete er. »Du wolltest doch, dass ich sie nicht mit mir herumtrage.«

Alea presste die Lider zusammen und wünschte, sie hätte Lennox nicht darum gebeten. Zwar hatte es Sinn ergeben, keinen Menschen gefährden zu wollen. Aber jetzt waren sie akut mit dem Tode bedroht, und Alea wurde klar, dass das moralisch Richtige einen in Teufels Küche bringen konnte, wenn man es mit dem Teufel persönlich zu tun hatte.

Nun merkte sie, dass ihre Zähne klapperten – ob von der Kälte oder vor Angst. Lennox legte ihr die Hand auf den Arm, als wollte er sie beruhigen. Es war die Hand mit der Handschelle, die durch die Bewegung leicht klirrte. Wenn Jinx ein Darkoner gewesen wäre, hätte er das gehört. Doch gerade rief er: »Ich finde euch sowieso!« Das Geräusch war ihm also entgangen.

Alea sah nun, dass Lennox' Wunde – der tiefe Schnitt unter dem Metallring – bei den Zweikämpfen mit Orion und Jinx erneut aufgerissen war. Blut tropfte auf den eiskalten Boden.

Lennox folgte ihrem Blick zu seinem Handgelenk. Mit zusammengezogenen Brauen starrte er auf die Wunde. Irgendetwas schien in ihm vorzugehen. Seine Kiefermuskeln verhärteten sich, und von einem Augenblick auf den anderen wirkte er plötzlich verzweifelt entschlossen. Und was er dann tat, brachte Aleas Welt ins Wanken.

Lennox sank nieder. Er kniete vor ihr!

Jetzt begann er zu flüstern: »Mit Herz und Hand verpflichte ich mich dir, auf alle Zeiten und für alle Ewigkeit.«

»Was machst du da?«, stieß Alea hervor.

Doch Lennox flüsterte weiter. »Möge ich dir von Nutzen sein.« Dann stand er auf und küsste sie.

Auf ewig dein

Es war, als hätte sich die Zeit verlangsamt. Wie in Zeitlupe nahm Alea Lennox' Kuss wahr – das Neigen seines Kopfes, den sanften Druck seiner Lippen, seinen Geschmack nach Weite, Wärme und Wasser.

Als Lennox sich wieder von ihr löste, sah er sie heftig atmend an. Etwas schien mit ihm zu passieren. Sein Blick ging ins Leere, als richteten sich all seine Sinne nach innen.

»Hast du … hast du mir etwa gerade … den Herrenschwur geleistet?«, stammelte Alea. Sie zitterte am ganzen Leib. »Lennox! Hast du das wirklich getan?«

Lennox richtete seine Aufmerksamkeit auf Alea. »Jetzt bin ich auf ewig dein«, sagte er mit einer Mischung aus absoluter Klarheit und innerer Hochspannung.

»Aber du bist doch gar kein Darkoner!«, wandte sie verstört ein.

»Ich glaube, es funktioniert auch bei Oblivionen!«, flüsterte er. »Weißt du noch? Die beiden Stämme sind eng miteinander verwandt.«

Alea konnte ihn nur anstarren. Sie fühlte sich wie im freien Fall. Mit einem Mal schien alles aus den Fugen zu geraten, ihr ganzes Leben explodierte regelrecht vor ihren Augen. Was Lennox gerade getan hatte, würde alles verändern.

Leise fügte Lennox hinzu: »Orion hat mir vorhin am Strand zugeflüstert, dass nur noch ein Kuss fehlt. Ich habe zuerst nicht verstanden, was er meint, aber dann …«

»Oh Gott.« Nun begriff Alea, was geschehen war. »Die Handschellen sind mit dem Serum präpariert!« Erschüttert blickte sie auf Lennox' Handgelenk. Das Blut! Orion hatte Lennox mit der offenen Wunde für den Herrenschwur vorbereitet. Er hatte ihm seinen Willen nehmen wollen, so wie den Darkonern!

»Wahrscheinlich wussten die Darkoner bisher nicht, wie Orion es geschafft hat, sie gefügig zu machen«, erwiderte Lennox, während er zu lauschen schien, ob Jinx sich näherte. Schnell hängte er an: »Als die Darkoner Orion vorhin flüstern gehört haben, konnten sie sich wohl zum ersten Mal zusammenreimen, was mit ihnen passiert ist.«

Alea schwindelte es. Lennox hatte gewusst, dass das Serum in seinem Blut war und dass nur noch ein Kuss fehlte, um ihn für immer zu binden. Und dann hatte er *sie* geküsst. Er hatte *ihr* den Herrenschwur geleistet. Das war so unvorstellbar, so gänzlich unbegreiflich, dass es Alea völlig die Sprache verschlug.

Lennox schien erneut in sich hineinzufühlen, und Alea ahnte, weswegen: Wenn alles wie bei den Darkonern war, müsste er nun genetisch optimiert sein – all seine Fähigkeiten, seine Stärke, seine Kampfkraft wären bis zum maximal Möglichen gesteigert.

»Hast du jetzt … Superkräfte?«, hauchte Alea.

Lennox schloss die Augen, als suchte er in sich nach der Antwort. »Ich weiß es nicht. Ich fühle mich stark, aber …«

Da hörten sie wieder eine Stimme. Es war Jinx, der mit Orion sprach. »Sie könnten hier überall sein, und wir haben keine zweite Waffe mehr.« Jinx fluchte kurz und sagte dann: »Ich werde meine Vennuit-Kräfte benutzen.«

»Muss das sein?« Orion klang mehr als abgeneigt. »Du weißt, wie ich das hasse.«

»Du hast doch auch deine Roix-Kräfte benutzt, als die Alpha Cru in der Villa war«, hielt Jinx ihm vor.

Orion schnaufte. »Das war nur, um ihr Vertrauen zu gewinnen.«

War es den beiden gleichgültig, dass man sie hören konnte? Offenbar scherte es sie nicht. Sie schienen sich sicher zu sein, dass Alea und Lennox sowieso nichts unternehmen konnten, wenn Jinx sich entschloss, seine Vennuit-Kräfte zu gebrauchen.

»Was können die Vennuit noch mal?«, wisperte Lennox, aber Alea antwortete nicht, denn Jinx sprach gerade weiter.

»Wir sind hier in einem Kühlhaus!«, rief er in gereiztem Ton zu Orion hinauf. »Es wäre mehr als dumm, das nicht auszunutzen.«

Alea wagte einen weiteren schnellen Blick. Jinx stand direkt unter der Balustrade und sah zu Orion hinauf. Jetzt senkte er die Stimme und begann zu flüstern. Alea zog sich hinter den Eisturm zurück. Lennox hatte den Kopf schief gelegt, als lauschte er wieder angestrengt. Er schien Jinx hören zu können! Nun erzählte er ihr leise weiter, was Jinx flüsterte. »Ich verstehe ja deine Angst vor den Magischen, Aquilius. Aber verwechsle Magische nicht mit den magischen Fähigkeiten von Meermenschen. Davor musst du keinen Schiss haben. Auch nicht vor magischen Gegenständen. Das weißt du ja selbst, obwohl es so aussieht, als müsste ich dir das immer wieder sagen!«

Was Orion erwiderte, verstand Alea nicht, aber Lennox verriet es ihr: »Na gut, dann mach.«

Alea klopfte das Herz bis zum Hals, während sie vor Kälte und Angst zitterte. »Die Vennuit bündeln Eis«, erklärte sie Lennox gepresst. Doch was bedeutete das genau? Hier war überall Eis! Selbst auf den Fischen lag so etwas wie Schneematsch – eine Schicht aus zerstoßenem Eis zur Kühlung.

Lennox schien aufs Äußerste alarmiert, wusste aber wohl auch nicht, wie sie sich darauf vorbereiten sollten, dass Jinx nun seine Kräfte einsetzen würde.

Auf einmal begann ihr Eisturm zu beben. Alle Eisblöcke in der Kühlhalle bebten! Gleich darauf erhob sich sämtliches Eis im Raum – es stieg in die Luft, jeder Eisblock und jedes Gramm Schneematsch schwebten höher und höher und enthüllten dabei unweigerlich Lennox' und Aleas Versteck.

Orion zielte vom Geländer aus mit der Pistole auf Alea. »Hallo, meine Liebe.«

Jinx befand sich noch immer unter der Balustrade und schien das Eis mit erhobenen Händen zu dirigieren.

»Es ist vorbei«, ließ Orion Alea und Lennox wissen.

Und dann ging alles so schnell, dass Alea kaum wusste, wie ihr geschah.

Lennox stieß sie zur Seite, sprang aus dem Stand in die Höhe und wirbelte durch die Luft. Alea konnte ihm mit den Augen kaum folgen. Innerhalb von Millisekunden hatte Lennox fast den gesamten Kühlraum durchquert, landete leichtfüßig vor Jinx und warf ihn mit seinem Schwung einfach um. Dann jagte Lennox auf die Wand unter der Balustrade zu.

Der Doktor war dermaßen überrumpelt, dass er nicht rechtzeitig reagierte.

Lennox stürmte in vollem Lauf auf die Wand zu … und rannte sie geradewegs hoch. Einen winzigen Augenblick später war er oben und schlug Orion die Waffe aus der Hand.

Ein Kampf begann, doch es war sofort ersichtlich, dass der Doktor dieses Mal keinerlei Chance hatte. Lennox kam wie eine tosende Welle über ihn, und bereits nach wenigen Sekunden war Orion besiegt.

Es bestand kein Zweifel mehr daran, dass der Herrenschwur – oder vielmehr: Herrinnenschwur – bei Lennox gewirkt hatte.

Leben kam in Aleas Glieder. Lennox hatte sie bestimmt zur Seite gestoßen, damit sie aus der Schusslinie war, falls Orion feuerte. Aber nun musste sie hier weg. Was war mit Jinx? Lennox hatte ihn praktisch umgerannt, doch nun erhob sich Jinx wieder! Mit einem schlangenartigen Zischen ließ er seine Finger tanzen, als wollte er auf einem unsichtbaren Klavier spielen. Hatte das einen Effekt auf das Eis im Raum?

Alea wollte nicht darauf warten, dies herauszufinden, und

rannte, so schnell sie konnte, zur Treppe. Jinx hielt sie nicht auf, denn seine Finger tippten weiter in die Luft, als spielte er ein unhörbares, gefährliches Lied.

Einen Moment später erkannte Alea, was er damit bezweckte: Die Eisblöcke in der Kühlhalle brachen krachend auseinander! Sie zerbarsten förmlich von innen heraus, platzten in tausend Teile, die als tödliche Splitter durch den Raum flogen.

Alea war am oberen Ende der Treppe angekommen und schrie Lennox zu: »Duck dich!« Rasch warf sie sich selbst auf den Boden und entging dadurch nur um Haaresbreite einem regelrechten Hagelsturm aus Eisgeschossen, der über ihren Kopf hinwegbrandete.

Lennox hatte sich hinter das Geländer geduckt und war ebenfalls nicht getroffen worden. Nun kam er auf die Beine – und schwang sich über die Balustrade. Zuerst dachte Alea, sie sähe nicht richtig, aber Lennox war tatsächlich vier Meter in die Tiefe gesprungen.

Gleich darauf hörte sie einen Schmerzensschrei von Jinx. Lennox war offenbar heil unten angekommen und hatte Jinx angegriffen.

Orion war nur ein paar Meter von Alea entfernt. Schwer angeschlagen, kroch er auf allen vieren über den Boden und konnte allem Anschein nach nicht aufstehen. Die Waffe war nirgendwo zu sehen – Orion musste sie beim Kampf gegen Lennox verloren haben.

Ihre Augen trafen aufeinander.

»Ich habe dich unterschätzt, Alea«, ächzte der Doktor. »Aber das wird mir nicht noch einmal passieren, das verspreche ich dir. Beim nächsten Mal werde ich dich töten.«

Alea hielt seinem Blick stand. Verächtlich schaute sie auf ihn hinab. »Das werden Sie nicht schaffen. Ich habe jetzt nämlich auch einen Superkrieger.«

Orions Augen weiteten sich. Dann schien er zu verstehen, was passiert war. »Deswegen kann Lennox das alles plötzlich … er hat DIR den Herrenschwur geleistet!«

»Ganz genau«, bestätigte Alea und spürte ein überbordendes Siegesgefühl in sich. Doch hinter dem Siegesgefühl lag eine andere Emotion, die sich nun brachial in den Vordergrund schob – blanker Hass, der wie eine Sturzwoge über sie kam. »Lennox ist nun *meine* Waffe«, sagte sie und stutzte noch im selben Moment. Niemals hätte sie gedacht, dass sie etwas Derartiges sagen würde – und dann noch auf solch triumphierende Weise. Es war der Hass, der aus ihr sprach und ihr fast den Atem raubte. Beinahe war es, als fräße er sich in ihr Innerstes hinein. Da begriff Alea, dass sie sich dagegen wehren musste. Der Hass schnürte ihr regelrecht die Kehle zu und griff gnadenlos nach ihrem Herzen. Er durfte nicht gewinnen.

»Lennox wird mich nicht nur mit seinen neuen Fähigkeiten beschützen, sondern auch mit seiner Liebe«, krächzte sie und hielt sich in Gedanken an Lennox' Liebe fest, als wäre sie ein Schutzschild. Es wirkte. Sobald sie das Wort *Liebe* ausgesprochen hatte, konnte sie wieder etwas besser atmen. »Und wie unfassbar stark Liebe einen Menschen machen kann, werden Sie niemals verstehen.«

Orion machte Anstalten, sie auszulachen, aber das Lachen blieb ihm im Hals stecken. Die Tatsache, dass Lennox nun ihr und nicht ihm hörig war, schien ihn zutiefst zu treffen, und er versuchte gar nicht mehr, darüber hinwegzutäuschen. »Woher wusste Lennox, was er zu tun hat?«, fragte er in beinahe flehentlichem Ton, denn das konnte er offenbar einfach nicht begreifen. »Woher wusste er, was ich mit ihm vorhatte – und wie kam er darauf, dass er das auch mit dir machen kann?«

Alea schwieg. Eher wäre sie gestorben, als ihm etwas über den Goldumhang zu verraten.

Da kam Lennox die Wand heraufgelaufen. Mühelos sprang er über das Geländer und griff nach Aleas Hand. »Weg von hier.« Er würdigte den Doktor keines Blickes und zog Alea zum Ausgang. Doch in der Tür blieb er stehen und schien dasselbe zu denken wie Alea: Was war mit Hagen? Dort drüben war er! Er lag noch immer reglos am Boden. Konnte Lennox den kräftigen Mann tragen? Ohne Frage konnte er das – vor allem in seinem jetzigen Zustand.

»Hol ihn«, sagte Alea, und sofort machte Lennox einen Schritt auf Hagen zu. Doch dann hielt Alea ihn zurück. »Nein!«, rief sie, denn sie hatte gerade etwas gesehen: Doktor Orion robbte stöhnend über den Boden, und Alea erkannte, dass er auf die Pistole zukroch! Im nächsten Moment griff er danach.

»Wir müssen sofort hier raus!«, rief Alea.

Lennox reagierte augenblicklich und zog sie nach draußen. Seine Bewegungen waren seltsam ruckartig. Es wirkte fast, als wäre er ferngesteuert – als müsste er ihrem Wunsch Folge leisten, was auch immer er selbst gerade hatte tun wollen.

Die Erkenntnis zuckte wie ein Stromschlag durch Aleas Körper. Es war tatsächlich geschehen. Lennox war ihr hörig.

Kaltes Grauen ergriff sie. War es wirklich das gewesen, was er gewollt hatte? Bestimmt hatte er nur die Superkräfte haben wollen, um aus der Kühlhalle zu entkommen, aber die Kräfte waren nun einmal an den absoluten Gehorsam gekoppelt. Und so wie Alea es verstanden hatte, gab es nichts, was den Herrinnenschwur jemals rückgängig machen konnte. Lennox war auf ewig *der ihre*. Die Vorstellung bohrte sich wie eine Lanze in ihr Herz. Denn das war … gespenstisch. Entsetzlich! Fand Lennox das nicht auch? Seine Miene war unlesbar. Er schien vollauf mit der Flucht beschäftigt zu sein, und Alea wurde klar, dass sie sich ebenfalls schleunigst konzentrieren sollte. Denn bevor sie von hier flohen, mussten sie Thea noch finden – und dann zu dritt versuchen, Hagen zu befreien.

Hastig schlichen Alea und Lennox an der Halle entlang, und Alea suchte dabei nach dem »Wagen«, zu dem Zeirus Thea hatte bringen sollen. Doch weit und breit war kein einziges Auto zu sehen. Auch der Parkplatz vor der Halle lag einsam und verlassen da.

»Sie sind weg«, stieß Alea mit ungläubigem Entsetzen hervor. Zeirus musste Thea bereits fortgebracht haben.

Lennox sah Alea an, als ahnte er, wie sie sich fühlen musste. Doch all seine neuen Eigenschaften vermochten kein Auto zurückzuzaubern, das bereits weggefahren war.

»Sollen wir wieder reingehen, um Hagen zu holen?«, fragte Alea, während sie versuchte, die Fassung zu wahren.

Da horchte Lennox auf. »Es nähert sich jemand«, warnte er, aber er sprach nicht, sondern gebärdete. Offenbar nahm er an, dass es sich um Darkoner handelte! »Ich muss dich in Sicherheit bringen.«

»Aber Hagen …«

»Du bist wichtiger.« Energisch zog Lennox sie weiter.

Verzweifelte Tränen standen Alea in den Augen, als sie nun die Beine in die Hand nahm und mit Lennox das Hallengelände verließ. Sie rannten über Straßen und querfeldein, weiter und weiter, immer außerhalb der Lichtkegel der Straßenlaternen. Doch nach einiger Zeit hielt Lennox plötzlich inne und zerrte Alea hinter den Stamm eines großen Baumes. Mit hämmerndem Herzen presste Alea sich dicht an die Borke. Was für eine Gefahr hatte Lennox bemerkt?

In Gebärdensprache erklärte er: »Darkoner!«

Alea zuckte zusammen. »Was machen wir?«, gebärdete sie mit zitternden Händen.

»Wir warten.«

Minutenlang harrten sie mucksmäuschenstill hinter dem Baum aus, und Alea hatte das Gefühl, ihr Herz stünde kurz vor dem Kollaps. Schließlich gab Lennox ihr jedoch ein Zeichen, und sie schlichen weiter. Dann begannen sie wieder zu laufen. Über Stock und Stein, Straßen, Wiesen und Felder, durch Parks, Bäche und Gräben. Wiederholt stolperte Alea in der Dunkelheit und fiel hin, aber Lennox zog sie jedes Mal hoch und half ihr weiter.

Doch irgendwann blieb er stehen. Sie waren am Ende eines Campingplatzes angekommen. Im trüben Licht der Straßenlampen erkannte Alea in einiger Entfernung einen Fluss, der nur der Rhein sein konnte. Sie hatte keine Ahnung, ob sie sich flussabwärts oder flussaufwärts von Sankt Goarshausen befanden. Sie hatte keine Ahnung, wie viel Zeit vergangen war. Und sie hatte keine Ahnung, wie es weitergehen sollte.

»Ich hab Seitenstechen«, gebärdete sie und ließ sich ins Gras fallen. Sie konnte nicht mehr. »Haben wir die Darkoner abgehängt?«

»Ja, ich habe seit Längerem niemanden mehr bemerkt«, sagte Lennox, kniete sich neben sie und betrachtete die Umgebung mit Adleraugen.

»Danke, dass du angehalten hast«, ächzte Alea. »Ich brauche eine Pause.«

»Die wirst du bekommen.« Lennox' Blick war auf etwas gerichtet, das sich in einem Baum am nahen Waldrand zu befinden schien. »Ich habe nämlich etwas entdeckt.« Mit einer schnellen Bewegung erhob er sich, lief ein Stück weiter und begutachtete das, was sich offenbar in der Krone des Baumes befand. Dann kehrte er zu ihr zurück und lächelte. »Komm mit.« Er zog sie an der Hand hoch.

Alea folgte ihm und hielt sich dabei die schmerzende Seite. Als sie den Baum erreichten, erkannte Alea eine Leiter, die am Stamm lehnte und nach oben führte. »Ist das …«

»Ja, das ist ein Baumhaus.« Lennox grinste nun regelrecht. »Darin können wir ausruhen. Kletter rauf.«

Alea erhob keine Einwände. Alles, was sie wollte, war, sich

hinzulegen. Mit müden, zittrigen Gliedern und noch immer feuchter Kleidung kraxelte sie an der Leiter hoch. »Kommst du nicht?«, fragte sie Lennox, bevor sie in das kleine Holzhaus einstieg.

»Ich muss noch etwas holen«, entgegnete er. »Ich bin in zwei Minuten wieder da.«

Bevor Alea »In Ordnung« sagen konnte, war Lennox schon verschwunden. »Bis gleich«, murmelte sie kraftlos, kletterte in das Baumhaus und ließ sich auf eine alte Matte fallen, die dort auf dem Boden ausgebreitet lag. Wahrscheinlich war dies das Geheimversteck einiger Kinder vom Campingplatz. Sogar ein paar Kissen lagen herum.

Stöhnend streckte Alea sich auf der Matte aus und presste sich die Hand in die Seite. Der Schmerz ließ etwas nach, und ihr Herz pumpte langsamer.

Plötzlich war Lennox neben ihr. Sie hatte ihn nicht heraufkommen gehört.

Alea setzte sich auf. »Wo warst du?«

»Ich war drüben am Rhein«, erwiderte er. »Ich habe Skorpionfische gerufen – ganz leise.«

»Skorpionfische?«

»Fünf sind gekommen. Und die habe ich gerade rundherum am Baumhaus verteilt.«

»Das Baumhaus ist getarnt!«, stieß Alea ungläubig hervor.

»Wenn wir nicht laut herumbrüllen, werden uns die Darkoner nicht finden.« Lennox ließ sich auf der Matte neben ihr nieder. »Willst du etwas schlafen? Du siehst völlig geschafft aus.«

»Das bin ich auch«, bestätigte Alea. »Aber zuerst müssen wir reden.«

Lennox atmete tief durch. »Okay, reden wir.«

Baumhaus

Durch das kleine Fenster des Baumhauses drang dumpfes Licht vom Campingplatz zu ihnen herein. Lennox und Alea schauten einander an. Was in dieser Nacht passiert war – was Lennox getan hatte! –, war derart gewaltig, dass es Alea schwerfiel, Worte dafür zu finden. Dennoch wollte sie darüber reden. Sie musste von Lennox hören, was in ihm vorgegangen war. Wie hatte er eine derartige Entscheidung nur innerhalb solch kurzer Zeit treffen können? Bereute er das Ganze möglicherweise schon?

Andererseits wären sie ohne den Herrinnenschwur kaum aus der Halle entkommen. Sie wären jetzt ebenso Orions Gefangene wie Thea. Der Gedanke an ihre Schwester und daran, was der Doktor mit ihr vorhatte, ließ Alea erschaudern. »Thea …« Sie schlug sich die Hand vor den Mund, und als ihr die Tränen kamen, wandte sie sich ab.

Lennox schlang von hinten die Arme um sie. Doch Alea atmete tief durch, wischte sich die Tränen fort und drehte sich wieder zu ihm um. »Du hast mir den Herrinnenschwur geleistet!«, brach es nun aus ihr heraus.

»Ja«, erwiderte Lennox in einem Ton, als wäre ihm das Ausmaß dessen, was er getan hatte, absolut bewusst. Und dann erklärte er es, ohne dass Alea ihn darum bitten musste. »Als wir aus dem Fluss kamen, habe ich begriffen, dass es ganz offensichtlich auch bei den Oblivionen ein brachliegendes Gen gibt, das aktiviert werden kann«, sagte er. »Und während wir zu der Halle gerannt sind, habe ich die ganze Zeit darüber nachgedacht, wie es wäre, wenn ich dir statt Orion den Schwur leisten würde – um ihn mit seinen eigenen Waffen zu schlagen.«

»Um zum Superkrieger zu werden …«

»Ja, aber auch, um niemals mehr von Orion zum Schwur gezwungen werden zu können«, stellte er klar. »Weißt du noch? Das Ritual kann nur ein einziges Mal durchgeführt werden, und die Bindung ist für immer. Das heißt, Orion kann das niemals wieder mit mir versuchen.«

Daran hatte Alea noch gar nicht gedacht. Lennox hatte sich mit dem Schwur auch selbst vor dem Doktor geschützt! Dieser Gedanke gab ihr ein etwas besseres Gefühl. Aber nur etwas. Denn die Tatsache, dass Lennox alles tun musste, was sie von ihm verlangte, war einfach grauenhaft. »Du …« Sie konnte es kaum aussprechen. »Du bist mir jetzt hörig! Das ist doch schrecklich.«

»Alea.« Lennox beugte sich vor und sah ihr tief in die Augen. »Ich weiß, dass du diese Situation niemals ausnutzen wirst. Du würdest mich nie zu irgendetwas zwingen oder den Schwur missbrauchen. Du bist nicht wie Orion.«

Alea senkte den Blick und musste daran denken, dass auch sie von negativen Gefühlen und von Hass überwältigt werden konnte. Trotzdem stimmte es – sie war nicht wie Orion. Sie hatte sich mit Lennox' Liebe gegen den Hass gewehrt. Und sie hatte ihn besiegt.

Sanft berührte Lennox ihr Kinn und hob es ein wenig hoch, sodass sie ihn wieder anschauen musste. »Ich habe dir den Schwur geleistet, weil ich mit Haut und Haaren an dich glaube.«

Lennox' Worte trafen Alea mitten ins Herz. Sein Schwur war ein unglaublicher Vertrauensbeweis – ein überragendes Ja zu ihr und allem, wofür sie stand. Auf der anderen Seite schmälerte die Vorstellung, dass ihr Freund nicht mehr in der Lage war, ihr zu widersprechen, die Freude darüber gewaltig. Doch nein – Lennox hatte ihr ja soeben widersprochen und sie zurechtgewiesen. Der Schwur schränkte die Unabhängigkeit seines Verstandes ganz offensichtlich nicht ein! Alea hatte das Gefühl, in ihrem Kopf drehte sich alles, aber wenn Lennox ihr noch immer Widerworte geben konnte, stand eines fest: Es lag allein an ihr, ob sie sich durch die Macht des Schwurs jemals über Lennox' Meinung hinwegsetzen und ihm etwas auftragen würde, was er aus freien Stücken nicht getan hätte.

»Ich könnte weglaufen, wenn ich es mir eines Tages anders überlegen sollte«, warf Lennox scherzhaft ein. »Solange du mir nicht befiehlst, immer wieder zu dir zurückzukehren, könnte ich dem Schwur auf diese Weise entgehen, oder?«

Das stimmte und tröstete Alea ein klitzekleines bisschen. Lennox blickte sie allerdings an, als würde das sowieso nicht geschehen. Er würde sie nicht verlassen. Niemals.

Nach einer kleinen Pause sagte er leise: »Ich möchte, dass du mir etwas versprichst, Yavani.«

Gedankenschwer nickte Alea. »Was denn?«

»Bitte verlange niemals wieder von mir, jemand anderen zu beschützen, wenn du selbst in Gefahr bist.«

Die Ernsthaftigkeit in seinen azurblauen Augen jagte Alea eine Gänsehaut über den Rücken. »Vorhin in der Halle …«, sprach er weiter, »da hast du mir zugerufen, dass ich Thea helfen soll statt dir. Aber ich habe es nicht getan, weil ich *dein* Beschützer bin …«

Alea nickte erneut, denn ihr war klar, worauf er hinauswollte.

»Jetzt, nach dem Schwur, müsste ich dir gehorchen, gleichgültig, ob ich will oder nicht.« Lennox' Tonfall wurde eindringlich. »Ich kann dich also nur inständig bitten, so etwas niemals wieder zu tun. Du bist die Elvarion. Du musst an erster Stelle stehen. Begreif das bitte endlich und sag mir nicht noch einmal, dass ich jemand anderen vorziehen soll!«

Alea senkte den Blick. Die Verantwortung drückte sie nieder wie ein tonnenschweres Gewicht, denn sie würde in Zukunft bei jeder einzelnen Entscheidung an das große Ganze denken müssen. Zu viel hing vom Gelingen ihrer Mission ab, als dass sie einen Fehler machen durfte. Abermals flammten Zweifel in ihr auf. Konnte sie eine dermaßen große Verantwortung überhaupt tragen? Was, wenn sie die Erwartungen, die Lennox und so viele andere an sie hatten, nicht erfüllen konnte?

Doch diese Ängste waren nicht neu, und Alea wusste mittlerweile, dass sie sich auf ihre innere Stärke besinnen musste, um sie zum Schweigen zu bringen. Und obwohl es ihr in diesem Moment alles andere als leichtfiel, tat sie das. »Ich verspreche es«, sagte sie.

Lennox schien erleichtert. »Dann … kann alles gut werden.«

Er wirkte so hoffnungsfroh, dass Alea ihn müde anlächelte. »Daran glaube ich ganz fest.« Doch dann stieß sie ein tiefes Seufzen aus. »Trotzdem war das heute alles ganz schön knapp.«

»Das stimmt. Es hätte nicht viel gefehlt, und die Sache wäre komplett anders ausgegangen«, erwiderte Lennox gedankenvoll. »Orion hatte anscheinend schon lange vor, mich mithilfe von Genmanipulation folgsam zu machen – schon auf Korsika! Ich nehme an, er hat wochenlang an dem Serum gearbeitet und mich währenddessen mit den Handschellen auf den Schwur vorbereitet. Jede Nacht hab ich die Mistdinger getragen, und meine Handgelenke waren ganz wund gescheuert und manchmal auch blutig …«

»Orion hätte die Handschellen bestimmt mit seinem Serum präpariert, sobald er es fertig gehabt hätte.«

»Und dann hätte er mich irgendwie geküsst, und ich wäre zu seinem Sklaven geworden.«

»Ohne irgendein Ritual oder den Schwur?«

»Das Ritual hat er mit den Darkonern ja nur gemacht, weil er sie so besser reinlegen konnte. Bei mir hätte er den Schnickschnack wahrscheinlich weggelassen, und ich hätte mich später immer gefragt, wie er es bloß angestellt hat, mich ebenso zu unterwerfen wie die Darkoner.«

»Und … warum hast du zu mir die zeremoniellen Worte gesagt?«, fragte Alea. »Das wäre ja gar nicht nötig gewesen, und es war auch riskant – schließlich hätte Jinx dich hören können.«

»Ja, schon«, räumte Lennox ein. »Ich glaube aber, dass es wichtig für uns war, dass ich richtig schwöre, damit wir uns später daran erinnern können und … immer genau wissen, worum es ging. Nämlich darum, dass ich dir von Nutzen sein will. Zu hundert Prozent.« Er sagte das sowohl mit einem gewissen Stolz als auch mit einem Anflug von Zufriedenheit.

Alea nahm das zur Kenntnis und versuchte, sich auf seine Stimmung einzulassen. Lennox liebte es, ihr nützlich zu sein – sein ganzes Handeln hatte schon immer darauf abgezielt. Wenn es ihn stolz und zufrieden machte, durch den Schwur noch mehr für sie tun zu können, dann … war das alles womöglich okay?

Lennox musterte sie. »Was geht dir durch den Kopf?«

»Dass es vielleicht in Ordnung ist, wenn ich es gut finde, dass du *mein* Superkrieger bist und nicht Orions«, antwortete sie mit Grübelstimme und einem kleinen Schauder. Sie durfte gar nicht daran denken, was passiert wäre, wenn der Doktor seinen Plan hätte umsetzen können. »Wenn Orion dich gekriegt hätte, wärst du seine ultimative Waffe geworden.«

Ein Ausdruck von Triumph erhellte Lennox' Gesicht. »Nun bin ich deine.«

Er schien sich wirklich darüber zu freuen. Wie seltsam das alles war. Leise stöhnend, fuhr Alea sich mit den Händen an die Stirn und massierte ihre Schläfen. Sie fühlte sich, als wäre sie von einem Mähdrescher erfasst, zerstückelt und wieder ausgespuckt worden. Innerhalb der vergangenen Stunden waren einerseits unglaublich überwältigende, andererseits auch katastrophal schlimme Dinge geschehen. Zwar hatte Lennox Orion ein geniales Schnippchen geschlagen, zwar war ihnen die Flucht gelungen – aber die Nacht hatte Opfer gefordert! Hagen, Thea … und was war bloß mit Siska geschehen? Wenn Alea nur ihr Handy gehabt hätte!

Lennox schien zu ahnen, was in ihr vorging. »Wir haben gewonnen, aber auch verloren«, sagte er mit schwerer Stimme.

Alea hätte wieder weinen können, doch sie wollte sich nicht von dem Gefühl der Verzweiflung überwältigen lassen. Das half Thea, Hagen oder Siska kein bisschen. »Am meisten Sorgen mache ich mir um Hagen«, kam es leise aus ihr hervor. »Orion wird kurzen Prozess mit ihm machen.«

Lennox schloss die Augen und schien den Gedanken kaum ertragen zu können. »Und Thea?«, lenkte er ab, als wollte er sich seinerseits nicht von der Verzweiflung niederzwingen lassen. »Ich glaube, sie ist nicht in akuter Gefahr, oder?«

Gern nahm Alea die Gelegenheit wahr, sich auf etwas Positives zu konzentrieren. »Nein, Orion kann Thea nicht sofort in eine Landgängerin verwandeln. Er hat selbst gesagt, dass er zwei Wochen braucht, um den DNA-Wandler neu herzustellen.«

»Wir haben zwei Wochen, um Thea zu befreien. Sie –« Lennox verstummte, als hätte er einen Einfall. »Warum nimmst du nicht die Silberfäden und siehst nach, ob wir Orion noch immer am neunzehnten September in Rom treffen? Denn wenn ja …«

»… erwischen wir ihn, bevor die zwei Wochen um sind und er Thea verändern kann!«, beendete Alea den Satz, denn heute war der dreizehnte September oder vielleicht auch schon der vierzehnte! Schnell holte sie die Silberfäden-Tüte aus der durchnässten Bauchtasche und setzte sich aufrecht hin. Sobald sie den ersten Faden zur Hand nahm, zuckten Bilder vor ihrem geistigen Auge auf.

Ben und Sammy sangen auf der Gondel. Das würde also noch immer geschehen. Ungeduldig wartete Alea auf das Ende der Sequenz und fragte sich, was sie danach sehen würde.

Da! Die nächste Vision begann. Doktor Orion in Rom! Er stand an dem Bistrotisch wie zuvor, hielt eine Zeitung in der einen Hand und in der anderen eine Espressotasse. Die Vision war unverändert! Selbst die Schlagzeile auf der Zeitung war noch dieselbe: *Grande successo del concerto per l'ambiente* – Umweltkonzert Riesenerfolg.

Aufgeregt legte Alea den Faden beiseite. »Es hat sich nichts daran geändert, dass wir Orion in Rom überraschen werden«, sprudelte sie hervor und spürte, wie unerwartete Hoffnung in ihr aufkeimte. »Es ist alles wie vorher.«

Lennox schnaufte erleichtert.

»Und wenn wir Orion erst mal gefangen haben, zwingen wir ihn dazu, Thea freizulassen«, überlegte Alea laut.

Lennox wirkte zwiegespalten und sah sie an, als wollte er sagen, dass das bestimmt nicht so leicht werden würde. Aber dann nickte er.

Jetzt holte Alea auch den zweiten Silberfaden hervor und hoffte, noch mehr zu sehen. Doch ihr wurden lediglich die ersten beiden Visionen noch einmal gezeigt.

Während sie die Silberfäden wieder in ihrer Bauchtasche verstaute, kam Alea eine Idee. »Ich lege den Goldumhang an«, sagte sie und war bereits dabei, das feuchte, fein gewebte Gewand aus ihrer Tasche zu ziehen. »Mit dem Umhang können wir vielleicht herausbekommen, wo Zeirus Thea hingebracht hat.«

Lennox pfiff leise durch die Zähne. »Das ist ein sehr guter Einfall.«

Schon warf Alea sich den Umhang über die Schultern. *Bitte zeig mir, was passiert ist, nachdem Zeirus mit Thea die Halle verlassen hat*, bat sie das magische Gewand.

Gleich darauf erschienen Bilder wie aus Nebelschwaden vor ihrem inneren Auge.

Dunkelheit. Die Fischhalle.

Alea frohlockte, denn offenbar zeigte der Umhang ihr tatsächlich, was sich in dieser Nacht zugetragen hatte!

Die Farbe der Bilder wurde kräftiger, und dann war es, als würde ein Kameraobjektiv durch die Tür ins Innere der Halle schweben. Dort war Doktor Orion! Er humpelte zu der Pistole und hob sie auf. Und dort war Jinx, der gerade die Treppe zum Kühlraum hinunterstapfte.

Alea runzelte die Stirn. Das war geschehen, nachdem Zeirus Thea fortgebracht hatte. Warum sah sie eine Szene mit Orion und Jinx und nicht eine mit ihrer Schwester?

Die Bilder wurden immer deutlicher, als würde die Linse geschärft. Alea erkannte sich selbst und Lennox, die sich hinter dem Eisturm versteckten, und sah, wie sie selbst zähneklappernd auf das Blut starrte, das von Lennox' Handgelenk auf den Boden tropfte. Und dann kniete Lennox nieder, sprach die Worte des Herrinnenschwurs und küsste sie.

Der Anblick ließ alles in Alea erzittern.

Doch wieso ließ der Goldumhang diesen Film ablaufen? Sie war doch dabei gewesen!

Nun zoomte die Kamera näher an Lennox heran. Gestochen scharf sah sie sein Gesicht, wie in Großaufnahme. Alea erkannte die Situation. Dies war der Moment gewesen, in dem Lennox in sich hineingehorcht und versucht hatte, herauszufinden, ob ihm durch den Schwur Superkräfte verliehen worden waren. Jetzt verließ ihr Blickwinkel allerdings Lennox' Gesicht, schwenkte zu seinem Arm und dann über den Metallring bis zu seiner Hand. Details wurden riesengroß. Eingetrocknetes Blut. Eine Schramme. Aufgeschrappte Haut an den Fingerknöcheln.

Warum wird mir das gezeigt?, fragte Alea sich mit zunehmender Verwirrung. *Was ist denn mit Lennox' Hand?*

Dann sah sie es, und ihr stockte der Atem.

Zwischen Lennox' Fingern bildeten sich rote Knubbel.

Raffnarben wuchsen wie im Zeitraffer in den Fingerspalten. So still und heimlich, dass weder Lennox noch Alea es in jenem Augenblick bemerkt hatten.

»Lennox!«, stieß sie hervor. »Du hast Schwimmhäute.«

Hajaro

Alea warf den Umhang von sich, griff hektisch nach Lennox' Händen und hielt sie ins trübe Licht. Ihrer Kehle entrang sich ein unterdrückter Schrei. Tatsächlich – Lennox hatte Raffnarben!

Ungläubig starrte Lennox auf seine Hände, deren Veränderung er zuvor nicht bemerkt zu haben schien. »Das … ist nur ein Traum, oder?«, brachte er kaum hörbar hervor. »Habe ich wirklich …«

»Ja!«, kiekste Alea. »Irgendwo in deinen Genen haben die Schwimmhäute anscheinend genauso geschlummert wie die Superkräfte, und die genetische Optimierung hat sie aktiviert.«

Lennox begann am ganzen Körper zu beben.

Alea umschloss seine Hände mit den ihren. Sie wusste, wie sehr Lennox darunter gelitten hatte, kein »vollständiger« Meermensch zu sein. Und als er nun den Blick hob und sie anschaute, lag in seinen Augen all der Schmerz darüber. Doch zugleich auch eine regelrechte Freudenlawine, die er noch ungläubig zurückzuhalten schien. »Ob ich auch …« Er musste den Satz nicht beenden, denn Alea wusste ganz genau, was er fragen wollte: Hatte er auch Kiemen?

Mit einer aufgeregten Bewegung strich Alea hinter seinen Ohren entlang. Es fühlte sich an wie bei ihr früher. Hinter seinen Ohren saßen Raffnarben.

»Lennox …« Tränen schossen ihr in die Augen.

»Ja?«, fragte er heiser. »Sind sie da?«

Alea lächelte ihn durch ihre Tränen hindurch an. Sie konnte nichts sagen, aber das musste sie auch gar nicht.

Lennox traten ebenfalls Tränen in die Augen. »Ich … bin vollständig«, flüsterte er. »Ich bin Hajaro.«

»*Ya elarr Hajaro.*« Tränenüberströmt strahlte Alea Lennox an. »Von allen Superkräften der Welt sind Kiemen und Schwimmhäute die wertvollsten.«

Lennox stieß ein Lachen hervor, das wie ein Befreiungsschrei aus den Tiefen seiner Seele klang.

Da zog Alea ihn in ihre Arme, und Lennox schmiegte sich in ihre Umarmung hinein, als wollte er so nahe an sie heran, wie es nur möglich war. Alea spürte das Zucken seiner Schultern. Lennox weinte. Sie weinten zusammen.

Eine kleine Ewigkeit verging, während der die Tränen versiegten, doch Alea und Lennox wollten einander nicht loslassen. Sie hielten sich fest, bis sie im Gleichklang atmeten und ihre Herzen im selben Rhythmus schlugen.

Erst nach einer Weile machte Lennox sich behutsam von ihr los. »Danke, das habe ich gebraucht.«

Alea liebte ihn dafür, dass er solche Dinge sagte. »Ich auch.« Durch die lange Umarmung hatte sie das Gefühl, dass sich zwischen Lennox und ihr vielleicht gar nicht so viel verändert hatte. Sie konnten noch immer *sie* sein.

Lennox befühlte die Raffnarben hinter seinen Ohren. »Am liebsten würde ich sofort schwimmen gehen und meinen ersten Atemzug durch die Kiemen so richtig feiern.«

Alea lächelte. »Warum machst du es nicht?«

»Weil ich das mit dir zusammen tun will«, gab er in leicht verwundertem Ton zurück und blickte auf ihre Bauchtasche, als fragte er sich, ob sie vergessen hatte, dass darin der Rückwandler lag.

In der Tat hatte Alea gar nicht mehr daran gedacht. Ihr Kopf fühlte sich übermüdet und dumpf an, aber nun machte ihr Herz einen Sprung. Denn ja, Thea hatte ihr einen Blutstropfen geschenkt, und der Rückwandler war einsatzbereit! Wenn sie ihn benutzte, konnten Lennox und sie gemeinsam ins Wasser gehen und sich zum ersten Mal Seite an Seite verwandeln. Bei dieser Vorstellung begannen die Stellen, an denen ihre eigenen Raffnarben gesessen hatten, vor Aufregung und Vorfreude zu kitzeln.

Doch noch während Alea sich freute, hörte sie eine Stimme in ihrem Kopf.

Hilf mir, rief Thea.

Alea erstarrte und vergaß zu atmen. Es war ihre eigene Stimme, die sie hörte, aber sie wusste, dass sie ihrer Schwester gehörte.

Zeirus hat mich in ein Hotel gebracht. Ich bin gefesselt. Hilf mir!

Alea rang nach Luft.

»Was ist los?«, fragte Lennox.

Alea hob die Hand und wartete ab, ob sie noch mehr hören

würde. Als das jedoch nicht der Fall war, versuchte sie selbst, Thea in Gedanken zu erreichen. Doch ihre Schwester antwortete nicht. Hastig erklärte Alea Lennox schließlich: »Thea hat gerade telepathisch Kontakt zu mir aufgenommen.« Wortwörtlich gab sie Lennox den Hilferuf wieder.

»Ein Hotel?« Seine Augen verengten sich. »Das müsste in Sankt Goarshausen sein. Dort haben Orion und seine Leute sich bestimmt seit einer Woche aufgehalten. Und jetzt haben sie Thea dorthin gebracht – und wahrscheinlich auch Hagen.«

»Wir müssen dieses Hotel finden.« Alea stand auf. »Suchen wir es!«

Lennox erhob sich ebenfalls. »Nicht *wir*, sondern *ich*.«

Perplex sah Alea ihn an. »Du willst allein gehen?«, fragte sie, und der Gedanke weckte sofort Widerstand in ihr. Doch schon im nächsten Moment wurde ihr klar, dass der Vorschlag absolut sinnvoll war. »Stimmt – wenn ich mitkäme, wäre ich dir nur ein Klotz am Bein.«

»Das würde ich so nicht sagen«, wiegelte Lennox ab. »Aber mit meinen neuen Fähigkeiten komme ich allein viel schneller voran – und ich muss mir keine Sorgen um dich machen.«

Alea verstand. »Wenn ich dabei bin, besteht die Gefahr, dass wieder eine Waffe auf mich gerichtet wird und du in deinen Möglichkeiten eingeschränkt bist.« Wenn Lennox sie nicht beschützen musste, konnte er sich voll auf Thea und Hagen konzentrieren. Das war gut. »Hier im Baumhaus bin ich sicher.«

»Außerdem bist du total ausgepowert. Und ich nicht.«

»Wirklich nicht?«

»Nein, ich fühle mich irgendwie … wie eine Sprudelflasche unter Druck. Und ich würde die Flasche gern aufmachen.«

Alea betrachtete Lennox. Er wollte sich austesten. Er wollte wissen, wie schnell er laufen und wie hoch er springen konnte. Und im Grunde war das sehr vernünftig, denn je besser er seine Fähigkeiten kannte, desto höher war die Wahrscheinlichkeit, dass er Thea und Hagen befreite. »Gut«, sagte sie schlicht.

Lennox wirkte mehr als erleichtert, dass sie sich nicht abermals in Gefahr begeben wollte. »Versprich mir, dass du den Rückwandler nicht allein trinken wirst«, bat er nun. »Du könntest Schmerzen haben – oder es treten irgendwelche Komplikationen auf. Dann will ich bei dir sein.«

»In Ordnung«, stimmte sie zu, denn sie wollte auch, dass er während der Rückwandlung bei ihr war.

Lennox dehnte die Arme und den Nacken. »Okay, dann mache ich mich auf den Weg.«

»Sag mal …«, hielt sie ihn zurück. »Woher weißt du, in welcher Richtung Sankt Goarshausen liegt? Hast du jetzt auch einen magischen inneren Kompass?« Sie meinte die Frage ganz ernst, aber Lennox lachte.

»Nein, ich glaube nicht«, entgegnete er. »Ich wollte nach Straßenschildern gucken.«

»Ach so.« Alea musste grinsen, denn das war herrlich normal für einen Superkrieger. »Anderer Vorschlag: Wie wäre es, wenn du dich zuerst zum Campingplatz rüberschleichst und nach einem Handy suchst?«

In Lennox' Mundwinkel stahl sich ein Lächeln. »Du willst, dass ich in einen Wohnwagen einbreche?«

»Ich will, dass du ein Handy besorgst«, relativierte sie und kratzte sich nachdenklich am Kopf. »Und später gibst du es wieder zurück. Du brauchst es ja nur, um herauszukriegen, auf welchem Weg du am besten nach Sankt Goarshausen kommst und welche Hotels es –« Sie verstummte, denn jetzt bemerkte sie, dass Lennox sich ruckartig abgewandt und begonnen hatte, die Leiter hinunterzuklettern.

Alea wurde heiß und kalt zugleich. Sie hatte ihm eine Anweisung gegeben! »Stopp!«, rief sie ihm nach. »Komm zurück!«

Sogleich kletterte Lennox wieder nach oben. Zwischen seine Brauen hatte sich eine tiefe Falte gegraben. »Hmm. Ich bin mir nicht sicher, ob ich es gut finde, wenn du im Imperativ mit mir sprichst.«

»Was … ist noch mal der Imperativ?«

»Die Befehlsform.«

Alea entschlüpfte ein betroffenes »Oh«.

Lennox fasste sich an die Schläfen. »Es fühlt sich merkwürdig an, wenn du das tust.«

»Wie denn?«, fragte sie ganz leise.

»Deine Worte verursachen einen Ruck in meinem Gehirn. Und der zwingt mich, zu tun, was du sagst.«

»Es tut mir leid«, sagte Alea beschämt. »Ich muss besser darauf achtgeben, wie ich etwas formuliere.«

Lennox machte eine abwehrende Handbewegung und lächelte. »Wir haben ja viel Zeit zum Üben.«

Alea konnte sein Lächeln nur verhalten erwidern. Sie fand den Gehorsamseffekt nach wie vor absolut gruselig.

»Es wäre aber gut, erst mal mit einem Handy zu recherchieren, in welche Richtung ich überhaupt laufen muss«, griff Lennox ihre Idee auf. »Ich lege das Handy später wieder zurück. Niemand wird merken, dass es überhaupt weg war. Also …« Er wandte sich erneut zum Gehen.

»Pass auf dich auf«, bat sie und merkte eine Sekunde später, dass das ebenfalls ein Satz im Imperativ war. Sie biss sich auf die Lippe und sah Lennox entschuldigend an.

»Mach ich«, erwiderte er mit nachsichtiger Miene, sprang aus dem Baumhaus und war fort.

Eine Weile lang saß Alea einfach nur da und spürte ihr Herz schlagen. Sie war todmüde, und ihr taten alle Knochen weh, aber mehr noch als ihr Körper waren ihr Geist und ihr Herz völlig überanstrengt. Würde Lennox von der Suche nach Thea und Hagen wohlbehalten zu ihr zurückkehren? Was, wenn er Thea nicht fand?

Niedergeschlagen ließ Alea den Moment, in dem ihre Schwester von Zeirus geschnappt worden war, gedanklich Revue passieren. Dabei wurde ihr klar, dass Thea wahrscheinlich nur deshalb nicht entkommen war, weil sie Alea und Lennox nicht hatte zurücklassen wollen. Thea hatte sich nach ihnen umgedreht und auf sie gewartet. Und weil sie nicht nur an sich selbst gedacht hatte, war ihr Schicksal besiegelt gewesen.

Alea schüttelte den Kopf. Das konnte doch nicht sein! Das Schicksal würde eine derart uneigennützige Handlungsweise nicht so schwer bestrafen. Nein. Lennox würde Thea befreien. Und ebenso Hagen. Denn Hagen verdankte sie ihr Leben! Es musste einfach alles gut gehen. Es musste.

Angestrengt versuchte Alea nun, noch einmal telepathischen Kontakt zu Thea herzustellen. Es hatte bereits zwei Mal funktioniert, warum nicht ein drittes Mal? Doch es klappte nicht. Auf der Seite ihrer Schwester herrschte grausame Stille, als wäre Thea außer Reichweite. Alea versuchte es immer wieder, aber irgendwann gab sie enttäuscht auf.

Als sie merkte, wie Hilflosigkeit und Resignation in ihrem Inneren immer mehr die Überhand gewannen, versuchte sie sich vorzustellen, was Sammy gesagt hätte, wenn er hier gewesen wäre. Bestimmt wäre ihm ein cleverer Spruch eingefallen, und er hätte sie davon überzeugt, dass sich alles zum Guten wenden würde. Mit einem Mal vermisste sie Sammy so sehr, dass sich ihr Brustkorb schmerzlich zusammenzog. Wenn alle drei – Ben, Tess und Sammy – jetzt nur hier wären! Ben hätte die Ereignisse als erfahrener Kapitän noch einmal eingeordnet, und Aleas Kopf hätte sich bestimmt nicht mehr so dumpf angefühlt. Tess hätte etwas Schlaues zu irgendeinem psychologischen Aspekt gesagt, und Alea hätte das Verhalten der Akteure dieser Nacht besser nachvollziehen können.

Neue Tränen stiegen in Alea auf.

Wenn Sammy jetzt hier gewesen wäre, hätte er sich an sie gekuschelt, seine kalten Füße zwischen ihre warmen Waden gesteckt, seinen Kopf auf ihre Schulter gebettet und so etwas gesagt wie: »Ach, Schneewittchen, wein ruhig ein bisschen. Weinen ist wie Seelewaschen.«

Dass er nicht wirklich hier war, tat unfassbar weh.

Da kam Lennox überraschend zurück, und Alea strich sich rasch über die Augen. Bevor er sie fragen konnte, was los war, wollte sie wissen: »Hast du das Handy?«

»Ja.« Er musterte sie eingehend, sagte aber nichts zu ihren Tränen, als wüsste er, was sie verursacht hatte. »Es war gar nicht so leicht, ein Handy ohne PIN-Code-Sicherung zu finden.« Er hielt ein Smartphone in die Höhe. »Bei dem hier stand der PIN-Code auf einem Zettel, der daneben lag.«

»Wunderbärchen«, sagte Alea erstickt.

»Es gibt Leute, die den PIN-Code auf die Rückseite ihres Handys schreiben.« Mit diesen Worten zog er ein zweites Smartphone aus der Jackentasche.

»Du hast zwei besorgt?«, wunderte sie sich.

Liebevoll glitt Lennox' Blick über ihr Gesicht, als wäre es ein offenes Buch. »Das zweite ist für dich. Ich dachte, du willst vielleicht mit Sammy, Ben und Tess telefonieren, während ich weg bin.«

Alea war baff. Dann umarmte sie Lennox derart stürmisch, dass sie zusammen auf die Matte fielen. Sie lachten, und Alea drückte ihre Stirn fest gegen Lennox'. »*Mar vamschha garuu, Yavani*« – Ich liebe dich, Yavani –, wisperte sie und küsste ihn. Am liebsten hätte sie ihn noch viel länger geküsst, aber nun musste er los.

Alea setzte sich wieder auf und nahm das zweite Handy an sich. »Danke.«

»Gern.« Er streichelte ihr über die Wange. »Und jetzt gehe ich.«

»Gut …« Sie hielt inne und wählte ihre nächsten Worte mit Bedacht. »Tu, was du für richtig hältst.«

Lennox zwinkerte ihr zu. »Der ist nicht schlecht.« Bevor er verschwand, drehte er sich noch einmal zu ihr um. »*Mar vamschha garuu hitas.*« – Ich liebe dich auch.

Einen Augenblick lang schaute Alea ihm mit dem tiefen Gefühl nach, in seiner Liebe vollkommen geborgen zu sein. Dann nahm sie das Smartphone zur Hand. Zum Glück konnte sie sich sicher sein, dass Orion dieses Gerät nicht überwachte. Allerdings war es mitten in der Nacht. Bestimmt schliefen Ben, Tess und Sammy schon längst. Alea wollte erst einmal nur eine Nachricht schreiben.

»Hier ist Alea. Seid ihr noch wach?«

Sie schickte dies sowohl an Tess als auch an Ben. Sammy besaß inzwischen zwar ebenfalls ein uraltes Handy vom Flohmarkt, aber Alea hatte sich seine Nummer nicht eingeprägt.

Es verging keine Minute, da meldete sich Tess per Videoanruf bei Alea. Ihr besorgtes Gesicht erschien auf dem Bildschirm, und Alea war so unfassbar froh, sie zu sehen, dass ihr fast schon wieder die Tränen kamen.

»Was ist los?«, fragte Tess beunruhigt. »Warum bist du um diese Uhrzeit noch wach?« Sie sprach sehr leise, und Alea konnte im Hintergrund einen Schlafsaal erkennen, in dem Mädchen in schmalen Betten lagen und schlummerten.

»Seid ihr in einer Jugendherberge?«

»Ja. Ben und Sammy sind im Jungentrakt«, flüsterte Tess und schlich währenddessen offenbar aus dem Schlafsaal. »Warum telefonierst du mit einer fremden Nummer?«

Da wurde Alea ein weiterer Videoanruf angezeigt. Er kam von Ben. Sie konnte den Anruf allerdings nicht annehmen, ohne den mit Tess zu beenden. »Ben ruft an!«

»Warte«, wisperte Tess. »Ich hole ihn.«

Alea konnte nun über den Bildschirm verfolgen, wie Tess sich an einer Rezeption vorbeistahl. Als Nächstes sah sie Ben mit dem Handy in der Hand durch eine Tür kommen. Und gleich dahinter Sammy! Tess erklärte den beiden leise, dass sie mit nach draußen kommen sollten, und kurz darauf befanden sich die drei vor dem Eingang der Jugendherberge. Ihre Gesichter zu sehen, tat Alea so gut, dass sie am liebsten in das Handy hineingesprungen wäre.

»Wo bist du?« Ben schaltete sein Handy aus. »Wo ist Lennox?«

»Bei dir ist es so dunkel, Schneewittchen!«, beschwerte sich Sammy. »Ich kann dich kaum sehen!«

»Ich hab euch unfassbar lieb«, brach es unvermittelt aus Alea heraus.

»Jetzt mach ich mir richtig Sorgen«, versetzte Tess.

»Wir dich auch, Schneewittchen!«, rief Sammy. »Bis nach Peru und zurück.«

Alea hatte keine Ahnung, was das heißen sollte, aber sie lachte. »Das weiß ich. Und es macht mich stark.«

Bens Miene wirkte immer beunruhigter. »Mein Gott, Alea, was ist denn nur los? Habt ihr Thea gefunden?«

»Ja, das haben wir«, eröffnete sie ihnen, und die Augen der drei wurden groß. »Ich werde euch alles erzählen.«

»Moment!« Sammy griff nach Bens Handy und startete eine Sprachaufnahme für das Bandentagebuch. »Jetzt.«

Nun berichtete Alea ihnen alles. Sie hatte zwar erst am Morgen mit ihnen gesprochen, aber seitdem war so viel passiert, dass die Ereignisse ein halbes Buch hätten füllen können. Allein die Tatsache, dass sie Thea wirklich gefunden hatten, ließ selbst Tess lauthals aufjubeln. Doch als Alea vom Raum der Ahnen erzählte und davon, was Cassaras' Mutter Haruko dem Prinzen dort anvertraut hatte, kamen die drei aus dem Staunen gar nicht mehr heraus. Dann sprach Alea von Doktor Orions Überfall und allem, was danach passiert war. Tess schien völlig erschüttert von Orions Kaltblütigkeit. Ben konnte gar nicht glauben, dass Lennox Alea den Herrinnenschwur geleistet hatte und dass er nun Wände hinauflaufen konnte. Und als Alea zu dem Teil kam, in dem Thea gefangen genommen worden war, schniefte Sammy, als müsste er weinen.

»Ich hätte nie gedacht, dass Thea und ich uns so schnell wieder trennen müssen«, sagte Alea und bemühte sich, nicht die Fassung zu verlieren. »Lennox wird sie retten«, setzte sie fast trotzig hinzu und erzählte den anderen nun von den weiteren Ereignissen der Nacht.

»Lennox ist ganz allein da draußen?«, fragte Ben voller Sorge.

»Er ist jetzt der absolute Megakrieger«, hielt Sammy fest und klang ungewöhnlich ernsthaft. »Er kann es schaffen, Thea und Hagen da rauszuholen – trotz all der Darkoner. Denn keiner von denen hat seine Oblivionen-Fähigkeiten. Lennox ist einzigartig.«

Seine Worte waren Balsam für Aleas Seele. »Er *muss* es schaffen.« Sie seufzte schwer. »Jetzt wisst ihr alles.«

»Mein Gott.« Ben wirkte schockiert von ihrem Bericht. »Du hättest erschossen werden können, Alea!«

»Orion wird immer skrupelloser, oder meine ich das nur?«, bemerkte Tess mit sichtlichem Unbehagen.

Unterdessen beendete Sammy die Aufnahme für das Bandentagebuch und steigerte sich nun in eine Schimpftirade über Orion hinein, die damit endete, dass er rief: »Ich wünsche diesem Kotzbrocken, dass … dass ihm beim Händewaschen der Ärmel runterrutscht! Nein – beide Ärmel!«

Ben schaute seinen kleinen Bruder schräg an. »Ja, das und außerdem, dass er in der Hölle schmoren soll!«

Sammy wiegte den Kopf. »Ja, das auch.« Er spitzte den Mund. »Jetzt müssen wir uns anschauen, was uns das Schicksal mit dem, was passiert ist, sagen will.«

Tess zog eine Augenbraue in die Höhe.

»Doktor Orion hat zwar Thea in seine Gewalt gebracht, aber wahrscheinlich fühlt er sich gerade trotzdem ziemlich mies, oder?« Mit Professorenmiene kniff Sammy sich in den Nasenrücken und spreizte den kleinen Finger ab. »Orion wollte doch anscheinend vor allem Sir Scorpio in seine Superschurkentruppe holen – das hat er allerdings auf pompöseste Weise verbacken!« Er strahlte – gar nicht professorengleich – von einem Ohr zum anderen. »Orion wollte dich aus dem Weg räumen, Schneewittchen, und das hat er auch verbacken. Stattdessen habt ihr ihn verkloppt. Der Doktor ist ein richtig armes Würstchen.«

Tess' Augenbraue wanderte noch höher. »Und was will das Schicksal uns damit sagen?«

Sammy hob den Zeigefinger. »Dass dieses Würstchen nicht backen kann!«

Alea musste laut lachen. Und während sie lachte, stellte sie fest, dass sie sich um Zentner leichter fühlte als zu Beginn des Gesprächs. »Du hast recht, Sammy.« Sie wischte sich eine Träne aus dem Augenwinkel – aber diesmal war es eine Lachträne. »Orion kriegt nicht jeden Kuchen hin, den er backen will.«

»Bestverbacker ohne Backlizenz!«, kicherte Sammy.

Tess schien nicht ganz nachvollziehen zu können, wie sie angesichts der Situation derart albern sein konnten. »Wie auch immer«, griff sie ein. »Obwohl das alles ganz schön krass ist, sieht es doch eigentlich gar nicht so schlecht aus.« Ihre Augen wurden schmal, als konzentrierte sie sich. »Erstens: Lennox wird Thea und Hagen befreien. Zweitens: Wir nehmen Orion in Rom gefangen, bevor er den Virus gegen Magische fertig hat. Drittens: Wir übergeben Orion einer Lafora.«

Alea legte den Kopf schief. »Bist du im Elvarion-Modus?«, scherzte sie. Zwar war strukturiertes Denken schon immer Tess' Stärke gewesen, gerade hatte Alea sich jedoch an sich selbst erinnert gefühlt. »Und du etwa auch, Sammy?« Sein Professorengehabe war zwar nicht neu, aber irgendetwas …

»Wir machen bestimmte Meditationsübungen mit Tess«, erklärte Ben. »Dabei versuchen wir, uns wie im Elvarion Modus nur auf das Allerwichtigste zu konzentrieren und es so schnell wie möglich zu sortieren.«

»Ihr versucht, den Elvarion-Modus durch Meditation zu imitieren?«, staunte Alea.

»Wenn es darum geht, was das Wichtigste ist, kommt bei

Draco allerdings immer was anderes raus als bei mir«, murmelte Tess.

»Aber –«, begann Sammy zu zetern.

Tess schnitt ihm das Wort ab. »Armes Würstchen gegen Drei-Punkte-Plan!«

Sammy zog einen Flunsch.

»Na ja, Sammy hat darauf hingewiesen, dass wir Orion bei einigen seiner Vorhaben so richtig die Tour vermasselt haben«, nahm Alea Sammy in Schutz. »Und das ist ja nicht unwichtig, denn es bedeutet, dass Orion nicht übermächtig ist.« Sie lächelte Tess an. »Und dein Drei-Punkte-Plan klingt echt gut.«

»Wisst ihr was?« Ben lächelte ebenfalls. »Ich glaube, wir kriegen das hin.«

»Immerhin sind wir die Alpha Cru!«, begeisterte sich Sammy und zog seine Gute-Laune-Hupe hervor.

Ben rief noch »Nicht!«, da hupte Sammy schon.

Nachdem das grässliche Geräusch in der Nacht verklungen war, verkündete Sammy: »Wir sind vom Schicksal dazu bestimmt, dieses Würstchen zu besiegen, also können wir es auch. Also machen wir es!« Er hob die Hand zum High Five.

Alea schlug virtuell mit ihm ein, und als Ben und Tess ebenfalls die Hände hoben, klatschte sie auch die beiden auf diese Weise ab. Und dabei fiel sämtliche Schwere, Verwirrung und Angst von ihr ab. Sie hatten es mit dem schlimmsten Verbrecher der Welt zu tun, aber gemeinsam konnten sie ihn besiegen. Das spürte Alea nun deutlicher denn je.

»Alpha Cru!«, rief sie leise, und Tess, Ben und Sammy stimmten einhellig in den Bandenruf mit ein.

Morgendämmerung

Nachdem Alea den Videoanruf mit Tess, Ben und Sammy beendet hatte, dauerte es nicht lange, bis sie in einen tiefen Schlaf fiel. Die Matte war im Vergleich zu manch anderer Unterlage, auf der sie in diesem Sommer übernachtet hatten, reiner Luxus, und Alea erwachte erstaunlich ausgeruht. Wahrscheinlich hatte sie nur wenige Stunden geschlafen, doch sie war sofort hellwach und blickte sich schnell um, in der Hoffnung, Lennox wäre zurückgekehrt. Aber sie war allein.

Alea streckte den Kopf aus dem kleinen Holzfenster des Baumhauses. Der Morgen dämmerte in den zartesten Farben, und der Waldrand lag wie im Zauberdunst. Alea konnte die Schönheit des erwachenden Tages jedoch nicht genießen, denn sie machte sich Sorgen. Einerseits war Lennox ein einzigartiger Oblivion, andererseits besaßen die Darkoner ebenfalls Superkräfte …

Da hörte sie einen leisen Ruf. »Yavani!«

Ihr Herz machte einen Sprung. Dort! Lennox kam herangelaufen, schnell wie ein Gepard. Als er das Baumhaus fast erreicht hatte, eilte Alea zur Leiter. Lennox war allerdings schon da. In dem Augenblick, in dem sie sich vom Fenster abgewandt hatte, musste er hereingesprungen sein.

»Hast du Thea gefunden?«, überfiel Alea ihn.

Lennox musterte sie und vergewisserte sich erst einmal, dass es ihr gut ging. Dann schlich sich ein zerknirschter Ausdruck in sein Gesicht. »Nein. Ich habe Thea nicht gefunden.«

»Nein?«, wiederholte Alea, als wäre das Unsinn – als könnte das gar nicht sein.

»Es tut mir so leid«, sagte er geknickt.

Doch Alea war mit absoluter Gewissheit klar, dass er alles getan hatte, was in seiner Macht stand. »Was ist passiert?« Sie zog ihn auf die Matte und wappnete sich.

Lennox fing an zu sprechen, bevor sie richtig saßen. »Ich habe mich zuerst auf den Weg zum schicksten Hotel von Sankt Goarshausen gemacht, denn Orion mag es ja luxuriös …« Lennox brummte. »Aber da war er nicht. Dann bin ich zu einem zweiten Hotel gelaufen, und da habe ich Jinx und einen Darkoner auf dem Parkplatz gesehen.«

Alea beugte sich vor. »Hatten sie Thea dabei?«

»Nein, allerdings habe ich Jinx mit Orion telefonieren gehört. Und deswegen weiß ich, dass der Doktor und Thea zu dem Zeitpunkt, als ich dort ankam, schon längst fort waren.« Frustriert verzog Lennox den Mund. »Jinx hat gesagt. *Aquilius, mach keine Umwege! Flieg mit Thea direkt zum Lager.*«

»Orion hat Thea mit dem Hubschrauber weggebracht?«

»Anscheinend. Orion wollte wohl noch *Bartholitikum* besorgen, bevor er zum Lager fliegt. Jinx hat ihm allerdings gesagt, dass er das übernimmt, sich schnellstmöglich darum kümmern wird und dann nachkommt.«

»Was ist Bartholitikum?«, fragte Alea und ahnte nichts Gutes. »Braucht Orion das, um Thea zu verwandeln?«

»Ich … nehme es an.«

Alea versuchte, stark zu sein. Aber manchmal war das gar nicht leicht. »Mhm«, brachte sie starr hervor.

»Es tut mir so leid.« Lennox senkte den Kopf. »Ich war zu spät dran.«

Alea spürte, dass ihre Unterlippe zitterte. Doch sie würde Lennox keinerlei Vorwürfe machen. Das alles war nicht seine Schuld.

»Thea konnte ich nicht retten.« Lennox holte tief Luft, als wollte er sich auf etwas Positives konzentrieren. »Aber Hagen.«

»Was?«, fuhr Alea hoch. »Wirklich?«

Lennox nickte. »Ich habe ihn auf der Rückbank des Autos liegen sehen, in das Jinx und der Darkoner einsteigen wollten. Hagen war immer noch bewusstlos. Ich weiß nicht, was sie mit ihm vorhatten, aber … ich kam ihnen dazwischen.«

Unwillkürlich suchte Alea Lennox nach Verletzungen ab, konnte jedoch keine entdecken. »Hast du mit Jinx und dem Darkoner gekämpft?«

»Ja, und ich habe gewonnen.«

»Und dann?«

»Ich habe Jinx und den Darkoner auf dem Parkplatz liegen lassen und Hagen aus dem Auto geholt.«

»Konntest du ihn tragen?«

»Ja, das war kein Problem. Anschließend habe ich ihn ins Krankenhaus gebracht.«

»Oh. Wie schwer war er denn verletzt?«

»Ich war mir ehrlich gesagt nicht sicher. Der Schlag von Orion hat ihn ziemlich übel erwischt, und ich wollte kein Risiko eingehen«, antwortete Lennox in einem Ton, als wöge er das Risiko noch einmal nachträglich ab. »Hm. Jedenfalls bin ich mit Hagen zur Notaufnahme marschiert und habe dort gesagt, dass ich diesen Mann reglos auf dem Bürgersteig gefunden hätte – ich hab also so getan, als würde ich ihn nicht kennen. Der Typ an der Rezeption hat meine Daten aufgenommen, aber ich habe ihm natürlich nicht die richtigen gegeben.«

Alea stöhnte erleichtert. Wenn Lennox falsche Angaben zu seiner Person und gar keine zu Hagen gemacht hatte, würde Orion seinen Saboteur nicht so leicht aufspüren können.

»Ich habe sogar noch mit Hagen geredet«, setzte Lennox nun hinzu.

»Was? Wirklich?«

»Als ich an Hagens Seite in der Notaufnahme gewartet habe, kam er zu Bewusstsein, und ich habe ihm erzählt, was passiert ist«, berichtete Lennox. »Hagen hat gesagt, er bereut es nicht, dass Orion nun alles weiß. Er fand, dass er sogar schon früher etwas hätte tun müssen. Offenbar war er während der Woche in Sankt Goarshausen kurz davor, Thea und Cassaras zu warnen. Aber das hätte er wohl nicht tun können, ohne aufzufliegen.« Lennox' Blick war nach innen gerichtet, als spielte er das Gespräch mit Hagen in Gedanken noch einmal durch. »Hagen war der Meinung, er hätte schon eher den Mut finden müssen, den er letzte Nacht in der Halle schließlich gehabt hat. Wenn er Thea und Cassaras gewarnt hätte, wäre alles anders gekommen.«

»Wir werden niemals wissen, was gewesen wäre, wenn«, sinnierte Alea kopfschüttelnd. »Fest steht: Dass Hagen Jinx in der Halle die Waffe aus der Hand geschlagen hat, war der entscheidende Faktor.« Ihr Kopfschütteln wurde energischer. »Hagen hat alles riskiert, um uns zu helfen, und dafür bin ich ihm ewig dankbar.«

Lennox schien das genauso zu sehen. »Er ist ein Held«, sagte er leise und fuhr sich mit der Hand durchs Haar. Es war die linke, und Alea fiel etwas auf.

»Du hast die Handschelle abbekommen!«, rief sie.

»Ja, mit einem Trennschneider.« Lennox sagte das, als müsste man wissen, was das war. »Ich habe in mehreren Gartenschuppen und Garagen herumgewühlt, bis ich einen gefunden hatte. Und zum Glück habe ich jetzt in einer Hand so viel Kraft, dass ich die Schelle durchschneiden konnte.« Er schaute auf sein Handgelenk. »Übrigens hatte Orion den Metallring extra angeschärft, damit er meine Haut verletzt.«

Alea nahm seine linke Hand. Ohne lange nachzudenken, blies sie auf die Wunde am Handgelenk. Marianne hatte früher immer auf schmerzende Stellen gepustet, wenn Alea sich wehgetan hatte. Danach hatte Alea immer gleich das Gefühl gehabt, dass es besser geworden war.

Lennox lachte sie nicht aus, sondern schaute sie liebevoll an. »Noch mal«, bat er sie sogar.

Nun lachte Alea und blies ein weiteres Mal. Tatsächlich

wirkte Lennox' Wunde schon recht gut verheilt. Aber das lag wohl nicht am Pusten, sondern an den außerordentlich guten Selbstheilungskräften der Oblivionen, die durch den Schwur ja wahrscheinlich ebenfalls verstärkt worden waren.

»Übrigens hat Hagen noch etwas gesagt«, nahm Lennox seinen Bericht wieder auf, und die Art, wie seine Augen aufblitzten, ließ Alea neugierig werden.

»Was denn?«

»Hagen hat während der Woche in Sankt Goarshausen mitbekommen, dass Orion mich zum Herrenschwur zwingen wollte. Er hat den Doktor und Jinx reden gehört.«

»Worüber?«

»Orion hat sein Serum offenbar verändert«, erwiderte Lennox. »Das Serum, das er auf die Handschelle gestrichen hat, war nicht dasselbe wie das für die Darkoner damals.«

»Was war daran anders?«

»Orion hat meinem Serum das Gegenmittel gegen den Virus beigemischt.«

Alea schrie auf. »Was?« Ihre Stimme war viel zu hoch, aber sie war nun so aufgeregt, dass sie kaum sitzen bleiben konnte. Doch schon im nächsten Augenblick überkam es sie wie eine kalte Dusche. »Oh Gott! Wir haben gar nicht darüber nachgedacht, ob Rotfarn dich noch vor dem Virus schützen kann, wenn du vollständig Hajaro bist ...« Es war immer Lennox' Landgängerseite gewesen, die es ihm ermöglicht hatte, überhaupt ins Wasser zu gehen.

»Das stimmt.« Lennox seufzte. »Es war alles ganz schön viel auf einmal.«

»Egal. Orion hat dich also gegen den Virus immun gemacht!«, wiederholte sie, denn das war es, was zählte.

»Orion wollte, dass ich ihm nach dem Herrenschwur im Wasser ebenso gute Dienste leisten könnte wie an Land. Deswegen hat er das Gegenmittel hinzugefügt.«

Alea musste daran denken, dass Orion das Gegenmittel diesen Sommer überhaupt nur deshalb hatte entwickeln können, weil er Blutproben von ihr genommen hatte und dadurch in seinen Forschungen einen Riesenschritt vorangekommen war. Er hatte sie hinters Licht geführt und ausgenutzt, doch jetzt war er selbst der Leidtragende, denn Lennox' Immunität brachte nun der Alpha Cru einen Vorteil und nicht ihm. War das nicht die Definition von Karma? Schlechte Taten kamen immer zu dir selbst zurück – wie ein Bumerang, der dich mit genau der Heftigkeit trifft, mit der du ihn in eine andere Richtung fortgeschleudert hast.

Alea konnte es kaum begreifen. »Du hast Kiemen und Schwimmhäute, und du bist immun!«, fasste sie zusammen.

»Nie wieder Rotfarn.« Lennox lachte befreit auf. »Dafür aber lange Schwimmausflüge unter Wasser …«

Alea griff nach ihrer Bauchtasche. »Ich trinke jetzt sofort den Rückwandler.«

»Einen Moment!«, stoppte Lennox sie, denn er schien noch nicht fertig zu sein. »Auf dem Weg nach Sankt Goarshausen bin ich wieder an dem Industriegebiet vorbeigekommen.«

»Im Ernst?« Das überraschte Alea, andererseits hatte sie während der Nacht komplett die Orientierung verloren. »Du warst noch mal bei der Fischhalle?«

»Nein, da bin ich gar nicht reingegangen. Stattdessen war ich in der ersten Halle – in der mit den Müllbergen.«

Erstaunt fragte Alea: »Und was wolltest du da?« Als sie in der Nacht durch die Fenster in die Lagerhalle geschaut hatte, war sie richtig betroffen gewesen, denn sie hatte gewusst, was mit dem Müll geschehen würde. Aber warum hatte Lennox es sich angetan, noch einmal dorthin zu gehen?

»Ich habe ein bisschen in der Halle herumspioniert«, fuhr er fort. »Der Müll soll morgen nach Indonesien verschifft werden – offiziell, um recycelt zu werden.«

Alea schnitt eine Grimasse. »Das wird ja immer behauptet, aber es stimmt nur zum Teil.« Ben hatte ihnen einmal erzählt, dass ein Großteil des deutschen Mülls in ärmere Länder verschifft wurde. Die Einheimischen suchten sich dort auf den Halden die Kunststoffabfälle heraus, die eingeschmolzen und für neue Plastikprodukte verwendet werden konnten. Der überwiegende Teil des Mülls wurde jedoch vor Ort verbrannt, und dabei gelangten große Mengen von Gift in die Luft. In Deutschland durfte man Abfall nicht einfach auf offenen Deponien verbrennen, doch Länder wie Indonesien hatten sehr niedrige Umweltstandards. Und was nach der Verbrennung übrig blieb, landete unausweichlich in der Natur. Für die lokale Bevölkerung war diese Verfahrensweise fatal, da sowohl ihre Luft als auch ihre Böden und Gewässer verschmutzt wurden. Am Ende dieser Kette des Grauens fand sich der Müll allerdings in den Ozeanen wieder und belastete somit nicht nur diese Länder, sondern die gesamte Weltgemeinschaft.

Lennox wusste das alles selbst und nickte nur. »Ich habe überlegt, ob wir nicht vielleicht etwas unternehmen können.«

»Willst du den Müll etwa mit der Sengbohne vaporisieren?«, fragte Alea mit einer Mischung aus Unbehagen und Verwirrung. »Aber die ist doch in deinem Rucksack auf der Burg!«

»Ist sie nicht mehr«, entgegnete Lennox und zog etwas Kleines aus der Tasche seiner Lederjacke, das an eine eingedrückte Marzipankartoffel erinnerte.

Alea klappte der Unterkiefer herunter. »Du warst auf der Burg!«

»Ja, nachdem Hagen versorgt war, habe ich unsere Sachen vom Dachboden geholt – und Theas noch dazu.«

»Und wo sind die Sachen?«

»Ich habe alles in der Nähe der Hallen versteckt, damit ich schneller herkommen konnte. Nur die Sengbohne und dein Handy habe ich mitgenommen.« Mit einer Präsentiergeste holte er ihr Smartphone samt Skorpionfisch aus seiner anderen Jackentasche.

Alea quietschte vor Freude und nahm das Teil mit dem Fisch selig entgegen. »Hast du nicht letzte Nacht gesagt, es wäre viel zu gefährlich, zur Burg zu gehen?«

»Na ja, Orion saß ja bereits im Hubschrauber, und so wie ich Jinx verstanden habe, waren auch die Darkoner schon auf dem Weg zu ihrem Lager. Außerdem nehme ich an, dass Jinx und der Darkoner vom Parkplatz inzwischen nicht mehr in Sankt Goarshausen sind. Jinx hatte Orion ja versprochen, so schnell wie möglich Bartholitikum zu besorgen.«

Alea versuchte, das Wort Bartholitikum und alles, was damit verbunden war, nicht an sich herankommen zu lassen. Stattdessen sah sie in ihrem Handy nach, ob Siska ihr eine Nachricht geschickt hatte. Tatsächlich! Allerdings stammte die vom vergangenen Abend. *»Orion and his men are on the riverbank.«* Orion und seine Leute sind am Ufer des Flusses.

Siska hatte versucht, sie zu warnen!

»I think they are lying in wait for you.« Ich denke, sie lauern euch auf. *»Are you with the Loreley?«* Seid ihr bei der Loreley?

Seitdem war keine weitere Nachricht von Siska gekommen. Schnell nahm Alea eine Sprachnachricht auf Hajara für sie auf. *»Wo bist du? Konntest du fliehen? Bitte melde dich!«*

Lennox hatte ihr über die Schulter geblickt und Siskas Nachrichten mitgelesen. Nun spielte er grüblerisch mit der Sengbohne herum, und das erinnerte Alea daran, dass er die Bohne benutzen wollte, um die Müllberge verschwinden zu lassen. »Du warst doch bisher immer derjenige, der mich im Umgang mit der Bohne bremsen musste«, wunderte sie sich. In der Vergangenheit waren sie mehrmals eindringlich vor der Kraft der magischen Feuerkartoffeln gewarnt worden, und Lennox hatte das immer sehr ernst genommen. Es war eine Sache, mit der Bohne ein kleines Feuer zu entfachen, doch etwas ganz anderes, Berge von Abfall zu vaporisieren!

»Ich weiß, wie gefährlich die Sengbohne ist«, pflichtete Lennox Alea bei und begann zu grinsen. »Aber was, wenn nicht *wir* es sind, die die Sengbohne benutzen?«

Aleas Brauen hüpften in die Höhe, denn sie verstand sofort, worauf er hinauswollte. »Kit!«

Lennox' Grinsen wurde breiter. »Kit ist eine Brim und für genau solche Aufgaben geschaffen – sie kann extreme Hitze aushalten.« Der Stamm der Brim war in der Meermenschenwelt dafür zuständig gewesen, den Landgängermüll aus den Ozeanen zu entfernen.

»Außerdem wohnt sie gar nicht weit von hier entfernt!« Alea war sofort Feuer und Flamme für die Idee. Gleichzeitig versetzte es sie in Erstaunen, dass Lennox nach dieser schlaflosen und anstrengenden Nacht noch die Kraft hatte, sich eine Lösung für den Müll in der Lagerhalle einfallen zu lassen.

»Mit dem Zug braucht Kit von Köln aus nur eine Stunde hierher«, sagte er, als hätte er das bereits im Handy nachgesehen.

»Ich frage sie sofort.« Schon war Alea dabei, eine Nachricht an Kit zu tippen. *»Kannst du nach Sankt Goarshausen kommen? Hier gibt es eine Halle mit riesigen Müllbergen, die vaporisiert werden müssten.«* Zwinkersmiley.

Aleas Herz wurde leichter, als sie sich vorstellte, dass Kit sich darum kümmern würde. »Bringst du die beiden ausgeliehenen Handys zum Campingplatz zurück?«, fragte sie Lennox nun – ohne den Imperativ zu benutzen – und sah sich suchend nach dem Smartphone um, das er ihr in der Nacht gebracht hatte.

»Schon unterwegs«, hörte sie Lennox sagen, und in der nächsten Sekunde war er fort. Offenbar hatte er das Smartphone bereits eingesteckt.

Wenig später traf eine Antwort von Kit ein. *»Heute nach der Schule kann ich sofort zu euch kommen!«* Freudensmiley. *»Mein Zug kommt um 16:02 Uhr an.«*

Alea jauchzte leise auf und schrieb zurück. »*Es ist allerdings nicht ungefährlich. Orion war letzte Nacht noch hier.*«

Kit antwortete: »*Weiß ich. Hat Tess mir schon erzählt.*«

Wie es schien, hatten die beiden bereits miteinander darüber gesprochen. »*Orion und die Darkoner sind inzwischen weg, aber man weiß ja nie …*« Alea wurde unsicher. Brachten sie Kit in Gefahr? War es verantwortungslos, sie herzubitten? Doch als Alea an die Müllhaufen in der Lagerhalle dachte und daran, dass Kit dafür prädestiniert war, sie zu entsorgen, fühlte es sich für sie einfach nur richtig an, das Brimmädchen um Hilfe zu bitten.

»*Alles klar*«, schrieb Kit und hängte einen Winkesmiley an.

Alea sandte einen erhobenen Daumen zur Antwort.

Da kam Lennox zurück – mit einem Sprung landete er neben ihr auf der Matte. »Mission erfüllt«, vermeldete er, und es machte Alea sprachlos, mit welcher Präzision und Geschmeidigkeit er sich bewegte.

»Du bist echt ein krasser … Frosch«, bemerkte sie.

»Frosch?«

»Frösche können doch richtig weit springen, oder?«

»*Blue Wonder Frog Man?*« Lennox lachte. »Außerdem autorisierter Schmusejohnny …«

Alea fiel in sein Lachen mit ein und genoss den kleinen Moment der Leichtigkeit. Dann erzählte sie Lennox, dass Kit am Nachmittag kommen würde.

»Oh, das ist super.« Er freute sich sichtlich. »Wenn der Müll aus der Halle weg ist, kann er auch nicht mehr in den Meeren landen.«

Obwohl es noch Abertausende anderer Abfallberge gab, fand Alea auch, dass es auf jeden noch so kleinen Beitrag ankam. »Ben hat mal gesagt, dass jede einzelne Umverpackung und jede Plastiktüte, die nicht ins Meer gelangt, auch nicht von einem Wal verschluckt werden und in seinem Magen eine tödliche Verstopfung auslösen kann. Sie kann sich nicht um den Hals eines Seevogels wickeln, der qualvoll daran erstickt …«

Lennox schien sich daran zu erinnern. »Jede Plastikverpackung, die nicht im Meer landet, könnte ein Leben retten«, zitierte er Ben. »Kit wird sich darum kümmern«, schob er zuversichtlich nach. »Außerdem finde ich es gut, dass ich sie endlich mal kennenlerne.« Während der Wochen, die Kit auf der *Crucis* verbracht hatte, war Lennox von Orion auf Korsika gefangen gehalten worden – die beiden waren sich also noch nie persönlich begegnet.

Jetzt hob Lennox den Kopf, als würde er etwas erschnuppern. »In irgendeinem Campingwagen brät gerade jemand Rührei und Speck.«

Alea konnte nichts dergleichen riechen. »Sind jetzt alle deine Sinne geschärft?« Sie hatte noch immer keine klare Vorstellung davon, wie optimiert Lennox nun eigentlich genau war.

»Ich kann besser sehen, riechen, schmecken, hören und besser fühlen.«

»Besser fühlen?«

»Alles fühlt sich intensiver an.« Lennox fasste nach ihrem Arm und strich federleicht über die Haut an der Innenseite.

Alea erschauderte wohlig, und die feinen Härchen an ihrem Arm stellten sich auf.

Lennox lächelte. »Ich fühle das irgendwie doppelt so stark wie vorher.«

»Wirklich?« Alea streichelte ihm nun ihrerseits ganz zart über den Unterarm. Lennox schloss die Augen, und Aleas Fingerspitzen fuhren sanft seinen Arm entlang zu seiner Schulter, über seinen Hals, seine Wange, seine Schläfen, die Stirn und über sein Haar bis zu seinem Nacken.

Lennox schien den Atem anzuhalten und regelrecht in ihren Berührungen zu versinken. Da küsste Alea ihn. Und durch die Art, wie er sie zurückküsste, bekam auch sie das Gefühl, dass alles intensiver war als zuvor. Der Kuss war wie ein verheißungsvolles Eintauchen in all das, was ihre Zweisamkeit in Zukunft für sie bereithalten würde. Doch so schön es auch war – schon nach kurzer Zeit löste Alea sich von Lennox und sagte: »Ich will mit dir ins Wasser.«

Seine Augen begannen zu glänzen. »Nichts lieber als das.«

Mit klopfendem Herzen zog Alea das Fläschchen mit dem Rückwandler aus ihrer Bauchtasche. »Heute ist der Tag, an dem ich wieder zum Meermädchen werde.«

Klargrün

Alea setzte das Fläschchen mit dem Rückwandler an die Lippen und zögerte. Als Doktor Orion sie in eine Landgängerin verwandelt hatte, war das mit immensen Schmerzen verbunden gewesen. Würde es jetzt wieder so wehtun?

Lennox schien ihre Gedanken zu lesen. »Ich bin hier«, sagte er. »Ich passe auf dich auf.«

Das gab Alea den nötigen Mut. Sie öffnete die Lippen und trank. Binnen Sekunden wurde ihr übel, und dann kam der Schmerz. Es war, als ob tausend Klingen ihr Innerstes durchschnitten, und Alea sackte zusammen. Bevor ihr Kopf jedoch auf die Matte traf, war Lennox da. Er umfing sie von hinten und war wie ein Bollwerk, das keinen Zentimeter wanken würde.

Ihre Hände brannten wie Feuer.

»Deine Raffnarben kommen zurück!«, rief Lennox, und Alea konnte fühlen, wie sie sich ihren Weg durch die Haut bahnten. Sie hätte gejubelt, wenn es nicht so verdammt wehgetan hätte. Lennox hatte es noch nicht einmal gemerkt, als das bei ihm passiert war. Das war eigentlich nicht fair! Aber sie empfand keinen Neid – wie denn auch? Schließlich war er für sie da, bedingungslos.

Lennox' Gesicht war ganz nah an ihrem. »Atme in den Schmerz hinein«, flüsterte er.

War das nicht etwas, das Tess ihnen einmal beigebracht hatte? Alea konzentrierte sich auf ihren Atem, und es ging ein klein wenig besser. Doch ihr ganzer Körper kribbelte stechend und qualvoll, als würden eine Million Ameisen durch ihre Adern wimmeln.

Alea wimmerte leise und versuchte sofort, das Geräusch zu unterdrücken. Sie wollte stark sein.

»Es ist okay«, raunte Lennox und hielt sie einfach nur fest.

Da ließ Alea los und wimmerte lauter. Sie fühlte sich sicher in Lennox' Armen.

Zärtlich küsste Lennox ihre Wange, und nach einer Weile registrierte Alea erschöpft, dass ihre Hände nicht mehr ganz so stark brannten wie zuvor. War es bald vorbei? Auch das scheußliche Kribbeln schien nachzulassen. Alea versuchte, ruhig weiterzuatmen, und eine Zeit lang dachte sie nur: *ein, aus, ein, aus*. Als sie schließlich wieder die Augen öffnete, tat es nicht mehr weh. Allem Anschein nach war die Rückwandlung vorbei.

Sie warf einen Blick auf ihre Hände, und als sie die Knubbel zwischen ihren Fingern sah, gab sie ein kleines Fiepsen von sich. Kraftvoll und sehnig saßen die eingerollten Raffnarben genau dort, wo sie hingehörten.

Lennox schnappte nach Luft. »Deine Augen sind wieder klargrün!«

Alea musste gar nicht erst in den Spiegel sehen. Mit jedem Atemzug spürte sie, dass sie keine Landgängerin mehr war.

Zum ersten Mal seit vielen Wochen fühlte sie sich wieder vollkommen zu Hause in ihrem Körper.

Lennox griff nach ihren Händen und verschränkte seine Finger mit den ihren, sodass ihre Raffnarben sich berührten.

Alea bekam eine wohlige Gänsehaut.

»Wir sind beide stärker als jemals zuvor«, sagte er.

Das stimmte, und dennoch war sich Alea ausgerechnet in diesem Augenblick bewusster denn je, wie unfassbar wertvoll die vergangenen Wochen gewesen waren. »Ich hätte meine Mission auch als Landgängerin ausführen können.«

Ihre Bemerkung schien Lennox in Erstaunen zu versetzen. »Ja, klar, aber … du kannst dein Schicksal besser erfüllen, wenn du ein Meermädchen bist«, entgegnete er.

»Ich hätte es auch anders geschafft.« Sie lachte kopfschüttelnd. »Erst durch Orion weiß ich, was es wirklich bedeutet, die Elvarion zu sein.«

Nun verstand Lennox, und er lachte leise. »Ohne Orion wäre ich jetzt auch kein Superkrieger. Es scheint fast, als ob …«

»Was?«

Lennox legte die Stirn in Falten. »Aus jeder Dunkelheit kann Licht entstehen – Licht, das sogar noch heller scheint, weil es zuvor vom Dunkel verschluckt wurde.«

»Sehr poetisch.« Alea grinste. »Das solltest du unbedingt in einem Songtext verwenden.«

Lennox richtete sich auf. »Es kommt auch wieder eine Zeit fürs Songschreiben, jetzt ist allerdings etwas ganz anderes dran.«

Aleas Herz begann wild zu klopfen, und sie sprang auf die Füße. »Gehen wir ins Wasser!«

Voll unbändiger Vorfreude verließen sie nun das Baumhaus und machten zuerst einen Abstecher zum Campingplatz, um sich etwas zum Frühstück zu besorgen. Zwar wollten sie weder Rührei noch Speck, aber Lennox trieb ein paar Äpfel und Kekse auf, die sie auf dem Weg zum Rhein hungrig verspeisten.

Als hinter einer Wegbiegung schließlich der Fluss vor ihnen auftauchte, blieb Alea wie vom Blitz getroffen stehen. Der Rhein schillerte in den buntesten Farben. Vor ihr lag ein leuchtendes Wunder voller verschlungener Regenbögen – ein wogender Farbteppich, der ihr von den Geheimnissen des Flusses erzählen wollte.

»Ich kann wieder die Farben des Wassers sehen«, stieß sie hervor. Im Wasser war alles gespeichert – Millionen von Geschichten und Gefühlen, die sich hinter jedem Farbklecks und jeder Form verbargen. Doch nur die Wanderer vermochten diese zu erkennen. »Ich bin endlich wieder eine Wanderin.«

Mit der puren Freude eines kleinen Kindes streckte Alea die Arme in die Luft und lief jauchzend auf den Fluss zu. Lennox war ihr dicht auf den Fersen und schien die Umgebung genau im Blick zu behalten – obwohl nicht damit zu rechnen war, dass sich noch Darkoner in der Nähe aufhielten. Aber sicher war sicher. Der Weg führte zu einer Anlegestelle mit einem langen Steg, der weit in den Rhein hineinragte.

Beim Laufen zog Alea sich die beiden Minutenringe von den Fingern und verstaute sie in ihrer Bauchtasche. Wenn ihre Schwimmhäute wuchsen, würde sie die Ringe sonst vielleicht verlieren. Gleichzeitig hatte sie eine Idee. Womöglich könnten sie …

Da hatten sie den Steg erreicht. »Lass uns vom Ende aus reinspringen.« Schon stürmte Alea los, und Lennox war gleich an ihrer Seite. Während sie mit weit ausholenden Schritten über die Holzplanken jagten, konnte Alea das Wasser bereits fühlen. Es rief sie, und in jeder ihrer Zellen pochte ein Widerhall.

Am Ende des Bootsstegs riss Alea sich die Sachen vom Leib – alles bis auf die Unterwäsche und die Bauchtasche. Auch Lennox zog sich bis auf die Boxershorts aus. Alea stellte fest, dass er noch muskulöser war als zuvor, aber darauf konnte sie sich jetzt nicht konzentrieren.

Lennox überprüfte den Fluss, das Ufer und die Anlegestelle noch einmal mit Argusaugen und konnte offenbar keine Gefahr und auch keine Landgänger in der Nähe ausmachen. »Es ist so weit«, sagte er in andächtigem Tonfall.

Die Sonne ging gerade über dem Fluss auf und warf ihre spätsommerlichen Strahlen auf das friedlich dahinrauschende Wasser, das einladend blitzte und blinkte. Ein Hauch von Feierlichkeit lag in der Luft, als Lennox Alea nun seine Hand reichte. Sie nahm sie mit einem andachtsvollen Lächeln. Es schien eine Ewigkeit her zu sein, dass sie als Meermädchen im Wasser gewesen war. Und für Lennox war es sogar das allererste Mal als vollständiger Meerjunge.

»Bereit?«, fragte er, und man merkte ihm die Aufregung an.

»Bereit«, antwortete sie mit fester Stimme.

Und dann sprangen sie in die Fluten. Mit einem einzigen Schritt nach vorn ließen sie alles, was gewesen war, hinter sich und begannen ein neues Kapitel.

Das kühle Wasser schlug über Aleas Kopf zusammen, und die Verwandlung setzte fast unmittelbar ein. Aus den Knubbeln hinter ihren Ohren wurden Kiemen, und zwischen ihren Fingern traten die Schwimmhäute bis zu den Mittelknochen hervor.

Sie spürte, wie Lennox' Schwimmhäute ebenfalls wuchsen, aber er ließ ihre Hand nicht los.

Ihre Blicke trafen sich. Lennox' Augen hatten in den Katzen-Modus gewechselt und strahlten in einem derart intensiven Azurblau, dass Alea sich fragte, ob es solch eine Farbe wirklich gab oder ob sie womöglich träumte. Lennox' Haut war von dem gleichen, zart silbrigen Grün überzogen wie ihre.

Die Farben und Formen des Wassers, die seinen Körper umgaben, waren jedoch fast das Schönste von allem: goldgelbe Bläschen wallten wie Konfetti um ihn herum auf. Er war glücklich.

Da holte Lennox tief durch die Kiemen Luft. Alea atmete gleichzeitig ein, und ihre Lungen schienen sofort einen Freudentanz aufzuführen. Doch für Lennox war es wohl mehr als nur Freude. Es war ein Ankommen zu Hause.

In seiner Miene spiegelte sich der Rausch des Moments – pure Euphorie sprühte aus seinen Augen wie ein Feuerwerk lange zurückgehaltener Gefühle, die endlich einen Platz zum Explodieren gefunden hatten. Der Anblick war derart überwältigend, dass Alea ihn tief in sich aufsaugte, damit sie ihn ihr ganzes weiteres Leben lang immer wieder hervorholen konnte, falls sie jemals vergessen sollte, wie reines Glück aussah.

In Lennox' Mienenspiel mischte sich nun allerdings ein Ausdruck von Verletzlichkeit. »Ich habe so lange davon geträumt … und jetzt …«

»Träume können wahr werden«, sagte Alea strahlend und stellte fest, wie gut es tat, unter Wasser zu sprechen. Anders als an Land hatte sie hier das Gefühl, das Wasser nähme jedes Wort beflissen auf und brächte es mit aller Umsicht zum Empfänger.

Lennox schien etwas Ähnliches zu denken, denn er griff sich an den Hals. »Das ist wirklich wie im Traum.« Er schien ganz fasziniert von seiner eigenen Unterwasserstimme.

Alea drückte seine Hand. »Schwimmen wir!«, forderte sie ihn spielerisch auf und konnte es kaum noch erwarten.

»Los geht's!« Lennox kickte mit den Füßen und schwamm in Windeseile davon. Alea machte, dass sie hinterherkam, und hatte ihn bald eingeholt. Wie zwei Kometen schossen sie durch den Fluss und begannen, übermütig zu lachen und zu johlen. Es war ein regelrechtes Schwelgen in den eigenen Körperbewegungen und hatte Alea noch nie zuvor so viel Spaß gemacht. Doch mitten im pfeilschnellen Voranpreschen zog sie Lennox an sich und schlingerte mit ihm durchs Wasser, sodass sich ihre Geschwindigkeit verlangsamte.

»Was machst du denn?«, fragte er lachend.

»Ich will dich küssen.« Und dann tat sie es. Wild und ungestüm und ein bisschen wie im Film.

Lennox erwiderte den Kuss mit ebensolcher Leidenschaft, und Alea bemerkte, dass um sie herum ein Wirbel entstand – ein Bussitunnel! Lennox und sie drehten sich um sich selbst und erschufen mit ihren Empfindungen eine Wirbelwolke. Diese schwang sie schneller und immer schneller herum, bis sie sich wie ein liebestoller Kreisel drehten und aus dem Wasser hinauskatapultiert wurden. Für einen kurzen Moment flogen sie scheinbar schwerelos durch die Luft.

Als sie platschend wieder auf die Wasseroberfläche trafen, bemerkten sie jedoch einen Kajakfahrer. Er hatte offenbar alles mitangesehen, denn er starrte sie entgeistert an.

»Bin gleich wieder da«, meinte Lennox nur und schwamm binnen weniger Sekunden zu dem Mann hinüber.

Alea hörte nicht, was Lennox sagte, aber die Art, wie er den Kajakfahrer anschaute und wie der Mann nickte, verriet ihr, dass der Oblivion ihm die Erinnerung an das Gesehene genommen hatte.

Als Lennox zu ihr zurückkam, zog sie ihn rasch wieder unter Wasser. Dann platzte sie mit der Idee heraus, die sie vorhin am Steg gehabt hatte. »Lass uns die Minutenringe benutzen!«

Lennox wirkte überrascht. »Wieso?«

»Wenn wir getauscht haben, sagst du irgendwas im Imperativ zu mir, und dann spüre ich selbst mal diesen Ruck im Hirn.« Sie wollte gern besser einschätzen können, wie sich der Gehorsamseffekt tatsächlich anfühlte.

»Gut, wenn du erleben möchtest, wie das ist …« Lennox hob die Hände, als hätte er nichts vor ihr zu verbergen. »In Ordnung, machen wir es.«

Alea holte die beiden Ringe aus ihrer Bauchtasche und steckte sich zuerst selbst einen an. Wegen der Schwimmhäute konnte sie ihn nicht tiefer als bis zum Mittelknochen hinunterschieben. »Wir müssen aufpassen, dass wir die Ringe nicht verlieren«, mahnte sie, während sie Lennox' Hand nahm. Kurz wechselten sie noch einmal einen Blick, dann schob Alea ihm den zweiten Ring auf den Finger.

Im ersten Augenblick hatte sie das Gefühl, wieder zu fliegen. Ihr Körper fühlte sich leicht wie eine Feder an, doch gleichzeitig stark wie ein Baum. Am liebsten hätte Alea sofort Lennox' körperliche Fähigkeiten ausprobiert, die geradezu in ihr zu brodeln schienen, bereit, loszutoben. Aber sie hielt sich zurück, denn sie wollte ja vor allem wissen, wie sich der Herrinnenschwur anfühlte.

Lennox fixierte sie, und Alea hielt die Luft an.

»Schau nach rechts«, trug er ihr auf.

Hinter Aleas Stirn machte irgendetwas *klick*. Gleich darauf zuckte ihr Kopf nach rechts. »Ach du Scheiße«, entfuhr es ihr. Es war, als säße ein Magnet in ihrem Gehirn, der sie ohne Wenn und Aber in diese Richtung zog.

»Wenigstens tut es nicht weh«, versuchte Lennox, die Sache schönzureden.

Mit einer Mischung aus Faszination und Entsetzen starrte Alea ihn an. Dann stellte sie fest, dass dieser letzte Satz rein gar nichts in ihr ausgelöst hatte. Wenn Lennox nicht in Befehlsform sprach, war anscheinend alles wie immer. »Noch mal«, verlangte sie. »Noch einen Imperativ!«

»Gut.« Lennox überlegte kurz. »Sing ein Lied.«

Erneut klickte es hinter Aleas Stirn. Sie konnte nicht anders. Sie *musste* singen. Zwar stellte sie sich irgendwo in den Tiefen ihres Verstandes die Frage, welches Lied sie denn singen sollte, doch sie erhob sofort die Stimme. »*Was ist geschehen? Wo führt der Sommer hin? Bin ich noch dieselbe, die ich war …*« Sie sang *Nicht länger leise*, das Lied, das sie diesen Sommer geschrieben hatte. Bevor sie allerdings zum Refrain kam, fühlte sie sich mit einem Mal nicht mehr federleicht und stark. Der Minutentausch war vorüber.

Lennox schien es auch zu spüren. »Oh Mann.«

»Das war heftig.«

»Wie hast du dich gefühlt?«

»Wie ein Fisch an der Angel.«

Lennox nickte. »So ist es aber wirklich nur in den Momenten, in denen du mir einen Auftrag gibst. Sonst ist alles normal.«

»Ja, alles total normal«, sagte sie mit ironischem Unterton. Doch eigentlich hatte der Minutentausch sie tatsächlich ein bisschen beruhigen können. Lennox war vollständig unabhängig in seinem Tun und Denken, bis sie ihm einen Befehl gab. Und sie würde eben lernen müssen, das nicht aus Versehen zu tun.

Mit neuer Wucht durchströmte sie nun ein Gefühl tiefen Glücks, und sie zog Lennox abermals an sich, um ihn zu küssen. Ihre Lippen trafen sich, und sie schloss mit einem Seufzer die Augen. Als sie sich voneinander lösten, fragte sie Lennox: »Wenn jetzt alles intensiver ist – wie fühlt sich Küssen an?«

Er lächelte. »Wie glitzernde Wärme, die bis in mein Herz hineinschimmert.«

Seine Wortwahl war wirklich bemerkenswert. »Wow!«, erwiderte Alea lachend. »Ist dein Talent für Poesie auch optimiert worden?«

Es war eigentlich eher als Scherz gemeint gewesen, doch ihre Worte ließen Lennox erstarren.

»Was ist los?«, fragte sie verblüfft.

»Was ist, wenn …« Er schüttelte den Kopf und schien den Gedanken als Unsinn abtun zu wollen. Aber dann runzelte er die Stirn und setzte noch einmal an. »Was ist, wenn ich immer noch zum Teil Landgänger bin und auch diese Seite durch den Schwur optimiert wurde?«

»Moment …« Aleas Brauen zogen sich zusammen. »Wie kommst du darauf, dass dein Sprachtalent von deiner Landgängerseite kommt?«

Lennox antwortete nicht sofort, und je länger er nichts sagte, desto mehr konnte Alea sich selbst zusammenreimen. »Dein Vater …«, begann sie und mochte kaum weitersprechen, denn Lennox' Landgängervater war ein Trinker und hatte Lennox jahrelang misshandelt und vernachlässigt. »Glaubst du …«

»Er hat … früher Gedichte geschrieben«, erwiderte Lennox stockend. »Ich habe vor ein paar Jahren einige davon zwischen alten Unterlagen gefunden. Er hat in seiner Schulzeit anscheinend sogar mehrere Gedichtwettbewerbe gewonnen.« Lennox presste die Lippen aufeinander. »Schon damals konnte ich mir gar nicht vorstellen, dass diese wunderschönen Verse von ihm sind.«

Alea nahm seine Hand, denn sie wusste nicht, was sie sagen sollte. Wenn Lennox sein Talent von seinem Vater geerbt hatte, dann gefiel ihm das garantiert ganz und gar nicht. Andererseits war es wunderschön, wie er sich nun ausdrücken konnte – und dem Anschein nach lag das daran, dass der Schwur auch aus Lennox' Landgängeranteilen alles herausgeholt hatte, was möglich war. Ein Stück von ihm schien noch immer Landgänger zu sein, aber Alea fand das alles andere als schlecht. »Es ist doch eigentlich egal, zu wie viel Prozent du Hajaro und zu wie viel du Landgänger bist«, sagte sie. »Du bist sowieso einmalig.«

Er lächelte matt. »Ich habe immer davon geträumt, vollständig Hajaro zu sein, weil ...«

»... weil du die Verbindung zu deinem Vater durchtrennen wolltest«, half sie ihm, es auszusprechen. »Es ging nie nur um Kiemen und Schwimmhäute. Du wolltest nicht sein wie er.«

Lennox senkte den Blick. »Und jetzt ... bin ich optimiert ... und er ist immer noch da.«

»Aber selbst wenn du ein Talent von ihm geerbt hast, bist du doch noch lange nicht wie er!«, rief sie mit Nachdruck. »Genauso wenig wie ich Orion ähnlich bin. Wir haben es selbst in der Hand, zu sein, wer wir sein möchten.« Sie griff nun auch nach seiner anderen Hand. »Ob Hajaro oder Landgänger – es zählt einzig und allein, was man im Herzen trägt. Und das hängt nicht von irgendwelchen Merkmalen, Fähigkeiten oder Talenten ab.« Wenn sie in den vergangenen Wochen eines gelernt hatte, dann das. Erst als Landgängerin hatte sie wahrhaftig zu sich selbst gefunden.

Da erklang plötzlich eine plärrende Stimme. »Boah, was für ein tiefschürfendes Gesülze!«

Aleas Kopf fuhr herum. »Jenkins!«

Der Tenarr

Der pfirsichfarbene Kobold schlängelte sich neben ihnen in den Tiefen der Strömung. Und er war nicht allein – die Loreley schwamm an seiner Seite, ebenso der Gilf Gnorfius!

»Deine Augen sind ja gar nicht mehr landgängerschlapp, Mädchen!« Jenkins beäugte Alea kritisch. »Was ist das denn für ein billiger Trick? Kannst du das Klargrün etwa an- und abstellen?« Um seinen teelöffellangen Körper blubberten silbrig-petrolfarbene Wasserbläschen – er war baff.

Die Loreley, deren Stimmungsspiel von nichts als Zuneigung und gutem Willen sprach, wies nach oben, als müsste sie an die Oberfläche, um Luft zu holen.

Nachdem sie aufgetaucht waren, scannte Lennox die Umgebung. Inzwischen waren etliche Leute unterwegs – an den Stränden und auf den Uferwegen herrschte reges Treiben.

»Kommt«, forderte die Loreley sie auf, tauchte noch einmal unter und schwamm zu einer stillen kleinen Bucht, wo sie alle wieder auftauchten. Hier konnten sie sich ungestört über Wasser unterhalten. »Du bist wieder ein Meermädchen, Alea?«, staunte die Loreley. »Wie ist das denn passiert? Und wo ist deine Schwester?«

Schlagartig bekam Alea einen dicken Kloß im Hals und wich dem Blick der Loreley beschämt aus. Denn plötzlich fühlte sie sich schuldig, weil sie derart glücklich und unbeschwert gewesen war, während Thea gefangen in irgendeinem Lager hockte.

Lennox schien ihre Gedanken zu lesen. »Es hilft Thea nicht, wenn du dich schlecht fühlst«, raunte er Alea zu. An die Loreley gewandt, sagte er: »Das ist eine lange Geschichte.«

Alea schluckte gegen den Kloß in ihrem Hals an und krächzte: »Am liebsten würde ich erst mal erfahren, was gestern am Kiesstrand passiert ist. Konnten Sie unserer Freundin helfen?«

Die Loreley schenkte ihr ein warmes Lächeln. »In der Tat, das konnte ich. Ich glaube, ich kam gerade zur rechten Zeit. Eure Freundin bedrohte Doktor Orion mit einer Waffe, aber dann kreischte einer der Männer, ein ganz magerer, hohlwangiger Kerl: *Sie wird nicht schießen! Das traut sie sich nicht!* Daraufhin boxte Orion dem Mädchen in die Seite. Es schoss tatsächlich nicht. Ein Kampf entbrannte, in den ich beherzt mit meinen Pfeilen eingriff. Letztlich konnte ich eurer Freundin eine Fluchtmöglichkeit verschaffen.«

Alea hing der Loreley geradezu an den Lippen. »Siska ist entkommen?«

»Ja«, bestätigte sie, und Lennox stöhnte erleichtert auf. »Allerdings wurde das Mädchen von einigen Darkonern verfolgt«, schränkte die Loreley die gute Nachricht ein. »Ich weiß nicht, wie das Ganze ausgegangen ist.«

Alea hatte erlebt, wozu Siska fähig war, und sie musste einfach daran glauben, dass die Darkonerin es geschafft hatte. »Was ist nach Siskas Flucht passiert?«

»Nachdem eure Freundin geflohen war, habe ich mich sofort in meine Laube zurückgezogen«, berichtete die Loreley.

Lennox wirkte alarmiert. »Sind die Darkoner Ihnen gefolgt?«

Die Loreley lächelte geheimnisvoll. »Wenn ich nicht möchte, dass jemand in meine Laube eindringt, dann vermag er es auch nicht.«

Die Loreley war voller Überraschungen. Alea war jedoch nicht nur über ihre Macht erstaunt, sondern vor allem froh, dass sie und ihre Laube keinen Schaden genommen hatten.

»Was ist mit den Magischen?«, wollte Lennox wissen. »Haben Orion und seine Männer das Gift in den Fluss gesprüht?«

»Ja, das haben sie leider getan«, erwiderte die Loreley.

Alea schlug sich die Hand vor den Mund. »Oh nein.«

»Flussabwärts ist alles verseucht«, fuhr die Loreley betroffen fort. Offenbar befanden sie sich flussaufwärts von Sankt Goarshausen – sonst hätten Jenkins und Gnorfius sich nicht im Wasser aufhalten können. »Sämtliche Magischen unseres Flussabschnitts konnten allerdings rechtzeitig in meine Laube flüchten.« An Lennox gewandt, ergänzte die Loreley: »Für die Magischen habe ich die Tore natürlich weit geöffnet, und Jenkins hat dafür gesorgt, dass alle zu uns fanden, bevor das Gift ihnen etwas anhaben konnte.«

»Tja, ich bin halt –«, fing der Kobold an, aber bevor er sich wieder brüsten konnte, unterbrach Lennox ihn.

»Die Isibellen sind auch in die Laube geflüchtet?«, fragte er besorgt. »Sie dürfen ja nicht zu lange an der Luft sein …«

Noch einmal zeigte die Loreley ihr geheimnisvolles Lächeln. »Wenn es nottut, dass bestimmte Räume meiner Laube mit Wasser gefüllt sind, dann sind sie das auch.«

Lennox' Miene hellte sich schlagartig auf.

»Niemand wurde verletzt«, unterstrich die Loreley. »Auch flussabwärts wurden alle Magischen gewarnt. Das hat Gnorfius übernommen.« Die Loreley blickte den schweigsamen Gilfen voller Anerkennung an und fügte dann hinzu: »Jeder kann bei uns eine Zuflucht finden, bis das Gift seine Wirkung verloren hat.«

»Sind auch die Tasfaren in der Laube?« Alea konnte sich das kaum vorstellen. »Ich meine … die sind doch riesengroß.«

»Das ist meine Laube auch – viel größer, als du denkst.« Zum dritten Mal lächelte die schöne Frau dieses geheimnisvolle Lächeln. »Meine Laube ist ein eigenes Universum.«

»Jetzt seid ihr aber platt, ihr Eierköpfe, was?«, freute sich Jenkins. »Ihr –«

Da ergriff Gnorfius das Wort. Er hatte bisher nichts gesagt, und Alea war überrascht, mit welcher Vehemenz er sich nun meldete. »Ihr müsst euch die Botschaft ansehen!«, fuhr er dem Kobold in die Parade, und seine Farben änderten sich von zurückhaltend Grau zu engagiert Sprossengrün.

»Was für eine Botschaft?«, fragten Lennox und Alea wie aus einem Munde.

Die Loreley strich sich das goldblonde, auf der Wasseroberfläche aufgefächerte Haar aus dem Gesicht. »Gnorfius möchte uns etwas vorspielen, das er gestern Abend entdeckt hat, als er die Giftwarnung an eine Anzeigesäule schrieb.«

Die Loreley schien selbst nicht zu wissen, worum es ging. Alea wurde immer neugieriger. »Was ist das denn für eine Botschaft, Gnorfius?«

Der Gilf grunzte. »Kommt mit.« Mit diesen Worten tauchte er ab.

»Wohin schwimmen wir?«, fragte Lennox die Loreley und schob gleich eine weitere Frage nach: »Wie lange können Sie eigentlich die Luft anhalten?«

»Lange genug, um bis zur Stadt zu kommen«, antwortete die Loreley.

Alea schaute sie mit großen Fragezeichen in den Augen an. »Was für eine Stadt?« Anscheinend wusste die Loreley zumindest, *wo* sich die Botschaft befand. »Geht es um eine Gilfenstadt?«

»Pfui Deiwel!« Jenkins spuckte aus, und flammend rote Schlünde züngelten um ihn herum im Wasser auf. »In so was würde ich niemals einen Fuß setzen!« Kobolde und Gilfen ließen traditionell einfach kein gutes Haar aneinander.

»Die Botschaft kommt aus einer Meermenschenstadt«, klärte die Loreley sie auf und schien sich darauf vorzubereiten, ebenfalls unterzutauchen.

»Aber … wir sind doch nicht im Meer«, wandte Lennox ein.

Die Loreley lachte hell auf. »Glaubt ihr etwa, in den Flüssen gab es keine Städte?« Sie schmunzelte, und ihre hübschen Grübchen traten hervor. »Natürlich gab es Flussstädte – unterirdische.«

Alea und Lennox tauschten einen aufgeregten Blick. »In Ordnung, schwimmen wir hin!«

Sie tauchten ab und folgten Gnorfius, der unter Wasser auf sie gewartet hatte. Zielstrebig peilte er nun den Grund des Rheins an, und noch während sie darauf zustrebten, sah Alea, dass sich etwas im Schlick bewegte. Im nächsten Augenblick erhoben sich Dutzende von breitmäuligen Skorpionfischen. Der aufsteigende Schwarm war von rosa Schlieren umhüllt, in die sich ein weißes Leuchten mischte. Alea wusste, dass dies die Farben und Formen einer Sichtbarmachung waren – die Skorpionfische offenbarten etwas, was sie zuvor getarnt hatten. Und das war ein Stadttor – schlicht und doch Achtung gebietend. In stolzen, verschlungenen Lettern stand auf dem steinernen Torbogen: *Dor Tenarr*.

Alea schlug das Herz bis zum Hals, als sie durch das Tor tauchten und einer Art Wasserstraße folgten – einem überdimensionalen, schwach beleuchteten Rohr, das sie immer weiter in die Tiefe führte. Schon bald weitete es sich und mündete in eine verlassene Unterwasserstadt. Gebannt schaute Alea sich um. Vor ihnen lag ein großer Platz mit zahllosen Buden und Ständen. Hatte früher hier der Markt stattgefunden? Vereinzelt sah man noch Überreste von Waren, die mit spangenartigen Vorrichtungen an den Ständen festgeklemmt waren – Flaschen und Körbe, Messer und Kescher, Kleidung und Taschen. Es war, als wären die Meermenschen von dem Virus überrascht und mitten aus dem Leben gerissen worden. Augenscheinlich hatten sie alles stehen und liegen gelassen, waren wahrscheinlich nach Hause geflohen – und dort gestorben.

Alea stellte fest, dass die Loreley, Jenkins und Gnorfius verschwunden waren. »Wo sind die anderen?«

Ratlos zuckte Lennox die Achseln. »Vielleicht holen sie diese mysteriöse Botschaft her.«

Langsam schwammen Alea und Lennox näher an die Marktplatzstände heran, und Alea begann, in einigen Kleiderbündeln herumzukramen. Schließlich zog sie einen tintenschwarzen Flex zwischen anderen Teilen hervor. Ein Flex war eine Art Badeanzug, der sich der jeweiligen Temperatur anpasste und entweder wärmte oder kühlte. Ihr eigener war nach Orions Überfall in Brighton verschwunden, und sie brauchte schon lange einen neuen. Dieser hier ähnelte allerdings eher einem Neoprenanzug als einem Badeanzug, denn er bedeckte die Oberarme und die Oberschenkel. Doch er bestand aus demselben Material wie ihr alter Flex und würde ihr bestimmt gute Dienste leisten.

»Wunderbärchen.« Lennox angelte sich auch einen Flex heraus. Seiner hatte ebenfalls den Schnitt eines Neoprenanzugs, war ein Stück größer als Aleas und nachtschattenschwarz. »Wenn wir in dieser Aufmachung Seite an Seite durch die Tiefen jagen, erkennen uns gleich alle als Superheldenduo«, kommentierte er grinsend.

Alea lachte. »Die Rächer der –« Sie hatte einen Scherz machen wollen, aber jetzt merkte sie, dass es eigentlich bitterer Ernst war. »Die Rächer der Ermordeten.«

Lennox seufzte betroffen. »Ja, das sind wir wohl.«

»Ziehen wir die Flexe am besten gleich an.«

Gesagt, getan. Als Alea und Lennox sich gegenseitig in ihren neuen Outfits bewunderten, hörten sie etwas hinter sich. »Buuuahhh!«, dröhnte ein ganzer Chor von Stimmen.

Eine Handvoll Pudelpfuhler hatte sich hinterrücks angeschlichen – offenbar, um sie zu erschrecken. Die maulwurfartigen Moppelchen tummelten sich keck im Wasser und lachten sich kaputt. Ihr Stimmungsspiel bezeugte ihre Ausgelassenheit und kindliche Spielfreude. »Ihr habt euch fast in die Hose gemacht!«, kicherten sie. »Buuuahhh!«

Es konnten unmöglich dieselben Pudelpfuhler sein wie die, auf die Alea und Lennox im Schwarzwald getroffen waren, aber sie sahen ihnen zum Verwechseln ähnlich. Jetzt inspizierten die Magischen Aleas und Lennox' Flexe mit fachkundigem Blick. »Oben weiter raufziehen, dann ist euer Hals besser geschützt«, empfahlen sie.

Alea und Lennox zogen den feinen Stoff an der empfohlenen Stelle weiter hinauf.

Die Pudelpfuhler brachen in Jubel aus. »Voll schööön!«, krähten sie einstimmig, denn nun schien alles richtig zu sitzen.

»Was macht ihr hier?«, erkundigte Alea sich bei ihnen.

»Wir machen nur kurz Pause«, gaben sie bereitwillig Auskunft. »Wir reinigen das Tiefwasser unter dem Fluss und kommen hier manchmal vorbei, um uns zwischendurch was Leckeres zu holen.«

»Nach all den Jahren findet ihr in der Stadt noch immer etwas Essbares?«, wunderte sich Lennox.

»Klar! Wieso denn nicht?«, jodelten die Pudelpfuhler mit geradezu grotesker Heiterkeit. »Es gibt total viele Vorräte!«

Unvermittelt bleckte einer der Pudelpfuhler nun seine riesigen Schneidezähne. »Wir müssen weiter. Sonst versauert das Wasser unter der Joldebucht.«

Sämtliche Pudelpfuhler stießen ein entsetztes »Hu!« hervor und wimmelten erschrocken durcheinander. »Schnell zur Bucht! Oje! Ojemine!«, piepsten sie in heller Aufregung.

»Dann beeilt euch!«, riet Alea ihnen, und die Pudelpfuhler stoben davon wie ein Schwarm Wasserhummeln.

Alea und Lennox blickten ihnen nach, und Alea stellte fest, dass Lennox ebenso breit grinste wie sie. »Wo sind die anderen bloß?«, fragte sie dann erneut.

»Suchen wir sie.« Gemeinsam schwammen sie ein Stück nach oben, um einen besseren Überblick zu bekommen.

Alea war schon öfter in verlassenen Meermenschenstädten gewesen, doch Dor Tenarr war anders als alle bisherigen. Die Gebäude waren kaninchenbauartig in den Fels gehauen und nicht ganz so prunkvoll und aufwendig wie jene in den Nordmeerstädten.

»Hierher, ihr Eierköpfe!«, hörten sie auf einmal Jenkins plärren. Am gegenüberliegenden Rand des Marktplatzes entdeckten sie den Kobold, der gerade über mehrere seltsame Laternen hinwegglitt – lange, gewellte Stangen, von denen eine Art gläserner Lampenschirm herabhing. Alea erinnerte sich, dass sie so etwas schon einmal gesehen hatte. »Das sind Luftbronnen!«, rief sie, während sie hinüberschwammen. Luft-Tankstellen. Robben, Delfine und Wale hatten früher ihre Köpfe in die »Lampenschirme« gesteckt und auf diese Weise auch am Meeresgrund Sauerstoff atmen können. »Dass es die

Bronnen auch in Flussstädten gibt …«, murmelte Alea überrascht, aber dann wurde ihr klar, dass Robben wahrscheinlich in sämtlichen Gewässern zum Leben der Meermenschen gehört hatten. Sie waren ein fester Bestandteil des Alltags gewesen, hatten als Nutztiere Lasten gezogen und waren vor allem geliebte Gefährten gewesen.

Jetzt erkannte Alea, dass einer der Luftbronnen benutzt wurde! Die Loreley hatte ihren Kopf in die Öffnung des letzten Bronns in der Reihe gesteckt. Bis zu den Schultern befand die kräftige Frau sich nun in einem der gläsernen Lampenschirme wie in einer Art Luftblase.

Wo war Gnorfius? Gleich darauf entdeckte Alea ihn. Dort drüben stand eine Anzeigesäule, und daran hantierte der Gilf gerade herum. Alea kannte die Säulen – sie waren in der Meerwelt dazu benutzt worden, Nachrichten zu verbreiten.

»Bring das Ding hier rüber, Gnorfi!«, grölte Jenkins dem Gilfen zu. »Dann kann die gnädige Frau vom Luftbronn aus zusehen.«

Alea glaubte, sich verhört zu haben. »Er soll die Anzeigesäule verschieben?« Die dreiseitige Nachrichtentafel war meterhoch und aus schwerem Material!

Doch bereits einen Augenblick später setzte die Säule sich in Bewegung. Gnorfius hielt eine Art Schieber und einen kleinen Hammer in den Krallenhänden und bugsierte die Säule damit scheinbar mühelos in ihre Richtung.

»Auf das richtige Werkzeug kommt es an«, bemerkte die Loreley, die man selbst durch den Bronn gut verstehen konnte.

Als Gnorfius und die Anzeigesäule sie erreichten, hielt der

Gilf sich gar nicht lange mit einleitenden Worten auf. »Guckt euch das an«, knarzte er bloß, betätigte einen Hebel an der Säule und tippte dann mehrmals auf eine Art Knopf, als wählte er eine bestimmte Nachricht unter vielen aus.

Gleich darauf begriff Alea, dass es nicht um eine geschriebene Botschaft ging.

Wabernde Bilder zuckten auf der dunklen, glasartigen Oberfläche der Säule auf.

Zwei Gestalten wurden sichtbar – ein Meermann und eine Meerfrau. Ihren alarmierten Mienen nach hatten diese beiden ihnen etwas Wichtiges zu sagen.

Fluch

Die Botschaft befand sich offenbar noch im Aufbau, und der Mann und die Frau an der Anzeigesäule schienen reglos auf ihren Einsatz zu warten. Gnorfius werkelte an der Seite der Säule herum und versuchte anscheinend, den Prozess zu beschleunigen.

»Kennen Sie die beiden?«, fragte Lennox die Loreley.

»Ja. Der Name der Dame war Falhaller«, erwiderte die Loreley mit wehmütigem Blick. »Falhaller war eine Kendarerin und ist vor elf Jahren am Wasservirus gestorben.«

Die Kendarer waren die Geschichtenbewahrer. Sie konnten sich sehr leicht Erzählungen merken und diese wortwörtlich wiedergeben. Falhaller hatte kurzes, schwarzes Haar und braune Augen.

»Und der Mann?«, hakte Alea nach. Der Meermann – oder Flussmann? – war eine sehr viel auffälligere Erscheinung. Er hatte bläuliche Ohren und schwarzblaue Haare, die genauso lang zu sein schienen wie sein gesamter massiger Körper. »Zu welchem Stamm gehört er?«

Diesmal antwortete der Kobold. »Zu den Utamaren. Guck dir doch die Ohren an!«

»Tolle Ohren«, sagte Alea und schob gleich hinterher: »Wer waren noch mal die Utamaren?«

»Klugscheißer«, antwortete Jenkins. »Von Beruf.«

»Na, na«, tadelte die Loreley und warf dem Kobold einen strengen Blick zu.

Kleinlaut zog er den Kopf ein.

»Die Utamaren waren politische Oberhäupter«, erklärte die Loreley. »Also jene, die Entscheidungen trafen. Und dieser Utamar hier, Ivarr, war der Bürgermeister von Dor Tenarr. Zudem war er der Mann von Falhaller, die dem Obersten Komitee der Flüsse vorstand.«

»Die Botschaft ist gleich vollständig aufgebaut«, ließ Gnorfius sie wissen, und Alea war mehr als gespannt.

Ein paar Sekunden später ging es los, und der Mann, Ivarr, begann als Erster zu sprechen. »Dies ist eine Botschaft für die Nachwelt«, verkündete er mit belegter Stimme, und Alea bemerkte, dass er am ganzen Leib zitterte. Er hatte Schüttelfrost – und Falhaller ebenfalls! Offenbar war diese Nachricht aufgezeichnet worden, als die beiden bereits mit dem Virus infiziert gewesen waren. »Wir richten uns an all jene, die das Fieber womöglich überleben«, presste Ivarr hervor und strich sich mit einer mühsamen Geste die langen, schwarzblauen Haare aus dem Gesicht. »Mögen euch diese Informationen zum Wohle gereichen.«

Falhaller betrachtete ihn voller Sorge und übernahm nun das Sprechen. »Erst vor Kurzem wurden wir in der Laube der Loreley willkommen geheißen«, hob sie mit brüchiger Stimme an. »Wir durften den Raum der Ahnen aufsuchen.«

»Acht Jahre haben wir auf unsere Audienz warten müssen«, warf Ivarr ein.

Aleas Blick schoss zur Loreley, und diese nickte bestätigend. »Als es noch viele Meer- und Flussmenschen gab, war die Warteliste lang.«

»Und es gab kein Vordrängeln!«, plapperte Jenkins dazwischen.

Alea hörte allerdings wieder Falhaller zu, die gerade sagte: »Im Raum der Ahnen zeigte sich uns jedoch nicht meine verstorbene Tante, die ich zu treffen gehofft hatte, sondern ein uns völlig unbekannter Meermann.«

»Ein Roix«, erläuterte Ivarr. »Wir wussten vorher gar nicht, dass man in der Laube auch Verstorbenen begegnen kann, mit denen man nicht verwandt ist.«

Abermals nickte die Loreley. Gleichzeitig wirkte sie traurig – sie schien diese Meerleute gut gekannt zu haben.

»Waren Sie damals im Raum der Ahnen dabei, als Ivarr und Falhaller diesen Roix getroffen haben?«, erkundigte sich Lennox bei ihr.

»Nein, ich entferne mich stets, sobald der erste Kontakt hergestellt ist«, entgegnete die Loreley. »Ich finde, es steht mir nicht zu, den Begegnungen beizuwohnen.«

Auf der Anzeigesäule ging es indessen weiter. »Der unbekannte Roix stellte sich uns vor«, berichtete Falhaller. »Er sagte, sein Name sei Brandur und er sei der Großvater des Mannes, der vorgebe, die Meerwelt retten zu wollen.«

Vor Schreck erstarrten Alea alle Glieder. Hieß das etwa, dass dieser Brandur Orions Großvater war?

Falhaller fuhr fort. »Der Mann namens Brandur ließ uns wissen, dass er zutiefst beschämt sei von dem, was sein Enkelsohn Aquilius tue.«

Lennox fasste sich an den Kopf und schien es kaum glauben zu können. »Orion!«

Falhaller sprach weiter. »Brandur sagte, sein Sohn Finnoliold sei bereits ein Mensch der übelsten Sorte, doch sein Enkelsohn übertreffe dessen Niedertracht sogar noch.«

Orions Vater war ebenso niederträchtig wie Orion selbst?, fragte Alea sich bestürzt. Darüber konnte sie jetzt allerdings nicht weiter nachdenken, denn sie musste Falhaller zuhören.

»Brandur erklärte, er sei uns erschienen, um die Meerwelt vor seinem Enkel zu warnen«, erläuterte Falhaller. »Er habe nun begriffen, wie gefährlich Aquilius wirklich sei, und er habe Ivarr und mich als Empfänger seiner Warnung ausgewählt, da wir zur Führungsriege gehören. Brandur wollte sicherstellen, dass so viele Menschen wie möglich vom geheimen Treiben seines Enkels erfahren.«

Ivarr schaltete sich wieder ein. »Aquilius Orion will euch glauben machen, dass er gegen den Virus kämpft, dabei ist er derjenige, der ihn erschuf!« Diese Worte schienen ihn unendlich viel Kraft zu kosten, und Falhaller warf ihm erneut einen besorgten Blick zu.

»Wir hatten zuvor lange in der Vorhalle der Laube auf unsere Audienz gewartet«, nahm Falhaller ihren Bericht wieder auf, als hätte sie sich fest vorgenommen, die Ereignisse vollständig zu schildern. »Sechs Tage lang hatten wir in der Vorhalle ausgeharrt, bis wir in den Raum der Ahnen eingelassen wurden, und während dieser Zeit bestand für uns kein Kontakt zur Außenwelt. Doch außerhalb der Laube brach in unserer Abwesenheit der Virus aus! Als wir schließlich nach Dor Tenarr zurückkehrten, hatte er bereits auf verheerende Weise unter den Menschen gewütet.«

»Es gab niemanden mehr, dem wir Brandurs Warnung weitergeben konnten«, flüsterte Ivarr mit niedergeschmettertem Gesichtsausdruck, in dem sich das Grauen jener Tage widerzuspiegeln schien. »In der Stadt waren bereits alle tot.«

»Und nun sind wir auch infiziert«, fügte Falhaller voller Bitterkeit hinzu, und es war deutlich zu erkennen, dass sie am ganzen Körper zitterte. »Zum jetzigen Zeitpunkt wissen wir nicht, ob überhaupt jemand überleben wird. Doch wir wollen diese Botschaft aufzeichnen, falls noch irgendjemand da draußen ist und womöglich hierherfindet.« Sie griff sich an die Stirn, als ob ihr schwindelig würde, aber dann schüttelte sie sich und machte weiter. »Denn es gibt Hoffnung!«

Hoffnung?, dachte Alea. Falhaller und Ivarr waren dem Tode geweiht, und alle Menschen, die sie gekannt hatten, waren bereits gestorben – was konnte einem Menschen da Hoffnung schenken?

»Brandur vertraute uns an, dass sein Enkelsohn ein dunkles Geheimnis hat«, presste Ivarr hervor.

Alea sog scharf die Luft ein.

Und dann sagte Falhaller: »Aquilius Orion wurde einst von einer Nixe verflucht.«

Die Loreley schnappte verblüfft nach Luft, und Alea riss die Augen auf.

»Brandur, der seinen Enkel aus dem Jenseits heraus bereits seit vielen Jahren beobachtet, offenbarte uns, wie es zu dem Fluch kam.« Falhallers Stimme wurde fester, als hätte sie in einen anderen Modus gewechselt. »Ich gebe euch seinen Bericht nun wortwörtlich wieder.«

Alea griff nach Lennox' Hand und drückte sie vor lauter Anspannung viel zu fest. Doch selbst Jenkins reckte die Knollennase vor, als wollte er kein Wort verpassen.

Als Falhaller nun wieder zu sprechen begann, klang sie älter – als ahmte sie die Redeweise des Großvaters nach. »Aquilius ist der Sohn meines Sohnes Finnoliold und einer isländischen Landgängerin namens Jorun Orion. Er besitzt Kiemen, aber keine Schwimmhäute. Dies lernte Aquilius jedoch schon früh auszugleichen – auf den ausgedehnten Streifzügen durch die Nordmeere, die er schon als Junge unternahm, ließ er sich oft von Robben ziehen, um schneller voranzukommen.« Da Falhaller Kendarerin war, bereitete es ihr natürlich keinerlei Schwierigkeiten, Bradurs Worte genau zu zitieren. »Vor einigen Jahren kam Aquilius auf einem seiner Ausflüge bis zur Nixenhauptstadt – Gat'Nambeessa. Zu jenem Zeitpunkt fand gerade die alljährliche Tellos-Versammlung statt, die traditionell mehrere Tage dauert. Alle Nixen hatten sich für die Versammlung in die Große Halle begeben. Aquilius nutzte die einmalige Gelegenheit und streunte in der verlassenen Stadt herum. Er hatte von der Heiligen Schatzkammer der Nixen gehört und von den legendären Reichtümern, die darin verborgen liegen sollten. Er beschloss, danach zu suchen – und wurde fündig. Schamlos drang er in die Heilige Schatzkammer ein und entdeckte die berühmte Walhellos-Schatztruhe, in der sich eine Vielzahl magischer Gegenstände, Spiegel, Zauberdolche und heiliger Muscheln befand. Aquilius beschloss, die Stadt kurzzeitig zu verlassen und mit einem Robben-Zuggeschirr zurückzukehren, damit er so viele Artefakte wie möglich stehlen und abtransportieren konnte.« Falhaller schien sich um eine neutrale Miene zu bemühen, doch in ihren Augen konnte Alea die Empörung über Orions Verhalten erkennen. »In der Nacht kehrte Aquilius mit einem Robbengespann nach Gat'Nambeessa zurück. Zur Tarnung trug er eine dunkle Maske und zur schnelleren Fortbewegung Taucherflossen aus der Landgängerwelt. Derart ausgestattet, schlich er sich in die Heilige Schatzkammer. Die Nixen befanden sich zu diesem Zeitpunkt noch immer in der Großen Halle – Aquilius hatte leichtes Spiel. Oder zumindest dachte er dies.«

Schnell schaute Alea zu Lennox. Sein Blick war finster, und seine Kiefermuskeln traten hervor.

»In der Schatzkammer entdeckte Aquilius eine goldene Muschel«, ging Falhallers Erzählung weiter. »Ein kurzer Blick in das Innere der Muschel verriet ihm, dass sie die Legende der Nixenkönigin Haruko enthielt. Wie die meisten Meermenschen kannte Aquilius diese schon, doch das Besondere an dieser Muschel war, dass sie eine Abbildung der Elvarion der letzten Generation enthielt – einen Gilfen-Abguss des Gesichts der Elvarion, entnommen aus Harukos Vision.«

Alea stutzte. Orion hatte ein Bild von ihr gehabt? War es ihm deshalb möglich gewesen, Thea vor all diesen Jahren in Korea bei ihren Pflegeeltern ausfindig zu machen – weil er quasi ein Foto besessen hatte, mit dem er nach der Elvarion hatte suchen können? Aber das Bild hatte ihn lediglich zu ihrer Zwillingsschwester geführt, und dass diese gar nicht die Elvarion war, hatte Orion erst in diesem Sommer herausgefunden.

Falhallers Wiedergabe von Brandurs Worten ging weiter. »Aquilius betrachtete das Gesicht der jungen Elvarion lange. Dann steckte er die Muschel ein und öffnete die Walhellos-Schatztruhe. Doch just in diesem Augenblick entdeckte ihn die Wachnixe, die einmal am Tag ihre Runde durch die Stadt drehte. Ihr Name war Mura.«

»Mura!«, stieß Alea verdutzt hervor.

»Mura beschimpfte den Eindringling«, berichtete Falhaller. »An seinen Taucherflossen erkannte sie, dass er Landgängerblut in sich haben musste, denn kein Meermensch hätte sich je eines solchen Hilfsmittels bedienen müssen. Mura verspürte den Landgängern gegenüber schon lange tiefen Groll. Dass einer von ihnen es allerdings wagte, die heilige Walhellos-Schatztruhe zu plündern, erzürnte sie in außerordentlichem Maße. Sie griff Aquilius an. Er war ihr im Kampf unterlegen, aber mit einem geschickten Manöver schaffte er es, Mura in die Schatztruhe zu befördern und den Deckel zuzuschlagen. Rasch verriegelte er die Truhe, sodass Mura nicht entweichen konnte. Doch dann hörte Aquilius, wie Mura einen Fluch ausstieß.«

»Es war Mura, die ihn verflucht hat«, murmelte Alea fassungslos. »Orion ist der Grund, warum sie die Landgänger noch mehr gehasst hat, als zuvor!«

Lennox nickte schnell. Falhaller kam gerade zum Kern ihrer Erzählung, und Alea hielt den Atem an.

»Die Nixe verfluchte Aquilius dazu, für alle Zeiten von jeglicher Meeresmagie ausgeschlossen zu sein«, sagte Falhaller. »Kein Gegenstand sollte sich ihm mehr öffnen, kein magisches Ritual würde ihm mehr gelingen. *Wer auch immer du bist, sei verflucht, weil du es gewagt hast, Magie stehlen zu wollen!*, schrie Mura in ihrem Zorn. *Die Magie wird sich eines Tages gegen dich wenden. Die magischen Völker werden sich erheben und dich vernichten! Auf alle Zeiten wird allein der Gedanke an die Magischen dich in Angst und Schrecken versetzen, und das zu Recht, denn sie sind es, die dein Ende sein werden.*«

Alea klappte der Mund auf. Das war er – der Grund für Orions panische Angst vor Magischen! Mura hatte ihn dazu verflucht, eines Tages von den Magischen vernichtet zu werden.

»Aquilius bereute zwar nicht, was er getan hatte«, sagte Falhaller, »aber der Fluch der Nixe versetzte ihn in große Angst. Dennoch wollte er die Schatzkammer nicht verlassen, ohne zumindest ein paar wenige Kostbarkeiten mitzunehmen. Gerade als er nach den Juwelen langte, die die Schatztruhe verzierten, schlug die Faust der Nixe von innen durch das Holz! Mura griff nach Aquilius' Arm. Doch er konnte sich losmachen und floh ohne Reichtümer aus Gat'Nambeessa. Die Muschel mit dem Abbild der Elvarion war sein einziges Diebesgut.« Damit schloss Falhaller ihre Erzählung – ihre Stimme wurde wieder brüchig, und auch ihre Körperspannung ließ nach.

»Allein dass Orion es gewagt hat, die Walhellos-Truhe zu entweihen, zeigt, dass er vor nichts zurückschreckt!«, entrüstete sich die Loreley im Luftbronn. Auf der Anzeigesäule ging es dessen ungeachtet erstaunlicherweise noch weiter.

»Die Geschichte des Fluches soll euch, die ihr dies seht, Hoffnung schenken«, keuchte Ivarr, der Probleme zu haben schien, sich überhaupt aufrecht zu halten. »Einem Nixenfluch kann man nicht entrinnen, und das bedeutet, dass der tausendfache Mörder Aquilius nicht ungeschoren davonkommen wird.«

»Wenn die Magischen sich nur schon gegen den Eierkopf erhoben hätten, bevor er den Virus aussetzen konnte«, brummte Jenkins in unerwartet betroffenem Ton.

»Verliert nicht den Glauben«, bat Falhaller nun eindringlich. »Wir haben ihn auch nicht verloren, denn wir nehmen diese Botschaft auf. Ob sie jemals von einem Meermenschen gehört werden wird, wissen wir nicht, aber die Hoffnung ist diejenige, die als Letztes untergeht.«

»Und falls Magische dies hören sollten«, brachte Ivarr ächzend hervor, »rufe ich euch Folgendes zu …« Er röchelte regelrecht, doch in seinen Augen blitzte wilde Entschlossenheit. »Vereinigt euch! Erhebt euch gegen diesen Mann!«

Jenkins und Gnorfius lauschten ihm mit höchster Aufmerksamkeit.

Zitternd streckte Ivarr nun die Faust in die Höhe. »Ihr Magischen! Bringt Aquilius Orion zur Strecke!«

Im nächsten Moment verschwanden Ivarr und Falhaller, und die Anzeigesäule lag plötzlich wieder dunkel da.

Alea fühlte sich wie gelähmt. Die beiden sterbenden Meerleute hatten alles dafür gegeben, ihre Botschaft aufzuzeichnen und einer unbekannten Nachwelt Hoffnung zu schenken. Aber wahrscheinlich war Gnorfius der Erste gewesen, der die Aufzeichnung gesehen hatte – elf Jahre später.

Auch Lennox, die Loreley, Gnorfius und Jenkins waren ganz still. Schließlich holte die Loreley jedoch tief Luft und tauchte aus dem Luftbronn heraus. Als sie den Rückweg einschlug, folgten ihr alle schweigend.

Kurz darauf kamen sie in der kleinen Bucht wieder an die Oberfläche. »Ich glaube, wir haben alle über vieles nachzusinnen«, stellte die Loreley in einem Ton fest, als wollte sie sich verabschieden.

»Danke«, sagte Alea, denn das musste sie unbedingt noch loswerden. »Danke für alles.« Sie blickte Gnorfius und auch Jenkins an. »Ihr habt uns sehr geholfen. Können wir uns mit einem Lied bei euch bedanken?«

Jenkins lachte kopfschüttelnd, und es klang, als hielte er ihr Angebot für ein wenig absurd. »Ich glaube kaum, dass einer von euch Eierköpfen so gut singen kann wie die gnädige Frau – und sie singt jeden Tag in der Laube.«

Die Loreley setzte eine beinahe entschuldigende Miene auf. »Jenkins und Gnorfius sind ein wenig verwöhnt.«

»Das ist doch … gut«, erwiderte Alea, die sich auf keinen Fall mit einer Frau messen wollte, deren Stimme weltberühmt war. »Dann … ist es jetzt wohl an der Zeit, Auf Wiedersehen zu sagen.«

»Machen wir's kurz«, befand der Kobold. »Tschüss!« Im

nächsten Augenblick waren er und Gnorfius im Wasser untergetaucht.

Die Loreley lächelte Alea und Lennox an. »Möge euch stets guter Wellenschlag begleiten«, wünschte sie ihnen in aller Herzlichkeit und schwamm davon.

Die Macht der Magischen

Als Alea und Lennox aus dem Wasser stiegen und den Weg zum Baumhaus einschlugen, sprachen sie nicht viel. Die Botschaft von Falhaller und Ivarr hatte wertvolle Informationen enthalten, und Alea brütete beim Gehen darüber nach. Der Umstand, dass Orion dazu verflucht war, eines Tages von den Magischen ausgeschaltet zu werden, schenkte ihr tatsächlich Hoffnung. Doch wann? Wann würde das geschehen?

»Woran denkst du?«, wollte Lennox schließlich wissen, während sie den Trampelpfad neben dem Campingplatz entlangmarschierten.

Alea versuchte, ihre Gedanken auf den Punkt zu bringen. »Durch die Botschaft kennen wir jetzt Orions Schwachstelle – er ist dazu verflucht, von den Magischen gestoppt zu werden. Die Frage ist: Passiert das schon bald – zum Beispiel durch eine Lafora – oder sollte man endlich andere Geschütze auffahren?«

Fragend schaute Lennox sie an. »Was für Geschütze?«

»Ich glaube, man muss die Magischen aktiv zusammenführen – für den Fall, dass das mit der Lafora nicht klappt«, sagte Alea. »Man muss sie alle an einen Tisch bringen, damit sie sich gegen Orion verbünden. Von selbst würden sie das wohl nicht tun, deswegen muss man sie … überzeugen.«

»Nicht *man*«, korrigierte Lennox. »*Du.*«

Alea holte tief Luft. »Ja, ich.«

»Du hast doch schon angefangen, die Magischen zu vereinen«, machte Lennox ihr Mut. »Ich glaube, es ist deine Aufgabe, das zu tun und dafür zu sorgen, dass Orion so wenig Zeit wie möglich hat, die Welt vorher noch zugrunde zu richten.«

Alea seufzte. »Die Magischen leben mittlerweile dermaßen isoliert voneinander …«, murmelte sie. »Sie sind eigenbrötlerisch, oft ziemlich stur und misstrauisch.« Schon allein Gilfen und Kobolde konnten einander auf den Tod nicht ausstehen. Andererseits erinnerte Alea sich an den Kobold Franklin, der sich während der Ölbohrinselkatastrophe in Norwegen mit einem Gilfen angefreundet hatte. »In Extremsituationen haben die Magischen allerdings schon öfter Ausnahmen gemacht und sind mir gegenüber enorm hilfsbereit gewesen.« Alea nagte an ihrer Unterlippe. »Wie könnte man sie motivieren, auch ohne Sonderumstände aufeinander zuzugehen?«

»Ich finde, die Bedrohung durch Orion ist Sonderumstand genug«, sagte Lennox.

Alea erstarrte, denn das traf den Nagel auf den Kopf. »Natürlich!«, rief sie. »Wir müssen die Magischen wissen lassen, dass Orion an einem Virus arbeitet, der für sie tödlich sein wird!« Zwar hatte sie bereits zuvor schon einmal den Gedanken gehabt, dass sie eine »Armee der Magischen« gegen Orion brauchten. Doch vielleicht konnte sich eine solche schneller bilden, wenn die Magischen wussten, wie sehr sie in Gefahr schwebten.

Lennox nickte heftig, als wäre das eine wirklich gute Idee. Und nun hatte er selbst eine. »Wie wäre es, wenn du eine Anzeigesäulen-Botschaft für alle Magischen aufnehmen würdest? Gnorfius hilft uns bestimmt.«

»Oh ja! Dann machen wir den Magischen die Bedrohung klar und –«

»*Du*«, verbesserte Lennox noch einmal. »*Du* machst den Magischen die Bedrohung klar. Du bist die Elvarion und wirst sie anführen.«

Er hatte recht. »Na gut«, entgegnete Alea. »*Ich* werde eine Botschaft für sie aufzeichnen – mit Gnorfius' Hilfe.«

Sie hatten das Baumhaus erreicht – zumindest den Ort, an dem es sich befand. Da es nach wie vor getarnt war, konnten sie es nicht sehen. Alea wusste jedoch, wo die Leiter sein musste, tastete danach, und sobald sie die Hand auf eine Sprosse gelegt hatte, wurde das hölzerne Häuschen für sie sichtbar. Sie hoffte nur, dass die Kinder, denen das Baumhaus gehörte, nicht ausgerechnet heute herkommen und sich über sein Verschwinden wundern würden …

Während Lennox die Umgebung überprüfte, kletterte Alea die Leiter hinauf und dachte darüber nach, wie sie eine Botschaft an die Magischen formulieren könnte. »Ihr magischen Völker!«, sagte sie mehr zu sich selbst und versuchte, den richtigen Ton zu treffen. »Ich bin die Elvarion der letzten Generation …«

»Warte!«, bat Lennox, der gerade neben ihr auf die Matte

sprang. Er schnappte sich ihr Handy und richtete es auf sie. »Ich nehme ein Video davon auf, dann kannst du es dir ansehen und überlegen, ob du noch etwas anders formulieren möchtest.«

Das war ein guter Einfall. Alea räusperte sich und stellte sich nun vor, sie stände im großen Konferenzsaal von Rach Turana und die Delegationen der Magischen hätten sich um sie versammelt – Finde-Finjas, Isibellen, Jarias, Tasfaren, Kobolde, Gilfen, Helmse, Laforas, Seh-Saffiere, Skorpionfische, Warkane, Pudelpfuhler, Grahnquallen, Wribbels, Nixen und Kras.

»Ihr magischen Völker!«, erhob Alea die Stimme, und sie klang selbstbewusst und würdevoll. »Ich bin Alea Aquarius, die Elvarion der letzten Generation. Gewiss habt ihr bereits von Doktor Orion gehört, dem Mann, der vor elf Jahren vorgab, er wolle die Meerwelt vor dem Virus retten, und der ihn in Wahrheit selbst erschuf, um sich zu bereichern.«

Lennox filmte alles mit.

»Doktor Orion arbeitet zurzeit an einem neuen Virus, einem, der euch Magische auslöschen soll«, sagte Alea und konnte sich vorstellen, welche Angst diese Worte in den Zuhörenden auslösen würden. Doch es brachte nichts, um den heißen Brei herumzureden. »Ihr alle seid in großer Gefahr! Aber es gibt Hoffnung.« Im Geiste sah sie Falhallers Gesicht vor sich und versuchte, die Zuversicht der Kendarerin in ihre eigenen Worte einfließen zu lassen. »Auf Doktor Orion liegt ein Nixenfluch, und dieser besagt, dass die Magischen ihn eines Tages zur Strecke bringen werden.« Sie machte eine kleine Pause, um ihre Worte wirken zu lassen. »Magische, ihr habt es in der Hand! Legt eure Streitigkeiten bei, denn nur gemeinsam wird es uns gelingen, Doktor Orion zu besiegen. Sein Verbrechernetz ist weit gespannt und seine Macht immens, doch zusammen sind wir so viel stärker als er!« Sie versuchte sich vorzustellen, wie die Magischen darauf reagieren würden, und sah vor ihrem inneren Auge, wie Gilfen und Kobolde einander trotz ihres Appells argwöhnisch beäugten. Sie musste ihnen eine Brücke bauen. »Schließt euch unserem Kampf an! Meine Freunde und ich nennen uns die Alpha Cru, und wir versuchen, Doktor Orion das Handwerk zu legen. Wenn ihr uns unterstützt, können wir es alle gemeinsam schaffen.«

Alea schaute kurz zu Lennox, der den Daumen hob.

Da hatte sie eine Idee. »Wir wissen nicht, wo sich Doktor Orion derzeit aufhält. Aber ihr könnt uns helfen.«

Fragend schaute Lennox sie an.

»Bitte sucht nach Doktor Orions Lager!«, forderte Alea die Magischen auf. Zwar befand sich Orions neues Versteck wahrscheinlich an Land und damit außerhalb des Suchbereichs von Finde-Finjas und den meisten anderen Magischen. Doch vielleicht hatte das eine oder andere magische Volk ja Möglichkeiten, die sie noch gar nicht kannten. »Falls ihr Orion findet –« Alea verstummte, denn nun wusste sie nicht mehr weiter. Wie konnte ein magisches Wesen mit ihnen Kontakt aufnehmen, wenn sie sich an Land aufhielten? Kobolde, Wribbels und Kras besaßen ja keine Handys … Ratlos hob Alea die Hände.

Lennox beendete die Aufnahme. »Das war der Hammer!«

»Na ja, der Schluss war Murks.«

»Aber vorher warst du echt überzeugend und total anführerinnenhaft.«

Alea seufzte. »Hoffentlich kriege ich es genauso gut hin, wenn Gnorfius es aufzeichnet.«

»Ganz bestimmt«, versicherte ihr Lennox. »Am besten gehen wir später noch mal zur Laube«, fügte er hinzu. »Und wenn du die Botschaft aufgenommen hast, kann Gnorfius sicher dafür sorgen, dass sie an so vielen Anzeigesäulen wie möglich erscheint.«

»Gut, am besten gehen wir heute Abend zur Laube«, willigte Alea ein. »Und bitte schau mich wieder so begeistert an, wenn ich die Botschaft aufnehme, ja? Das hilft irgendwie.«

Lennox blinzelte auf seltsame Weise.

»Was ist?«, fragte sie ihn.

»Als du das gerade gesagt hast, hat es in meinem Kopf geruckt. Aber anders als sonst …« Er strich sich über die Stirn. »So als wäre ein Befehl für später abgespeichert worden – für heute Abend. Dann *muss* ich dich begeistert angucken, während du zu den Magischen sprichst.«

»Heilige Flippflosse! Obwohl ich *Bitte* gesagt habe?« Alea schlug die Hände über dem Kopf zusammen. »Dieser verfluchte Imperativ!« Am liebsten hätte sie sich die Zunge abgebissen. Doch nein, sie musste einfach noch besser darin werden, mit dem Schwur umzugehen. »Ich versuche mal etwas.« Sie blickte Lennox tief in die Augen und sagte: »Hiermit hebe ich den Befehl auf, mich heute Abend begeistert anzusehen. Guck, wie du willst!« Gespannt legte sie den Kopf schief.

Lennox nickte. »Es hat geklappt, glaube ich. Zumindest hab ich jetzt nicht mehr das Gefühl, dass ich dich auf eine bestimmte Weise anschauen *muss*.«

»Gut. Puh …« Alea pustete sich eine Haarsträhne aus dem Gesicht und merkte plötzlich, wie müde sie war. »Sollen wir noch ein bisschen schlafen, bevor wir heute Nachmittag Kit treffen?«, wechselte sie nun das Thema. »Oder brauchst du als Superkrieger überhaupt keinen Schlaf mehr?«

Lennox lachte. »Doch, ich glaube schon.«

»Das finde ich irgendwie beruhigend«, sagte Alea, gähnte ungeniert und streckte sich auf der Matte aus. Lennox kuschelte sich an sie, und wenig später war sie auch schon eingeschlafen.

Als sie erwachte, war es bereits früher Nachmittag. Lennox war nicht da, doch ihre Rucksäcke und seine Gitarre lagen neben ihr. Er musste sie in der Zwischenzeit geholt haben.

Alea nahm sich ein paar frische Sachen aus ihrem Rucksack und schlich in aller Vorsicht zum Toilettenhaus des Campingplatzes. Nachdem sie geduscht und sich die Zähne geputzt hatte, fühlte sie sich erfrischt und bereit für den Rest des Tages. Sie hatte ihre schwarzen Handschuhe mit den abgeschnittenen Fingerspitzen übergezogen und freute sich unsagbar darüber, dass es wieder notwendig war, sie zu tragen, um die Raffnarben zu verstecken. Lennox würde auch Handschuhe benötigen …

Als Alea jedoch ins Baumhaus zurückkehrte, war Lennox noch immer nicht zurück. Wo steckte er bloß?

Ihr Blick fiel auf Theas Rucksack, den Lennox ebenso vom Dachboden der Burg geholt hatte wie ihre eigenen Sachen. Traurig ließ Alea die Schultern hängen. Wie ging es Thea wohl gerade? Hatte sie Angst? Wenn Alea nur bei ihr hätte sein können! *Vielleicht kann ich noch einmal probieren, telepathischen Kontakt herzustellen*, schoss es ihr durch den Kopf, und sie machte sich sogleich daran, es zu versuchen. Konzentriert schloss sie die Augen. *Thea!*, rief sie in Gedanken. *Wo bist du?* Aber sie erhielt keine Antwort. Frustriert startete sie noch einen Versuch, doch vergebens. Gab es etwas, was beim ersten Mal, als es im Zug geklappt hatte, anders gewesen war? Man musste bestimmt innerlich ruhig sein, und ein Schnellschuss wie derjenige nach Theas Hilferuf vergangene Nacht war wohl von vornherein zum Scheitern verurteilt gewesen. Aleas Gefühl sagte ihr allerdings, dass ihre Schwester inzwischen einfach zu weit entfernt war. Möglicherweise verhielt es sich bei Thea und ihr wie bei den Adetari. Evelin hatte schließlich gesagt: »*Wenn ein Doppelgänger zu weit weg ist, verlieren wir den telepathischen Kontakt.*« Womöglich war das bei Thea und ihr ganz genauso? Immerhin waren die Adetari zur Hälfte Wanderer …

Aleas Blick glitt zu Theas Rucksack zurück. Ob sich darin etwas verbarg, das ihr irgendwelche Hinweise geben konnte? Normalerweise schnüffelte sie zwar nicht in den Sachen anderer herum, aber womöglich fand sie etwas, das ihr half, die Verbindung zu ihrer Schwester besser zu verstehen.

Vorsichtig öffnete Alea den Rucksack und zog ein paar Kleidungsstücke hervor – eine dunkelgrüne Samtmütze, ein Paar

Handschuhe und seltsame, schwarze Nietengürtel, die viel zu eng für die Taille waren. Erstaunt drehte und wendete Alea die Gürtel, bis sie begriff, dass diese offenbar um die Oberschenkel geschlungen wurden. Anscheinend trug man sie als Accessoire über der Jeans. Alea probierte es sofort aus, schnallte sich die Gürtel um die Oberschenkel und fand sie einfach saucool. *Sammy wird ausflippen, wenn er das sieht*, dachte sie und freute sich, dass Thea einen ebenso eigensinnigen Style zu haben schien wie sie selbst.

Als Nächstes kamen einige Bücher zum Vorschein. Alea wusste, dass Thea eine richtige Leseratte war, und den Büchern sah man auch regelrecht an, wie sehr Thea sie liebte – die Seiten waren teilweise geknickt, fleckig und wohl hundertfach umgeblättert worden. Viele der meist sehr alten Bücher handelten von der Loreley. Thea hatte unzählige Stellen markiert oder kommentiert, als hätte sie versucht, die Wahrheit über die Loreley anhand dieser Bücher herauszufinden. Alea behielt die »Legenden und Sagen vom Rhein« in der Hand und blätterte darin. Das Buch war in alter Frakturschrift gedruckt, die Alea nur mit Mühe entziffern konnte, doch eine Stelle hatte Thea eingekreist, und diese las Alea nun.

»Die Loreley stand hoch oben auf dem Fels und sah mit stolzem Blick auf die wild schäumende Gischt. Da erhoben sich zwei gewaltige Wellen aus dem Rhein und stiegen empor, gigantischen Rössern gleich. Sie empfingen die anmutige Jungfrau auf ihren weißen Schaumkronen, geleiteten sie vom Fels hinab und trugen sie hinunter in den Fluss. Von jenem Tage an ward die Loreley nie wieder gesehen. Nur ein mannigfaltiges Echo verhöhnt

noch heut die Rufenden am Fels, die nach ihr Ausschau halten.«

Thea hatte neben die Stelle mit den gigantischen Rössern geschrieben »*Tasfaren?*« und das Ganze mehrmals rot unterstrichen. Alea lächelte anerkennend. Ihre Schwester hatte augenscheinlich bereits vermutet, dass die Loreley sich nicht vom Felsen in den Tod gestürzt hatte, wie es in den meisten Versionen der Legende erzählt wurde, sondern auf zwei Tasfaren in den Rhein geritten war. Und dies schien auch der Wahrheit zu entsprechen, denn die Tasfaren von letzter Nacht waren bestimmt diejenigen aus der Sage.

Da kam Lennox zurück. Mit einem Sprung landete er neben Alea. »Hi«, sagte er und funkelte sie mit seinen azurblauen Augen an, als wäre etwas Tolles passiert.

»Wo warst du?«, fragte Alea ihn und hängte gleich an: »Warum siehst du so glücklich aus?«

»Ich war im Rhein.« Lennox grinste derart zufrieden, dass Alea unwillkürlich ebenfalls lächelte. »Du hast noch ganz fest geschlafen, als ich aufgewacht bin, und deshalb habe ich mich allein auf den Weg zur Laube gemacht«, erklärte Lennox. »Ich wollte Gnorfius wegen der Video-Botschaft vorwarnen.«

»Du warst ohne Termin in der Laube?«

Lennox lachte. »Ja, sie haben mich einfach so durch den Tunnel reingelassen. Ich glaube, wir sind jetzt VIPs.«

Alea grinste. »Und was hat Gnorfius gesagt?«

»Er fand die Idee mit der Botschaft super, und die Loreley und Jenkins auch«, berichtete Lennox. »Ich habe ihnen dann dein Handyvideo vorgespielt.«

»Du hattest mein Handy dabei?« Alea war gar nicht aufgefallen, dass es fort war. »Und du hast ihnen das Video gezeigt?«, schob sie unangenehm überrascht nach. »Aber das war doch nur eine Probe!«

»Es war viel mehr als das«, erwiderte er. »Die drei haben es sich angesehen und waren ganz begeistert. Und die Loreley hat gesagt, dass du in einer neuen Botschaft eigentlich kaum überzeugender auftreten könntest.«

»Ich war noch nicht mal im Elvarion-Modus!«

»Es war perfekt«, bekräftigte Lennox noch einmal. »Und jetzt halt dich fest: Gnorfius hat gesagt, dass er eine Abbildung des Handyvideos machen kann. Du musst gar nichts neu aufzeichnen!«

»Wie bitte?«

»Gnorfius wird deine Botschaft magisch kopieren und dann in Dor Tenarr an die Anzeigesäule setzen. Gleichzeitig wird er dafür sorgen, dass die Botschaft an über einhundert weiteren Säulen im ganzen Rhein und darüber hinaus zu sehen sein wird.«

Alea war sprachlos.

»Außerdem will Gnorfius deiner Botschaft noch ein Bild von Orion beifügen, damit alle wissen, wie der Doktor aussieht.«

»Woher hat Gnorfius denn ein Bild von Orion?«

»Das kann er anscheinend der Erinnerung der Loreley entnehmen – sie hat Orion ja am Kiesstrand gesehen.«

»Krass.« Alea pfiff durch die Zähne. »Aber was ist mit dem verunglückten Schluss?« Sie hatte den Magischen am Ende sagen wollen, wie sie mit ihnen in Kontakt treten konnten – und dann war ihr nicht eingefallen, wie.

»Gnorfius war ganz fasziniert von deinem Handy und sagte, dass er sich gern mal näher mit der Technik von Smartphones beschäftigen würde«, erzählte Lennox. »Und weil ich ihm dann angeboten habe, ihm ein Handy zu besorgen, kam er auf diese Idee: Sobald Magische Doktor Orion finden, lassen sie ihn das über die Anzeigesäulen wissen. Und dann ruft er uns mit seinem Handy an und sagt uns, wo Orion ist.«

»Du hast ein Handy geklaut und es Gnorfius gegeben?«, rief Alea, während ihr gleichzeitig klar wurde, dass es verdammt viele Vorteile hätte, wenn Gnorfius sie einfach anrufen könnte.

»In einem der Campingwagen war jemand mit zwei brandneuen Handys«, druckste Lennox herum. »Da dachte ich …«

»Okay, okay!«, bremste Alea ihn und wollte lieber keine Details erfahren. »Aber … wie lädt Gnorfius das Handy denn auf? Ich habe in der Laube keine einzige Steckdose gesehen.«

»Nee, ich auch nicht.« Lennox lachte. »Gnorfius sprach von irgendeiner passenden Energiequelle.«

»Oha. Er ist ein Gilf …« Dennoch konnte Alea sich die magische Echse kaum mit einem Handy in der Hand vorstellen.

»Richtig. Gnorfius will übrigens auch noch selbst eine kurze Botschaft an die Magischen aufnehmen, um ihnen zu erklären, dass sie eine Nachricht schicken sollen, sobald sie Orion gefunden haben. Er will das hinter deine Botschaft schnippeln.«

»Das ist … ein echt guter Plan«, brachte Alea beeindruckt hervor. »Falls die Magischen Orions Lager bald finden, müssen wir den Doktor vielleicht gar nicht mehr in Rom überfallen. Und Thea wäre schneller frei …«

»Das klingt für mich, als wäre Plan B fast noch besser als Plan A«, fand Lennox und grinste sie breit an.

Alea küsste ihn und fragte: »Was riecht hier eigentlich schon die ganze Zeit so gut?«

»Ich habe uns etwas zu essen besorgt.« Lennox wies auf einen Beutel, den er neben der Matte abgelegt hatte. »Ich war vorhin bei einem China-Imbiss.« Er packte zwei Behälter aus. »Reis mit Gemüse.«

»Oh, super!«, rief Alea und merkte nun, wie hungrig sie war.

Lennox reichte ihr das Essen galant wie ein Kellner, und während Alea sich auf die Mahlzeit stürzte, freute sie sich nicht nur über Champignons und Cashewnüsse, sondern auch über ihre ausgefeilten Pläne … und auf Kit.

Brim

Alea war gerade bei den letzten Bissen der Mahlzeit, als ihr Handy-Benachrichtigungston erklang. Sofort schaute sie nach, ob sie eine Nachricht von Kit oder Siska bekommen hatte. Das war zwar nicht der Fall, aber ihre Mutter hatte ihr geschrieben!

»Von Nelani«, sagte Alea aufgeregt zu Lennox und begann schon zu lesen. »*Hallo, Alea! Ich bin in Island angekommen und mache mich nun auf die Suche nach Keblarr. Ein netter Isländer hat mir kurz sein Handy geliehen, damit ich dir das hier schreiben kann. Geht es dir gut?*«

Alea merkte, wie eine Welle der Erleichterung über sie hinwegspülte. Sie hatte sich langsam wirklich Sorgen um Nelani gemacht. Rasch schrieb sie zurück: »*Ja, es geht mir gut.*«

Nelanis Antwort ließ nicht lange auf sich warten. »*Oh, es ist so schon, das zu hören! Der junge Mann will nun schon sein Handy wiederhaben. Ganz schnell: Sind Lennox und du inzwischen in Sankt Goarshausen angekommen?*«

Der Handybesitzer stand neben Nelani und drängelte? Alea hatte ihre Mutter eigentlich gerade anrufen und in alles einweihen wollen, aber dafür schien keine Zeit zu sein. »*Ja, wir sind hier. Ich werde dir alles erzählen, sobald wir richtig miteinander telefonieren können.*«

»*Habt ihr Thea gefunden?*«, wollte Nelani noch wissen.

»*Wir suchen sie*«, antwortete Alea ihr vage. Es brachte nichts, Nelani zu beunruhigen, wenn sie von Island aus sowieso nichts ausrichten konnte. »*Wir werden Thea finden.*«

»*Das werdet ihr. Ich muss das Handy jetzt zurückgeben. Passt auf euch auf und seid stark!*«, schrieb Nelani zum Abschied. »*Ich melde mich so bald wie möglich wieder.*«

Alea schickte ein Herz, doch sie wusste nicht, ob das noch bei ihrer Mutter ankam.

Lennox hatte den Nachrichtenaustausch mitgelesen. »Wenn Nelani sich das nächste Mal meldet, musst du ihr die Wahrheit sagen«, fand er. »Dieses Mal war es wegen der Eile aber wahrscheinlich besser so.«

Alea nickte und räumte die leeren Bambusschälchen und das Besteck vom China-Imbiss zusammen. Sie konnten die Sachen später spülen und wiederverwenden.

Lennox warf indessen einen Blick auf die Handyuhr. »Langsam wird es Zeit, Kit vom Bahnhof abzuholen.«

»Wunderbärchen!«, rief Alea. Sie mochte die blonde Brim sehr und hatte ihr außerdem viel zu verdanken. Kit hatte sich auf der Demo in Marseille von der Polizei gefangen nehmen lassen, um Aleas Entkommen zu ermöglichen, und das würde Alea ihr niemals vergessen. Zwar hatte sie Kit bereits mehrfach am Telefon dafür gedankt, doch nun würde sie sie in den Arm nehmen und ihr persönlich sagen können, wie viel ihr das bedeutete.

Kurz darauf machten sie sich auf den Weg zum Bahnhof. Lennox schulterte seinen und Theas Rucksack, während Alea ihren eigenen und die schwarze Gitarre trug. Die Skorpionfische, die das Baumhaus getarnt hatten, setzte Lennox mit einem herzlichen »Danke schön« in einem nahe gelegenen Bach aus, von dem aus sie schnell wieder zum Rhein finden würden. Schwer beladen stapften Alea und Lennox daraufhin zur nächsten Haltestelle und nahmen den Bus zum Bahnhof von Sankt Goarshausen.

»Die Beingürtel sind cool«, bemerkte Lennox während der Fahrt mit Blick auf Aleas Outfit. »Wo hast du die her?«

Sie lächelte. »Von jemand ganz Speziellem mit speziellem Bestgeschmack.«

Lennox lächelte zurück und konnte sich wohl seinen Teil denken.

Wenig später hatten sie ihr Ziel erreicht und stiegen aus dem Bus. Geduldig wartete Alea, bis Lennox die Umgebung kontrolliert hatte. Sobald er grünes Licht gab, machten sie den Standort der Bahnhofsschließfächer ausfindig, verstauten die Rucksäcke und die Gitarre in zwei extragroßen Boxen und liefen zum Gleis. Lennox' Blicke prüften jeden Passanten und jede Reisende, bevor sie ihnen zu nahe kamen, und Alea fühlte sich sicherer denn je. Gleichzeitig trat sie vor Ungeduld ständig von einem Fuß auf den anderen und konnte es kaum erwarten, Kit gegenüberzustehen. Als der Regionalzug aus Köln schließlich einfuhr, riss Alea den Arm in die Höhe und winkte wild drauflos – ohne zu wissen, ob Kit sie überhaupt sah.

»Du bist echt ein komischer Vogel«, bemerkte Lennox grinsend. »Und zwar gerne, oder?«

Vielsagend grinste Alea zurück, hörte aber nicht auf, zu winken.

Da hob Lennox den Arm und winkte dem Zug ebenso wild zu wie sie.

Ein paar Waggons glitten an ihnen vorüber, dann wurde der Zug langsamer und hielt an. Im gleichen Moment erspähte Alea Kit hinter einer der Glastüren. Zu ihrer großen Überraschung stellte sie fest, dass Kit nicht allein war.

Als sich die Türen öffneten und die Brim aus dem Zug trat, schob sie einen Rollstuhl vor sich her. Und in diesem saß Opa Ernst – Sammy und Bens Großvater.

Alea war baff. »Opa Ernst!« Sie sprach und gebärdete gleichzeitig, denn Ernst war gehörlos – und der Grund, warum Ben und Sammy die Gebärdensprache so gut beherrschten.

»Jetzt seid ihr aber platt, was?«, antwortete Ernst mit seiner Stimme und schien sich diebisch über die gelungene Überraschung zu freuen.

Kit lachte. »Opa wollte unbedingt mitkommen.«

»So was lass ich mir doch nicht entgehen!«, stellte Ernst klar, der ebenso wie Thea von den Lippen ablesen konnte. »Ich bin manchmal allerdings ein bisschen wackelig auf den Beinen, und da hab ich mir den Rollstuhl von meinem WG-Kumpel Walter geborgt.« Gut gelaunt schnalzte er mit der Zunge. »Walter sitzt jetzt gemütlich zu Hause in seinem Ersatzstuhl, und ich stürze mich ins Abenteuer.«

Alea lachte. Dass Opa Ernst an Parkinson litt, konnte einen

Haudegen wie ihn wohl nicht davon abhalten, sich auf einen Ausflug zu begeben. »Ähm … Hallo!«, sagte und gebärdete sie nun, denn sie hatten einander ja noch gar nicht richtig begrüßt.

Kit trat vor und zog Alea in ihre Arme. »Deine Augen sind wieder richtig grün«, bemerkte sie leise. »Bist du …?«

»Ja, ich bin wieder ein Meermädchen«, bestätigte Alea. Kit drückte sie ganz fest, und Alea flüsterte ihr ins Ohr: »Ich stehe für immer in deiner Schuld – wegen Marseille und wegen heute.«

»Ach Quatsch!«, wehrte Kit ab, machte sich grinsend von ihr los und richtete ihre verrutschte Brille. »*Je ne regrette rien.*« – Ich bereue nichts.

»Kannst du jetzt Französisch?«, wunderte sich Alea.

»Ich habe angefangen, es zu lernen, weil ich mich unbedingt mit Tess in ihrer Muttersprache unterhalten will.« Kit seufzte. »Die Gebärdensprache kann ich allerdings leider noch so gut wie gar nicht.« Entschuldigend blickte sie Opa Ernst an.

Der lachte scheppernd. »Wenn du gebärdest, denke ich immer, du willst dich selbst verhauen.«

Kit kicherte. »Puh – mein Glück, dass du auch die Lautsprache beherrschst.« Sie fuhr sich über die Stirn, als müsste sie sich den Schweiß abwischen.

Opa Ernst klang zwar etwas nuschelig und undeutlich, aber man konnte ihn dennoch gut verstehen. Alea erinnerte sich nun wieder daran, dass sie Thea hatte fragen wollen, ob sie auch mit Stimme sprechen konnte. Doch die Gelegenheit hatte sie verpasst. »Das hier ist Lennox«, stellte Alea ihren

Krieger und *boyfriend* schnell vor, bevor sie wegen Thea wieder traurig werden konnte.

Lennox hatte sich bisher zurückgehalten, setzte nun jedoch sein charmantestes Lächeln auf, schüttelte Opa Ernst die Hand und nahm Kit freundschaftlich in den Arm.

»Du bist also der berühmte Lennox«, sagte Kit mit einer Mischung aus Neugier und Ehrfurcht. »Ist mir eine Ehre.«

Grinsend deutete Lennox eine kleine Verbeugung an.

»Oha, ein Herzensbrecher«, kommentierte Opa Ernst, während er Lennox näher betrachtete.

Alea widersprach. »Lennox bricht niemandem das Herz, er ist einfach nur sehr … schön.«

»Schön? Keine Ahnung.« Unbekümmert zuckte Ernst mit den Schultern. »Aber er hat Herzensbrecher-Muckis.«

Lennox trug ein T-Shirt, das ihm sozusagen über Nacht zu eng geworden war.

Alea runzelte die Stirn. »Mit Muckis kann man Herzen brechen?«

»Früher ging das«, versetzte Ernst schelmisch.

Kit lachte. »Opa war zu seiner Zeit *hot*. Ich hab Fotos gesehen.«

Ernst war noch immer ein Bär von einem Mann, und die Art, wie er Kit nun anschmunzelte, offenbarte den Kavalier alter Schule. Doch vor allem zeigte ihr zwangloses Miteinander, dass sie in dem Mehrgenerationen-Heim, in dem sie beide lebten, anscheinend viel Kontakt hatten und Opa Ernst wohl ein weiteres Enkelkind hinzubekommen hatte.

Opa Ernst richtete den Blick wieder auf Lennox. »Ob nun

Herzensbrecher oder nicht – du bist der Krieger der Elvarion, und den Job machst du ja anscheinend tipptopp.«

Alea war mehr als überrascht, dass Ernst so gut informiert war. »Woher …«

Schnell erklärte Kit: »Opa weiß Bescheid. Nachdem Sammy ihm vor ein paar Wochen erzählt hatte, dass der Silberumhang magische Kräfte besitzt, hatte Opa natürlich noch eine Menge Fragen, und die habe ich ihm beantwortet und ihn in alles eingeweiht. Er ist absolut vertrauenswürdig.«

Das glaubte Alea sofort. »Also … okay!« Der Kreis der Eingeweihten wurde zwar immer größer, aber damit stieg auch die Zahl der Verbündeten.

Ernst blickte Alea neugierig an. »Ich habe mich gefragt, wie es ist, unter Wasser zu Hause zu sein.« Dies war wohl etwas, was er unbedingt wissen wollte. »Fast mein ganzes Leben lang habe ich *auf* dem Wasser gelebt. Wenn ich damals auch nur geahnt hätte, was sich wirklich am Meeresgrund verbirgt …«

»Eine ganze Welt voller Wunder und Magie«, erwiderte Alea mit wehmütigem Lächeln und begann, ein wenig darüber zu erzählen, wie die Meerwelt früher ausgesehen hatte. Lennox half ihr, und Ernst hing gebannt an ihren Lippen. In keinster Weise schien er an ihren Beschreibungen zu zweifeln oder infrage zu stellen, dass es Magie tatsächlich gab. Vermutlich hatte er im Laufe der Jahrzehnte so manche Unerklärlichkeit auf See erlebt und wusste nun endlich, was wahrscheinlich dahintergesteckt hatte.

Kit hörte Alea und Lennox ebenfalls aufmerksam zu, und mit jedem Wort spiegelte sich die Sehnsucht nach dem Meer deutlicher in ihren Augen. Schließlich murmelte sie: »Ob ich wohl auch jemals die Geheimnisse der Unterwasserwelt erkunden werde?«

Ihre Frage rührte Alea, denn sie stand stellvertretend für den Herzenswunsch aller Meerkinder, die sich nach ihrem Zuhause sehnten. »Wir tun alles dafür, dass das irgendwann wieder möglich ist«, versprach Alea. »Orion hat es geschafft, mithilfe meines Blutes ein Gegenmittel herzustellen, also wird meine Mutter das auch schaffen. Und dann, eines Tages, können alle Meerkinder zurückkehren.«

Kits Augen glänzten. »Das wäre … so unfassbar schön.«

Voller Zuversicht lächelte Alea sie an. Dann sagte sie: »Lennox hat das Gegenmittel übrigens schon bekommen.«

»Was?«, rief Ernst. »Wie denn das?«

Nun begannen Alea und Lennox, von den neuesten Ereignissen zu berichten. Dabei setzte sich ihre kleine Gruppe langsam in Bewegung und steuerte den Busbahnhof an. Kit schob Opa Ernsts Rollstuhl, und der alte Seebär und das Mädchen mit der punkigen Kurzhaarfrisur verfolgten Aleas und Lennox' Bericht voller Staunen. »Meinst du, Hagen kommt wieder auf die Beine?«, fragte Kit, als Lennox gerade davon sprach, dass er Hagen ins Krankenhaus gebracht hatte.

»Ich glaube schon.« Lennox kratzte sich am Kopf. »Ehrlich gesagt, würde ich gern mal im Krankenhaus anrufen und fragen, wie es ihm geht.«

»Aber man kriegt doch nur als Verwandter Auskunft«, wandte Alea ein.

»Ach, von so was darf man sich nicht abhalten lassen!«, rief

Ernst und schüttelte den Kopf. »Regeln sind dazu da, hinterfragt und gebrochen zu werden, wenn sie keinen Sinn ergeben.«

Alea grinste, denn sie glaubte, Ben vor sich zu haben.

»Du willst ja niemandem was Böses, Lennox«, fügte Opa Ernst hinzu. »Ganz im Gegenteil.«

Lennox musste allerdings gar nicht lange überredet werden. Er hatte in der vergangenen Nacht schon falsche Angaben gemacht und war wohl bereit, die Wahrheit noch einmal ein klein wenig zu verbiegen. Kurzerhand bat er Alea um ihr Handy, und als sie es ihm gab, stellte er sich dicht an eine Mauer, damit keinem der Fußgänger der Skorpionfisch ins Auge sprang. Dann machte er die Nummer des Krankenhauses ausfindig, rief dort an und fragte nach einem Namen, den Alea nicht kannte. Wahrscheinlich hatten Hagen und Lennox letzte Nacht einen neuen Codenamen für Hagen verabredet. Lennox behauptete nun, "Frank Schmidts Sohn" zu sein. Tatsächlich gab man ihm daraufhin Auskunft – Herr Schmidt wäre auf dem Wege der Besserung und habe eine unkomplizierte Gehirnerschütterung.

Nach dem kurzen Gespräch war Lennox spürbar erleichtert und gab Alea ihr Smartphone mit aller Umsicht zurück.

Ernsts Augen hefteten sich unterdessen auf den Skorpionfisch. »Ich glaub, mein Delfin jodelt …«, stieß er ungläubig hervor.

Alea zwinkerte ihm zu.

Mittlerweile hatten sie die Bushaltestelle erreicht, von der aus sie zum Industriegebiet fahren wollten. Als ihr Bus nun jedoch vorfuhr, stellten sie fest, dass er nicht behindertengerecht war – vor dem Rollstuhl türmte sich eine unüberwindbar hohe Stufe auf.

Lennox fackelte nicht lange. Er griff nach den Rädern des Rollstuhls, hob diesen mitsamt dem kräftigen Mann in die Höhe und trug ihn in den Bus hinein.

Kit stand der Mund offen, Opa Ernst jubelte allerdings. »Wusste ich doch, dass die Muckis zu was gut sind!«

Schnell schaute Alea sich um. Der Busfahrer schien gesehen zu haben, mit welcher Leichtigkeit Lennox den Rollstuhl hochgehoben hatte, und starrte ihn mit großen Augen an. »Sie sollten besser mal dafür sorgen, dass der Bus behindertengerecht wird!«, rief Alea ihm frech zu, obwohl sie wusste, dass der Fahrer nichts dafürkonnte. Aber sie wollte ihn ablenken, und das klappte auch – mit beleidigter Miene wandte der Mann sich ab, und die wenigen anderen Fahrgäste schienen nichts bemerkt zu haben.

Die Fahrt ging los, und Alea begann, sich mit Kit zu unterhalten. Zwar hatte Kit ihr bereits am Telefon einiges über den Sonnenfleck erzählt, wo sie nun mit zwei anderen Jugendlichen in einer WG zusammenlebte – gleich gegenüber von Opa Ernst –, doch Alea wollte noch viel mehr hören.

»Seit Montag gehe ich wieder zur Schule«, sagte Kit. »Ich hab total viel Stoff nachzuholen, weil ich so lange auf der Straße gelebt habe, aber ich bin fleißig.«

»Das stimmt«, bestätigte Opa Ernst. »Kit ist schon ein paarmal rübergekommen, damit ich ihr mit den Hausaufgaben helfe. Ich muss sagen, dass sie sich richtig ins Zeug legt.«

»Danke, es klappt alles ganz gut.« Kit schien sich sehr über sein Lob zu freuen. »Die Alpha Cru und die *Crucis* fehlen mir trotzdem.«

»Wem sagst du das …«, murmelte Ernst, der fast sein ganzes Leben auf der *Crucis* verbracht hatte und Ben und Sammy zweifellos ganz furchtbar vermisste.

»Vor allem Tess fehlt mir.« Kit senkte den Blick. »Sie muss bald wieder nach Frankreich zu ihren Eltern zurück, weil die Schule wieder losgeht. Und ich … bin in Köln.«

Ernst legte seine große Hand auf ihre. »Wenn es wahre Liebe ist, findet die Liebe einen Weg. Immer.« Beinahe klang er wie Sammy. Oder klang Sammy wie er?

Da hatten sie das Industriegebiet mit den großen Lagerhallen erreicht. Als Aleas Blick auf die Fischhalle fiel, in der Doktor Orion sie in der vergangenen Nacht mit der Pistole bedroht und Thea gefangen genommen hatte, wurde ihr speiübel, und sie musste woanders hinsehen. »Sind wir hier wirklich nicht in Gefahr?«, fragte sie Lennox und merkte selbst, wie ängstlich sie sich anhörte. Die Eindrücke der letzten Nacht waren allerdings noch viel zu frisch, als dass sie hätte darüberstehen können.

Lennox hatte die Umgebung sorgsam überprüft, aber nun schaute er Alea ernst an. »Sag du es mir, Elvarion – sind wir hier in Gefahr?«

Jäh setzte der Elvarion-Modus ein. Blitzschnell durchdachte Alea alle vorhandenen Informationen und zog auch in Betracht, dass Orion ihnen bereits mehrmals einen Schritt voraus gewesen war. Doch nach gründlicher Überlegung kam sie zu folgendem Schluss: Die Wahrscheinlichkeit, dass Orion oder seine Männer hier waren, ging gegen null. Der Doktor hatte Wichtigeres zu tun, als einem Oblivion nachzustellen, den er nicht mehr gefügig machen konnte, oder die Elvarion an einem Ort zu suchen, den jeder vernünftige Mensch am Tag nach einem solch traumatischen Erlebnis gemieden hätte. »Zeigen wir es dem Müll!«, sagte Alea entschlossen und stapfte los.

Es war bereits nach Feierabend, und auf dem Gelände der Lagerhalle herrschte einsame Stille. Alea, Lennox, Kit und Opa Ernst näherten sich dem klotzartigen Gebäude in aller Vorsicht, und als sie durch die großen Fensterscheiben hineinsahen, entfuhr Kit ein tiefes Stöhnen. »So viel Abfall …«, brachte sie halb betroffen, halb wütend hervor. »Und wahrscheinlich ist das nur die übliche Wochenmenge.«

Leider konnte sie damit recht haben. Dennoch war jede noch so geringe Menge, die Kit verschwinden lassen würde, ein wertvoller Beitrag. »Gehen wir rein«, raunte Alea und folgte Lennox um das Gebäude herum, denn er schien zu wissen, wie man hineingelangte.

Sie umrundeten die Halle zu einem guten Teil und standen schließlich vor einer Hintertür. Lennox griff in die Innentasche seiner Lederjacke, zückte einen Schlüssel und schloss auf. Alea fragte gar nicht erst, woher er den Schlüssel hatte. Aufgeregt und auf Zehenspitzen folgte sie ihm ins Innere des Gebäudes. Kit und Ernst waren gleich hinter ihnen.

»Könnte noch jemand in den Büros sein?«, fragte Alea leise.

Lennox verneinte. »Heute war hier den ganzen Tag über

niemand – das hab ich gestern Nacht auf dem Wochenplan gesehen. Wenn die Halle voll ist, gibt es nichts zu tun. Erst nach der Verschiffung wieder.«

Sie durchquerten einen langen Korridor und betraten schließlich die Halle mit den Müllbergen. Der Gestank war entsetzlich. Alea blieb stehen und hielt sich ihren Jackenärmel vor die Nase. Kit ging hingegen noch tiefer in die Halle hinein, drehte sich um die eigene Achse und fixierte den Müll, als wäre er ein Duellgegner.

»Du schaffst das, Kit!«, rief Opa Ernst und tat, als würde er den Bizeps anspannen.

»Gebt mir die Sengbohne«, sagte Kit hoch konzentriert.

Lennox warf sie ihr im hohen Bogen zu. Anscheinend wollte er Abstand halten, und das war sicherlich eine gute Vorsichtsmaßnahme, denn sie wussten nicht, was passieren würde, wenn Kit die Bohne benutzte. Sie hatten bisher vor allem kleine Feuer damit entfacht oder hin und wieder eine Saftverpackung vaporisiert. Würde die Bohne angesichts der Müllberge nun aber eine gefährliche Kraft entwickeln, die allein Kit kontrollieren konnte? Oder war das kleine Geschoss gar nicht dafür geeignet, dermaßen große Abfallmengen zu vernichten? Soweit Alea wusste, hatten die Brim früher für Müllteppiche und Ähnliches viel größere Sengbohnen benutzt. Doch wie auch immer – jetzt waren sie hier und würden es bald herausfinden.

Lennox trat nun hinter Ernsts Rollstuhl und schob ihn wieder aus der Halle. »Komm mit«, bat er auch Alea.

Sie folgte ihm, und Lennox brachte sie zu einer Art Nebenraum, aus dem man durch Glasscheiben in die Halle schauen konnte – ein Schutzschild.

Fasziniert beugte Ernst sich vor und beobachtete Kit, die tief in sich zu gehen schien. »Sie wird diesen ganzen Müll einfach mit der Kugel wegzaubern?«

»Das hoffen wir«, gebärdete Lennox und wirkte ein klein wenig angespannt.

Im nächsten Augenblick hob Kit die Sengbohne und zielte auf den ersten großen Abfallhaufen. Ein grüner Strahl schoss aus der Bohne hervor, erfasste den Müll und hüllte ihn in eine Art grüne Feuerblase ein. Diese weitete sich immer mehr aus und griff einen Moment später auf Kit über. Die Brim befand sich innerhalb der Feuerblase!

»Kit!«, gellte Alea und schlug gegen die Scheiben. »Hör sofort auf!«

Da zuckte ein grün wirbelnder Blitz durch die Feuerblase. Laut zischend traf er auf den Müllhaufen – und ließ diesen verschwinden.

Kit wankte leicht, doch sie stand noch immer aufrecht.

»Oh mein Gott!«, rief Opa Ernst mit kreideweißem Gesicht.

Kit wandte sich zu ihnen um. Sie schien völlig unversehrt zu sein und konnte das wohl selbst kaum glauben. Mit verblüffter Miene betrachtete sie ihre Arme und Hände und konnte offenbar keine Verletzung feststellen.

»Brim können große Hitze aushalten«, murmelte Lennox. »Sehr, sehr große.«

Fassungslos fuhr Opa Ernst sich über das weiße Haar. »Das war Magie. Reine Magie! Dass ich so was noch erlebe …«

»Wenn einer von uns das gemacht hätte, wären wir jetzt ein Haufen Asche«, ächzte Alea erschüttert. Kit hatte mitten in der Feuerblase gestanden!

Nun lief Kit ein Stück weiter und richtete die Sengbohne auf den nächsten Teil des Abfalls. Wieder schoss der grüne Strahl hervor, wieder bildete sich die Feuerblase und ein Blitz zuckte auf, der den Müll auflöste.

Kit lachte begeistert und machte weiter. Während Alea, Lennox und Opa Ernst ihr staunend zusahen, ließ Kit Stück für Stück den gesamten Abfall in der Halle verschwinden. Am Ende blieb nichts als ein riesiger, leer gefegter Raum zurück. Kein noch so kleines Überbleibsel, kein Gramm Dreck war noch zu sehen.

Kit schaute abermals zu ihnen und reckte die Hand mit der Bohne in die Luft wie eine Siegerin. Das Zeichen der Brim an ihrem Handgelenk – eine Flamme in einem Kreis – leuchtete im Licht, als teilte es Kits Triumph.

Alea, Lennox und Opa Ernst machten nun, dass sie zu ihr kamen, und als sie in der Halle auf sie zueilten, lachte Kit ihnen mit leuchtenden Augen entgegen.

»Du hast die ganze Halle leer geblitzt!« Alea suchte Kit mit den Augen nach Verletzungen ab. Doch es schien keine zu geben. Das Feuer hatte ihr kein Haar gekrümmt.

»Sauber«, kommentierte Lennox beeindruckt.

»Ja, ich …«, begann Kit, aber ihr fehlten anscheinend die Worte. Aufgewühlt schob sie ihre Brille hoch und sagte dann: »Ich bin dafür geboren. Für das hier. Das … das ist mein Ding.«

»Du bist eine wahre Brim.« Alea konnte sich gut vorstellen, dass Kit sich wahrscheinlich genauso fühlte wie Lennox, als er zum ersten Mal im Fluss geatmet hatte. Kit war auch ohne Wasser bei sich selbst angekommen.

»Darf ich die Bohne behalten?«, fragte Kit. »Ich könnte hierher zurückkommen, wenn sich die Halle wieder gefüllt hat, und dann mach ich das noch mal.«

Ernst lachte. »Du hast richtig Blut geleckt, was?«

Kit strahlte ihn an.

Lennox kratzte sich jedoch skeptisch am Kopf. »Was, wenn du erwischt wirst?«

»Ich bin vorsichtig«, wehrte Kit seinen Einwand ab.

Ernst lächelte, als wäre er stolz auf sie. Dann warf er ein: »Nur mal so am Rande: Habt ihr euch eigentlich gefragt, was die Betreiber dieser Halle tun werden, wenn sie merken, dass der Müll verschwunden ist?«

Darüber hatte Alea tatsächlich bereits nachgedacht, und es war ihrer Einschätzung nach überhaupt nicht abzusehen, welche Konsequenzen die Aktion haben würde. »Keine Ahnung«, gab sie zu, fand aber, dass sie das Problem dennoch nicht einfach hatten ignorieren können. »Das Wichtigste ist, dass der Müll weg ist. Jetzt kann er kein Unheil mehr anrichten, und das war meiner Meinung nach das Risiko wert.«

»Das sehe ich ganz genauso«, pflichtete Kit ihr bei.

Ihre strahlenden Augen ließen Alea eine Entscheidung treffen. »Behalte die Sengbohne«, sagte sie. »Sie soll von nun an dir gehören, Kiara-Katharina Fornax. Mach damit, was dein Instinkt dir rät.«

Ernst klopfte Kit auf den Arm, als wollte er ihr gratulieren. Lennox seufzte. Wahrscheinlich machte er sich Sorgen um Kits Sicherheit, doch er schien auch nicht dagegen zu sein, dass sie die Bohne behielt.

Mit einer geradezu ehrfürchtigen Geste umschloss Kit die Bohne. »Ich könnte damit auch noch andere Sachen machen.«

»Was zum Beispiel?«, hakte Alea nach.

»Ich könnte alle öffentlichen Mülleimer von Köln leeren – nachts, wenn keiner mich sieht«, sprudelte es nun aus Kit heraus. »Dann könnte der Stadtabfall ebenfalls nirgendwo mehr landen, wo er nicht hingehört.«

»Das wird bestimmt auffallen«, versuchte Lennox noch mal, sie zu bremsen.

»Schon«, räumte Kit ein, »aber wenn ich es geschickt anstelle, kann ich jede Menge Müll verschwinden lassen, bevor es eine große Sache wird. Und dann sehen wir eben weiter.«

Alea konnte über den Mut der Brim nur staunen. »Tu das, Kit.« Lennox seufzte erneut, Alea sprach allerdings weiter. »Du bist dazu geboren, dich darum zu kümmern.«

Lennox zögerte kurz, doch dann nickte er.

Aleas Gefühl sagte ihr ganz klar, dass sie das Richtige taten. Eine einzige Brim konnte zwar nicht den Müll der ganzen Welt beseitigen, aber in ihrer Stadt würde sie gewiss etwas bewirken können.

Opa Ernst stupste Kit an. »Du bist ab jetzt so was wie Batman und hast eine geheime Identität als Superheldin.« Er lachte, als wäre ihm ein Witz eingefallen. »Du bist Müllman, äh, Müllmännin, die Gerechte!«

Alea musste so lachen, dass sie sich fast verschluckte. »Oder: Die sagenhafte Müllmaid!«, kicherte sie.

Das hatte Ernst nicht verstanden, und Alea buchstabierte es ihm mit dem Gebärdenalphabet. Da lachte er dröhnend.

Es tat wahnsinnig gut, gemeinsam zu lachen, und plötzlich wünschte sich Alea wieder, Ben, Sammy und Tess wären hier, um diesen Moment mitzuerleben. »Sekunde mal.« Sie zog ihr Handy hervor. »Lasst uns ein Selfie für den Rest der Alpha Cru machen.«

»Au ja!«, rief Kit und rückte näher an Ernst heran. Der legte die Arme um sie und Lennox und zog beide mit seinen riesigen Pranken an sich.

Alea quetschte sich noch daneben und trillerte: »Ahoiii!«

Dann schoss sie ein absolutes Bestfoto mit freudestrahlenden Gesichtern und schickte es sofort Richtung Venedig, damit Tess, Ben und Sammy das Glück des Augenblicks mitfeiern konnten. Doch im Grunde waren die drei sowieso mit dabei, denn es gab wohl kaum jemanden, der sie so lieb hatte wie die vier Menschen auf diesem Foto.

Nach Venedig

Mit Aufregung im Blut und Freude im Herzen machte Alea sich gemeinsam mit Lennox, Kit und Ernst auf den Rückweg zum Bahnhof. Während sie an der Haltestelle auf den Bus warteten, streifte Lennox umher und stellte sicher, dass sich hinter Büschen, Containern und Autos keine Gefahr verbarg.

»Was haben Lennox und du jetzt vor?«, fragte Kit Alea neugierig. »Wohin geht die Reise nun?«

Für Alea war ganz klar, wohin sie ging. »So schnell wie möglich zu den anderen.«

Opa Ernst bat Kit, die hinter dem Rollstuhl stand, sich neben Alea zu stellen, damit er von ihren Lippen ablesen konnte. Kit kam seiner Bitte sofort nach, und Ernst dankte ihr mit einem breiten Lächeln. An Alea gewandt, sagte er: »Die Jungs und Tess bleiben noch ein paar Tage in Venedig, oder?«

»Ich glaube, ja«, antwortete Alea gebärdend und sprechend zugleich. »Und Lennox und ich wollen auch dahin.« Allerdings hatten sie nicht genügend Geld für Zugtickets. Evelin hatte ihnen zwar zweihundert Euro geschenkt, aber die Fahrkarten nach Sankt Goarshausen hatten sie über die Hälfte davon gekostet, und mit dem Rest kam man nicht bis nach Italien. Alea wollte jedoch weder Kit noch Ernst um Geld bitten, denn sie wusste, dass die beiden selbst nicht viel hatten. Lennox und sie würden schon einen Weg nach Venedig finden.

»Ich würde so gern einfach mit euch kommen«, sagte Kit mit unverhohlener Frustration. »Zurück zur Cru, zu Tess …« Ihr Blick wurde leer, doch dann schien sie sich zusammenzureißen. »Aber ich kann nicht schon wieder die Schule schwänzen.«

»Nein«, stimmte Alea ihr zu. »Und Tess versteht das.«

Kit machte ein Gesicht, als versuchte sie, stark zu sein. Alea drückte kurz ihre Hand, und Opa Ernst nickte Kit aufmunternd zu.

Da fuhr der Bus vor. Alea hielt nach Lennox Ausschau, aber er stand schon neben ihr.

Dieses Mal war der Bus behindertengerecht, und sie hatten keine Probleme, mit dem Rollstuhl einzusteigen. Kaum hatten sie das getan, klingelte Aleas Handy. »Ein Videoanruf von Tess!«, freute sie sich und nahm ihn sofort an.

Auf dem Bildschirm erschienen die Gesichter von Sammy, Ben und Tess. »Hallo!«, begrüßte Ben sie gebärdend und lautsprachlich. »Dass ihr vier euch zusammentut, ist echt mal 'ne Superüberraschung.«

»Ja, oder?«, erwiderte Ernst lachend. »Das war zwar alles ganz spontan, aber bärenstark!«

Lennox zeigte ihm den hochgereckten Daumen.

»Huhu Opaaa!« Sammy ruderte übermütig mit den Armen. Alea bezweifelte, dass sein Gezappel zur Gebärdensprache gehörte, aber Ernst winkte rudernd zurück.

»Hey, mein Hüpfekäfer!«, grüßte er Sammy liebevoll. »Heute ist der interessanteste Tag seit Langem.«

Während die beiden miteinander in Gebärdensprache redeten, tauschten Kit und Tess verliebte Blicke aus und warfen sich gegenseitig Kusshände zu.

»Wie ist es denn in der Lagerhalle gelaufen?«, fragte Ben nun.

»Ihr wisst von der Müllsache?«, wunderte sich Alea, denn davon hatte sie ihnen vergangene Nacht gar nichts gesagt.

»Kit hat mir heute Morgen alles erzählt«, erklärte Tess.

»Tess hat uns erzählt, was Kit ihr erzählt hat, und dann waren wir alle bis obenhin vollerzählt und im Bilde«, erläuterte Sammy. »Wie war es denn jetzt in der Lagerhalle? Hast du dem Müll gezeigt, wo der Hammer hängt, Kit?«

»Aber so was von!«, antwortete Kit mit einer gehörigen Portion Stolz in der Stimme und schilderte nun, was sich in der Halle zugetragen hatte.

Tess schüttelte immer wieder besorgt den Kopf und fragte schließlich, ob es Kit auch wirklich gut gehe.

»Es ging mir nie besser«, versicherte die Brim in leidenschaftlichem Ton. »Ich fühle mich wie neugeboren.«

Tess nickte und schien sich sowohl für Kit zu freuen als auch zu wünschen, sie hätte in diesem großen Moment an Kits Seite sein können.

Auf einmal hatte Sammy Bens Handy in der Hand und nahm einen neuen Bandentagebucheintrag auf. »Sammys Abenteuertagebuch, vierzehnter September, Eintrag sechsundneunzig. Großartige Neuigkeiten – Kit Fornax hat als geheime Müllagentin nun ihren ganz eigenen Kampf gegen die Umweltverschmutzung aufgenommen.« Gleich darauf konnte Alea ihn nicht mehr verstehen, da ein paar lachende Touristinnen an ihm vorbeiflanierten. Doch dann hörte sie ihn wieder. »Bald ist die legendäre Alpha Cru bestimmt wieder vereint, um gemeinsam gegen das Böse in der Welt zu kämpfen – vor allem gegen böse Würstchen! Niemand kann die Cru aufhalten, denn sie wird getragen von den Aufwinden eines glorreichen Schicksals.« Zur Bekräftigung hupte er auf der Gute-Laune-Hupe, die er am Hosenbund trug, und die Leute in seiner Nähe zuckten zusammen und stoben auseinander wie aufgescheuchte Hühner. Zufrieden beendete Sammy die Aufnahme und strahlte mit seiner Zahnlücke in die Kamera.

»Wie gefällt dir denn Venedig, Samsi?«, wollte sein Opa von ihm wissen.

»Es ist voll krass voll hier!«, brauste Sammy in Gebärden- und Lautsprache zugleich auf. »So voll, dass man ständig Gefahr läuft, platt gewalzt zu werden.« Er verdrehte die Augen. »Aber schön ist es und tierisch romantisch.« Sein Gesicht schob sich näher an die Kamera. »Wenn ihr hier wärt, Schneewittchen und Sir Scorpio, würdet ihr zwei Schmachtschätzchen ganz zauberhafte Erinnerungen anhäufen, da bin ich sicher.«

»Wir machen uns so schnell wie möglich auf den Weg zu euch«, erwiderte Alea und ließ die Kleinigkeit unerwähnt, dass sie noch nicht wussten, wie sie nach Italien kommen sollten. »Ich freu mich total – auf Venedig und auf euch!«

Lennox nickte zustimmend.

»Wenn ihr da seid, werde ich euch kaputtknuddeln, euch ausgiebig volllabern und mit euch in jede Ecke von Venedig lachen«, versprach Sammy aufgedreht.

»Klingt nach einem Spitzenplan«, antwortete Alea versonnen.

Lennox stieß einen kleinen Seufzer aus.

»Also beeilt euch und kommt schnurstracks hierher!«, ordnete Sammy an. »Sonst sterbe ich, bis ich tot bin!«

Da kündigte die Busfahrerin den Bahnhof von Sankt Goarshausen an, und sie mussten das Gespräch beenden.

»Bis ganz bald«, sagte Tess und fügte an Kit gewandt hinzu: »Ruf mich an, sobald du zu Hause bist, Traumfrau.«

Kit versprach es ihr, und die anderen verabschiedeten sich nun auch.

»Ich hab euch liiieb!«, krähte Sammy und knutschte Tess' Handy ab, was ihm eine Kopfnuss einbrachte.

»Wir euch auch!« Alea schickte ein Flugbussi. »Bis nach Peru und zurück!«

Der Bus hielt, und Alea steckte ihr Handy ein. Sobald sie ausgestiegen waren, schaute Kit nach, wann der nächste Zug nach Köln fuhr, und stellte fest, dass das bereits in fünf Minuten der Fall war. Und so eilten sie zum Gleis und mussten schneller Auf Wiedersehen sagen, als ihnen lieb war. Alea drückte Kit noch einmal ganz fest und nahm auch Opa Ernst in den Arm, der für die Verabschiedung extra aufgestanden war. Er schwenkte Alea übermütig hin und her und zog auch Lennox und Kit mit in die Umarmung hinein. Kurz darauf kam schon der Zug, und als die Brim und der alte Seefahrer einstiegen und sich noch einmal zu ihnen umwandten, flüsterte Alea: »Möge euch stets guter Wellenschlag begleiten.«

Lennox und Alea blieben zu zweit am Gleis zurück. »Ich würde sagen, insgesamt war das trotz allem ein ziemlich guter Tag«, stellte Alea fest.

»Solange du bei mir bist, ist jeder Tag ein guter Tag«, antwortete er und grinste sie mit diesem leicht schrägen, typischen Lennox-Grinsen an.

Da küsste sie ihn, nahm seine Hand und schlenderte mit ihm zu den Schließfächern. Beladen mit ihren Rucksäcken und der Gitarre, verließen sie wenig später den Bahnhof. Alea wollte sich irgendwo ans Rheinufer setzen, auf den Fluss blicken und gemeinsam mit Lennox überlegen, wie es nun weitergehen sollte.

Während sie die Uferstraße entlangspazierten, schwelgte Alea in den Farben und formverschlungenen Regenbogenverläufen des Flusses. Sie erinnerte sich noch gut, dass sie diese Farbfülle erst nach ihrer ersten Meermädchenverwandlung in aller Pracht hatte sehen können. War es bei Thea genauso? War das Stimmungsspiel der Wellen für sie ebenfalls ganz neu? Und gab es dort, wo sie jetzt war, überhaupt Wasser, in dessen farbstrotzendem Wunder sie schwelgen konnte? Alea fröstelte, als sie nun daran dachte, dass Thea irgendwo eingesperrt und in Doktor Orions Gewalt war. Doch es gab Hoffnung, und daran hielt Alea sich mit aller Macht fest. Bereits in fünf Tagen würden sie Orion in Rom überfallen und gefangen nehmen …

Bald werden wir zusammen aufs Wasser schauen, Thea, sprach Alea in Gedanken mit ihrer Schwester. *Seite an Seite.*

Alea ließ die Farben des Flusses ihr Innerstes umrauschen und war zutiefst dankbar dafür, dass sie diese wieder sehen konnte. Sie waren ein Geschenk des Himmels – ebenso wie der Junge an ihrer Seite. Nach den Ereignissen der vergangenen Tage war sie sich dessen noch bewusster als zuvor. Lennox' Liebe hielt ihr Herz sicher und geborgen, während Alea mit jedem Tag stärker wurde und die Fähigkeiten entwickelte, die sie brauchte, um die Ozeane zu retten. Doch nicht nur Lennox stand felsenfest an ihrer Seite, sondern auch mehr und mehr andere Verbündete – allen voran natürlich Ben, Sammy und Tess, die immer für Alea da waren, wie ein Sicherheitsnetz, das sie auffing, wenn sie fiel. Ihr Anker im Sturm. Gemeinsam mit diesen Schicksalsgefährten fühlte Alea sich bereit für alles, was kommen würde, denn es gab nichts, was sie zu fünft nicht meistern konnten – Benjamin Libra, Samuel Draco, Tess Taurus, Lennox Scorpio und Alea Aquarius.

Unvermittelt blieb Alea stehen. »Wie kommen wir nur so schnell wie möglich zu den anderen? Wie –«

Da hielt plötzlich mit quietschenden Reifen ein Auto neben ihnen. Blitzartig riss Lennox Alea hinter sich und breitete die Arme aus, als wollte er mit seinem Körper einen Kugelhagel abfangen.

Erschrocken duckte sich Alea.

Die Fahrertür flog auf. Alea blinzelte um Lennox herum und konnte im Gegenlicht der Abendsonne kaum etwas sehen. Doch dann erkannte sie, wer am Steuer saß.

Ein Gesicht mit nachtschwarzer Haut und leuchtend hellen Augen streckte sich ihnen entgegen.

»Steigt ein!«, rief Siska. »Wir fahren nach Venedig.«

Fortsetzung folgt!